UnderCaribbeanSkies.com

BAJO LOS CIELOS DEL CARIBE

Una novela

por

Aisha Banks

Traducido del inglés por Paola Rodríguez

Este libro está dedicado a
John M. Banks, Jr., el amor de mi vida. Doy gracias a Dios
por enviarte a mí. Eres mi rey en la Tierra, mi mejor
amigo y un auténtico ejemplo de lo que Dios quiere decir
cuando nos incita a ser luz en un mundo de tinieblas.

AGRADECIMIENTOS

Estoy eternamente agradecida a mi Señor y Salvador, Jesucristo, quien es, realmente, la fuerza de mi vida. Un agradecimiento especial a mi editora, Ann Freud, y a mi editora e inesperada bendición, Sharon Cole. Gracias también a Cheryl Boston, Pat Green y Joan Sibilly por sus valiosos comentarios sobre los borradores de este libro. Mucho amor a mis hermanas-amigas Ayana Pittman, Sandra Jenkins, Cynthia Jones, Solange Destouche, Eleanor García, Dancella Hillman, Hasaana Watson, Veronica Davis-Shivers, Khadijah Jones-Calloway, Beverly Potter y Avis Harrell. Finalmente, gracias a mis hijos, Ajamu y Simeon; a mis nietos, Kamari, Ajoni, Adjoa, Asha, Amira, Elijah, Sarafina y Carson; y a toda mi familia y amigos por su apoyo para hacer realidad este libro.

Capítulo 1

St. John, en las Islas Vírgenes Estadounidenses, es uno de los lugares más maravillosos y arrebatadores de la creación de Dios. Hace unos tres meses, mi mejor amiga desde la infancia, Lisa Walker, abandonó Los Ángeles después de un matrimonio fallido para irse al Caribe en busca del paraíso. Allá se estableció en St. John, la más pequeña de las tres Islas Vírgenes de los Estados Unidos. Lisa hacía explotar mi celular cada día pidiéndome que me uniera a ella.

"¡Faith, chica, hay hombres de verdad acá! ¡Haz las maletas y vamos!".

¿Hombres de verdad en esas islas? A mí mis hombres me gusta que estén bien arreglados, que huelan bien, que tengan las uñas limpias, preferiblemente bien arregladas, y sin nudos en el pelo. Podría considerar las rastas, pero tendrían que tener un acabado de peluquería, nada que ver con esas rastas grandes y enmarañadas que parecen nidos de zopilote. ¡Solo Dios sabe qué es lo que crece en esas cosas! A ver, seamos realistas. Con todos esos nuevos productos de belleza que hay en el mercado, no hay razón para que nadie salga por la mañana por la puerta principal de su casa pareciendo un bruto. Hasta venden fijador para el cabello en los 7-Eleven.

Bueno, de todas formas, aun así decidí aceptar la oferta de Lisa. No tenía absolutamente nada que perder. Sin duda estaba pasando por un período de hastío en mi vida. Iba a trabajar, a la iglesia y regresaba a casa. El mejor momento del día era ver el canal de televisión Home and Garden TV y esperar a que el hermano con el que salía desde hacía cuatro años pusiera su llave en mi puerta. Señor, esa era una relación que no parecía avanzar por mucho que lo intentara.

Nuestra relación estaba tan estancada como un pozo ciego, y lo peor parte era que él estaba tan feliz como un cerdo al sol. Supongo que se podría decir que yo tenía parte de la culpa. Le preparaba unas cenas que eran para chuparse los dedos y lamer el plato como si él fuera mi marido. Te hablo de rabo de buey con salsa, col, costillas asadas preparadas afuera en la ahumadora, pastel de durazno, pastel de la Selva negra y el pastel de batata de mi abuela. ¿Te he dicho que dejé que ese hermano se quedara a pasar la noche en mi casa? Sí, al menos cinco noches por semana. Casi todos los viernes y sábados por la noche, él prefería estar con los chicos. Me decía a mí misma que eso estaba chévere. Solía aprovechar los viernes por la noche para lavar la ropa y los sábados para comprar la comida de la semana y repasar mis libros de cocina, y así poder prepararle comidas más interesantes y exóticas a lo largo de la semana siguiente. Mi madre solía preguntarme todo el tiempo,

"Faith, ¿cuándo hará ese hombre lo correcto y se casará contigo?".

Mi padre es el pastor y mi madre la "primera dama" de la Christ the Solid Rock Baptist Church de Atlanta, Georgia. Gracias a Dios que viven en Atlanta, así no tienen que presenciar mis deslices ante sus propias narices.

Hace unos seis meses, mi padre decidió hacer algo al respecto para terminar con esta vida de fornicación que estaba llevando. Llamó por teléfono a Daemon mientras estaba en Los Ángeles para asistir a su conferencia anual de pastores. Cuando papá me llamó para pedirme el número de Daemon, dijo que quería llevarse al muchacho a cenar para conocerlo un poco mejor. Me pareció una gran idea. Poco sabía yo... Mi papá le dijo a Daemon,

"Mi hija, con la que se acuesta usted... yo soy quien le dio la vida, y si piensa seguir aprovechándose de ella, estoy acá para decirle que le lastimaré, y despúes le pediré al Señor que me perdone por ello.

¡Daemon se enojó tanto con él! Cruzó mi puerta, caminando de un lado a otro como un loco, despotricando y desvariando sobre que él es un hombre y que no tiene por qué aguantar que nadie le hable así. Ante mis ojos se convirtió en un monstruo. Perdió por completo el juicio cuando me dijo que debería estar feliz y agradecida por todo lo que él hace por mí. Fue patético cuando le pregunté qué es exactamente lo que él hace por mí y por lo que debería estarle tan agradecida. A ese tonto no se le ocurrió nada que decir. Bueno, sí dijo algo, pero me avergüenza decir el qué. Las palabras de mi padre realmente enfriaron nuestra relación. Daemon dejó de venir a verme. ¡No puedo creerlo! Después de todo el tiempo que pasamos juntos... ¿Quién iba a pensar que una amenaza de mi padre pondría fin a nuestra relación? Ni siquiera un "vamos a solucionar esto", ¡sencillamente me dejó! ¡Me sentí tan herida y traicionada! ¿Cómo pudo ese hombre abandonarme así? Recé a Dios pidiéndole que me impidiera hacer algo estúpido. Una noche, acostada en mi cama, estuve pensando en un montón de cosas malas para vengarme de él. Llegué a poner un poco de azúcar de mi despensa en una taza y dirigirme a su casa para arrojarlo en el tanque de gasolina de su auto, pero no estaba. Regresé a mi casa aún más triste, me comí medio galón de helado y lloré. A la mañana siguiente, cambié la cerradura de la puerta, destrocé el cepillo de dientes de Daemon y doné la ropa que había dejado en mi armario al Ejército de Salvación. Papá sí que sabía cómo poner fin a una relación que no iba a ninguna parte. Él y mamá habían pasado mucho tiempo enseñándome a diferenciar el bien del mal e inculcándome valores divinos. Supongo que pensó que si no tenía suficiente sentido común para darme cuenta de que estaba permitiendo que ese hombre me faltara el respeto, él lo dejaría bien claro para los dos.

Les dije a mis padres que me iba a las Islas Vírgenes a visitar a Lisa durante unas semanas. Lo que no mencioné es que le había alquilado mi casa a una de las profesoras de la escuela dominical de mi iglesia durante un año para comprobar, de primera mano, qué estaba pasando bajo los cielos del Caribe. Tampoco les dije que había dejado mi trabajo, en el que me pagaban ciento cincuenta mil dólares al año, como directora de Sistemas de Información en Raytheon. Todavía recuerdo el día que Raytheon me reclutó en la universidad. Papá estaba tan orgulloso de mí... "Sabes, Faith", me dijo, "este es un gran día para nuestra raza". Toda mi familia vino a casa para despedirme como si fuera una reina. Definitivamente, no puedo permitir que sepan nada acerca de mi marcha de California y mi traslado a las Islas Vírgenes hasta que me haya instalado en mi propia casa y encuentre trabajo. De ese modo, no parecerá que estoy actuando irresponsablemente decepcionando a todos los que habían creído en mí.

El primer día que llegó a la isla, Lisa conoció a Trevor, un contratista de la construcción. Trevor es un hombre fuerte y musculoso, probablemente de tanto utilizar el martillo y levantar sacos de hormigón durante todo el día. Su piel es muy oscura y suave, y tiene unos bonitos dientes blancos. Aparte de esa pequeña barriga que le nace, no tiene tan mal aspecto. Además, lo que le falta de belleza, lo compensa con las hermosas y lujosas casas que construye.

Un taxista le habló a Lisa sobre una casa en alquiler en una zona de St. John llamada Chocolate Hole. La casa pertenece a un juez que vive en Ohio. Solía venir a las islas una vez al año durante unas semanas, pero sus problemas de salud le hicieron ponerla en alquiler. El taxista le dijo a Lisa que si estaba interesada en ella debía hablar con un hombre llamado Trevor. El juez y Trevor se hicieron íntimos amigos cuando él lo contrató para construir la casa. Había invertido tanto tiempo y cariño en ella que el dueño le pidió que se encargara de cuidarla y de gestionar su alquiler.

Lisa le pidió al taxista que la llevara a buscar a ese tal Trevor. Lo encontraron sobre la estructura de la segunda planta de un edificio de piedra en construcción, leyendo planos. El conductor llamó a Trevor para que bajase. Le dijo que la mujer yanqui del taxi estaba interesada en alquilar la casa de Chocolate Hole. Trevor estuvo de acuerdo en que Lisa se mudara allá ese mismo día, y desde entonces ha estado viniendo a visitarla. Lisa, enfermera de profesión, consiguió trabajo tan pronto como solicitó el ingreso en la clínica local y se integró en el estilo de vida de la isla. Trevor le enseñó a cocinar al estilo de las Antillas. Me reí cuando me habló del pescado hervido y los plátanos fritos. El único modo en el que yo había comido plátano era troceado y en mis cereales; y en cuanto al pescado, siempre frito y cubierto con mucha salsa picante de Luisiana.

Llevo en la isla poco más de dos semanas, y es tal y como Lisa me había dicho. ¡Hay hombres por todas partes! Y, ciertamente, saben cómo cortejar a una hermana. Hay uno que me ha estado dejando mangos en el porche todos los días desde que me dijo cómo llegar al club de salud del Coconut Palm Resort. Ahora que, el hombre debe tener unos setenta años. Algunas de estas hermanas mayores deberían hacer su parte del trabajo y echarle una mano a ese hermano. Luego, está Fitzroy, el oficial de policía, que está casado. Lo he visto a él en su auto con su mujer y sus hijos manejando por la ciudad, y aún tiene el valor de saludarme estando al lado de la mujer que lo acompaña. Ya le he dicho que no salgo con hombres casados, pero continuamente intenta convencerme de que él no está casado. La mitad del tiempo no puedo entender lo que sea que estos hombres dicen, así que tan solo miro y sonrío. No quiero decir que sí a nada, y verme después en una situación comprometida.

Ahora que, si alguna vez quieres saber quién está casado con quién, déjate caer por la playa local cualquier domingo por la tarde después de la iglesia. No pretendía espiar a nadie ni nada de eso. En realidad, tan solo estaba pasando el rato con Lisa y Trevor, relajándome y disfrutando del hermoso azul del mar antes de empezar con las entrevistas de trabajo el lunes, y adivina con quién me encontré. Con Fitzroy y su familia. Decidí pasearme por la mesa de picnic de la playa de Hawksnest donde Fitzroy, su mujer y sus cinco hijos estaban festejando el cumpleaños de uno de ellos, solo para ver lo qué pasaba. ¡Sabes que ese hombre tuvo el descaro de presentarme a su esposa y pedirme que me uniera al festejo, y que luego empezó a prepararme un plato de guisantes con arroz y carne de cabrito como si nada! Me negué educadamente y abandoné el área de picnic tan rápido como pude. Deberías haber visto la forma en la que esa mujer me miraba fijamente. Aunque, de donde yo vengo, las mujeres tampoco bromean cuando se trata de sus maridos. He conocido a muchas mujeres a las que les arrebataron sus extensiones, dejando calvas sus cabezas, por haber tonteado con el marido de otra. Una vez, mi tía Dot atrapó a la Srta. Sadie, una hermana de nuestra iglesia, liándose con su marido y les tiró por encima polenta caliente a los dos. Hasta el día de hoy, el ojo izquierdo del tío George no se abre del todo por culpa de esa quemadura. Supongo que ya no mirará con ese ojo a ninguna otra mujer más. No hacía otra cosa que pensar en esa mujer arrojándome guiso de cabrito ardiendo a la cara creyendo que me interesa su hombre. A Trevor esto le pareció gracioso cuando se lo conté a él y a Lisa. Luego, me dijo que Fitzroy era de su mismo pueblo en Nevis, que solían jugar al cricket juntos y que no está casado con Lucinda, ese es su nombre.

-Y supongo que tampoco son sus hijos -le dije sarcásticamente.

-Los dos pequeños, los gemelos, son suyos, pero los
tres mayores son de un bombero que se murió -dijo Trevor.

-Entonces, debería hacer lo correcto y casarse con ella.

-¿Y si no la ama? -respondió Trevor.

-Entonces, debería haber pensado en eso antes de
empezar a tener nenes.

-Eso es -añadió Lisa.

-¿Así que, deberías amar a cada una de las personas
con la que te acuestas? -preguntó Trevor.

Lisa y yo respondimos a la vez: "¡Sí!".

Trevor soltó una gran y autocomplaciente risotada.
"Lisa, entonces, supongo que eso significa que me amas", dijo.
En ese momento, me excusé diciéndoles a los dos tortolitos
que por la mañana tenía que madrugar, y que ya los vería más
tarde. Podía escuchar a Lisa riéndose como una colegiala
mientras me subía a la yipeta para dirigirme a Chocolate
Hole.

Mi primera entrevista de trabajo es en la emisora de televisión
de St. Thomas, que está ubicada en la cima de una montaña,
en un lugar llamado Iguana Hill.   Sus instalaciones son
amplias y están bien cuidadas.   Me siento en la sala de
reuniones de ejecutivos, impresionada. Han invertido mucho
dinero acá. Disponen de cuatro estudios de televisión y cuatro
salas de control, cinco salas de edición, ocho salas de
conferencias y una enorme cantidad de oficinas para
ejecutivos con unas vistas espectaculares.   Esta realmente es
una operación de primera clase.

Pasados unos minutos, una mujer bajita de pelo rubio que
parece española, francesa o algo así, me saluda. Sonríe mucho
y habla como una hermana, pero con un ligero acento

antillano. Se llama Janna, y me lleva a dar una vuelta por la emisora. El sitio me sigue impresionando. Hay tres salas de descanso para empleados, y cada oficina o cubículo está exquisitamente amueblado y equipado con magníficos artefactos.

Janna es la directora de Operaciones de la emisora. Inmediatamente me gusta su estilo. Es agradable, profesional y viste bien. Sus uñas están bien cuidadas y me gusta el perfume que lleva esta chica. Es Dolce & Gabbana, mi favorito. Tengo que acordarme de preguntarle dónde se hace las uñas. No puedo decir que me haya encontrado a personas de su clase, con tanta categoría, desde que estoy en la isla.

La mayor parte de las mujeres acá, a diferencia de los hombres, no son amistosas en absoluto. Empiezan a interrogarte nada más decir "hola" o "¿no es un día encantador?". La mayor parte de ellas quieren saber de dónde eres y qué te ha traído a "su" isla, lo que es irónico porque la mitad de su población ha emigrado desde alguna pequeña isla no estadounidense en busca de trabajo. Después de ser interrogada por tanta gente sobre mi procedencia, decidí decirles que era de St. Croix y que abandoné las islas cuando era joven. Eso explicaba mi acento yanqui, y por qué no conozco a mucha a gente en St. Croix. Bingo, funcionó. Me aceptaron como a una igual porque lo único que les importa a los isleños es que seas *bawn here* y no un forastero. Lisa pensó que eso había sido muy inteligente por mi parte y me dijo que iba a probarlo también.

Janna me habla un poco del Sr. Atkins, el dueño de la emisora. Es rico... ¿y por qué no me sorprende? Me dice que vino de Puerto Rico a St. Thomas hace unos años, y que compró la compañía telefónica, la compañía eléctrica y todas las emisoras de televisión, excepto una. Los lugareños empezaron a sospechar cuando intentó comprar una gran cadena de bancos. Ahora creen que está tratando de apoderarse de toda la isla. Me pregunto qué les haría pensar algo así..., ¡¿eh?!

El puesto para el que me entrevistaron es el de director de Sistemas de Información y, sorprendentemente, se paga con seis cifras. Mi segunda entrevista era en el Chase Bank. Parece que todavía trabajan con equipos de principios de los noventa y que lo que pagan ni siquiera llega a los noventa mil. La condiciones tendrían que ser inmejorables para plantearme rebajar tanto mi salario.

Creo que la entrevista fue un desastre. Cuando escuches a la gente decir, "las islas son pequeñas", créetelo. ¿Adivinas quién estaba de recepcionista cuando entré en la oficina de negocios del banco? Lucinda, la mujer de Fitzroy, y si las miradas pudieran matar, yo ya estaría muerta. Como su hombre no me interesa, me resultó fácil ser educada y preguntarle cómo estaban sus nenes. Le expresé lo sorprendida que estaba de encontrarme con ella e intenté entablar una pequeña conversación mientras aguardaba a ser entrevistada, pero no quiso. Lucinda dejó los teléfonos sonando sin parar para irse a hablar con varias de sus compañeras de trabajo que estaban a unos cuantos cubículos de distancia. Todas las miradas se volvieron hacia mí. Pude sentir como me lanzaban unos cuantos dardos ardientes con sus miradas y sus gestos de desaprobación. Decidí no sucumbir a su mezquindad. De hecho, harían bien en andarse con ojo porque, si consigo este trabajo, probablemente seré la jefa de todas ellas. Finalmente, después de que los teléfonos sonaran unas quince veces, Lucinda regresó a su escritorio para atender varias líneas al mismo tiempo con una actitud que parecía como si los clientes la estuvieran molestando a ella. Sonreí mientras leía un ejemplar de la revista Forbes del año pasado que encontré sobre la mesa de la sala de espera. Por fin, escuché mi nombre de boca de Lucinda. El director del banco ya podía recibirme. Mientras esperaba a que ella me acompañara a su oficina, me fijé que en su placa de identificación, su nombre era "Lucinda Bramble". Supongo que Fitzroy no mentía cuando dijo que no estaba casado con ella, porque su apellido era Brown.

Lucinda hizo las presentaciones con el director del banco, Everett Bramble. O era su hermano mayor, o era su padre. Se veían casi iguales. El Sr. Bramble y yo hablamos durante lo que me pareció una eternidad. Estaba bastante impresionado con lo que mi perfil podía aportar al banco. A mí también me impresionó lo claro que tenía cuáles eran los puntos débiles de la compañía y el tipo de dispositivos de comunicación que requería para su actualización. El Sr. Bramble sabía exactamente lo que se necesitaba para conducir por la autopista de las tecnologías de la información y ser competitivo con los bancos del continente. También me enteré, durante el curso de nuestra conversación, que Lucinda es su hija. Había fotos de sus hijos sobre el aparador. Nos dimos la mano, y justo antes de irme, me aseguró que pronto tendría noticias suyas. En el momento en que me volvía para salir, el Sr. Bramble me llamó de nuevo. Me dijo que quería preguntarme algo más que no estaba relacionado con el trabajo. Me sentía un poco nerviosa. Esperaba no tener que ver a su hija y a Fitzroy. Empezaba a sentir que estaba siendo empujada a una relación en contra de mi voluntad, una que crecía por osmosis.

"Solo quiero que sepa que creo que es una mujer muy hermosa y que me siento atraído por usted... ¿Piensa que podría tomar el barco algún sábado o domingo para ir a verla a su casa en St. John?", me dice el Sr. Bramble.

Sé que mi boca estaba abierta porque podía sentir el aire entrando en ella. sin embargo, nada salía. Finalmente, me las arreglé para decirle, "Que tenga un buen día", y me fui.

Capítulo 2

A decir verdad, me sentía un poco halagada con toda la atención que estaba recibiendo desde que mi avión aterrizó en la pista del aeropuerto Hamilton. Afrontémoslo, los hermanos de los Estados Unidos actúan de un modo muy distinto. Los hombres de acá son más primitivos. Son algo así como, "yo Tarzán, tú Jane". Cuando ven a una mujer que les gusta, la reclaman. No te preguntan si quieres ir al cine, sino: "¿Qué clase de casa quieres que te construya?" ¡¡Hola!? No sé tú, pero yo nunca he estado con un hermano que me pregunte algo así después de solo unas pocas semanas. Mi chica, Lisa, ya ha elegido el terreno donde Trevor les va a construir una casa a ella y a sus futuros nenes. Él ya le dejó claro que quiere tener muchos hijos. Yo le dije, "Cásate primero antes de empezar a hablar de criar bebés para ese guerrero mandinga, y asegúrate de que la casa y el terreno estén a tu nombre". Tenemos casi treinta dos y somos demasiado experimentadas como para cometer estúpidos errores. Además, su exmarido de Los Ángeles ya le había sacado el dinero, pero no entremos en eso. Bueno, o quizá sí aunque solo sea por un minuto.

Jason no era de fiar y me odiaba porque me di cuenta de cómo era desde el principio. En primer lugar, dijo que era actor y que siempre iba a las audiciones, pero nunca fue capaz de que conseguir que le dieran ni un solo papel. A lo que me refiero, es a que al hombre no le daban ni siquiera papeles de extra, y todo lo que tenías que hacer para obtener uno era presentarte en la oficina de desempleo de Hollywood cualquier mañana antes de las nueve y media, y apuntarte para figurar en una escena de multitudes. Aunque solo pagan setenta y cinco dólares al día, era suficiente para comprar algo de comida o llenar el tanque del auto. Lisa adoraba hasta sus calzones sucios de la semana pasada, y todo lo que se me ocurre pensar es que "su cosita" debía de ser algo realmente especial. Ahora que, no soy de las que hablan de nadie a sus espaldas, especialmente de mi mejor amiga, por lo que esto que estoy diciendo, ya se lo he dicho a Lisa también. Creo que Jason tenía un poco de "azúcar en su tanque". Se reía demasiado, como una mujercita, y siempre estaba metiéndose en nuestras conversaciones, picoteando como una gallina. Hablaba con un pequeño ceceo, como si su lengua tuviera que deslizarse bajo sus dientes antes de poder pronunciar las palabras. Lisa lo justificaba diciendo que algunos hombres son sencillamente más sensibles, y Jason de veras encajaba en esa categoría. Como ya he dicho, ¡debía de tener algo realmente bueno allá abajo, porque esta chica estaba completamente ciega! Los árboles le impedían ver el bosque. Lisa estaba casada con uno de esos hombres que ocultan su auténtica orientación sexual.

Un compañero de trabajo que estaba intentando abrirse camino en el mundo de la comedia, me invitó a ver su actuación en un pequeño club de West Hollywood. Le dije que iría a apoyarlo aunque para nada me gustan los *clubs*. Hay demasiado humo. Se alegró mucho de saber que asistiría. Me contó que algunos compañeros de la oficina le habían prometido ir cuando actuó en ese mismo lugar el mes pasado, pero que, finalmente, nadie apareció. No sé si eso hizo que me sintiera obligada o no, pero, ey, Brian era mi chico, y si ir a ver su espectáculo le ayudaba a labrarse un nuevo porvenir y abandonar su trabajo en el Departamento de Correos, entonces estaba dispuesta a sentirme incómoda por un rato. Me las arreglé para resistir durante el primer *sketch*. El número de Brian era una sátira laica y cristiana. ¡El chico era bueno! ¡El público se partía el pecho de la risa! Me gustó especialmente su imitación de los ujieres negros cuando entran en la iglesia para el servicio mientras marchan cantando *We Are Soldiers of the Army*. Hacía un movimiento de parada y giro igualito que el que ellos hacen cuando doblan al llegar a una esquina, y que esa gente solo hace en nuestras iglesias. Cuando terminó su actuación, regresé al camerino, le dije lo fabuloso que era y luego me apresuré a salir por una puerta lateral.

No me apetecía tener que irme, pero mis pulmones no podían soportar más el humo. El club compartía su zona de estacionamiento con el conocido club gay de al lado. Mientras me dirigía a mi auto, cerca de él dos hombres habían estado aparentemente fumando marihuana porque el olor que persistía en el aire me chocó. ¡Y ahora se estaban besando! "Qué asco", pensé. Seguro que esto le habría provocado a mi papá un ataque al corazón. Él predicaba desde su púlpito que la homosexualidad era una abominación. "Ama al pecador, pero odia el pecado", decía. Entonces tuve que recordarme a mí misma que estoy en West Hollywood, una zona que tenía el sobrenombre de "Sodoma City". Ver a un hombre y a una mujer besándose por acá no es lo más habitual. Justo cuando estaba abriendo la puerta de mi auto y me disponía a entrar, oí *esa* risa seguida de un pequeño ceceo. ¡Señor, ten piedad! ¡Por favor, no dejes que sea él! Me volví para ver con más detalle quién era, empezando por los zapatos; no necesité ir más allá. Cuando vi que llevaba puestos los zapatos que Lisa le había comprado cuando fuimos a Nordstrom's el sábado pasado, todo se confirmó; era Jason besando a otro hombre en el estacionamiento del club gay. Grité su nombre. No estoy segura, pero creo que el hombre mojó sus pantalones. Parecía haber una mancha húmeda en el suelo, pero solo Dios sabe con certeza lo qué era. Se podía ver en la expresión de su cara que yo era la última persona que esperaba oír llamándole por su nombre en aquel lugar. Creo que esperaba ver al Diablo antes que a mí esa noche. No había absolutamente nada que pudiera decir, ¡le habían cachado!

Ahora que, ya sabes cómo actúa a veces nuestra gente cuando se equivoca. Tratan de que parezca que la culpa es tuya. Esa nenaza tuvo el descaro de decir que yo le estaba espiando y que estaba intentando tenderle una trampa. ¿Puedes creerlo? Si así fuera, no se me habría ocurrido hacer nada parecido. Le dije que se fuera al infierno, me subí al auto y me fui.

Lisa estaba trabajando en el Children's Hospital, a solo unas pocas cuadras de allá. Trabajaba cuatro días seguidos y tenía libre el resto de la semana, por lo que no regresaría a casa hasta dentro de un par de días. Esto no era algo que pudieras decirle a tu mejor amiga en el trabajo, así que decidí esperar hasta que ella estuviera de regreso. Mientras, tuve tiempo de rezar pensando en cómo podría contarle algo así. Pero, ese demonio de Jason tenía otros planes. Sacó de su casa todo lo que él pensaba que le pertenecía antes de que la chica saliera del trabajo. Ahora, ten en cuenta que él nunca trabajó durante todo el tiempo que estuvieron casados. Por favor, dime qué fue lo que le hizo pensar que tenía derecho a llevarse el televisor de plasma, el reproductor de DVD, el equipo de música y un dormitorio gigante. Ni se sabe a quién tendrá durmiendo en su cama ahora mientras hablamos... A decir verdad, y para vergüenza del Diablo, me pregunto con quién se habrá acostado en ella cuando todavía vivía en casa de Lisa. Ni que decir tiene que mi chica se quedó destrozada cuando entró en la casa y descubrió lo que había sucedido. Y para arrojar aún más sal en la herida, tuvo la cara dura de dejar una nota diciendo que no podía soportarlo más, y que si ella tenía alguna pregunta, que se la hiciera a Faith. "¿Pregúntale a Faith? No, dime que no ha llegado a eso", es todo lo que pude decir. Ahora parecía que yo era la causa de su ruptura. Esto creó una tensión temporal en nuestra amistad porque, como he dicho antes, la gente siempre busca culpar a otros cuando las cosas van mal, especialmente, cuando se trata de la relación entre un hombre y una mujer. Lisa y yo intercambiamos algunas duras palabras, o mejor dicho, ella me dijo a mí, entre ríos de lágrimas, unas cuantas duras palabras.

La situación se prolongó durante semanas. Los primeros dos días lloré a su lado. Luego, cuando me cansé de su llorera, decidí que no iba a permitir que Jason nos hiciera esto a las dos. Alguien tenía que poner un poco de sentido común. Finalmente, le dije: "Lisa, a él no le gustaban las mujeres. Intenté decírtelo hace dos años, pero no quisiste escucharme".

No había necesidad de abrir aún más la herida, así que me llevaré conmigo a la tumba lo que vi aquella noche en el Boulevard Santa Mónica. Lo principal ahora era, y se lo dejé muy claro: ¡ella tenía que hacerse un análisis de SIDA! Lisa asintió. Las dos estuvimos con el alma en vilo mientras esperábamos ansiosas los resultados de la prueba. ¡Alabado sea Dios! ¡El resultado fue negativo! Fue entonces cuando Lisa decidió que ya se había hartado de "Sodoma City" y que se iba a las Islas Vírgenes, donde ella había oído que había hombres de verdad.

Capítulo 3

A ver si soy capaz de subir en la yipeta a la barcaza sin chocar con el carro de alguien. Decidí ir en mi auto a St. Thomas en lugar de tomar el ferry de cercanías. Pensé que así tendría más flexibilidad y no dependería de los taxistas para ir de entrevista en entrevista. Funcionó. El ferry zarpa a pocos metros de donde se encuentra la barcaza. Podía ver lo repleto que estaba de gente recién salida del trabajo esperando para ir a St. John. La última cosa que quería hacer hoy era ser parte de ese llamado para reunir al ganado. Además, parece que hace un poquito de calor allá afuera... Cuando haya subido la yipeta el barco, bajaré las ventanillas, tomaré de la brisa del Caribe y dormiré una siesta hasta llegar a la otra orilla. Al menos eso es lo que creía que iba a pasar.

Uno de los tripulantes de la barcaza me indicó que estacionara en el lado de estribor de la cubierta, en un pequeño hueco entre dos enormes camiones de basura. En mis treinta y tantos años de vida, nunca antes había olido nada tan asqueroso. Lo peor es que había estacionado tan cerca de los dos camiones que ninguna de las puertas se abría lo suficiente como para permitirme salir e ir a la cubierta de observación a tomar un poco de aire fresco. Pensé en subir las ventanillas y prender el aire acondicionado, pero había varios letreros alrededor de la cubierta que decían en rojo y en negrita: "*El Código Penal de las Islas Vírgenes 659190 requiere que todos los motores de los autos estén apagados mientras el barco está en movimiento*". Entre el hedor y el movimiento de la barcaza con el oleaje, ¡me puse tan enferma! Tuve que sacar la cabeza por la ventanilla y vomitar sobre la cubierta en el poco espacio disponible entre los camiones de basura y yo. Cuando llegamos a St. John, utilicé toda la energía que pude reunir en sacar el auto de la barcaza. Estaba demasiado mareada para presentar una queja. Recé para encontrarme a Lisa o a Trevor en la ciudad y que me llevaran a casa. No tuve tanta suerte. Decidí aparcar y esperar que el alivio llegase pronto. Prendí el aire acondicionado, recliné el asiento y cerré los ojos.

De repente, alguien dando golpes en la ventanilla me asustó. Era Fitzroy sonriendo como el Gato Risón. ¿Es que este hombre tenía algún tipo de radar, o es que me estaba acosando? Siguió golpeando en el vidrio hasta que lo bajé. Debía de parecer todavía algo indispuesta.

–¿Se encuentra bien? –dijo Fitzroy.

Antes de que pudiera responder, estaba abriendo la puerta y vomitando en sus zapatos. No salió mucho, afortunadamente. Caí en la cuenta de que no había comido nada en todo el día. Fitzroy me ayudó a cambiarme al lado del pasajero del coche reclinando mi asiento suavemente. Mi cansado cerebro decía, "¡Qué está haciendo este hombre acá!, y al mismo tiempo, ¡Gracias, Dios!". Después de abrocharme el cinturón de seguridad, Fitzroy se sentó en el asiento del conductor y manejó el auto en dirección a algún lugar que no era Chocolate Hole. Apenas podía levantar la cabeza para ver hacia dónde íbamos, sin embargo, cuando se detuvo para dejar que los pasajeros del barco descortezador cruzaran la carretera, vi una cara familiar mirando fijamente a la yipeta. Era Lucinda saliendo del barco entre la multitud de trabajadores que venían de St. Thomas. De repente, me sentí aún peor.

"No se preocupe, ella tiene su propio medio de transporte... usted solo relájese, tengo algo que la hará sentirse mejor", dijo como si pudiera leer mi mente.

Limpio, limpio, limpio, es todo lo que puedo decir para describir su casa. Fitzroy vivía justo por encima de la ciudad, en un lugar llamado Gift Hill. Disfrutaba de una espectacular vista del puerto de Cruz Bay. Su casa estaba amueblada como si fuera una de los Estados Unidos. El salón estaba decorado con dos bonitos sofás de cuero, uno de dos plazas y otro de tres, y acondicionado con una hermosa mesa de café y mesillas auxiliares. En un rincón de la habitación había un gran televisor de plasma. El piso estaba acabado con grandes baldosas de terracota mexicana. La distribución de su dormitorio constaba de una cama de matrimonio con dosel de cuatro postes en el centro, lo que parecía un aparador de Broyhill y una cómoda a juego colocados ambos en los laterales. Otro televisor de pantalla grande estaba ubicado en un rincón. Había muchas plantas en todas y cada una de las habitaciones. Plantas grandes y saludables, alojadas en hermosos jarrones. En el segundo dormitorio había un juego de literas. Su decoración tenía una temática tipo *western*. Esta debía de ser la habitación de sus hijos. Luego, había un tercer dormitorio que parecía ser la combinación de una habitación de invitados y una biblioteca. Una cama trineo de mimbre de matrimonio, con una preciosa ropa de cama, y mesillas de noche a juego, estaba colocada en un ángulo de la esquina de la habitación. Varias estanterías altas, que desde suelo llegaban hasta el techo, embellecían las paredes. Su baño principal disponía de una bañera doble con jacuzzi. Y escucha esto, este hombre tenía un bidé junto al inodoro. La cocina tenía una isla central y en ella había una réplica de una antigua estufa-refrigerador O'Keefe, del modelo que la que tenía mi abuela cuando yo era una niña. Hermosa artesanía antillana adornaba las paredes. Las pinturas eran originales y estaban firmadas por artistas locales. En la mayor parte de ellas se representaban escenas de la vida cotidiana de la isla de St. John.

Fitzroy se cambió su uniforme de policía por unos *jeans* y una camiseta de colores. Me fijé en que se tomó su tiempo para poner su arma en un armario cerrado con llave situado sobre la pileta de la cocina, como si fuera un ritual con el que cumplía cada noche. Me di cuenta de que nunca antes lo había visto vestido de civil, a excepción de aquel bañador que llevaba puesto cuando nos encontramos en la playa. Corrección, cuando *hui* de él en la playa. Sin duda, parecía un hombre distinto. Había algo agradablemente desconcertante en él. Todavía sentía náuseas. Me acomodé en el sofá de cuero mientras Fitzroy me servía un té de hierbas hecho con las hojas de algunas plantas de su jardín. Me dijo que era de hoja de guanábana, y que me calmaría el estómago y me ayudaría a descansar. Quizá debería haberlo tomado en casa, pero se estaba tan cómoda en el sofá de este hombre... Le di un sorbo al té de hierbas endulzado con la miel que, según él, procedía de la granja de miel de su padre en Nevis. Antes de que pudiera darme cuenta, me estaba quedando dormida. Débilmente, podía escuchar a Fitzroy hablando por teléfono. Creo que hablaba con Lisa o con Trevor porque dijo que no se preocupara por mí y que se aseguraría de que me sintiera mejor antes de permitirme manejar de regreso a casa.

A la mañana siguiente, me desperté en la habitación de invitados tapada con una sábana. Aún tenía puesta la ropa que había llevado a las entrevistas. Fitzroy estaba de pie, junto a mí, mientras mis ojos trataban de enfocar con más claridad la habitación en la que me encontraba, y mi cerebro se adaptaba al hecho de que estaba en un lugar extraño. Sostenía una bandeja de desayuno. En la bandeja había una tetera de porcelana con una taza a juego, un tazón de avena, una rebanada de pan tostado y un cepillo de dientes nuevo. Debía de estar hecha un desastre, aunque él me dijo lo contrario. Fitzroy llevaba puesto su uniforme de policía. Me preguntó si quería ducharme en su casa, y luego dejarlo a él en el trabajo. Fue entonces cuando me di cuenta de que habíamos ido en mi auto a su casa. El suyo debía de estar todavía en la ciudad. Decidí estrenar el nuevo cepillo de dientes, lavarme la cara, comerme la avena y pasar del té de hierbas. Necesitaba sentirme despierta hoy, ya que tenía otra entrevista programada para las dos de la tarde. Le agradecí a Fitzroy por su ayuda cuando lo dejé frente a la estación de policía. Por supuesto, todos los oficiales que estaban llegando o saliendo del servicio en ese momento aprovecharon para fijarse en nosotros mientras Fitzroy salía del auto. En un momento dado, pensé que él iba a besarme, y giré la cabeza como si estuviera vigilando el tráfico desde mi lado de la yipeta. Créeme, no estaba preparada para que ese hombre me besara allí mismo, delante de Dios y de todos los presentes. Ya era suficientemente malo que lo llevara al trabajo como si fuera su mujer. Lo entendió, sonrió y me dijo que nos veríamos más tarde. "Ah", es todo lo que Jane pudo decirle a Tarzán.

Cuando llegué a la casa de Lisa, ella ya se había ido a trabajar. Me dejó una nota en la nevera en la que me decía que necesitaba hablar conmigo. Quería que me reuniera con ella en la cafetería de la clínica a las once en punto de la mañana. Eran solo las ocho y media, así que decidí cometer uno de los mayores pecados que se puedan cometer en la isla y darme una larga y caliente ducha al estilo de los Estados Unidos. En lugares como este, la gente no juega cuando se trata de su agua. ¡Puedes comerte toda su comida, pero no desperdicies el agua! ¿Te imaginas ir al baño y que no salga nada cuando abres la espita? Oh, Dios no lo quiera, ¿qué pasaría si el excusado no se descarga después de que lo uses? La mayor parte de los isleños dispone de cisternas, y depende del agua de lluvia que se acumula en el tejado y se filtra por una tubería hasta ellas. La cisterna es como una gran piscina debajo de tu casa. Cuando no hay lluvia, no hay agua. Muchas compañías de agua venden agua desalinizada. Los camiones vendrán a llenar tu cisterna por una tarifa considerable. Sin embargo, a veces no importa cuánto dinero tengas. Cuando hay sequía, puedes esperar casi una semana antes de que el camión de reparto pueda llegar hasta ti. Las compañías de agua están tan desbordadas de llamadas que la gente espera en la carretera para ofrecerles unos dólares extra por priorizar sus nombres en la lista de espera. Naturalmente, esto podría demorarse todavía durante un tiempo porque antes tienen que atender primero a su madre, a sus hermanos, a sus tíos y a sus primos. Gracias a Dios, el hombre que hizo construir esta casa pensó como un norteamericano. Hay cuatro cisternas construidas bajo ella; una de ellas destinada solo para la piscina y el jardín. Estamos bendecidos con tanta agua que podríamos vender sin problema un camión lleno, y aun así tener agua suficiente para vivir como si estuviéramos en los Estados Unidos.

El teléfono estaba sonando cuando salí de la ducha. En cuanto descolgué, la persona al otro lado de la línea colgó. Esto ocurre con frecuencia. Me enoja mucho cuando llaman a las tres de la mañana y nadie dice nada. Lisa dice que esto ha estado sucediendo desde que se mudó. Tan pronto como me doy la vuelta para regresar al baño a secarme el cabello, el teléfono suena de nuevo. Contesto un poco bruscamente y me arrepiento de inmediato. Es Janna, de la emisora de televisión. Me disculpé rápidamente diciéndole que me siguen colgando el teléfono cuando llaman. Me sorprendió su respuesta.

–Probablemente es una mujer celosa que intenta que su hombre responda para poder averiguar por qué no ha ido a visitarla últimamente –dice Janna.
–Ah –respondo yo.
Lo que quiero decir es que, qué más puedes responder a algo así. Suena como si hubiera un poco de sabiduría en eso. Janna me dice que les gustaría que fuera para una segunda entrevista esta tarde, aunque esta vez la entrevista será

en St. Croix y me llevarán allá en el avión de la compañía. Al parecer, el propietario va a estar en su emisora hermana afiliada, y le gustaría reunirse conmigo para tomar una decisión sobre el puesto hoy.

–Bien, ¿a qué hora tengo que estar allá? –le pregunto.

Janna me informa que debo encontrarme con ella en la zona de embarque del aeropuerto Hamilton a la una en punto. Me dice que veré esa entrada tan pronto como tome la carretera del aeropuerto. Colgamos y pienso en Lisa. Tal vez podría ir a verla ahora. Si espero hasta las once, no me dará tiempo a hablar con ella, tomar la barcaza y bajar al aeropuerto, ya que está en el extremo contrario de la isla con relación al lugar donde hago el desembarco. Pero si sé una cosa: ¡les va a caer una buena si me piden que estacione de nuevo cerca de un camión de basura cuando suba a la barcaza!

Lisa estaba saliendo de una reunión de personal cuando llegué a la clínica. Fue directa al grano. Uno de sus compañeros de trabajo le dijo que vio a Trevor con una mujer blanca sentados en el bar de un restaurante llamado Shipwreck en Coral Bay. Coral Bay está situada en el extremo más alejado de la isla. Aunque allá no vive mucha gente, tienen su propio sentido de la comunidad. Le pregunté si se lo había dicho a Trevor y me dijo que no. No quería meterse en ninguna absurda e insignificante discusión de pareja.

"No es tan insignificante si me hablas de ello", le dije.

Luego reflexioné sobre lo que dijo Janna acerca de los cuelgues bruscos de teléfono. Le pregunté a Lisa si había recibido alguna vez alguna llamada de una mujer celosa.

–Sí –susurra agachando la cabeza.

Otra vez la misma historia, *déjà vu*. Mi chica se las había arreglado para que se aprovecharan de ella de nuevo. Lisa era tan vulnerable.

–Está bien, Lisa. Enfoquemos esto con una mentalidad abierta y sin prejuicios. Digamos que Trevor te está engañando. No va a admitirlo aunque se lo pidas, y además, cualquier engaño que te esté haciendo no puede ser para tanto porque siempre está pegado a tu trasero –le digo.

–Tómatelo con calma. No olvides que viniste a estas islas para aclarar tu mente después de tu último error. Diablos, vas de mal en peor. Ni siquiera has permitido que la realidad de tu divorcio se asiente todavía. Si Trevor es el hombre que Dios ha elegido ti, entonces no hay mujer blanca, china, pakistaní o africana que se interponga en tu camino. Además, apuesto a que no está construyendo una casa para ella.

–Esa es otra cosa que le he estado preguntando..., que cuándo vamos a cerrar el trato por el terreno, y él me sigue respondiendo que "cualquier día de estos" –dice Lisa con dudas en su voz.

–Sabes que entre la herencia que recibiste de tus padres y tu salario tienes dinero más que suficiente para comprarte tu propio terreno, hacer que te construyan una casa y aún te queda un buen pico en el banco. ¡No necesitas que Trevor te dé nada! Tu padre se aseguró de eso antes de morir. ¡Nosotras, las hermanas, tenemos que dejar de valorarnos en función de lo que un hombre hace por nosotras! ¡Consigue tu propio terreno a tu nombre y contrátalo a él para que te construya la casa! ¡Los hombres te tienen mayor estima cuando les haces saber, primero, que no eres boba, y segundo, que no les vas a aguantar sus tonterías!

Lisa empezó a sentirse un poco más aliviada. Se echó a reír cuando le dije que normalmente cobro a la gente por este tipo de consejos, pero que a ella se lo daría gratis si prometía hacerme caso.

Charlamos un poco más sobre mi indisposición en la barcaza, y sobre Lucinda, su padre y Fitzroy. Nos reíamos tan fuerte que la gente de la cafetería empezaba a mirarnos. Lisa me deseó lo mejor en mi entrevista. Nos abrazamos y prometimos ir a bailar este fin de semana a un local del pueblo llamado

Fred's. Sería una noche de "solo chicas". Me despedí haciendo un gesto con la mano y me apresuré para ir a tomar la barcaza.

Capítulo 4

Eran alrededor de las doce cuando llegué a St. Thomas. Decidí hacer un alto en el camino en Red Hook, el lugar donde atraca la barcaza, para comer un sándwich y revisar mi correo electrónico en un pequeño cibercafé. Hoy no quería arriesgarme a sentirme indispuesta por ninguna razón. También tenía que asegurarme de cancelar la entrevista que había programado varios días atrás con la University of the Virgin Islands. Si Dios quiere, no tendré que reprogramarla para otra fecha. Tengo el presentimiento de que hoy alguien me va a hacer una buena oferta. Mi correo electrónico está lleno. No he estado conectada desde que llegué a St. John. No puedo creerlo. Las cosas que son tan importantes para nosotros en los Estados Unidos, acá parecen pasar a un segundo plano en el orden de prioridades.

Tenía unos setenta y cinco mensajes. Muchos de ellos eran correo basura. Bueno, el Señor se apiade de mí, hay cuatro correos electrónicos de Daemon. Pensaba que ya se habría olvidado mi nombre. ¿Qué podría querer? Dice:

"Pasé por tu casa el otro día para recoger las pocas cosas que dejé allá, y otra persona se había instalado en ella. No quiso darme tu nueva dirección. ¿Dónde te alojas?".

¡Eso no es asunto tuyo! No escribí eso, solo lo pensé. El siguiente correo de Daemon dice:

"Este es mi segundo correo electrónico. Te escribí otro correo hace una semana. Espero que lo hayas recibido. Me preguntaba si podríamos quedar para almorzar".

¡Debe de haberse vuelto loco! Estoy almorzando ahora mismo, ¿y adivina qué?, ¡no es contigo! Tal vez debería enviarle esto. Veamos qué dice el siguiente.

"Faith, regresé de nuevo a tu antigua casa y le rogué a la mujer que vive ahí que me diera una dirección. Aun así, no quiso. Me voy a pasar por tu iglesia mañana. Quizá te encuentre allá, o al menos tu pastor me de información sobre el lugar al que te has mudado".

Los mares y los ríos se secarán antes que él te diga algo a ti. A mi pastor nunca le gustaste. Al igual que mi papá y mi mamá, él también quería saber cuándo te ibas a casar conmigo. Sí, pásate por la iglesia. Tal vez el Espíritu Santo se abalance sobre ti y te convierta en un hombre nuevo. Podría parecer que estoy amargada si le envío a esto.

Último correo electrónico de Daemon.

"Ayer fui a tu iglesia. Estaban con los servicios de renacimiento. El Espíritu Santo rebosaba por todos lados en ese lugar. No creerás esto ni en un millón de años. Me arrodillé y vi la luz. Me encontré a la mujer que vive ahora en tu casa en el servicio. De cualquier forma, nadie me quiso dar tu dirección o tu número de teléfono, pero me alegro de haber ido. El Espíritu Santo me hizo sentirme obligado a escribir una carta de disculpa a tus padres pidiéndoles perdón por todos los años que les falté al respeto a ellos y a su hija. Bueno, Faith, espero que recibas este correo electrónico. Gracias por todo lo que hiciste por mí". Firmado, Daemon.

¡Alabado sea el Señor! Le enviaré una tarjeta postal para felicitarlo por convertirse en una nueva criatura de Cristo. Pero, que quede claro. No me interesa para nada volver atrás.

¡Señor, ten piedad! ¡Mi papá ahora tiene correo electrónico!

"Hola, pedacito de cielo. Sí, soy papá. Tu madre me compró una computadora por mi cumpleaños, ya sabes, ese que te perdiste. No te preocupes por eso, no estoy enojado. Imaginé que te estabas divirtiendo tanto en esas islas con Lisa que te olvidaste de tu viejo papá. Tan solo te pido que tengas cuidado y recuerda que Dios es lo primero. Envíame un correo electrónico con algunas fotografías de esas lindas islas para que pueda practicar la descarga de fotos. Ah, recibimos una carta de lo más extraña de ese antiguo novio tuyo... con amor, papá".

¡No puedo creer que me haya olvidado de su cumpleaños! Supongo que estaba evitando llamar, ya que no era lo que se dice honesta sobre la situación de mi vida. Mientras miro el reloj, recuerdo que tengo que irme ya. Lisa me había enseñado un atajo para llegar al aeropuerto por Skyline Drive. Señor, por favor, no dejes que me extravíe. Se supone que hay una pequeña y escondida carretera que baja atravesando el bosque, en el algún lugar cerca de Mountain Top, donde presumen de hacer los mejores daiquiris de banana. Lo normal es que haya muchas excursiones yendo por ese lugar, así que recordaré hacer un giro a la derecha tan pronto como vea los autobuses de los safaris.

Janna me estaba esperando en el hangar. Llevaba un bonito traje de seda fucsia con una blusa blanca. Su pelo largo y rizado estaba recogido dejando unos pequeños rizos colgando a un lado y otro de su cara. Que conste que yo también me veía bien. Llevaba un traje de negocios de lino beige de Anne Klein y unos zapatos beige de Joan & David con un bolso a juego. Janna me saludó con una gran sonrisa y un abrazo. Tiene algo que te hace sentir como si la conocieras desde hace mucho tiempo. Janna, el piloto y yo subimos a la avioneta de seis pasajeros. Nunca había volado en un avión tan pequeño. Janna se sentó al lado de Junnis en el asiento del copiloto. Junnis, un hombre con aspecto de gran guerrero africano, parecía muy agradable, pero sonreía demasiado para mi gusto. Me dio la impresión de ser un poco cínico. Al igual que Trevor, tenía su boca llena de hermosos dientes de color blanco nacarado, en completo contraste con su oscura piel. Después de abrocharse el cinturón de seguridad, Junnis dirigió la avioneta hacia la pista, donde nos detuvimos hasta que la torre de control nos dio permiso para despegar. El vuelo duró unos veinticinco minutos, y estuve rezando todo el tiempo hasta que aterrizamos. Cada pequeño zumbido, ñic o lo que parecía sonar como un ruido irregular en el motor hacía que mi mente se acelerase. Me imaginaba que caímos al mar en ese pequeño avión y que nos atacaban los tiburones tras el impacto. Inmediatamente, me sentía tonta por dejar que el miedo se apoderara de mí. En la siguiente escena, me imaginaba a la avioneta cayendo, y que yo era la única superviviente; eso me servía un poco más de consuelo. El aterrizaje fue suave, y qué alivio llegar por fin.

Aterrizamos en el aeropuerto Henry Rohlsen. Un todocamino Lincoln Navigator negro nos estaba esperando mientras aterrizábamos. El chofer nos abrió la puerta, y Janna y yo nos sentamos en los asientos traseros. Junnis se acercó al auto e intercambió unas palabras con Janna, que era todo sonrisas. Ah, bueno. Ahora veo lo que pasa. Junnis es el hombre de Janna. Cuando salimos a la carretera del aeropuerto, Janna seguía sonriendo.

    –Supongo que ya se ha dado cuenta, ¿no? –dijo Janna.
    –¿De qué? –le respondí yo.
    –Junnis, él es mi "bebé".
    Casi me ahogo al escuchar a esta chica llamar a ese gigantesco negro su "bebé". Lisa se sentiría orgullosa de mí... había conseguido mantener la calma. Le respondí: "Bien hecho, chica". Janna continuaba sonriendo mientras el Lincoln se incorporaba a la autopista y tomaba velocidad. La emisora no estaba lejos del aeropuerto. Se encontraba en el interior de un pequeño centro comercial llamado Sunny Isle.

Una vez en la oficina del Canal 18, Janna me presentó a todos con los que nos cruzamos. La gente parecía muy amistosa. Janna nos llevó a la sala de reuniones, donde una chica isleña con un fuerte acento nos preguntó si queríamos algo de beber. Me moría de sed.

–¿Quieren un poco de nuestro refresco local? Se fabrica acá, en Frederiksted, St. Croix –preguntó educadamente.

¿Cómo podría negarme? Janna ya estaba familiarizada con lo que acá conocen como Brow Soda. Pidió la que tenía sabor a plátano y a mí me sugirió que probara la de coco, que es la favorita de la mayoría de la gente. La chica regresó con unas botellas de vidrio de estilo anticuado. Mi refresco estaba bien rico. Es mejor no comprobar el número de calorías. Por regla general, si es bueno, engorda.

Finalmente, un español bajito y calvo entró en la sala de conferencias vestido con unos pantalones cortos de tenis, zapatillas blancas y una camiseta de golf. Sonrió y me estrechó su mano. Charlamos un poco sobre Los Ángeles. Sabía mucho sobre la compañía en la que había trabajado los últimos tres años, e incluso mencionó los nombres de algunos de sus ejecutivos. Me impresionó. Me dijo que había hablado con mi anterior supervisor, que él solo tenía buenas cosas que decir sobre mí y que les dio lástima que tuviera que dejarles. Luego le preguntó a Janna si pensaba que yo sería compatible con la compañía. Ciertamente, no era de los que se andan con rodeos. Pensé que al menos se disculparían y hablarían de mí a mis espaldas.

–¡Absolutamente! –dijo Janna sin dudarlo.

–¡Entonces, que así sea! –respondió el Sr. Atkins.

"Muy bien, capitán Jean-Luc Picard", fue todo lo que se me ocurrió decir, por supuesto, a mí misma. El Sr. Atkins volvió a estrecharme su mano y me dio la bienvenida a bordo.

"Me gustaría que viniera a mi pequeño castillo y que conozca a mi esposa cuando se instale", me dijo antes de abandonar la sala de conferencias.

"Lo espero con impaciencia", respondí. Podría haberme puesto a cantar el *Aleluya*. Por fin podía llamar a papá, desearle un feliz cumpleaños tardío y decirle a él y a mamá: "¡Ya soy una isleña más!".

Gracias a Dios, el vuelo de regreso a St. Thomas no tuvo incidentes. Aterrizamos alrededor de las cinco. Junnis se despidió y le dijo a Janna que se pasaría por la casa más tarde esa misma noche. Por fuerza, me sentí un poco celosa. Está en la naturaleza humana. Aunque Daemon me había utilizado, extrañaba la compañía de un hombre. Espera, ¿qué sentido tiene eso? Si alguna de las hermanas de mi iglesia me escuchara decir algo así, estrecharía sus brazos volando por el aire tratando de llegar hasta mí para ponerme las manos encima. Me ungirían con tanto aceite de oliva que podrían freír pollo sobre mí. ¿Podríamos ser realistas por un momento? La carne es débil, pero le he prometido a Dios, y a mí misma también, que el próximo hombre que consiga un poco de esto será mi marido. Voy a poner en práctica todo lo que aprendí en los miles de retiros de mujeres a los que he asistido desde que tenía cinco años. Ya sabes, retiros espirituales como *Mujer con propósito*, *Ámate a ti misma primero*, *Mujer, quedas libre de tu enfermedad*, y mi favorito, *Corrige ese espíritu de Jezabel*.

Janna me pidió que la dejara en la emisora para recoger su auto. Ella había ido al aeropuerto con Junnis. Hablamos durante todo el camino. Me enteré de que tiene dos hijos, Nyla y Chloe, y que está en medio de un terrible divorcio. Janna se había casado con Eric, su novio del instituto. Con el tiempo, él se convirtió en un abusador adicto al alcohol. Hace un año, hizo que la policía lo corriera afuera de la casa. El problema es que ellos la habían construido en las tierras de su familia, y ahora Janna vive en una casa ubicada en una calle sin salida, entre las de su suegra y su cuñada. Las dos la odian y quieren que se vaya. Eric le dijo que la mataría si no fuera la madre de sus hijos. Janna dice que posee un pequeño pedazo de tierra que su padre le dio en herencia a cada uno de sus hijos, pero que no se irá hasta que consiga su parte de lo que Eric le debe, ¡y que, si a su familia no le agrada, ya pueden irse al infierno!

La emisora de televisión estaba completamente en calma cuando llegamos. Las únicas dos personas que continuaban allá eran un periodista que estaba ocupado preparándose para la emisión de las seis, y Jay Stewart, el director financiero, un auténtico adicto al trabajo. Janna me enseñó mi oficina y me dijo que podía deshacerme de lo que no quisiera o pedir cualquier cosa nueva que necesitara. La oficina era preciosa. Desde un lado de la habitación se puede disfrutar de una impresionante panorámica de la pista del aeropuerto y del hermoso azul del mar. Desde el lado opuesto, mirando a través del gran ventanal que se extiende desde el piso hasta el techo, podía ver una perfecta panorámica de Water Island y de los hidroaviones que despegan y aterrizan sobre el mar. Janna me preguntó que cuándo quería empezar a trabajar de forma oficial. Le pregunté si el lunes de la próxima semana estaría bien.

–Técnicamente, es usted mi jefa, así que ¿por qué me lo pregunta? –me responde sonriendo.

–Envíe este memorándum. Que la nueva directora de Sistemas de Información se une al personal de WVIR el lunes dieciocho de agosto –le digo con mucha autoridad.

"Sí, señor..., quiero decir, señora. Me aseguraré de que mi secretaria se ocupe de ello a primera hora de la mañana". Janna hace un saludo militar y ambas nos reímos.

Me invita a cenar en su casa. Le recuerdo que ya tiene un invitado.

–Ah, Junnis –dijo–. Probablemente no aparecerá hasta la medianoche. Procuramos esperar a que todo el mundo esté dormido. Ya sabes, por mis vecinas.

Creía que estaba hablando de sus hijas... Imaginé que era mejor no hacer ningún comentario. No quería aparentar ser una santurrona, aún; así que le respondí, "Sí, me encantaría cenar en tu casa. ¿Hay algún salón de manicura de camino? Necesito urgentemente un relleno, una pedicura y una depilación a la cera. Empiezo a sentirme como Chewbacca, el simio de *La Guerra de las Galaxias*".

Janna suelta una gran risotada, saca su celular y llama al salón de manicura. "Ling, necesito que nos eches un cable a mí y a mi amiga. ¡Estamos de camino y no quiero tener que esperar cuando lleguemos! Chica, no sigas por ahí. Ya estoy de camino", Janna cuelga el teléfono. Luego me dice que la siga. Janna vive cerca del centro comercial Tutu Park Mall, que es el lugar en el que está ubicado el salón.

Cuando llegamos, llamó mi atención el hecho de que todos los empleados eran de ascendencia vietnamita. No pude evitar preguntarme si controlan el negocio en las islas tal y como aparentemente lo hacían en Los Ángeles. Janna se hizo la pedicura y después aguardó mientras se encargaban de lo mío.

Después, nos fuimos a su casa para una cena a base de sobras de pescado salado, polenta y albóndigas de masa frita. Sus hijas, Nyla y Chloe, se turnaron para mostrarme sus álbumes de fotos. Chloe tenía muchas fotos de ella junto a un caballo en una competición en la que había ganado premios por su actuación. Nyla, una reina del drama, me enseñó algunas fotos de ella compitiendo por el título de Princesa del Carnaval que ganó el año pasado. Las chicas tenían muchas preguntas sobre California. Querían saber si conocía a Denzel Washington, Britney Spears, Beyoncé o alguna estrella.

"Ustedes son las únicas estrellas que conozco", les digo para su agrado.

Chloe me enseña unos cuantos movimientos de calipso, y Nyla se ríe cuando intento ejecutarlos. Piensa que bailo como una yanqui, con muy poco ritmo. Hago mis movimientos de la vieja escuela con ellas. Esto da pie a muchas risas y diversión.

Capítulo 5

¡Ooh, chica! Estaba cansada con C mayúscula cuando por fin bajé de aquella barcaza y puse mi llave en la puerta. Lisa todavía estaba en el trabajo y no la esperaba hasta mañana. Trevor nunca venía a menos que ella estuviera en casa, así que decidí desnudarme, meterme en el *jacuzzi*, darme una ducha y echarme en la cama a dormir. Tan pronto como me puse cómoda bajo los chorros del *jacuzzi*, sonó el teléfono. Esta vez estaba preparada. Tenía el inalámbrico cerca, listo para ser descolgado. Sin embargo, la llamada me tomó por sorpresa. Era mi madre, justo la persona con la que quería hablar. "¿Mamá, eres tú?". Sonaba un poco extraña.

–Sí, cariño. Tienes que venir a casa. Es tu papá... se ha ido para estar con el Señor. Ha tenido un ataque al corazón esta mañana.

Todo lo demás es borroso para mí a partir de ese momento hasta que llegué a la casa de mis padres en Atlanta la tarde siguiente. Había tanta gente, que el taxista no pudo llegar a la entrada de autos de la casa. Tuvo que dejarme, junto con mis cosas, en la acera. Mi madre parecía cansada. No había brillo en sus ojos. Me abracé con fuerza a ella y lloré durante lo que me pareció una eternidad. Allá estaban mis tías, junto con muchas de las hermanas de la iglesia, que se encontraban en la cocina haciendo la comida, y mi prima Debbie. Vi a Alma de inmediato. Era la presidenta del comité de duelo. Si alguna vez ha habido una sirvienta fiel de verdad en la iglesia, esa es Alma. Nunca se ha perdido un funeral y se había asegurado de que todos los miembros de su equipo estuvieran en la casa para ayudar. Jamás escucharás que nunca haya faltado comida, especialmente pollo frito. Mi prima Debbie era la segunda encargada de cocina. La estaban preparando para que tomara el mando cuando Alma, que tenía noventa años, muriese o decidiera colgar su delantal, lo que ocurriese primero. ¡Debbie era como mi hermana! De niñas éramos inseparables. Ella vivía justo a nuestro lado. Su madre y mi madre son hermanas.

Cuando estaba en primer grado, el padre de Debbie se los llevó a la otra punta de la ciudad para estar más cerca de su trabajo. Aunque todavía venían a la iglesia de mi padre los miércoles para el estudio de la Biblia y los domingos para el servicio, no era lo mismo. Extrañaba estar con mi prima todos los días y compartir mis secretos con ella. Cuando Debbie se mudó, Lisa se alegró de no tener que compartirme más con mi prima, al menos no de forma tan habitual.

Debbie se había casado con uno de los jóvenes diáconos de nuestra iglesia justo al terminar el instituto. Creo que se quedó embarazada en su noche de bodas. Tuvieron cinco nenas seguidas. ¡Hablando sobre ser fructíferos y multiplicarse, Dios tenía a mi prima en mente cuando dijo eso! Cada vez que la llamaba desde la universidad, o la veía en las reuniones familiares, lo primero que me decía era "Chica, adivina qué. ¡Estoy embarazada!".

Su hija mayor se llama Faith por mí. Los nombres de las otras cuatro chicas empiezan todos por "F". Faren, Farrah, Freda y Fuisha. Debbie me susurró al oído que, si todo va bien, su marido Byron podría convertirse en el nuevo pastor de la iglesia de mi padre, seguido de "Adivina qué. ¡Esta vez son gemelos!". Tuve que gritar. "¡Por fin! ¡Niños!". ¡Le dije lo mucho que le complacería a mi papá que Byron se hiciera cargo de su púlpito! Byron es un maestro de la Biblia al igual que su padre y su abuelo. Es un hombre que no solo predica la Palabra, sino que la pone en práctica. La pasión que siente por Dios se muestra en su forma de tratar a su esposa y a sus cinco hijas. Debbie y Byron han criado a sus hijas para que amen a Dios y no se avergüencen de compartir el Evangelio con sus amigos. Solo rezo para que la gente de la Solid Rock Church se den cuenta de que serán bendecidos si aceptan al hermano Byron como su nuevo pastor.

Mamá me llevó arriba a la habitación de ella y de papá. Nos abrazamos y lloramos un poco más. Luego me contó lo tranquilo que se fue. Papá la despertó alrededor de las tres de la mañana para preguntarle qué era esa luz en la habitación y quiénes eran esas personas que lo llamaban. Ella pensó que estaba soñando, pero vio que sus ojos estaban abiertos y que sonreía. "Él está bien ahora, mi niña. En este momento, somos nosotras dos las que necesitamos sanar", me dijo.

Le dije a mamá lo mal que me sentía por haberme perdido el día de su cumpleaños. Inmediatamente, le restó importancia haciendo un gesto con la mano. "Niña, tu papá sabía que lo amabas. No necesitaba una felicitación de cumpleaños para confirmarlo", me dijo mientras me abrazaba.

La nueva computadora de papá estaba colocada en un rincón. Sonreí y traté de imaginármelo sentado allá enviándome un correo electrónico. Lo amaba tanto... ¡Que Dios nos ayude a superar esto!

Lisa llegó el día del funeral. Estaba tan contenta de verla. No pudimos hablar mucho por todos los parientes, amigos y conocidos que iban y venían continuamente. Lisa preguntó si podría cantar una canción en el servicio. Interpretó una de las favoritas de papá, *Balm in Gilead*. No quedaba ni un solo ojo seco en la iglesia cuando terminó. Lisa y yo crecimos en la iglesia de mi padre y cantábamos juntas en el coro desde que tengo memoria. Ella perdió a su madre y a su padre a causa del cáncer hace unos ocho años. Eran fumadores empedernidos. Su madre murió primero, y su padre unos años después. Cuando el padre de Lisa falleció, las dos estábamos en el último año de la escuela de postgrado. Fue una época difícil para ella. Estaba empezando a aceptar la pérdida de su madre, y poco después, el cáncer también se llevó a su padre. Fue solo por la gracia de Dios que se graduó. Mis padres se convirtieron en los suyos. Papá se encargó de todos los preparativos del funeral. Tanto él como mamá, ayudaron a Lisa a ordenar los objetos personales de sus padres y a poner la casa en venta.

Lisa tiene un medio hermano llamado Bubba, y solo Dios sabe dónde está. Unos días después del funeral de su padre, Bubba se presentó. Parecía que la vida no le había tratado demasiado bien. Su madre debió de haberlo traído directamente desde una casa de crack cuando se enteró de que el Sr. Walker había muerto. Ella esperaba en el auto mientras él subía al porche para tocar el timbre, listo para reclamar su parte del pastel. Mi papá le advirtió a Lisa que Bubba aparecería. Aun así, esperábamos que al menos viniera al funeral. Gracias a Dios, el papá de Lisa fue muy explícito en las últimas voluntades de su testamento. Declaró que Bubba no tenía derecho a un solo centavo de su seguro, su patrimonio o cualquiera de sus posesiones. Durante dieciocho años pagó puntualmente la manutención de su hijo a una mujer a la que nunca amó, y se ofreció a pagar la matrícula de la universidad si el chico mostraba iniciativa, algo lo que nunca ocurrió. El Sr. Walker le compró a Bubba un auto nuevo cuando se graduó en la secundaria; lo destrozó la primera semana manejando borracho. Pagó a muchos abogados cada vez que él se metía en líos. Al final, resolvió que estaba actuando como cómplice y encubridor, y que ya era hora de que Bubba diera un paso adelante y se comportase como un hombre. Mi papá había hecho una copia del testamento, y cuando Bubba tocó el timbre, le abrió y se lo entregó. Le dijo que si tenía alguna pregunta, se pusiera en contacto con el albacea de la herencia, cuyo número estaba en el documento, y cerró la puerta. No había visto a Bubba desde que nos encontramos en un restaurante de Los Ángeles para cenar varios años antes y me robó la billetera de mi bolso cuando me levanté para ir al baño. Más tarde, me enteré de que iba puesto de *crack*.

Y ahora, mi mejor amiga estaba acá para mí. Lisa contactó con la emisora de televisión para hacerles saber lo que había ocurrido. Janna debió de pedirle a Lisa la dirección y el teléfono de mis padres porque enviaron el mayor arreglo floral que jamás había visto, y también me llamó por teléfono. Me dijo que no me apresurara en volver, que mi escritorio estaría allá aguardándome cuando llegara, y que ella le pediría a su secretaria que difundiera un memorándum. Las dos nos reímos. Lisa se quedó una semana y nos ayudó a mamá, a las tías y a mí a poner todo en orden. Luego, llegó el momento de regresar a casa con su Trevor, que la llamaba cada día para decirle cuánto la extrañaba. Incluso Fitzroy envió sus condolencias por medio de un telegrama acompañado de unas flores. "Qué dulce", pensé. Las hermanas de mamá, tía Dot y tía Lucille, me aseguraron que ellas, junto con todos los primos y la familia de la iglesia, estarían acá para mamá, y que todo iría bien. Me dieron luz verde para partir de regreso a las islas diciéndome que me fuera para que así ellas pudieran empezar a hacer planes para ir de visita en Acción de Gracias. Fue difícil dejar a mi madre. Alabado sea Dios, vi una pizca de brillo en sus ojos mientras me subía al avión que volaba con destino a las Islas Vírgenes.

Capítulo 6

Una vez de regreso en la isla, me reincorporé al trabajo de inmediato. Esa era la mejor terapia para mí. Había días que trabajaba desde las siete de la mañana hasta pasadas las nueve de la noche. Decidí buscar un apartamento en St. Thomas. Tomar la barcaza cada día se estaba volviendo un poco caro. Era o eso, o comprar una mini barcaza y remar todos los días, lo que era una idea completamente absurda. Janna se ofreció a alquilarme la planta baja de su casa. Fui a verla e inmediatamente me di cuenta de que era justo lo que necesitaba; un apartamento de dos habitaciones con una vista sensacional. Janna me aseguró que su exmarido no sería un problema porque el juez le había dado permiso para quedarse en la casa hasta que su hija de diez años, Chloe, cumpliera los dieciocho. No hace falta decir que Lisa tuvo un ataque de histeria cuando le dije que me mudaba a St. Thomas. Tuve que prometerle que regresaría todos los fines de semana. Entonces ella cedió. Lisa también decidió seguir aquel consejo por el que no le cobré y compró un terreno a su nombre en Bordeaux Mountain.

Debemos de haber recorrido de arriba abajo esa montaña, explorando el terreno cada sábado desde el amanecer hasta el anochecer, y cada domingo después de la iglesia, y así a lo largo de un mes. Finalmente, Lisa encontró un trozo de tierra con la vista más impresionante que jamás había contemplado en la zona más alta y alejada de la montaña. Las vistas daban a Little Thatch, Big Thatch, Peter Island, Jost Van Dyke, Tórtola, Virgen Gorda y varias pequeñas islas más que no estoy segura que tengan nombre. Un isleño, que era dueño del pequeño mercado del pueblo, vendía allá unos cuantos acres que había heredado de su abuelo. Necesitaba el dinero para poder trasladarse a Florida. Pensé que debía de estar loco para marcharse de acá y mudarse a Florida. Florida no tiene nada que ver con esta isla. Lo único en que podía pensar era: "Espero que no lo vendas todo, hermano, porque cuando llegues a Florida y descubras que todo lo que brilla no es oro, regresarás". Pedía cuarenta mil dólares por un cuarto de acre. No sé si fue el Espíritu Santo quien me hablaba, pero empecé a negociar. Le dije, "¿Aceptaría ochenta mil dólares por dos acres?". No estoy segura si ochenta mil dólares fue todo lo que pudo oír porque dijo "Sí" sin darse cuenta de que nos estaba dando mucha más tierra por solo cuarenta mil dólares más. Lisa me miró como si yo estuviera trastornada.

–No creerás que vas a vivir acá arriba disfrutando de la obra de Dios tú sola, ¿no? Vamos a ser vecinas, mi niña. Ahora, elige. ¿Qué lado de esta montaña prefieres, el este o el oeste? ¿Quieres ver el amanecer o el atardecer? –le dije.

–Quiero los dos. Voy a construir mi casa de tal forma que veré salir el sol desde mi gigantesco salón, y lo veré ponerse desde mi terraza envolvente –me respondió Lisa.

Nos reímos tan fuerte que seguro que el Sr. Balthrope, el vendedor, tuvo que pensar que habíamos perdido la cabeza. Antes de que pudiera cambiar de idea, hicimos que se reuniera con nosotras en la ciudad en la oficina de nuestro abogado. Buscaron el título de propiedad y llegamos a un acuerdo a la semana siguiente. Trevor fingió estar feliz por Lisa, pero nosotras sabíamos que no era así. Trató de hacerle entender que ella debería haberle consultado a él antes de comprar el terreno. Dijo que los Balthropes eran conocidos por aprovecharse de la gente. Lisa tan solo sonrió. Trevor le dijo que podría haberle conseguido un acre de tierra en esa misma zona por setenta y cinco mil dólares. Se enojó mucho cuando ella le respondió, "Pagué mucho menos que eso".

El trabajo era todo lo que podía esperar y mucho más. Qué ambiente tan relajado. Nadie se apresuraba para hacer nada, pero, por la gracia de Dios, las cosas se hacían. Janna, mi nueva casera y empleada, y yo nos hicimos grandes amigas, y teníamos una maravillosa relación de trabajo. Sin embargo, Janna era una hermana un tanto extraña. Esta chica, o estaba loca, o era un poco tonta. Janna era franco-antillana. Su familia era de St. Barts, abreviatura de Saint Barthélemy, una pequeña isla de las Antillas Francesas. En St. Thomas, los "frenchies", como se les acostumbra a llamar, tienen su propio barrio conocido como la French Town. La mayor parte de los hombres son pescadores, aman a sus hijos y beben demasiado. Los franceses tienden a relacionarse solo con su propia gente. Bueno, pues mi querida Janna rompía todas las reglas. Tal vez fue porque nació en St. Thomas y no tenía nada que ver con sus antepasados de St. Barts. No podía creer que trajera a Junnis, su "bobito" mandingo, a pasar la noche en su casa, cuando estaba obligado a cruzar el jardín que comparte con su suegra y su cuñada, con ellas viviendo a un lado y otro de nosotras. Lo que quiero decir es que, los papeles del divorcio aún no habían llegado al escritorio del juez. Janna pensó que estaba siendo respetuosa porque Junnis siempre venía después de que sus vecinas se hubieran dormido, como si nadie pudiera oír su destartalado auto dando saltos en el camino sin pavimentar que conduce a su puerta. Cada vez que se salía de la carretera general, se podía oír el silenciador de su tubo de escape raspándose contra la gran roca que se encuentra en la cima de la colina. A mí me despertó, y eso que yo tengo el sueño muy pesado. Pero, mira, no vine a estas islas para decirle a la gente cómo debe manejar sus vidas. Ya tengo bastante con tratar de defenderme del oficial Fitzroy.

¿Sabes que el muy tonto tuvo el descaro de enviar al jefe de policía a mi trabajo, a mediodía, y con las sirenas sonando? Entró en mi oficina y me dijo que tenía una denuncia para mí. Que tenía multas pendientes y que necesitaba que lo acompañara a la estación de policía. Tenía que haberme dado cuenta de que algo no encajaba porque nunca había visto a nadie recibir una multa en las calles de la isla. Me refiero a que acá, la gente aparca en doble o triple fila, se para en medio de la calle para hablar con sus amigos, y por favor, ni se te ocurra tocar el bocina o te maldecirán. Estaba tan asustada y avergonzada con toda la atención, que mantuve la cabeza baja al pasar junto a mis compañeros de trabajo y le seguí tan rápido como podía mover mis pies. Una vez afuera, escucho las notas de la melodía A *Lover's Concerto* siendo tocadas por una banda local al estilo antillano. Luego, de detrás del auto de policía sale Fitzroy caminando con unas flores y unos globos. Por supuesto, la música provocó que todos los que estaban adentro del edificio salieran al estacionamiento para averiguar qué era lo que estaba pasando. Mi boca estaba abierta de par en par.

–Chica, cierra la boca que las cámaras te están grabando; se te ven las amígdalas –oí a Janna susurrarme al oído.

Alguien de la emisora tuvo la brillante idea de grabarlo todo para las noticias de las seis. Y por si fuera poco, el Daily News apareció justo cuando Fitzroy me daba un ramo de flores y unos globos impresos con las palabras "Te quiero", antes de besarme suavemente en la mejilla. Fitzroy sonrió mirando a las cámaras y me preguntó si me reuniría con él para cenar en el Bluebeard's Castle. Prometió que no habría más sirenas. Mi mente estaba bloqueada. Todavía no podía creer que aquello estuviera pasando. Mi amiga Janna seguía a mi lado, e imagino que sintió la necesidad de responder por mí, ya que no salía ni una palabra de mi boca. La oí decir: "Ahí estará a las siete y media".

–Bien, eso estaría muy bien –respondió Fitzroy.

Fitzroy y Janna estaban arreglando una cita para mí. Cuando salí de mi trance y estaba a punto de hablar, vi cómo me lanzaba un beso mientras subía al auto de policía y se alejaba sonriendo de nuevo como el Gato Risón. Janna tenía dibujada una sonrisa aún más grande en su cara. No hace falta decir que fui la comidilla de la emisora durante el resto del día. Decidí cerrar la puerta de mi oficina y decirle a mi secretaria que no me pasara llamadas. Necesitaba hablar con mi madre.

Mamá se reía como una tarada. Esa era la última reacción que esperaba de ella. Pensé que dándole un poco de información sobre Fitzroy y dibujando una imagen gráfica de la mentalidad de los hombres antillanos y qué es lo que piensan acerca de estar con más de una mujer, mamá se sentiría un poco culpable por burlarse de mi incómoda situación, ¡pero no fue así! Dijo que los hombres han estado actuando así desde el principio de los tiempos, y que las mujeres tontas y desesperadas les permiten salirse con la suya. Mamá me contó que cuando se casó con papá, algunas de las mujeres solteras de su iglesia se encapricharon con él. Le llamaban constantemente, día y noche, con sus preocupaciones espirituales. Todavía no acababan de aceptar ni podían creer que se hubiera casado con alguien de otra congregación, sobre todo cuando habían estado compitiendo para ver cuál de ellas se quedaría al lado de "Rev" durante muchos años. Mamá fue tajante y le dijo a papá que eso ni se le pasara por la cabeza, ¡y que esas pequeñas marimachos harían mejor en conseguirse una vida propia! Reestructuró el ministerio de diáconos y diaconisas haciendo que, por norma general, las mujeres con necesidades espirituales llamaran a las diaconisas y los hombres a los diáconos. Mamá le dijo a papá que si tenía algún problema con eso, ya podía irse a hablarlo con el Señor. No hubo nada más que decir, y ella y papá tuvieron un matrimonio maravilloso y sin dramas. Mamá también me dijo que yo estaba demasiado a la defensiva, que Fitzroy parecía un buen hombre y que además el tiempo pasa y ella quería algunos nietos. ¡Estaba cansada de que su hermana le enseñara las fotos de los suyos presumiendo de lindos que les salían! Entonces me recordó que después de haber perdido todos aquellos años con ese vago de Daemon, seguramente podía darle una oportunidad a Fitzroy.

Nunca había escuchado a mamá hablarme de esa manera. Parecía más una amiga que me conociera de toda la vida que mi madre. Era una sensación refrescante. Hablamos un poco sobre el terreno de Bordeaux Mountain. Le expliqué lo que era una cisterna y cuánto costaba construir una. Mamá me dijo que si necesitaba dinero, solo tenía que pedirlo. Papá se aseguró de que mamá tuviera todo lo que podía necesitar y algo más antes de regresar a casa para estar con el Señor. Le agradecí el gesto y le dije que esperaba con ansia que ella y las tías vinieran el próximo mes para el Día de Acción de Gracias. Después de terminar la llamada con mamá, sonriendo pensé en mi padre mientras en mi mente reproducía las vivas escenas de los grandes momentos que compartimos juntos. Recé para que Dios me bendijera con un hombre como mi padre. Luego recé por mi madre para que Dios la ayudara a sanar y le diera la paz. Mamá parecía estar adaptándose lentamente. Doy gracias a Dios por sus hermanas, que la ayudaron a mantenerse ocupada. Sé que revisar las cosas de papá decidiendo qué guardar y qué regalar fue difícil para ella. Finalmente, decidió deshacerse de todo, menos las fotos de los dos y las muchas tarjetas que le había regalado a lo largo de los años que guardaba en varias cajas de recuerdos. Mamá me animó a salir a cenar con Fitzroy y al menos escuchar qué era lo que él tenía que decir. Ella y yo rezamos juntas para que Dios me diera sabiduría antes de colgar, y de alguna forma, me sentí mejor. Incluso me sorprendí a mí misma riéndome de los acontecimientos del día.

Janna trató de convencerme de que me pusiera un ceñido y provocativo vestido rojo que tenía en el armario, y que guardaba de mis días de salir de fiesta. Le dije que no estaba tratando de enviar las señales equivocadas a ese hombre. Ese vestido gritaba bien alto "soy una zorra". Como a Janna le gustaba tanto, decidí bendecirla con él. Estoy segura de que a Junnis le encantará verla con él puesto, aunque no sé dónde se lo va a poner aparte de en el dormitorio, porque parece ser el único lugar al que él la lleva. Pero oye, no estoy en estas islas para decirle a nadie como debe manejar sus asuntos. Me decidí por un precioso vestido floral largo hasta el piso. Janna me dijo que parecía que iba a ir a la iglesia. "Bien, esa es justo la imagen que quiero proyectar", le grité mientras me subía a la yipeta. Dejando a Janna en el camino de tierra que conduce a la casa, me dirigí al Bluebeard's Castle para tratar de hacer entrar en razón a ese hombre demasiado pasional.

El hotel restaurante estaba ubicado en un antiguo molino de azúcar renovado y destilaba elegancia. Podía oír el sonido del golpeteo suave de los tambores metálicos cuando entré en el vestíbulo del restaurante. Soplaba una suave brisa nocturna, y con cada paso que daba por aquel elegante piso de baldosas, mi vestido se movía con tanta gracia que era como si siguiera el ritmo de la música. El *maître* me recibió con una gran sonrisa cuando me acerqué al atril. "Usted debe ser la Srta. Davis. Por favor, permítame acompañarla a su mesa. El oficial Fitzroy la está esperando". "Todo parece ir bien de momento", continuaba tranquilizándome a mí misma. No había sirenas y no había visto ninguna cámara de televisión. Ya había tenido hoy suficientes emociones fuertes como para que me duraran por un tiempo. Sentado en un lejano rincón del restaurante junto a una ventana desde la que se disfrutaba de una vista espectacular, vi a Fitzroy examinando la carta de vinos. Se veía distinto. Tal vez era la chaqueta azul marino a juego con una hermosa camisa de lino color verde azulado. Se levantó de su asiento cuando me acerqué a la mesa, apresurándose a moverme la silla. Punto por buenos modales, pensé. Mientras nuestras miradas se cruzaban, los dos sonreímos.

–Luce impresionante esta noche, Faith –me dijo.

Me acomodé en mi silla y coloqué el bolso en el asiento vacío que estaba a mi lado. "Gracias. Usted también está muy guapo", le dije sonriendo.

¿Por qué me sentía como una colegiala en su primera cita? No podía dejar de sonreír. No sé si fue el ambiente, la música, las oraciones de mamá o la champaña que Fitzroy ordenó, pero veía a este hombre de un modo distinto. Hablamos durante horas.

Fitzroy compartió la historia de su vida conmigo. Me enteré de que procedía de una pequeña isla llamada Nevis, en las Islas Vírgenes Británicas; que había perdido a su madre hace un año a causa de la diabetes; y que su padre, al igual que lo fue el mío, es pastor y sirve en una pequeña iglesia en un lugar de Nevis llamado Charlestown. Su papá también es dueño una granja de miel. Fitzroy planea regresar pronto a Nevis, postular su candidatura para un cargo político y contribuir a desarrollar su economía.

Llamó mi atención el hecho de que no tenía ningún problema para entender lo que decía. Hablaba con un correcto acento británico. Se educó en Londres antes de trasladarse a St. John, donde se hizo ciudadano estadounidense. Luego se unió a los Marines de los EE. UU. y sirvió en la Guerra del Golfo. Evité hacer preguntas sobre Lucinda y los gemelos. Quería que fuera él quien iniciara esa conversación. Pensé que así me mostraría que era honesto y que no tenía nada que esconder acerca de cada uno de los aspectos de su vida.

Como ya he mencionado antes, las islas son pequeñas. Estaba terminando de comer un bocado de costilla cuando casi me atraganto al ver que el padre de Lucinda, el Sr.

Bramble, se estaba acercando a nuestra mesa. Lo acompaña-
ban algunos de sus compas, que nos miraban embobados
como si fuéramos el plato especial del menú. El Sr. Bramble
estrechó la mano de Fitzroy y me mostró una sonrisa lasciva
que me hizo sentir muy incómoda, casi como si me hubieran
violado.

"Bien hecho, Fitzroy, amigo mío. No puedo decir que
no esté celoso. Yo estaba tratando de conseguir exactamente
lo mismo que usted", dijo mientras él y su grupo continuaban
caminando hacia su mesa, ubicada en el otro lado de la sala.

Una vez más hoy, mi boca estaba atascada en su posición de máxima abertura. Naturalmente, Fitzroy pudo
apreciar lo furiosa y avergonzada que me sentía. Estrechó
entonces sus grandes manos hacia mí sobre la mesa, y
colocando las mías sobre las suyas, me miró a los ojos y me
dijo tan suave y sinceramente como pudo, "Es tan ignorante
como su hija. Lo siento".

Los dos nos echamos a reír provocando que los ojos
de quienes se sentaban al otro lado de la habitación se nos
quedaran mirando con envidia. Fitzroy me dio la opción de
irme si me sentía demasiado incómoda. Me negué y le dije
que no iba a dejar que unos ignorantes me obligaran a huir.
Se alegró de oír eso. "¿Está segura, Faith?", me preguntó.

Yo respondí que sí con una sonrisa.

Después, estuvimos hablando de Lucinda. ¡Dios santo, creo
que alguien debería venir a estas islas a filmar una telenovela!
Según parece, Fitzroy tenía un hermano gemelo llamado
Wilroy que había muerto en un accidente de barco, y Lucinda
salía con él. ¿A qué viene tantos nombres terminados en
"roy"? El tipo del Departamento de Programación de la
emisora se llama Iroy. Durante el período de duelo de
Lucinda por la pérdida de Wilroy, una noche fue a ver a
Fitzroy diciéndole que tenía problemas para dormir. Le

preparó un té de hierbas y le ofreció su habitación de invitados. Ciertamente, esto me resulta familiar. Más tarde, esa misma noche, se despertó encontrándose a Lucinda en su cama y el resto es la historia de cómo él cometió el mayor error de su vida.

Casi exactamente nueve meses después, prepárate para esto, ¡dio a luz a gemelos, Wilroy y Fitzroy!

–Permíteme que te tutee. ¿Estás seguro de que son tus hijos y no los de tu hermano...? Por favor, discúlpame... –me retracto de inmediato.

Fitzroy permaneció en silencio durante unos cuantos minutos muy incómodos y luego habló. "Esa fue una de las últimas cosas sobre las que hablamos mi madre y yo antes de su muerte. Nunca le había confiado esto a nadie, pero tengo mis dudas. Los dos se parecen a mí, lo que es de esperar porque Wilroy y yo éramos gemelos idénticos. Sin embargo, sus personalidades no se parecen en nada a la mía. Wilroy actúa exactamente igual que mi hermano, y Fitzroy es una versión masculina de su madre, que Dios le ayude. Aunque Wilroy y yo éramos gemelos idénticos, nuestras personalidades eran tan diferentes como el día y la noche. Papá solía decir que yo era como él después de encontrar al Señor, y que Wilroy era como él cuando era una alma extraviada".

"La noche que mi hermano murió yo estaba de servicio, y hubo una llamada al cuartel de la Guardia Costera informando de que estaban persiguiendo una lancha rápida que pensaban que venía con un cargamento de droga desde Tórtola, y que se dirigía hacia el extremo este de St. John. No es frecuente que haya mucha acción en estas islas, así que todos los oficiales de policía de cerca y de lejos, de servicio y fuera de servicio, se dirigieron al este de Coral Bay para atrapar a ese narcotraficante. El barco de la Guardia Costera lo tenía acorralado, pero él pensó que su pequeña lancha rápida era lo suficientemente rápida como para saltar el arrecife y romper el retén policial en el que lo tenían preso. Cuando llegué a la orilla, oí el impacto de la lancha contra la barrera de arrecifes. Por supuesto, nadie se atrevió a entrar en el arrecife para recuperar la lancha o los cuerpos. Decidieron espera a que la marea lo arrastrara todo a la orilla. Unos días después, el cuerpo de mi hermano fue encontrado cubierto de algas en la costa de Coral Bay. Llevaba varias libras de *crack* pegadas a su cuerpo".

Fitzroy se quitó rápidamente una lágrima que estaba a punto de deslizarse por su mejilla. Esta vez, fui yo quien lo consoló a él poniendo mis manos sobre las suyas. Fitzroy pagó la cuenta, y nos fuimos ignorando a ese grosero del Sr. Bramble mientras nos gritaba riéndose desde la otra punta del restaurante, "No hagan nada que yo no haría".
Fitzroy se detuvo por un momento y se volvió en su dirección para ir a enfrentarse con él. Repetí de inmediato sus palabras diciéndole en voz baja, "Es tan ignorante como su hija".

Ambos nos reímos y salimos juntos a la brisa nocturna del Caribe.

Capítulo 7

Cuando llegué al trabajo a la mañana siguiente, había al menos veinte mensajes sobre mi mesa y otros tantos correos electrónicos, junto con un ejemplar del Daily News. Como era de esperar, dos de ellos eran de Lucinda. Fitzroy y yo salíamos en primera plana. El pie de foto decía, "Romeo conoce a Julieta". La primera llamada que devolví fue la de Lisa, que ya estaba de regreso en la casa. Tenía tanto que decirle, y no había forma de que pudiera contárselo todo por teléfono. Decidimos reunirnos para almorzar. Ella sugirió el Green House, pero necesitábamos un lugar un poco más tranquilo. Quedamos en el Megan's Bay Hotel. Eso reduciría la posibilidad de encontrarnos con isleños porque sus servicios estaban destinados a turistas, principalmente. Yo quería minimizar la posibilidad de que surgiera alguna estúpida situación por culpa de que mi cara estuviera ahora en la portada de aquel periódico.

La temporada turística no estaba en pleno apogeo, así que las cosas estaban bastante tranquilas en el restaurante del hotel. Lisa y yo nos sentamos junto a un gran ventanal con vistas al campo de golf. Decidimos probar el bufé libre. La comida se veía tan bien como sabía. Lisa había recortado la página del artículo de portada sobre Fitzroy y yo. La sacó de su bolso y la puso encima de la mesa mientras nos acomodábamos para dar los primeros bocados a nuestros exagerados almuerzos.

–Solo para que lo sepas. Esto le va a llegar hoy por correo a tu madre –me dice Lisa.

–Chica, no me hagas tener que arrojarte por la ventana al campo de golf que está allí abajo –le grito yo.

–Y tú no me hagas llamar al oficial Fitzroy para que venga a detenerte con las sirenas prendidas.

Me reí tanto que tuve que excusarme y apresurarme para ir al baño. Hablé con Lisa sobre mi velada romántica con Fitzroy y lo decidida que estoy a tomarme esta relación con calma a pesar de todo el alboroto. Le recordé la promesa que le hice a Dios y a mí misma después de romper con Daemon. Que yo esperaría a que me Él me enviara el hombre que haya dispuesto para mí.

–¿Cómo sabrás cuál es el indicado? –me pregunta Lisa.

–Lo sabré, y no se basará en el sexo porque el hermano no tendrá sexo hasta que los dos digamos, ¡es el momento! Ni siquiera sé todavía en qué punto está Fitzroy en relación al Señor. Dijo que su padre es pastor, pero también lo era el mío y estuve fornicando con Daemon durante años. Intenté justificarlo con el pretexto de que íbamos a terminar casándonos. La próxima vez que Fitzroy me pida que salga con él, algo que estoy segura que ocurrirá muy pronto, le diré sintiéndome orgullosa, "Vayamos a la iglesia".

–¡Entonces puedes ya puedes darte por casada, porque tan pronto como entres con un hombre en una de esas pequeñas iglesias de la isla, especialmente con uno que haya compartido la portada del Daily News contigo, la gente os va a declarar marido y mujer! –me responde.

–No voy a preocuparme por cada minucia que esta gente pueda pensar. Me concentraré en hacer lo correcto. Entonces, sé que así será bendecido. Mamá me dijo que le diera una oportunidad, y eso es lo que voy a hacer. Si Dios es un problema para ese hombre, entonces podemos acabar con esta relación antes de que empiece –le digo.

Hablamos un poco sobre Lucinda y los gemelos. Le hablé del hermano gemelo de Fitzroy, Wilroy. Se quedó en *shock* y me dijo que St. John se parece a la serie *Todos mis hijos*. También mencionó que estaba deseando trasladarse a St. Thomas lo antes posible. Trevor seguía enojado con ella porque no quería despedir a su contratista, y no había ido a verla en más de una semana. Lisa me dijo que su intención era abrirse a que el Señor la bendiga a ella también. No quería que yo recibiera todas Sus bendiciones dejándola a ella de lado. Le dije que le pediría permiso a Janna para compartir con ella mi apartamento hasta que nuestras casas hayan terminado de construirse.

–Y ahora, ¿qué pasa con ese artículo? –bromeo.

–Federal Express recoge el correo a las tres en punto – me responde Lisa como una descarada.

Janna estuvo de acuerdo en que Lisa se trasladara al apartamento, tal y como yo me imaginaba. Decidimos que Lisa se mudaría el sábado. Afortunadamente, ninguna de las dos tenía muebles que mover. Fitzroy se ofreció a ayudar a cargar las cajas de Lisa en la barcaza, ya que Trevor parecía tener un grano en su trasero. Lisa ya había terminado de mudarse, y él se había negado a ayudarla. Me llamaron para que fuera a St. Croix esa misma mañana para asistir a una importante reunión con el resto de directivos. "¿De qué diablos podría tratarse aquello?", me pregunté. La avioneta de la compañía me estaba esperando cuando llegué al aeropuerto de St. Thomas. Sin embargo, Junnis no era el piloto. "Tal vez tenía el día libre", pensé. Un hombre muy guapo, que parecía ser una mezcla de puertorriqueño y afroamericano, se me presentó como Billy Vanzego. Billy tenía acento neoyorquino.

Durante el vuelo, que transcurrió sin incidentes, me enteré de que Billy había estado viviendo en Nueva York los últimos diez años, pero que era originario de Puerto Rico. Su prima Rosalinda está casada con el dueño de la emisora. Cuando Billy fue despedido de US Airways la semana pasada, hizo una llamada telefónica a su prima, y ella lo enchufó. "Mira qué suerte", pensé.

-Cuando una puerta se cierra otra se abre, ¿no cree? O más exactamente, "Pide y se te dará", dice Billy como si pudiera leer mi mente. Ambos nos reímos.

-Así que, ¿debo entender que eres cristiano? -le digo.

-¡Lavado en la sangre del Cordero! -me responde con una sonrisa.

Me gusta este hombre. Es inteligente, tiene buen aspecto, huele bien y ama al Señor. Continuamos hablando hasta que nuestra pequeño avión aterrizó en el aeropuerto de St. Croix y se detuvo frente al hangar designado. Billy es soltero, ¡alabado sea el Señor! No tiene hijos, ¡alabado sea de nuevo! Y se hará cargo del puesto de Junnis como piloto jefe de la compañía. No puede decirme qué es lo que ha pasado con Junnis, pero me aseguró que mis preguntas encontrarían respuesta en la reunión.

Antes de que hubiéramos llegado a la oficina, sonó mi celular. Era Lisa. El drama había comenzado. Trevor se había pasado por allá mientras Fitzroy estaba cargando sus cajas en el auto. Los hombres se pusieron a discutir vehementemente sobre por qué Fitzroy estaba ayudando a Lisa a llevar sus cosas a la barcaza. Trevor lo acusó de intentar quitarle a su mujer. Lisa trató de hacerle entrar en razón, pero él no la escuchaba. Fitzroy le dijo que estaba actuando como un tarado y que, si sabía lo que le convenía, regresaría a su camión y se iría a buscar un techo que arreglar o una cisterna que cavar. Esto enfureció de verdad a Trevor. Se giró como si fuera a irse, pero se dio la vuelta de nuevo y le lanzó un puñetazo a Fitzroy que él bloqueó justo antes de que impactara contra su cara. Lisa trató de interrumpir la pelea, pero poco podía hacer contra dos hombres fuertes y enojados. Trevor la empujó para apartarla de su camino, y ella se resbaló en la gravilla de la entrada de autos de la casa. Lisa piensa que ahora tiene el brazo roto. Fitzroy, después de romperle la nariz a Trevor, se las arregló para esposarlo, y después llamó a alguien de la estación de policía para que viniera a detenerlo. Lisa estaba histérica. Le pedí que Fitzroy se pusiera al teléfono. Por el tono de su voz cuando dijo "Hola", nunca imaginarías que ese guerrero bosquimano acababa de golpear a otro hombre, tirándolo al suelo y rompiéndole la nariz.

"Hola, Faith. Te extraño. Ve a tu reunión y no te preocupes por nada. Me encargaré de subir las cosas de Lisa a la barcaza y después la llevaré a St. Thomas sana y salva".

"Está bien", le digo con una voz que sonaba como si fuera una nena pequeña que estaba hablando con su padre.

Después, cuando Lisa se puso de nuevo al teléfono, ya no había mucho más que decir. Fitzroy definitivamente lo tenía todo bajo control.

Cuando llegamos a la plaza de estacionamiento reservado de la emisora, le eché un rápido vistazo a Billy y, por alguna razón, ya no se veía tan bien como antes. Me parecía poca cosa en comparación con Fitzroy. No me malinterpretes, ese hombre seguía estando realmente bien, pero no era, como diría Janna, mi "bebé".

El ambiente en la emisora estaba un poco tenso. Nada más entrar, en el área de recepción me indicaron que debía dirigirme a la sala de reuniones, donde todos los directores de la emisora estaban ya sentados alrededor de la mesa. Manteniéndose fiel a su carácter, el Sr. Atkins nos saludó a todos y fue directo al grano.

"Me gustaría agradecerle a cada uno de ustedes el haberse tomado un tiempo en su día libre para reunirse conmigo. Permítanme que empiece con las no tan buenas noticias. Muchos de ustedes se han estado preguntado por el paradero de Junnis. Bueno, ya no es parte de esta compañía. Mi primo político, Billy, ha ocupado su puesto. Junnis ha estado utilizando el avión de la organización para sus negocios ilegales privados, y fue solo por la gracia de Dios que la aduana no nos ha confiscado el avión y cerrado la emisora. No voy a entrar en todos los detalles de esta terrible situación. Sin embargo, me gustaría sugerirle a cualquiera de ustedes que considere a Junnis un amigo, que se asegure de no tener problemas con la ley a causa de sus indiscreciones. A partir de la próxima semana, todos nuestros empleados deberán someterse obligatoriamente a un análisis de drogas. He dispuesto que la prueba se lleve a cabo acá mismo a cargo de una empresa contratada por la emisora. Las pruebas se realizarán trimestralmente. Si cualquiera de ustedes, o algún miembro de su equipo, tiene algún problema en someterse a estos análisis, que tenga la seguridad de que le será abonado su seguro de desempleo tras ser despedido de la compañía".

"Pasando a un asunto menos desagradable, pronto lanzaremos un nuevo canal de televisión. Sus siglas serán WVIT Canal 2. El propósito principal de este canal será promover el turismo en las Islas Vírgenes. Promocionaremos programas centrados en la historia y cultura de las Islas Vírgenes, incluyendo las Islas Vírgenes Británicas. Muchos de estos segmentos serán transmitidos en las redes de viajes de todo el mundo. Es hora de que alguien intervenga prestando a nuestra directora de Turismo, Linda Brown, un poco de ayuda para conseguir atraer más turistas a las islas. Yo cuento con el plan que ayudará a impulsar su economía. Ahora que, cuando digo "yo", en realidad me refiero a "nosotros". Este proyecto va a requerir un gran esfuerzo colectivo para tener éxito. Podría significar trabajar hasta tarde en su fase de gestación, pero el beneficio para las islas será grande, así como las bonificaciones para todos ustedes y su personal".

Todos parecieron reaccionar cuando el Sr. Atkins mencionó las bonificaciones.

"He contratado a un caballero llamado Bob Lever para que se una a nuestro equipo de dirección. Bob procede de una emisora afiliada de Los Ángeles y será nuestro nuevo vicepresidente de Operaciones. Nos ayudará a conseguir nuestro objetivo de hacer del Canal 2 lo mejor que pueda llegar a ser, pero solo podrá hacerlo con su ayuda. Es un tipo listo y nos aportará sus años de experiencia".

Mi mente aún estaba abstraída en Junnis. El Sr. Atkins no necesitaba darme todos los detalles. Tenía una imagen clara en mi cabeza de Junnis transportando la droga de isla en isla utilizando la avioneta de la compañía. Me preguntaba si Janna sabía lo que él estaba haciendo. Señor, rezo para que ella no forme parte de este lío. El Sr. Atkins me sacó de mi ensoñación cuando le oí decir mi nombre.

–Si, señor –respondí.

–Solo he escuchado cosas buenas de usted desde que se unió a nosotros y quisiera que liderara la iniciativa del Canal 2 como directora de Producción. Quiero que trabaje codo con codo con Bob Lever y Jay Stewart, nuestro director financiero".

Eso era lo último que esperaba oír. Yo pertenecía al sector de las TI. Computadoras, sitios web, bases de datos, seguridad de redes, programación, software, esas eran mis áreas de experiencia, no la producción de televisión.

"Espero con ansias el desafío", le digo sonriendo. ¿De dónde diablos salió eso? ¡Lo único que pude suponer es que debía de haber sido cosa del Espíritu Santo!

–¡Bien, así se habla! Todos deberíamos dar la bienvenida a nuevos desafíos en nuestras vidas. Por último, me gustaría aprovechar esta oportunidad para invitar a todos ustedes y a sus familias a mi casa para la cena de Acción de Gracias. No se sientan obligados a venir, sé que muchos desean estar en casa con sus familias o tienen planes de viaje. Pero para aquellos que puedan acudir, por favor, únanse a nosotros para una noche de diversión, compañerismo. Es una oportunidad de interrelacionarnos como una gran familia trabajadora. Háganle saber lo antes posible a mi asistenta, Shonda, si planean asistir y si necesitarán transporte. Si no hay más preguntas, les dejaré continuar con su día libre.

El vuelo de regreso fue tranquilo. Billy y yo tuvimos una pequeña charla. Me dio un consejo a nivel extraoficial sobre el Sr. Atkins. Parece que le gusta mucho tener una relación cercana con sus empleados. El Sr. Atkins se crio en un orfanato en Puerto Rico del que se escapó a los dieciséis años. El dueño de una tienda del centro de St. John se lo encontró una mañana durmiendo en la trastienda, se compadeció de él y le ofreció un trabajo. George Atkins siempre tuvo ansias de aprender. En tan solo un año, se convirtió en gerente de aquella pequeña tienda y animó al dueño a abrir otra en un centro comercial de reciente construcción. Esa inversión resultó ser muy rentable. En tres años, el Sr. Atkins y su ángel de la guarda abrieron varias tiendas más. Después de un viaje de compras a Nueva York, a su regreso convenció a su ahora socio de comprar la primera franquicia de Kmart en el Caribe. Unos años después, el socio del Sr. Atkins murió de cáncer de pulmón, dejándole todos sus bienes. Fue entonces cuando descubrió que su socio había sido huérfano como él. "Qué historia tan conmovedora", pensé.

"Es un gran tipo", dijo Billy mientras aterrizábamos en la pista de St. Thomas.

Reflexioné sobre los acontecimientos de la tarde mientras Billy y yo caminábamos juntos hacia el estacionamiento. Cuando llegamos a la plaza en la que había estacionado mi auto, no estaba. Billy no paraba de preguntarme si estaba segura de que había estacionado acá la yipeta. Por tercera vez, tuve que decirle "Sí". Supongo que se dio cuenta por el tono de mi voz que no debía volver a preguntarlo una vez más, así que se ofreció a acompañarme a la estación de policía para presentar una denuncia y después llevarme a casa. De repente, me sentí como si me hubieran forzado. Alguien me había robado mi auto. ¡Estas son las Islas Vírgenes, no Nueva York! Al salir de la carretera del aeropuerto, vi a mi *"big girl"*, ese es el apodo que le había puesto a mi yipeta, estacionada frente a la lavandería Washboard.

"Detente", grité, "¡ahí está mi yipeta!".. Sé que asusté a Billy con mi arrebato repentino, pero respondió rápidamente a mi grito cruzando los dos carriles y desviándose hacia el estacionamiento de la lavandería. Había una nota en el parabrisas que decía: "Lleva tu trasero yanqui de regreso a tu país si sabes lo que te conviene". ¡Oh, Dios mío! El miedo me invadió de repente. Billy me quitó la nota y la leyó.

–Faith, regresa a mi auto mientras me aseguro de que los frenos, la transmisión y el resto no han sido manipulados –me dijo Billy.

Obedecí. Mientras veía a Billy revisar y volver a revisar el auto, me senté aterrada, y entonces ocurrió la cosa más extraña. Escuché la voz de mi padre. Era como si estuviera allá conmigo. Me dijo: "No nos ha dado Dios espíritu de cobardía, Faith". Cuando Billy regresó al auto, me encontró riendo y llorando al mismo tiempo. Le conté lo que acababa de pasar. Rezó conmigo y reprendimos al enemigo juntos. Billy pensaba que el auto no había sido manipulado, que alguien estaba tratando solo de asustarme. Sin embargo, me sugirió que manejara su auto hasta mi casa. Él me seguiría en el mío para asegurarse de que todo estaba bien. Durante todo el camino, no dejaba de pensar, "¿Quién podría ser la persona que había puesto esa nota?".

Girando para entrar en la calle que conduce a la casa de Janna, vi el coche de Lisa. Fitzroy estaba descargando las últimas cajas mientras ella observaba con el brazo en cabestrillo. El auto de Junnis estaba estacionado delante de la puerta. De poco ha servido aquello de que él solo viniera por la noche cuando todos estaban dormidos. Nunca pensé que estaría tan feliz de ver a Fitzroy. Cuando me vio salir del auto de Billy, y a Billy siguiéndome en el mío, pude apreciar su cara de desconcierto. Sin embargo, mi sonrisa dejó por el momento a un lado todas las preguntas mientras se acercaba a mí y me daba un abrazo. Me aferré a él y no lo quería soltar. Al oírme sollozar, me separó.

"¿Qué le pasa?", le dijo bruscamente a Billy, que se apresuró a responder para evitar cualquier malentendido.

–Alguien robó su auto. Cuando lo encontramos, había una nota amenazadora en el parabrisas.

Fitzroy estaba indignado. Decidimos entrar en el apartamento y tratar de resolver este asunto. Lisa cocinó sus famosos espaguetis a pesar de su discapacidad, y yo hice una ensalada. Lisa estaba enamorada de Billy, y parecía que el sentimiento era mutuo... Hablamos y reímos hasta que, bien entrada la noche, Fitzroy dijo que tenía que marcharse para no perder el último barco que iba a St. John. Me daba pena que la velada tocara a su fin. Billy se ofreció a dejar a Fitzroy en el muelle. Lisa y yo acompañamos a los hombres hasta el auto. Fitzroy me besó en la frente y me dijo que le llamara al celular si tenía miedo o quería hablar. Lisa y Billy estuvieron de acuerdo en que para ambos había sido un gusto conocerse. Sonrieron y se estrecharon la mano. Las dos nos sentíamos como unas colegialas mientras despedíamos a nuestros hombres desde la entrada. Alabado sea el Señor por permitirnos estar en la compañía de dos auténticos caballeros.

Capítulo 8

No todos en la emisora estaban felices con la noticia. Se corrió la voz sobre mi nuevo cargo en la compañía como una plaga de langostas, y además, había demasiados envidiosos. No pasó mucho tiempo hasta que comencé a escuchar aquello de "maldita yanqui" de nuevo. El consenso general entre la gente de las islas es que los estadounidenses vienen a su territorio y les quitan el trabajo. ¡¡Hola!?, yo no pedí el puesto. El Sr. Atkins fue quien me eligió a mí, y si alguien tiene algún problema con eso, que vaya a pedirle explicaciones a él. Además, si no me equivoco, ¡las Islas Vírgenes son los Estados Unidos, así que, que no me vengan a mí con esa basura de maldita yanqui! Decidí rezar por mis enemigos y seguir adelante. Aprendí hace tiempo que no todos van a compartir tu alegría y que no a todos les vas a gustar. Bueno, tendrán que superarlo. Independientemente de lo que todos ellos pudieran pensar, tenía su respeto.

Jay Stewart, el director financiero de nuestra emisora, se alegró por mí. Él y yo teníamos eso de "yanqui" en común. Jay era un gran tipo y se esforzaba por no mezclarse con la gente de acá. Por alguna razón, tenía la sensación de que los yanquis blancos y los locales no combinaban bien. No tenía prejuicios, es solo que prefería confraternizar con su propia gente, y estoy segura de que su arrogante esposa lo quería así.

Janna parecía un poco triste porque esto significaba que trabajaríamos en distintos departamentos. Sin embargo, se alegró por mí. Le pregunté si podíamos quedar para almorzar y hablar de algunas cosas, incluyendo nuestra estrategia para trasladarla a mi departamento como mi asistente. Le agradó la idea, pero me dijo que ya tenía una cita para almorzar con Junnis. Decidimos vernos el sábado después de llevar a Chloe a sus clases de equitación. Acordamos que iríamos a que nos hicieran la manicura y la pedicura, y luego al nuevo restaurante chino de la ciudad. Janna no se veía bien. Tenía bolsas bajo sus ojos y su ropa lucía como si hubiera dormido con ella puesta.

Poco después de que Lisa y yo nos mudáramos al apartamento de Janna, algunas noches la escuchábamos discutir con Junnis a altas horas de la madrugada. En una ocasión, la cosa se puso tan fea que estuvieron en el estacionamiento gritándose el uno al otro a pleno pulmón. Subí sigilosamente las escaleras para ver qué estaba pasando. Gracias a Dios que Lisa estaba haciendo un turno doble en el hospital porque esto la habría asustado. Era bastante obvio que Junnis estaba drogado. Sostenía en alto el bolso de Janna, y ella peleaba con él tratando de recuperarlo. Cuando Junnis me vio parada en lo alto de las escaleras en camisón, empezó a maldecirme diciéndome que me ocupara de mis jodidos asuntos y me volviera para abajo. Junnis estaba tan enojado. Al no obedecer, se acercó a mí, todavía sosteniendo el bolso de Janna, y empezó a gritarme más fuerte aún en la cara. Janna agarró entonces una piedra del suelo y golpeó con ella tan fuerte a Junnis en la cabeza que parte de su sangre salpicó mi camisón. La sangre salía a borbotones de su cabeza y le corría por su cara. Janna finalmente captó su atención. Junnis dejó caer su bolso y ella se apresuró a recogerlo. Yo estaba petrificada. No estaba segura de si debía regresar abajo corriendo y cerrar la puerta, llamar a una ambulancia o llamar a la policía, así que tan solo me quedé mirando mientras Junnis caminaba tambaleándose hacia su auto y se iba.

Janna lloraba desconsolada. Observé cómo se quedaba parada sola de pie en el estacionamiento agarrando su bolso y llorando. Estaba claro que necesitaba una amiga con quien hablar, así que la invité a bajar a tomar una taza de té.

Continuamos hablando hasta que salió el sol. Luego preparamos algo de desayunar y hablamos todavía un poco más. Janna me confesó cosas de las que me dijo que estaba demasiado avergonzada como para hablar de ellas en voz alta incluso consigo misma. Aparentemente, su marido, Eric, le había pagado a Janna más de trescientos mil dólares por su mitad de la casa, y Junnis se las había arreglado para fumarse más de la mitad en crack.

Antes de que nos diéramos cuenta, las dos estábamos dormidas en el sofá. Nos despertamos de un sueño profundo cuando oímos a Chloe y Nyla llamando a la puerta, preguntando si había visto a su madre. Eran las once de la mañana, la hora de las clases de equitación de Chloe. Estaba feliz de que fuera sábado. Besé a las chicas y le dije a Janna que hablaríamos más tarde. Desconecté el celular, cerré la puerta, me metí en la cama y me volví a dormir.

Janna estaba en graves problemas por culpa de su relación con Junnis. No solo le estaba haciendo un agujero en su cuenta de ahorros gastándose su dinero, sino que también descubrió que estaba robando a la compañía y usando su avioneta para transportar droga entre St. Thomas y Santo Domingo. Janna sonrió cuando me contó la historia de cómo se empezaron a tener algo juntos. Dijo que Junnis había puesto el mundo a sus pies y que la trataba como una reina, algo que nadie había hecho por ella antes. Su sonrisa ya no se veía por ninguna parte al revelarme que él le debía dinero a mucha gente en Santo Domingo y que estaba tratando de conseguir su ayuda para robar al Sr. Atkins y poder pagar sus deudas. Janna le dijo que debía de estar loco. El Sr. Atkins era como un padre para ella y jamás le haría algo así. Junnis la amenazó con ir a ver al Sr. Atkins, decirle que ella era su cómplice y que ambos formaban parte de la ruta de la droga de Santo Domingo a St. Thomas. Janna no tenía ni idea de que Junnis iba a Santo

Domingo a comprar droga. Ella tan solo había ido allá con él para hacerle compañía.

Junnis se negaba a dejar a Janna en paz. Le dijo que su relación terminaría solo cuando él dijera que se había terminado. Le pregunté que por qué no había ido a ver al Sr. Atkins para contarle la verdad.

"No creo que él vaya a creerme", me dijo ella después de un largo silencio.

El Sr. Atkins trató de decirle a Janna que no se involucrara con Junnis desde el principio de su relación, que esperara hasta que su divorcio fuera definitivo, y lo más importante, que no le permitiera visitarla jamás en su casa. Hizo hincapié en que eso causaba una mala impresión y que ella estaba dando un mal ejemplo a las chicas.

"¡Puede que seas el padrino de Chloe y Nyla, pero no eres mi papá! Soy una mujer adulta y sé lo que hago", le dijo.

Janna me contó lo que el Sr. Atkins no mencionó en la reunión de personal. Se encontraron drogas en el portaequipajes del avión y Junnis fue detenido. Le dijo al Sr. Atkins que si no usaba sus conexiones para que le retiraran los cargos, le diría a la policía que Janna era su cómplice. También le dijo al Sr. Atkins que comprobara el pasaporte de Janna. Fue sellado en Santo Domingo cada vez que fueron allá para recoger la droga. Para echar aún más sal en la herida, Junnis le dijo al Sr. Atkins que Janna estaba enganchada al crack y que planeaba robarles a él y a la Sra. Rosalinda. No fue una sorpresa en la comunidad isleña que el Sr. Atkins consiguiera que se retiraran los cargos contra él. Sin embargo, Janna termino siendo despedida, y el Sr. Atkins no quiso escuchar ni una palabra de lo que ella tenía que decir, a pesar de que estaba dispuesta a hacerse un análisis de drogas. Me sentía tan mal por mi amiga. Ese maldito drogadicto había logrado convertir su vida en un infierno.

Al menos cuatro veces a la semana, Junnis entraba en la casa de Janna por la fuerza creando el caos. En una ocasión, fue cuando Chloe y Nyla estaban solas en casa. Se marchó después de cargar la comida que había en el congelador y en la despensa en unas grandes bolsas de basura. Las chicas estaban aterrorizadas. Aun así, Janna no quiso llamar a la policía. Tenía demasiado miedo de lo que Junnis pudiera hacer. Traté de darle un consejo, pero era obvio que ese hombre tenía una fuerte control sobre ella. Lo que realmente necesitaba era la intervención del Espíritu Santo. Finalmente, me di cuenta de que todo lo que podía hacer era rezar por mi amiga para que Dios le quitara las anteojeras, de forma que pudiera ver con más claridad y seguir adelante con su vida.

Unos días más tarde, decidí que lo más sensato era sacar todos nuestros objetos de valor de la casa, por si acaso Junnis decidía aventurarse en nuestro apartamento. Justo cuando salía de mi oficina para ir a casa a la hora del almuerzo, Fitzroy me llamó. Quería que supiera que estaría trabajando en una misión encubierta durante los próximos dos días, y que su celular estaría encendido por si le necesitaba. Cree que sabe quién me robó el auto y hablaríamos de ello cuando nos viéramos. También quería saber si la nueva directora de Producción del Canal 2 estaría disponible para celebrarlo el viernes. Tenía entradas para el Reichhold Center for the Arts, donde se estrenaba una obra de teatro antillana, *Sueño en Monkey Mountain*. Acordamos que debería tomar el barco que le llevaría a la zona centro de Charlotte Amalie a las seis en punto en St. John. Yo le recogería en el muelle y eso nos daría tiempo para comer algo antes. Nuestros planes estaban fijados para el viernes y yo estaba deseando volver a verlo.

Lisa ya estaba en casa cuando yo llegué. Le habían concedido el traslado de la Myrah Keating Smith Clinic de St. John, al

Roy Schneider Hospital de St. Thomas. Lisa trataba de mantenerse alejada de St. John hasta que Trevor tuviera tiempo de tranquilizarse. Se enteró por un chisme, o como lo llaman los isleños, *melee*, que Trevor vive con una mujer blanca que atiende la barra en Fred's el fin de semana y que tienen tres hijos. "Apuesto a que es la misma mujer con mala actitud que nos atendió cuando estuvimos allá en nuestra noche de las chicas". Lisa había pasado página. Trevor no fue más que un momento de debilidad y un error, o eso dice ella.

"Dios es lo primero y el resto ya llegará después", me dice Lisa; ese es ahora su nuevo lema.

Le resultó más fácil de lo que esperaba olvidar a Trevor, especialmente desde que Billy había empezado a llamarla. Anoche, fueron juntos al estudio de la Biblia. Tendrías que haber visto a mi hermanita preparándose. Debió de haberse probado veinte conjuntos distintos intentando conseguir ese *look* más "santo" que buscaba.

Le conté a Lisa la razón por la que había llegado antes a casa y una breve sinopsis de lo que ha estado ocurriendo entre Janna y Junnis. Me ayudó a recoger nuestros objetos de valor y sugirió que tal vez deberíamos encontrar otro lugar donde vivir. No podía creer lo que estaba diciendo.

–Acabas de llegar y ni siquiera has desembalado tus cajas aún –le dije.

–¿No es maravilloso? Y no lo haré hasta que esté convencida de que es seguro vivir acá –me respondió.

La situación de Janna continuó deteriorándose hasta el punto de caer en una depresión. Extrañaba tanto su trabajo que no podía imaginar la idea de tener que buscar otro. Había estado trabajando para el Sr. Atkins desde la secundaria. ¿Cómo pudo Junnis arruinar su vida de esa manera? Ahora que no trabajaba, él tenía aún más tiempo para acosar a Janna y a las chicas. El Sr. Atkins se sentía tan afligido como un padre que hubiera perdido a uno de sus hijos.

"¿Cómo están Janna y las niñas?", me preguntaba a veces cuando me encontraba con él en la emisora.

–Tan bien como cabría esperar –le respondía con una media sonrisa.

No sabía qué más podía decirle sin extralimitarme. Aun así, le sugerí que la invitara a almorzar. Él aclaró su garganta y continuó caminando por el corredor.

Chloe y Nyla realmente sufrieron al ver a su madre sumirse cada vez más en la depresión. Sus pequeños corazones se volvieron insensibles. Chloe maldecía a su madre y le decía que se levantara e hiciera algo con su vida. La reprendía como si ella fuera la niña. A Janna le daba igual. Lisa y yo las llevábamos a la iglesia los domingos, donde lloraban a mares en el altar. Janna se negaba a venir con nosotras. Creía que Dios le había dado la espalda. Nyla, finalmente llegó a la conclusión de que no había ningún Dios porque su madre parecía estar cada vez más deprimida. No quería oír nada de lo que le decíamos sobre Dios. Lo odiaba por lo que había permitido que le pasara a su familia.

Chloe se convirtió en la mujercita de la casa, siempre estaba cocinando y limpiando. Lisa la descubrió un sábado por la mañana tratando de sacar el auto del garaje dando marcha atrás. Chloe le dijo que se iba a comprar algunos comestibles para su familia. Lisa la regañó cariñosamente, la llevó al Pueblo Market y le hizo prometer que no volvería a manejar el auto de su madre. Lisa le preguntó que por qué no le pedía a su tía o a su abuela que la llevaran a la tienda. Dijo que las llamaban a ella y a su hermana pequeñas bastardas, al igual que a su madre, y que no querían tener nada que ver con ellas. Lisa se quedó en el auto sollozando mientras Chloe entraba en la tienda.

El Sr. Atkins finalmente decidió pasar a ver a sus ahijadas, aunque sabemos que realmente era Janna quien le tenía muy preocupado. Su esposa se enteró por Chloe y Nyla de que su madre no se sentía bien. La Sra. Rosalinda le dijo al Sr. Atkins que poco le importaba cuál era problema que hubiera habido entre él y Janna, ¡tenía que ir y preguntarle qué podía hacer para ayudarla! Tan pronto como el Sr. Atkins entró en la casa de Janna y la vio, lloró. Sabía que había cometido un error al juzgarla. Janna no consumía crack, estaba deprimida. Se culpó a sí mismo. Lisa y yo nos turnamos para ayudar a las chicas a limpiar, así que, por la gracia de Dios, el Sr. Atkins no entró en una casa desarreglada. Él y Janna se sentaron juntos a hablar durante un largo rato. El Sr. Atkins dijo que se encargaría de que Janna recibiera terapia y que, cuando ella sintiera que estaba preparada, su trabajo la estaría esperando. Le rogó que por favor lo perdonara, y ella así lo hizo.

Billy y Lisa se habían convertido en pareja rápidamente. Pasaban mucho tiempo juntos en la iglesia. No fue ninguna sorpresa cuando Billy anunció que el Señor lo había llamado para convertirse en predicador. Continuaba volando para la compañía mientras tomaba clases *online* de teología y divinidad en la University of Virgin Islands.

Me sentí muy emocionada cuando mamá llamó para confirmar que ella y las tías vendrían para el Día de Acción de Gracias. Ya tenían sus pasajes de avión y esperaban con ansias divertirse bajo el sol del Caribe. Le dije a mamá que eso sonaba como algo que podría decir una jovencita. Me recordó que solo tenía sesenta años, que no tenía la edad de Matusalén. Sigo maravillada con esta nueva faceta de mi madre. Es casi como si fuera alguien que no había conocido nunca antes; una "persona real", y no mi mamá. Le hablé acerca de los cambios de trabajo y sobre la invitación de mi jefe a su castillo para celebrar la cena de Acción de Gracias. Mamá estaba entusiasmada por el hecho de ir a un castillo en Acción de Gracias. Creo que eso es todo lo que me oyó decir porque no paraba de repetir: "¿Y qué nos ponemos para ir a un castillo?". Yo le respondí: "Lo mismo que nos ponemos en casa cualquier Día de Acción de Gracias". Mamá dijo que debía de haberme vuelto loca, y luego arrojó más leña al fuego añadiendo que nunca había sabido cómo vestirme, así que, por qué diablos me preguntaba a mí. Colgó el teléfono para llamar a sus hermanas y darles la noticia. No sé por qué mamá pensó que no sabría cómo vestirme. Tal vez, estaba pensando en los días en que estaba de moda llevar los *jeans* rotos. Eso la hacía rabiar.

Fitzroy estaba trabajando mucho. No teníamos demasiado tiempo para vernos, pero OKEY, eso no era un problema porque yo también estaba muy ocupada con mi nuevo puesto. Me gustaba mucho la producción de televisión. Era tan diferente de mi formación en tecnologías de la información. Le di la bienvenida al cambio en mi vida y acepté el desafío. El Señor me bendijo con un maravilloso equipo. Alabado sea Dios por deshacerse de las manzanas podridas. Los que tenían problemas con el hecho de que yo era una yanqui y una mujer fueron trasladados a otros departamentos, y algunos dejaron la compañía. Mi equipo y yo pasábamos los días grabando y algunas noches editando. Lisa rara vez estaba en casa. Entre la iglesia y los turnos en el hospital, a veces solo venía a casa para darse una ducha y cambiarse de ropa. Muchas noches me quedaba en la emisora y dormía en la casa de huéspedes de la propiedad. Sonrío cuando, volviendo la vista atrás, pienso en qué punto estaba mi vida hace solo unos meses... sentada en mi casa, en Los Ángeles, esperando a que Daemon pusiera su llave en mi puerta.

"¡Nena, has recorrido un largo camino!".

Capítulo 9

Lisa estaba durmiendo profundamente roncando "en otras lenguas". Había hecho un doble turno en el hospital, así que no me molesté en despertarla para decirle que me iba y que regresaría a casa tarde esta noche. Me di prisa para no llegar tarde a la cita que, antes de ir a trabajar, tenía en el dentista a las nueve y media. Mientras caminaba hacia mi auto, Chloe y Nyla me saludaron.

–¿Qué hacen ustedes dos en casa en lugar de estar en la escuela? –les pregunté.

–Junnis está dentro con mamá y no la deja salir de la habitación para llevarnos a la escuela. Llamamos a nuestro padre, y ya viene de camino a buscarnos –me respondió Nyla.

No estaba segura de si debía llamar a la policía o no. Sabía que Junnis ya no estaba en la vida de Janna... pero entonces, ¿qué estaba haciendo acá? De repente, oí los bajos del auto del marido de Janna rascándose contra el suelo al salir de la carretera principal. Señor, las cosas están a punto de ponerse feas. Me excusé con las chicas y bajé rápidamente las escaleras para avisar a Lisa. Estaba tan somnolienta. Cuando intenté despertarla, ella no hacía más que decir cosas sin sentido. "El doctor vendrá a verte pronto", me dijo.

Las cosas se pusieron feas de verdad. Hubo disparos, y antes de que yo volviera a subir las escaleras, Janna y Junnis estaban muertos. Hay varias versiones distintas sobre lo que pasó. Se supone que Eric, su marido, les disparó después de pedirle a Junnis que saliera de su casa, y él se riera en su cara. Eric asegura que él no los mató. La mayoría de los lugareños creen que es inocente. Otra versión afirma que Junnis disparó a Janna, y que después se apuntó a sí mismo con el arma y disparó. Estaba deprimido por haber perdido su trabajo y por deber mucho dinero a varios proveedores de droga de Santo

Domingo. Junnis se volvió agresivo cuando Janna intentó romper su relación con él y se negó a darle más dinero. Nyla le dijo a la policía que Junnis había entrado por la fuerza en la casa. Su madre continuó pidiéndole que se fuera, pero él no dio su brazo a torcer.

Nyla me contó más tarde que Janna le había dicho a ella y a Chloe que cometió un grave error al hacerse amiga del Sr. Junnis. Que lamentaba haberles dado tan mal ejemplo sobre cómo una mujer debería conseguir un hombre. Janna les hizo prometer que no cometerían el mismo error cuando se convirtieran en mujeres. Cuando escuché esta versión de la historia, me pareció que era la que mejor encajaba con la Janna que había conocido.

El Sr. Atkins no escatimó en gastos para hacer que Janna descansara con clase. Sus padres y hermanos le estuvieron más que agradecidos. La gran iglesia católica estaba repleta de gente. Las limusinas se alineaban a lo largo de la acera desde Mafolie Hill hasta la entrada de North Star Village. Se colocaron televisores de pantalla grande fuera en el jardín de la iglesia para que los que no cabían dentro pudieran ver la ceremonia, y para los que se quedaron en casa, el Sr. Atkins se aseguró de que el servicio se transmitiera en todas las emisoras de las que era dueño. Nunca antes había visto tanta gente en un funeral. Parecía el funeral de un presidente. Todos los *"frenchies"* de St. Thomas estaban allá, la familia de Eric incluida. Chloe y Nyla estaban sentadas en la primera fila; parecían dos encantadoras muñequitas. La familia de Janna recibió la custodia temporal de las chicas. El Sr. Atkins y su esposa también solicitaron la custodia. Eric había sido detenido y acusado del asesinato de Janna y Junnis. Sin embargo, los isleños apostaban a que, incluso si era encontrado culpable, probablemente no entraría en prisión.

Se declararía demente temporal. Estoy segura de que el hecho de que su abuelo sea senador jugaría en su favor.

Dos mujeres vinieron de Dominica para reclamar los restos mortales de Junnis. Una de ellas era su madre; la otra dijo que era su esposa y la madre de sus tres hijos. La gente de la oficina aceptó hacer una colecta para ayudarles a llevar su cuerpo de regreso a casa. El Sr. Atkins dejó bien claro que no iba a colaborar porque para él Junnis era el responsable de la muerte de Janna. Hice mi contribución pasando por alto ese comentario.

Una multitud de antillanos se había congregado delante de la ventana de pedidos del Violet's Front Porch, un puesto de comida ubicado en la que carretera que está al pie de la colina donde se encuentra la emisora de televisión. A menudo, me detengo acá de camino al trabajo para llevarme una taza de té de limoncillo. Hoy desearía no haberlo hecho. Los clientes estaban demasiado "exaltados" con la muerte de Janna. Todos tenían una teoría sobre lo que pasó como si ellos hubieran estado allí presentes... La mayoría creía que Eric era inocente. No fue fácil para mí quedarme parada escuchándolos hablar de mi amiga, mientras aguardaba un tiempo demasiado largo por una simple taza de té. La isleños, ciertamente son un grupo de gente particular. Janna era uno de los suyos. Ella y su marido, Eric, eran *nasé 'quí*, eran nativos, y la gente de las islas se aseguraría de que Junnis cargara con la culpa de su muerte en su lugar, ya que él era un "extranjero".

Un obrero de la construcción, que estaba hacia el fondo de la multitud, grita de repente, "¿Cuánto tempo tá tené que esperá un hombe por uno yaniqueques y un poco guiso cabrito?".

–¡Si tu prisa, llevá trasero de tu a un McDonald's! – grita Violet desde la cocina.

Todos los clientes se ríen con la respuesta de Violet, y luego cambian a otro tema de conversación. Para proteger su imagen de macho, el obrero de la construcción responde: "Me gusta esta mujé. ¡Mi sabé que nelle son allá detrá metiendo los pié de nelle en la olla!".

La multitud responde con una enorme risotada. Se oye el sonido de un camión volquete bacheando en Iguana Hill. El camión, que iba cargado de trabajadores, se detuvo chirriando delante del puesto de Violet. El conductor grita por la ventanilla a uno de sus trabajadores: "Lee-Roy, hombe, si tu pensando trabajá hoy, tu mejó te mueve ya, hombe. Y tu le dise a Violet que nelle vá meté a mi un poco pan de olla y algo té de hierbas en la bolsa".

Violet asoma la cabeza por la parte de atrás, chillando al camionero: "Aoh, cariño, aoh. ¿Cómo la mamá?".

Todos los clientes, expectantes, esperan su repuesta. El camionero responde: "¡Nelle bié, chica. Doctore queré que yo llevá nelle a Puerto Rico para un chequeo. Né queré se asegurá que toda la gota se fue".

Violeta responde gritando desde la ventanilla de pedido del pequeño puesto, "Siéh, hombe, oh. Tu mejó llevá nelle a Puerto Rico. ¡Estos malditos doctores de St. Thomas nelle no sabé ná de ná! Tú dise a la mamá que mi va pasá después con un poco pescado salado y albóndigas de masa frita".

Violet agacha su cabeza dentro de la cocina. "Pescado salado y albóndigas de masa frita, justo lo que la mujer necesita para su gota", pienso para mí mientras el obrero de la construcción, tras darle al conductor su pan de olla y el té de hierbas, salta a la parte trasera del camión. Se oye el sonido del gran camión volquete alejándose por la carretera.

Las cosas en la emisora no eran las mismas sin Janna. No podía pasar por su oficina sin echarme a llorar. Aunque la conocía desde hacía poco tiempo, era mi chica. Janna tenía un espíritu tan maravilloso. Sabía cómo amar a la gente. No estoy segura de si la mató Eric o Junnis. En cierto modo, ambos le robaron una parte de su vida; Eric con sus abusos, y Junnis con su adicción y sus mentiras.

Después del tiroteo, Fitzroy nos ofreció su casa a Lisa y a mí. Era tentador, pero lo rechacé. Lisa pensó en aceptar la oferta de Billy para compartir su apartamento de un dormitorio en Estate Contant, pero ella también la rechazó. Dios ciertamente nos estaba moldeando, convirtiéndonos en unas mujeres muy diferentes. Realmente, no éramos las mismas que habían abandonado Los Ángeles solo unos meses antes. Estábamos aprendiendo a consultar a Dios antes de tomar cualquier decisión, pensando con nuestras cabezas en lugar de con nuestras vaginas, dándole a Dios las riendas para guiarnos. Por fin habíamos aprendido lo que significa "dejar ir y dejar que Dios se haga cargo".

El Sr. Atkins nos ayudó sin ni siquiera tener que preguntar. Hizo que el equipo de mantenimiento de la oficina trasladara nuestras cosas de la casa de Janna a una de sus casas en Skyline Drive. Nos invitó a quedarnos todo el tiempo que necesitáramos. Le dije a Lisa que nunca me había mudado tantas veces en un solo año en toda mi vida. Ambas acordamos que rezaríamos para que la próxima vez fuera a nuestras propias casas. El constructor no iba con retraso, pero incluso eso era demasiado lento para mí. Sin embargo, no me quejo porque la casa del Sr. Atkins en Skyline era espectacular. Parecía sacada de una revista, y además, ¡venía con servicio de limpieza incluido! ¡Dios es bueno! Mamá y las tías llegarán el mes que viene, y sé que este lugar les va a entusiasmar.

Fitzroy era una joya. No sé qué haría sin él. Apenas hemos podido pasar un poco de tiempo juntos estas últimas semanas debido a las exigencias de nuestros trabajos. Sin embargo, él aún me mostraba su amor a través de llamadas telefónicas y pequeños correos electrónicos de "pensando en ti". Nos encontramos un domingo por la tarde en Trunk Bay. Mientras se relajaba en la playa después de bucear, me informó de que fue Lucinda quien me había robado el auto en el aeropuerto. Me sentí aliviada al saber quién fue, pero al mismo tiempo triste y un poco asustada cuando me di cuenta de las medidas que Lucinda estaba dispuesta a tomar para interponerse entre nosotros. Fitzroy me prometió que había arreglado la situación, y me sentí segura al saber esto. También me dijo que había llegado el momento de hacer las pruebas de paternidad a los gemelos.

Capítulo 10

Nuestro nuevo vicepresidente de operaciones, Bob Lever, parece un tipo listo tal y como había dicho el Sr. Atkins, y realmente conoce el negocio, pero me deja un mal sabor de boca cada vez que estoy cerca de él. Trata a Jay como si fuera su criado. Jay cree que Bob está tratando de deshacerse de él y traer a su propia gente desde los Estados Unidos. Nunca he visto a nadie tan servil como Jay. ¡Necesitarías una grúa para sacarlo del trasero de Bob!

Las cosas cambiaron muy rápido en la emisora desde que Janna se fue a casa para estar con el Señor. El mes pasado, como parte de un programa educativo patrocinado por el gobierno, contraté a una estudiante de último año de secundaria llamada Linda Peters para ser mi asistente personal. Linda es un hallazgo poco común en lo que respecta a la juventud de hoy en día. Se había marcado unas metas para sí misma, y cada día se aseguraba de que estaba enfocada en el objetivo. Linda se entrega en cuerpo y alma para poder acudir al Departamento de Ciencias Políticas de la Universidad de Harvard, y está ahorrando cada centavo que gana para cuando eso suceda. Las becas, incluso para los estudiantes más brillantes de las islas, escasean. Linda lo tiene claro; definitivamente, los hombres no eran una prioridad en su vida. Creía que solo la desviarían de sus objetivos. Le entristecía que tantas amigas suyas hubieran caído en la trampa de "nena, te quiero; nena, quiero que seas mía" que los hombres les habían tendido. Linda sabía que lo único que eso significaba en realidad era que tu hombre quería que te quedaras en casa y lo esperaras allá, mientras él hacía lo que le daba la gana y con quien le daba la gana. Pensaba en la estúpida forma en que sus amigas habían caído en ese juego. Algunas de ellas estaban tan desesperadas por tener un hombre, que no les importaba renunciar a su libertad y a sus sueños de ir a la universidad por un "chico" que tan solo jugaba a ser el "hombre". Estaban tan obsesionadas con las sensaciones que el sexo les proporcionaba, que sus aspiraciones de una vida mejor terminaban nublándose. Ninguna pensaba en las consecuencias del sexo sin protección. Para ellas, el VIH o el SIDA eran algo que les sucedía a otras personas.

La mejor amiga de Linda, Temecula, dio un paso más en su estúpido comportamiento y se quedó embarazada pensando que eso le aseguraría un lugar más cercano en el corazón de su hombre por encima de las otras chicas. Después de que él se enteró de que estaba embarazada, negó que el niño fuera suyo y dejó de verla. Ahora "Tee" siente que tiene las manos atadas con el bebé y ha tenido que dejar la escuela para trabajar en un Pizza Hut. Linda trata continuamente de animarla a obtener su GED e inscribirse en la universidad. Incluso llegó a mostrarle sobre el papel cómo cada centavo que ganaba iba destinado solo a pagar a la niñera y a comprar pañales y comida para el bebé. Ella creía que le iría mejor recurriendo a la asistencia social. "Le presenté un plan a cuatro años que incluía la asistencia social solo temporalmente; quedarse en casa con el niño durante el día e ir a la escuela nocturna. Luego, después de obtener su título, conseguir un trabajo bien remunerado y dejar de recibir asistencia pública", me explica Linda.

Cuando Linda visitó la Government House en un viaje de estudios mientras estaba en la escuela primaria, decidió que se convertiría en la primera mujer gobernadora de las Islas Vírgenes. Esa visión se fue aclarando a medida que iba creciendo y se iba decepcionando más y más con la forma en que se manejaba el gobierno de las Islas Vírgenes. Sentía que sus islas estaban siendo expoliadas por el exceso de turismo.

Los cruceros contaminaban el puerto, y los turistas llenaban de basura las carreteras y destruían los arrecifes de coral, pisando estas maravillas naturales con sus aletas, golpeándose contra ellas accidentalmente con sus tanques de buceo y abandonando en el mar sus lociones de bronceado. La isla no dispone de recursos para generar dinero, excepto el turismo, que únicamente crea puestos de trabajo para inmigrantes ilegales en los que solo se cobra el salario mínimo. Los isleños vendían los terrenos que heredaban de sus tatarabuelos a promotores inmobiliarios extranjeros a un ritmo alarmante. Muchos, después de recibir bastante menos de lo que valían sus tierras, corrían a los Estados Unidos continentales en busca de su "pedazo de pastel en el cielo", regresando a casa como inquilinos en lugar de propietarios, apenas un año después, sin nada más salvo sus sueños rotos.

Los blancos de los Estados Unidos y otros países eran dueños de más de la mitad de la isla. Los árabes dominaban la industria de la ropa, los muebles y la alimentación, y solo empleaban a personas de sus propios países para trabajar en sus tiendas. A Linda no le gustaba la forma en que se estaba desarrollando la economía de las Islas Vírgenes. El futuro no era esperanzador para los isleños. Si las cosas no cambiaban, pronto se convertirían en extranjeros en su propia tierra. El futuro dependía de ella. Tenía que mantenerse enfocada en su objetivo cueste lo que cueste. Estando en la escuela secundaria, Linda fundó el Club de Futuros Líderes de las Islas Vírgenes. Su grupo redactó propuestas y presentó ideas al gobernador y a los legisladores, muchas de las cuales se convirtieron en leyes. Linda incluso discutió cara a cara en varias ocasiones con nuestro jefe, el Sr. Atkins, en relación a cuestiones que tenían que ver con sus opiniones sobre el turismo. Hasta pidió ser parte de su comité de planificación para poder entender mejor sus motivos para atraer más turistas a las islas. Al Sr. Atkins le gustaba Linda; la respetaba.

Sabía que era alguien a tener en consideración. De inmediato, se dio cuenta de que era mucho mejor tenerla trabajando para él, y de su parte, que tenerla en su contra.

Capítulo 11

Estoy tan alterada que apenas sí puedo contenerme. He estado zumbando de acá para allá toda la mañana, y no soy capaz de permanecer en mi escritorio el tiempo suficiente como para poder hacer algo. Mi interna, Linda, asoma la cabeza por mi oficina y me pregunta que por qué me he molestado en venir esta mañana, asegurándome que tiene todo bajo control. Le digo que he venido porque el avión de mamá y las tías no llegará hasta las dos, y había pensado que podría trabajar un poco antes de irme de vacaciones.

–Chica, tengo todo bajo control. Usted tiene que relajarse e irse a disfrutar de su familia –me dice Linda.

–No estará intentando sacarme de acá para poder quedarse con mi trabajo, ¿verdad? –le digo yo.

–Srta. Faith, si algo…, lo que yo quiero es el trabajo de su jefe –me responde Linda.

–¡Chica, usted no pierde tiempo! –le digo yo.

–Eso es lo que mi abuela dise. Ella piensa que ya he estado aquí antes –me dice Linda riéndose.

–Bueno, no sé a qué se refiere con eso, pero sé que usted es una bendición para mí y la aprecio –le digo.

"Grasias, Srta. Faith… ahora que ambas estamos de acuerdo en que puedo arreglármelas yo sola, vaya y prepárese para sus visitas", me dice Linda empujándome afuera de mi oficina.

–Bueno, ya que me están sacando de mi oficina, creo que me pasaré por el centro comercial a buscar un vestido que ponerme en la cena de Acción de Gracias del Sr. Atkins. ¿Usted va a ir?

–Aunque gustaría mucho ir a mi, familia de mi se desepsionaría. Usted sabe, abuelo de mi vive en Water Island. Mire allí, puede ver su casa desde la ventana.

Linda y yo miramos por la ventana de mi oficina y confirmamos el lugar en el que ubica la casa.

–Todos los tíos, tías, primos y abuelos de mi siempre nos reunimos en este momento del año y celebramos la fiesta del cerdo asado y la langosta. Estamos festejando desde el jueves hasta el domingo por la noche. Hay mucha diversión. Quizá podría traé usted su madre y sus tías en algún momento del fin de semana –me dice Linda.

–Ey, seguro que eso les encantaría. ¿Cómo diablos se hace para ir a esa pequeña isla? –le pregunto.

–Hay una pequeño barco lanzadera. Se parece a un pequeño remolcador –me dice ella.

–Ah, ya lo veo, justo al lado del hidroavión.

–Sí, esa misma. Tío Nanno y primo Hilton son los capitanes del barco. Sale cada hora a en punto. Solo dígales que usted es la invitada de mi y puede venir cuando desee. Traigan sus trajes de baño. Hay una preciosa playa privada en la propiedad de mi abuelo –me dice ella.

–Genial, estoy deseando conocer a su familia y pasar un buen rato. Probablemente estaremos de regreso el sábado. Les daré a mamá y a las tías un día o dos para descansar después de celebrar el Día de Acción de Gracias en la casa del Sr. Atkins. Sé que las llevará por lo menos un día bajar la emoción de volar en su avión privado y cenar en su castillo. Ah, quería preguntarle, ¿qué pasa con lo del castillo? ¡Mis tías me están volviendo loca preguntándome qué ponerse para ir a cenar a un sitio así!

Linda suelta una gran risotada.

–¿Que es tan gracioso? –le pregunto.

–Nah, chica, yo entendé a tu siéh. Sr. Atkins y esposa de né, Rosalinda, me invitaron a mi y al Future Leaders Club a su castillo el año pasado para sená. Todos nosotro son preguntándonos la misma cosa, ¡qué llevar! Srta. Faith, utilisamos más tiempo en eso del que nos llevó hasé la agenda".

–Bueno, ¿y fue lo apropiado? –le pregunto.

–Digamos que la Sra. Rosalinda nos hiso sentir tan como en casa, que podríamo haber llevado nuestros traje de baño. Déjeme desirle esto primero... Sra. Rosalinda son la mujer más maravillosa que usted vá podé jamás conosé. Ella llevaba uno *jeans* y una camiseta cuando nos resibió a todos nosotro. Minené, nos sentimo tan estúpidos, pero de inmediato, noh hiso sentir mejor. La Sra. Rosalinda noh dijo los guapos que noh veíamos y noh dio un abraso a cada uno de nosotro. Aunque eyo viven en un castillo, no se sentía nada frío, inhóspito ni nada de eso. La Sra. Rosalinda realmente lo hiso con aquel lugar. ¿Usted sabe que ella es diseñadora de interiores?

–No, no sé nada de ella –le digo.

–Bueno, querida de mi, alguien debería escribir un libro sobre ella. Madre de nelle son una princesa de España y padre de nelle son gobernador de Puerto Rico.

–Guau, auténtica realeza, ¿eh? ¿Es por eso que viven en un castillo?

"Nah, esa es otra historia. Verá, Sr. Atkins conosé a Sra. Rosalinda hasé unos años en Puerto Rico. Ellos son casados tré años ahora".

–Espere, ¿cómo es que sabe tanto acerca de ellos?

–¡Sra. Faith, vamos! Esta islas son pequeñas. Fíjese en usted. No sabe que todos están al tanto de su asunto, e usted son en nuestra isla solo por seih meses.

–¡Disculpe! ¿Qué asunto mío podría saber alguien?

–¿No era su cara la que todo el mundo vio en la portada del Daily News con ese oficial de policía de St. John? Srta. Faith, ¡la gente la conosé de aquí a Trinidad! "Romeo encuentra Juliet". ¡Todo el mundo tá a esperá qué él va a proponé a usted! A los isleños les encanta el *melee*.

–¿Qué diablos es el *melee*? –le pregunto.

–El chismorreo –me responde Linda.

–Bueno, no me había dado cuenta de que mi vida era un libro tan abierto.

–No se preocupe, está todo bien. De manera que, el Sr. Atkins y la Sra. Rosalinda conoserse en Puerto Rico. ¿Usted sabe que él era huérfano?

–Sí, eso he oído.

–Bueno, la Sra. Rosalinda cada año organisá una gran gran recaudación de fondo para Los Niños Village de San Juan, y hase varios años ella recaudó dinero sufisiente para patrociná nueva escuela para lo niño de l'orfanato. La Junta Directiva pensó que sería buena idea que el nombre de la escuela homenajeá Sr. Atkins, ya que él era uno de lo mayores donantes y un antiguo residente. Ellos invitaron a él a la ceremonia de dedicación, allí conosió a la Sra. Rosalinda y nelle se namorá a primera vista.

–Linda, ¿estaba usted allí?

–¡Nah, pero salió en el San Juan News, el Daily News y en St. Croix Avis! Y, además, Srta. Rosalinda nos contó la historia.

–Bueno, ¿y qué tiene eso que ver con el motivo por el que viven en un castillo? –le pregunto.

–Oh, mi dió, oh. Yo olvidá esa parte. Verá, el padre de Sra. Rosalinda siempre llamar a ella "prinsesa", así que cuando Sr. Atkins vá a pedí su mano, padre de ella acsedé solo si né prometé vá a tratá a nelle como una prinsesa. Sr. Atkins dijo que né lo haría aún mejor que eso. Né tratá a nelle como a una reina. Así que, Sr. Atkins sorprendé a Sra. Rosalinda teniendo un castillo construido para poder casarse y vivir en él.

–¡Guau, qué maravillosa historia de amor! –le digo.

–Así que, Srta. Faith, respondiendo a su pregunta, yo llevaría cualquier cosa que se sienta confortable para senar en su casa.

–Gracias por su esclarecedora información, Linda. La veré este fin de semana en el asado de su familia.

Mientras recogía mi bolso y mi celular para irme, Linda me pidió que le diera recuerdos a los Atkins y le recordara al Sr. Atkins que tiene una reunión la próxima semana con el gobernador, para discutir la instauración de algún tipo de ordenanza estableciendo una multa para los turistas que se detengan a explorar los corales o extraigan *souvenirs* del agua. Parece que los turistas han estado llevándose pedazos de coral cerebro y abanicos de mar con ellos de regreso a sus casas.

El centro comercial Tutu Park Mall no es exactamente el mejor lugar al que puedes ir si lo que quieres es ir de compras en serio, pero, ey, esto es lo que hay en la isla para poder apañárnoslas. Hay algunas tiendas de marca en Main Street y en las callejuelas adyacentes, donde los turistas compran sus perfumes libre de impuestos, oro, diamantes, manteles de lujo, cristalería, ropa y licores. Cuando me trasladé acá, me volví loca con Louis Vuitton, Gucci, Cartier, Chanel y todas las demás tiendas caras, pero ahora este tipo de cosas ya no me parecen tan importantes. No me malinterpretes, todavía disfruto de las buenas compras, pero no intento gastar la mitad del sueldo de una semana en un vestido o en un bolso. Utilizar mi dinero en construir mi propia casa es mi prioridad número uno, no la ropa cara.

Gracias a Dios que pude conseguir estacionamiento cerca del Kmart porque afuera el calor era excesivo. Mantuve el aire acondicionado del auto al máximo, y no quise apagarlo mientras iba corriendo al centro comercial porque sabía que, de no hacerlo, se sentiría como el infierno cuando estuviera de regreso. Bajé un poco todas las ventanillas y entré rápidamente en el centro comercial para evitar que mi cuerpo tuviera que soportar aquel brutal calor por mucho tiempo. Afuera, algunas isleñas viejitas habían puesto mesas para vender sus caprichos de la isla, como tartas de guayaba y coco, carne, pescado salado o empanadillas de apupo. En otra mesa, vendían maubí, una bebida isleña hecha con anís y la corteza de un árbol local. Tiene un sabor a regaliz muy amargo. También había cerveza de jengibre, almacenada en una vieja botella de licor rellenada, con la espuma rebosando por la boca la botella. Me encanta la cerveza de jengibre del lugar. Me detendré a tomar un gran vaso con mucho hielo cuando vaya de regreso a ese caluroso auto. Justo cuando estaba a punto de abrir la puerta del centro comercial, una ancianita que sostenía un portapapeles con boletos de lotería me saludó. "¿Arriésgate, querida?", ella gritó.

"No, gracias", le dije mientras entraba en el centro comercial con su refrescante aire acondicionado.

Una vez adentro, en los carritos de venta situados en el centro del local se podían comprar cadenas de plata gigantes con enormes adornos, celulares con carcasas de lujo, anillos de oro y bolsos que eran una imitación de los de auténticos que se encontraban en Main Street. En otro carrito vendían ollas y sartenes y se hacían presentaciones, demostrando lo sensacionales que eran sus productos. Un hombre con sombrero de chef estaba preparando guiso de talón de cabra y plátanos fritos. La gente hacía cola para probarla, mientras su asistente, una hermosa joven, repartía folletos de los utensilios de cocina y atendía la caja registradora.

Todavía tenía unas horas antes de que mamá y las tías llegaran, sin embargo, no quise entretenerme demasiado porque sé que el tiempo parece volar cuando estás de compras. Entré en la Marian's Dress Shop y busqué primero en la sección de rebajas. Encontré un lindo traje de pantalón blanco Capri y un pareo floral con una camiseta de tirantes a juego. Me pondré el pareo floral para la fiesta familiar de Linda en la playa, y estrenaré el traje blanco de pantalón Capri la próxima vez que tenga una cita con Fitzroy. Fitzroy quería acompañarme al aeropuerto para ayudarme con el equipaje de mamá y las tías. Le dije que podríamos arreglárnoslas solas. No le agradó la idea de que tuviéramos que pelearnos intentando conseguir que alguien nos ayudara. Me advirtió que este fin de semana vendría mucha gente de vacaciones, y que no sería fácil maniobrar en el aeropuerto con mamá y las tías, especialmente con este calor. Le dije que planeaba meterlas en el auto después de que ellas recojan su equipaje, y que luego buscaría a alguien que me ayude a cargarlo en el auto. ¡Oh, Dios mío! ¡Justo en ese momento me di cuenta de que mi yipeta no tenía la capacidad suficiente para alojar a todo el mundo junto con todo su equipaje! Las tías y mamá vendrán bien cargadas, estoy segura. Cuando íbamos a los retiros de fin de semana con la iglesia a solo treinta millas de casa, cada una viajaba con dos maletas, y eso para una estancia de solo dos noches. ¡Señor, ten piedad! ¡Van a estar aquí dos semanas y son capaces traer diez maletas cada una! Será mejor que llame a Lisa a ver si ella puede encontrarse conmigo en el aeropuerto. Estaba demasiado avergonzada para llamar a Fitzroy después de presumir de "Superwoman".

Lisa no atendía al celular. Caí en la cuenta de que hoy tenía el día libre y que Billy la iba a llevar a una pequeña isla británica al este de St. John llamada Tórtola para pasar el día haciendo esnórquel y tabla vela. Parecía que no se cansaban de estar juntos. Cuando no estaban trabajando, estaban juntos, ya fuera en un estudio bíblico, alguna otra actividad de la iglesia o en una cita. Lisa estaba manteniendo su promesa de no entregarse a él hasta el matrimonio. ¡Al principio me costó creerla, pero luego fue ella la que se revolvió contra a mí!

"Diablos, Faith, ¿qué te hace pensar que tu vagina es la única que puede obedecer la ley de Dios?", me dijo.

Tuve que reírme y aceptar que no tenía el monopolio sobre el celibato. El compromiso de Billy con la Palabra de

Dios hizo que fuera más fácil para Lisa ser fuerte. Sé que hubo un tiempo en el que... bueno, mejor no vayamos por ahí. Como dice la Biblia: "El que esté libre de pecado, que tire la primera piedra", ¡y puedo asegurarte que yo no tengo ninguna piedra que tirar! No voy a mentir; para mí últimamente no ha sido fácil tratar de no entregarme. Cada vez que estoy con Fitzroy me siento débil, especialmente cuando me tiene entre sus brazos y me dice cosas tan dulces como, "Faith, eres tan hermosa... sé que Dios te hizo solo para mí" ¡con ese sexi acento británico! La otra noche fuimos a cenar al Chateau Bordeaux y tomé varias copas de vino. La vista era espectacular y la luna llena no ayudaba en absoluto.

Después de la cena, le sugerí que nos fuéramos en el auto carretera arriba subiendo la montaña que está justo por detrás del restaurante, para ver cómo marchaba la construcción de mi casa. Una vez allí, Fitzroy y yo nos detuvimos ante la cisterna entre los escombros de la construcción mirando el mar, con la luna llena iluminando el cielo y permitiéndonos ver las otras islas. ¡Todo era tan romántico! Y entonces, me besó. No hablo de un pequeño picoteo, sino de *hockey* de lenguas, junto con un intenso y sensual jadeo alrededor de mi oreja. Tenía tanto calor que tuve que irme corriendo al auto y prender el aire acondicionado. Creyó que yo estaba loca hasta que le expliqué la promesa que le había hecho a Dios y a mí misma. Me dijo que lo entendía y que se esforzaría por no dificultar el cumplimiento de mi promesa.

¡Señor, creo que por fin estoy viendo el vestido que llevaré a casa de los Atkins el día de Acción de Gracias! Es un vestido de chifón verde lima a juego con una gabardina larga fluida. ¡Me lo probé, y me veía bien! No excesivamente elegante, pero tampoco muy cotidiano. ¡Bingo! Ahora tengo que ir al aeropuerto y averiguar cómo llevar a mamá, a las tías y su ejército de maletas a Skyline Drive.

Nunca había visto el aeropuerto tan lleno de gente. Habrías pensado que había algún tipo de convención en marcha. Di dos vueltas al estacionamiento para buscar un sitio libre y nada. Incluso todas las plazas de alquiler estaban ocupadas. La policía ya había multado o retirado varios autos que habían estacionado ilegalmente o se habían quedado demasiado tiempo en la zona de carga. "Esto no tiene buena pinta". Decidí estacionar a media milla de distancia en el Beachcomber Hotel, luego, caminar de regreso al aeropuerto para reunirme con mamá y las tías, y finalmente, tomar todas juntas un taxi monovolumen para ir hasta la casa. Lisa o Billy me llevarían de regreso a mi auto más tarde esta misma noche. ¡Caminar desde el Beachcomber Hotel hasta el aeropuerto era como caminar entre las llamas del infierno! ¡Hacía tanto calor que se me quemaban las plantas de los pies por la temperatura del pavimento y sudaba como una cerda! "Señor, por favor, no dejes que me desmaye camino al aeropuerto", esa era mi plegaria. Había subestimado la distancia. Parecía tan corta cuando manejaba el auto, pero ahora, el aeropuerto parecía una pequeña mancha en la lejanía. Gracias a Dios que tenía una botella de agua en mi gran bolso, que ahora me pesaba demasiado. Me detuve en el camino para tomar un trago y vi que el agua se había calentado tanto que hasta había burbujas en el interior en la botella. No había ninguna sombra a la vista. Decidí regresar de nuevo a por el auto y sentarme en el estacionamiento del aeropuerto a esperar que salga alguien. Con toda seguridad, no todos podían estar esperando el mismo avión. La desventaja de esa lógica era que solo tenía treinta minutos más antes de que el avión aterrizara. ¡Señor, ayúdame! Ten cuidado con lo que pides...

Un monovolumen con capacidad para quince pasajeros se acercó a la acera tocando el bocina. La ventanilla se bajó y escuché saliendo del auto una voz familiar.

—Faith, entra —me dijo.

—¡Gracias, Jesús! —pensé.

Quien manejaba el monovolumen era Fitzroy. Me sentí tan tonta y aliviada al mismo tiempo.

—Sabes que eres muy testaruda, ¿verdad? —me dijo.

—Sí —le respondí.

Fitzroy entró en el estacionamiento, encontró un lugar para dejar el auto sobre la misma acera de la que los otros autos habían sido retirados y colocó un cartel en el parabrisas que decía, "Asunto oficial de la policía". Sentados en el monovolumen, mientras el aire acondicionado me libera del agobiante calor, Fitzroy se vuelve hacia mí con una mirada seria en sus ojos y dice,

"Faith, te amo desde la primera vez que te vi". "Ooh", respondo yo esperando no parecer tonta. No sabía qué decir. ¡Estaba en *shock* por esa palabra que empieza por "A"!

Fitzroy continúa: "No estoy seguro de cómo funcionan la cosas con los hermanos de los Estados Unidos cuando aman a alguien, pero, de donde yo vengo, cuidamos de nuestra chica".

Sentí cómo se me ponía la piel de gallina y escalofríos por todo el cuerpo.

—Ahora, me gustaría mucho que me permitieras ser el hombre que Dios ha querido que yo sea —dice.

De nuevo, suelto un "Ooh".

—Escucha, me entristece saber que estás acá con este calor abrasador, preocupándote por encontrar estacionamiento y buscando a alguien te ayude a ti y a tu familia con el equipaje. ¿Qué pensarían tu madre y tus tías de mí si supieran que dejo que vengas acá, agobiándote a ti misma con el problema de cargar con ese pesado equipaje y todo lo demás?

Finalmente, pude decir algo más que "Ooh".

—Lo siento, estoy demasiado acostumbrada a hacer las cosas por mí misma y pensé que te obligaría a tener que dejar tu trabajo, sin mencionar que además tienes que tomar la barcaza de St. John para venir a ayudarme –le digo con pesar.

–¿No crees que tú te mereces que yo haga eso por ti? –me dice.

–¡Claro que sí! –respondo yo.

–Entonces, ¿cuál es el problema exactamente? –me dice Fitzroy.

–Nunca antes había conocido a alguien como tú –le confieso.

–¿Y eso es un problema? –responde Fitzroy.

–Para nada –le digo en un tono más dócil.

–Entonces, ¿dejarás que me encargue de hacer mi trabajo? –me pregunta.

A lo que yo respondo, "Sí, ¡y ahora, apaga este monovolumen y salgamos para que conozcas a mi madre y a mis tías, y que tú puedas hacer tu trabajo!".

Los dos nos reímos mientras él salía del monovolumen y me abría la puerta del auto.

Los tambores metálicos tocaban alegre música caribeña para los pasajeros que iban entrando en la terminal. Mientras atravesaban la cabina de recepción del aeropuerto, ubicada directamente junto a la puerta de llegada, un hombre y una mujer les daban la bienvenida a St. John y les ofrecían ponche de ron caribeño. Caminando entre la multitud, cada pocos metros, la gente saludaba a Fitzroy como si fuera una celebridad.

–¿Cómo es que conoces a toda esta gente? –finalmente pregunté.

–Ayudo a mantenerlos a salvo –dice con una sonrisa.

Se me pone la piel de gallina de nuevo, y una gran sonrisa se me dibuja en la cara. Fitzroy me toma de la mano mientras nos acercamos a la puerta.

Vi a la tía Dot de inmediato. Llevaba un gigantesco sombrero para el sol con una flor de seda gigante colocada en el frente. Parecía que pesaba una tonelada. Caminando a su lado estaba la tía Lucille, que llevaba una blusa de flores sin mangas, unos pantalones de pierna ancha a juego, que creaban su propia brisa con cada paso que daba, y una sandalias color cerceta que hacían juego con su esmalte de uñas. Detrás de ellas venía mamá, con un vestido de flores blancas y amarillas. Casi no la reconocí porque se había hecho trenzas africanas cosidas en el cabello. Su tocado hacía un barrido ascendente que culminaba en un recogido francés. Parecía veinte años más joven. Tanto ella como las tías tiraban cada una de una pequeña maleta. "¡Allá están!", grité. De repente, me di cuenta de cuánto extrañaba a mi familia. Mamá y yo nos abrazamos como si no nos hubiéramos visto en años, y luego me puse a llorar. Fitzroy se quedó ahí parado, con una extraña mirada en su cara, casi como si hubiera visto un fantasma. Estaba como hipnotizado, mirándonos. Tal vez le pareciera extraña la enorme similitud de nuestros rasgos, pensé. La tía Dot me besó y enjugó mis lágrimas.

–Si no me presenta alguien a este buen hombre, voy a pensar que es el isleño que he estado pidiéndole al Señor que me envíe –dice la tía Lucille.

–¿Y qué es exactamente lo que una cincuentona como tú haría con este joven? –dice la tía Dot burlándose de ella.

–¡No soy tan vieja como para no recordar qué hacer con un hombre! –dice Lucille.

–¡Calma tus hormonas, Lucille! –interviene mamá.

–Fitzroy, te presento a mi tía Dot, a la tía Lucille y a mi madre, Gloria Davis.

–Es un placer conocerlas –dice Fitzroy.

–Aún no nos has dicho quién es –insiste la tía Lucille.

–Es mi, es mi... –tartamudeo.

"Soy su caballero de brillante armadura", responde Fitzroy. Todas abren la boca impactadas. Fitzroy se dirige al área de recogida de equipaje, después de agarrar el equipaje de mano de mamá. Sonrío y lo alcanzo rápidamente. Mamá y las tías continúan charlando mientras nos siguen.

Como Fitzroy predijo, había tanta gente en el área de recogida de equipaje, que apenas te podías mover sin pisar a alguien. Sugirió introducir el equipaje de mano en el monovolumen mientras aguardábamos por el resto. La tía Lucille le preguntó a la tía Dot si quería meter también el equipaje extra que llevaba sobre su cabeza, esa especie de arma con forma de sombrero, para no lastimar a alguien con él. Todo el mundo se rio. La tía Dot estuvo de acuerdo en que su cabeza se estaba asando de calor con el puesto. Tan pronto como Fitzroy se fue al monovolumen, me bombardearon a preguntas. Primero, mamá. "¿Va en serio, cariño?".

Luego, la tía Dot. "Chica, ¿desde hace cuánto que lo conoces? ¿Te trata bien?"

La siguiente fue la tía Lucille. "Está muy bueno, ¿tiene un hermano mayor?"

–Lo conozco desde que llegué a la isla, y sí, me trata bien. Fitzroy es un perfecto caballero. Y no, no tiene un hermano mayor. Mamá, él es de quien te hablé.

–Ah, ¿el que salió en el periódico besándote? – preguntó la tía Lucille.

–Sí, Lisa nos envió una copia. Tu madre se lo enseñó a todos en la iglesia. Incluso lo fotocopió y lo puso en el tablón de anuncios del baño de mujeres –dice la tía Dot.

–Se ve aún más guapo que en la foto –dice Lucille.

–Parece que las islas te han acogido bien, Faith... – comenta la tía Dot.

–Gracias. Ha sido toda una aventura hasta ahora –les respondo yo.

-Tengo entendido que Lisa y tú vivís en una mansión ubicada en la cima de una montaña -dice la tía Lucille.

-Es propiedad de mi jefe. Nos deja quedarnos allá hasta que nuestras casas hayan terminado de ser construidas.

La cinta portaequipajes se pone en marcha y comienza a girar.

-¡Señor, ten piedad! ¡Hay tanta gente acá que no podremos ver salir nuestro equipaje, y el calor que hace es infernal! -dice Mamá mientras se abanica con una *Guía de qué hacer en St. Thomas.*

-No te equivocas. Por un momento pensé que estaba teniendo un sofoco por la menopausia. ¡En este lugar hace un calor de mil demonios! -dice la tía Lucille.

Fitzroy regresa y sugiere que vayamos al monovolumen con el aire acondicionado, y que regresemos unos treinta minutos después de que la multitud se haya dispersado. Todas estamos de acuerdo y nos apresuramos para llegar cuanto antes. Una vez dentro, Fitzroy nos ofrece unas bebidas frías que guarda en una pequeña nevera oculta bajo uno de los asientos traseros.

-Entonces, ¿estamos todas acá por un asunto oficial de la policía? -dice la tía Lucille señalando el cartel en el cristal.

-No iremos a recoger a ningún detenido, ¿verdad? -interviene la tía Dot.

-No, poner este cartel es la única forma de estacionar acá sin que me echen o remolquen el auto -responde Fitzroy.

-No estaremos haciendo nada ilegal, ¿no? -pregunta mamá.

-No, Madre... quiero decir..., Sra. Davis. En mi trabajo, siempre estamos de servicio, así que no hay ningún problema. Confío en que ustedes, señoras, hayan tenido un vuelo agradable -dice Fitzroy.

–Todo iba genial hasta que llegamos a Puerto Rico. Después, todo se fue al carajo –dice Lucille.

–Lucille, cuida esa boca –le dice mamá.

–¡Pues sí, como decía, todo se fue al carajo! Fue una maldita locura. Fitzroy, por si no te has dado cuenta, Gloria y Dot ya no son lo que se dice precisamente dos jovencitas.

–¿¡Perdona!? –grita la tía Dot.

–En fin..., cuando nos bajamos del avión que desde Atlanta nos llevó a Puerto Rico, nos dijeron que para tomar nuestro vuelo de conexión teníamos que embarcar por la puerta I, con "I" de "Infierno". Total, que empezamos a caminar buscando la puerta I, y después de caminar unos diez minutos, finalmente encontramos a alguien que hablaba inglés. Nos dijo que la puerta I estaba ubicada en la otra punta de la terminal. Para entonces, la artritis de las rodillas Dot había empezado a actuar y los pies me estaban matando; sin mencionar que cierta persona de este monovolumen, y no quiero mirar a nadie, caminaba tan lenta como una tortuga.

–Deja que te diga algo, estaba admirando las vistas –dice mamá.

La tía Lucille continúa. "¿Qué vistas? No había nada que ver en el aeropuerto, sino un montón de gente tratando de llegar a sus puertas de embarque. En fin, vi uno de esos carritos de golf que los minusválidos usan para desplazarse por el aeropuerto. Lo detuve para pedirle al conductor que nos llevara. Tuvo el descaro de decirnos que necesitábamos una reserva y se marchó. Cuando apareció el siguiente con el que nos cruzamos, me puse delante y me negué a moverme hasta que nos dejara subir".

–Nunca me he sentido tan avergonzada en toda mi vida –dice la tía Dot.

–¡Ajá, pero tú fuiste la primera en sentar tu gran trasero en el asiento delantero! Ni que decir tiene, que no había forma de que pudiéramos llegar a nuestro vuelo si no nos llevaban, especialmente con la Sra. Tortuga siguiéndonos un código postal más atrás -continúa bromeando Lucille.

-Fitzroy, ojalá pudiera decirle que nuestros problemas se acabaron cuando conseguimos ese paseíto en el carrito de golf, pero no fue eso lo que ocurrió. El conductor se detuvo en la puerta A y nos dijo que era lo más lejos que podía ir. Así que tuvimos que caminar desde la puerta A hasta la puerta I, y déjame decirte que no estaban tan juntas como en el alfabeto. Mi vejiga estaba a punto de reventar, los gases de Dot nos estaba matando y creo que los pies de Gloria se habían rendido ya, porque a estas alturas solo podía dar pequeños pasitos como los de un bebé. En un momento dado, miré hacia atrás, y le juro que me parecía que no se movía en absoluto.

-¡Para ya con tus tonterías, Lucille! Me dolían los pies, y después de quitarme los zapatos, hice que tu juanete y tu dedo en garra mordieran el polvo.

¡Todo el mundo soltó una gran carcajada!

-Mamá, ¿entraste en la terminal sin zapatos? -pregunté.

-¡Era eso, o arrastrarse, y tú, no le cuentes a esta gente lo de que yo tenía gases! -dice la tía Dot.

-Siento mucho que hayan tenido que pasar por todo eso. Voy a cambiar sus pasajes de regreso y me aseguraré de que tengan un vuelo directo de St. Thomas a Atlanta cuando se marchen de acá -dice Fitzroy dispuesto a encargarse de resolver del problema.

-¡Es tan dulce de su parte! -dice mamá.

-Gracias, Fitzroy, qué amable -responde la tía Dot.

-¿Alguien quiere oír el resto de mi historia? -dice la tía Lucille.

-¡No! -responde la tía Dot.

-Ya sé por qué no quieres que siga. No deseas que nadie sepa lo asustada que estabas al subir a ese pequeño avión. Faith, Fitzroy, ¡casi tuve que llevarla al baño y darle una paliza cuando dijo que no se iba a subir al avión que nos trajo acá desde Puerto Rico! Así que le dije que, ¡después de haber pasado por un infierno para llegar a esta maldita puerta, nos subimos a ese avión sea como sea! –dice la tía Lucille como si fuera un sargento.

–Bueno, doy gracias a Dios por su Palabra. Recé con mi hermana recordándole que Él no nos dio el espíritu de cobardía. ¡Le dije que Dios se encargaría de pilotar aquel avión y que no teníamos nada que temer! Rezamos pidiéndole su consuelo y que nos llevara sana y salvas con Faith, y eso fue todo –dice mamá.

–Siento que tuvierais que pasar por tanto para llegar hasta acá. No se me ocurrió preguntar si el vuelo era directo – les digo.

"No importa, ¡el de regreso sí lo será!", dice Fitzroy, antes de sugerir que regresemos a la terminal para reclamar el resto del equipaje. La multitud se había reducido, tal y como él dijo que ocurría. No nos llevó demasiado tiempo recoger el equipaje de mamá y las tías, cargarlo en el monovolumen, recuperar mi yipeta en el Beachcomber Hotel y dirigirnos a Skyline Drive.

Capítulo 12

Cuando llegamos a la casa, vimos que Zipporah, nuestra criada, había preparado un banquete digno de reyes y reinas. Fitzroy nos ayudó a todas a salir del monovolumen, y luego llevó el equipaje dentro de la casa. Mamá y tía Dot estaban deslumbradas. No paraban de decir, una y otra vez, "Faith, esto es hermoso". La tía Lucille se detuvo afuera recreándose en el aroma de las flores, los árboles frutales y las vistas del puerto, donde cinco cruceros estaban alineados en el muelle Havensight. La casa estaba tan alta en la montaña que, según ella, era como estar entre las nubes del cielo.

Fitzroy no se quedó a almorzar. Después de asegurarse de que todas ya nos habíamos acomodado, dijo que tenía que regresar a la estación de policía. Aún seguía trabajando en el caso del asesinato de Janna. Fitzroy no creía que Junnis había matado a Janna, y que después él se había suicidado, a pesar de que esta era la versión de la historia más aceptada. Estaba decidido a que la verdad prevaleciera, y si Eric mató a Janna y Junnis, pagaría por su crimen sin importar quién fuera su familia. Lo acompañé al auto y le di las gracias por todo. También le dije que iría a tomar clases para aprender a dejar que los hombres puedan ocuparse del tipo de cosas que hacen de hombres. Ambos nos reímos. Le pregunté que qué iba a hacer el Día de Acción de Gracias, y le invité a unirse a nosotras en St. Croix, en la casa de los Atkins, para la cena. Me dijo que sería un honor pasar las vacaciones con mi familia y conmigo. Me besó en la mejilla, se subió en el monovolumen y se fue en dirección a la ciudad. La tía Lucille estaba junto al mango presenciando nuestra despedida.

–¡Chica, si no te apresuras a casarte con ese hombre, podría tener que apuñalarte por la espalda y agarrarlo para mí!

Las dos nos reímos. "Ha sido como una bendición en mi vida, tiíta. Solo rezo esperando que Dios resuelva esto", le digo.

–¡Parece que ya lo ha hecho! –me responde ella mientras nos abrazamos y entramos en la casa, donde Zipporah nos esperaba para servirnos una comida antillana.

Como la casa tiene cinco habitaciones y seis baños, mamá y las tías pudieron tener su propia habitación con baño y una vista sensacional. Después de comer, todas deshicieron el equipaje, y luego continuaron hablando de lo hermosa que era la isla y de cómo esperaban conocerla mejor. Lisa y Billy llegaron a la casa a las siete en punto, justo cuando estaba empezando la *Ruleta de la Fortuna*. Esta vez, les tocaba a ella y a Billy ser el blanco de todas las miradas.

"¡Dios santo, Gloria! ¡Hay un hombre acá abajo! ¡Ven a ver lo que Lisa ha traído a esta casa!", grita la tía Lucille. Lisa hace las presentaciones con Billy, él nos saluda a todas y luego se excusa diciendo que mañana tiene que madrugar. Se despide y Lisa lo acompaña a la puerta.

Era evidente que Lisa estaba muy cansada, pero intuía que había algo más. Empecé a preguntarme si habría habido algún problema entre ellos dos. Parecía un poco triste para haber regresado de una excursión tan maravillosa. Mamá le pregunta a Lisa que cómo le había ido el día, y Lisa le cuenta a ella y a las tías que Billy la había llevado en avión a pasar el día en Tórtola.

–¿Te llevó en su avión a dónde...? –le pregunta la tía Lucille.

–A Tórtola. Es una isla que está muy cerca de St. Thomas –dice Lisa.

–No sería en una de esas pequeñas y minúsculas avionetas, ¿verdad? –pregunta la tía Dot.

-¿A qué te refieres, "gallina" Dot? ¡Tú sabes que no era ningún 747! -dice tía Lucille.

-¡Tan solo estoy tratando de visualizarlo, Lucille!

-Bueno, todos viajaremos juntos en esa avioneta el jueves cuando vayamos a la casa del Sr. Atkins a pasar el Día de Acción de Gracias -les digo yo.

-No fuimos en la avioneta de la compañía. Cuando Billy vino a buscarme, me dijo que tenía una sorpresa para mí, y cuando finalmente llegamos al hangar, me mostró la avioneta que se había comprado. ¡Faith, es tan hermosa...! Señor, me alegro mucho por él. ¡Lleva tanto tiempo hablando acerca de conseguir tener la suya propia! Lo bendecirán la mañana del Día de Acción de Gracias antes de que salgamos para St. Croix -nos informa Lisa entusiasmada.

-No será una especie de traficante de drogas o algo así, ¿verdad? -le pregunta la tía Lucille.

Mamá, tía Dot, Lisa y yo gritamos al mismo tiempo, "¡¿Qué?!".

La tía Lucille, un poco contrariada responde, "De donde yo vengo, las únicas personas que conozco que pueden permitirse algo así son los traficantes de droga".

-¿Y a cuántos traficantes de droga con avionetas conoces tú personalmente? -le pregunta mamá.

La tía Dot responde en su lugar. "¡A ninguno! Esta mujer ve demasiadas reposiciones de CSI".

Lisa defiende a Billy. "Billy es el piloto de la compañía donde trabaja Faith. Ama al Señor y detesta las drogas. Voló para US Airways durante quince años en Nueva York, e hizo vuelos chárter en sus días libres ahorrando cada centavo que ganaba. Años antes de que US Airways se declarara en bancarrota, vendió sus acciones e invirtió en Google, la compañía de internet.

-Parece un tipo listo, y me gusta especialmente esa par-te en la que dices que ama al Señor -dice mamá.

"Ha sido un día largo. Creo que voy a dar por terminada la velada. Mañana tengo que hacer turno doble en el trabajo para poder tener libre el Día de Acción de Gracias", nos explica Lisa mientras se detiene a besar a mamá y a las tías antes de dirigirse a su cuarto.

Cada una se turna para darle las buenas noches. "Creo que yo también daré la velada por terminada. Tengo un poco de *jet lag*", dice la tía Dot.

"Yo iré a sentarme en el porche a tomar una copa de vino y disfrutar de la vista nocturna. ¿Me acompañas, Faith?". Decido seguir a la tía Lucille.

–¿Es aquello una ciudad, Faith? ¡Cuántas luces! Es como si hubiera otra isla allá afuera... mira, al otro lado del mar. ¿Se iluminó con la puesta de sol?".

–Sí, estás viendo St. Croix.

–Recuérdame que compre unos prismáticos mañana cuando vayamos a la ciudad –me dice ella.

–Debería haber unos en el aparador –le digo yo.

Busco en los cajones y le acerco los prismáticos a la tía Lucille. Se acomoda en su asiento con su copa de vino y los prismáticos. Yo me siento en una tumbona a su lado y me sirvo una copa de vino también.

"¡Chica, la vida no puede ser mejor que esto!". Sonrío y comparto esa emoción.

Mamá se queda en el salón viendo el resto de la *Rueda de la Fortuna*, y a continuación *Jeopardy!*, mientras la tía Lucille y yo disfrutamos tomando a pequeños sorbos nuestras copas de vino y hablando en afuera. "Entonces, ¿realmente te gusta vivir en estas islas?", me pregunta la tía Lucille.

–Sí, me encanta. Son tan tranquilas, y acá nadie se apresura para hacer nada. Es tan diferente a los Estados Unidos. Cuando vivía en Los Ángeles, tenía que apresurarme a cada momento y utilizar las palabras adecuadas, almorzar con la gente adecuada, vestirme bien e incluso conducir el auto adecuado solo para estar en la cresta de la ola. Acá, tan solo te relajas, eres misma y todo sigue su propio curso.

–¿Hay mucha delincuencia en las islas? –me pregunta la tía Lucille.

Pienso en Janna y eso me entristece. "Hay algo, pero nada que ver con lo que tenemos en casa. En St. Thomas hay tráfico de drogas, y la droga atrae a los delincuentes. St. John, donde estamos construyendo nuestras casas, es la isla más segura. Allá casi nunca pasa nada. La gente se cuida mucho entre sí y no quieren drogas en su isla. Incluso he oído, que un padre entregó a su hijo a la policía sospechando que era traficante. En cambio, sí existe un alto índice de violencia doméstica, especialmente cuando hay luna llena...".

"¿No escuché algo acerca de que una de tus compañeras de trabajo fue asesinada justo en la planta de arriba de donde tú estabas viviendo antes?". La tía Lucille habla de ello como si fuera algo que hubiera pasado hace ya mucho tiempo.

–Sí, se llamaba Janna. Era una buena amiga. Te hubiera gustado. El caso aún está bajo investigación –afirmo con tristeza.

–Veo que hablar de esto te afecta, así que, mejor hablemos de otra cosa... ¿cómo son los hombres de por acá?

Me río sorprendida de que mi tía, a sus cincuenta y tantos, me haga una pregunta así.

–Vaya, te ríes. ¡Puede que tenga cincuenta y tres años, pero esta nena todavía siente deseos! De hecho, tengo que decirte que estoy llegando a mi punto álgido. ¿Crees que Lisa y tú podréis liar a esta hermana con un atractivo hermano mientras estoy acá? Ahora que, me gusta que mis hombres sean un poco más jóvenes que yo. Los hombres mayores suelen tener demasiados problemas de salud.

–Tía Lucille, me estás asustando. ¡Eres mi tía, por el amor de Dios!

"¿Y...? Escucha, Faith, déjame que te explique algo. Tal y como yo lo veo, vas a tener mi edad antes de que puedas decir, Terrence Howard está bueno, tres veces". Ambas nos reímos y tomamos otro sorbo de nuestras copas de vino.

Mamá sale al porche para ver de qué va todo este cacareo. "Lucille, espero que no estés intentando convertir a mi Faith en una vieja verde como tú", le dice mamá cariñosamente.

"Mira, Srta. Dulce Polly, si no te importa, estoy conversando con mi sobrina, quien te recuerdo que tiene más de veintiún años. He estado aguardando el día en el que poder compartir con ella cosas de mujer adulta, cosas de las que sé que tú y mi cuñado, a quien echo mucho de menos, que Dios lo tenga en su gloria, nunca hablarían". La tía Lucille acompaña sus palabras con un gesto "tres-chasquidos".

–Faith, ni se te ocurra escuchar ni una palabra de lo que ella te diga hasta que te asegures de haberlo hablado conmigo primero –me advierte mamá.

Mamá coge una silla y se une a nosotras. No me molesto en ofrecerle una copa de vino porque sé que mamá solo toma vino en el momento de recibir la comunión.

–Se ve precioso todo allá afuera. Dios ciertamente te ha bendecido, Faith –me dice mamá.

–¡Oh, Señor! Gloria, ya sabes que amo a Dios, pero Faith y yo estábamos acá sentadas hablando sobre hombres. Estoy tratando de liarme con alguien mientras estoy acá, así que, si vas a soltarnos un sermón, guárdatelo para el Día de Acción de Gracias o para el próximo domingo.

Mientras mamá y tía Lucille intercambian palabras cariñosamente, me excuso y les doy las buenas noches.

–¡Chica, no me dejes acá así colgada! –me grita la tía Lucille al verme levantar para irme.

"No te preocupes, tía. Yo me encargo", le respondo. Las dejo a ella y a mamá afuera disfrutando de la vista.

Mientras camino por el pasillo que lleva a mi dormitorio, paso junto a la habitación de Lisa y la escucho sollozar. Llamo suavemente, y los sollozos cesan. Aproximo mi cara a la puerta y le digo en voz baja, "¿Estás bien?". Lisa me abre con un colorido rap isleño atado a su delgada figura. Creo que recién acaba de salir de la ducha porque su cabello aún está húmedo.

-¿Qué te pasa? -le pregunto

-Estoy en un grave problema -me dice con tristeza.

Paso por delante de Lisa entrando en la habitación, me siento en la cama y ella se sienta junto a mí. Por mi cabeza pasan unas mil cosas acerca de cuál podría ser el problema, incluyendo el VIH y el embarazo. Pregunto de inmediato si se trata de alguna de ellas para poder relajarme y averiguar de qué se trata. Lisa se revuelve contra mí.

-¡No, no soy seropositivo! -me dice.

-Alabado sea Dios..., ¿se trata de un embarazo? -Lisa no responde.

"¡Oh, diablos, no!", sale volando de mi boca antes de que pueda agarrarlo. Lisa cae sobre la cama llorando.

"Lo siento, Lisa, no quise ser tan brusca", le digo mientras le doy una caricia en la espalda para consolarla. Finalmente, deja de llorar, se incorpora y me mira a los ojos.

-¿Qué demonios voy a hacer, Faith?

Me sorprende por su pregunta. "¿Tienes alguna otra opción?", le digo. Ambas permanecemos calladas durante lo que parece una eternidad. Finalmente, rompo el silencio. "¿Creía que estabas practicando el celibato?", le digo.

-Lo estaba..., quiero decir, lo estoy -responde.

-Que se trata entonces, ¿de una especie de inmaculada concepción? -le pregunto.

-¡No te hagas la graciosa! -me dice Lisa mientras me da un golpe con el codo en el costado.

-¿Sabe Billy que va a ser padre?

Lisa me mira como si yo fuera una tarada y responde: "¿Qué?"

–¿Aún no se lo has dicho? –le pregunto.

En ese momento todo se calma, se hace el silencio y Lisa suelta la bomba diciendo: "El bebé es de Trevor". Las lágrimas empiezan a fluir de nuevo. Incluso yo lloro con ella.

–Okey, está bien. Vamos a superar esto juntas. Quiero decir que, somos fuertes, estamos centradas, bueno al menos una de las dos... y, sobre todo, ¡tenemos a Dios de nuestra parte!

–Estoy pensando en irme a los Estados Unidos y abortar, Faith.

"¡Ayúdame, Señor!", me digo a mí misma. "¡Estoy a punto de maldecir a esta chica!". "¿Así que ahora vas a convertirte en una asesina?", continué diciendo en voz alta.

"¿Por qué demonios dices algo así, Faith?". Si las miradas mataran, yo estaría en la cárcel en este mismo momento. "Faith, no quiero arruinar mi relación con Billy..., aunque quizá ya sea demasiado tarde", me dice Lisa.

–¿Y eso qué significa? –le digo yo.

–Bueno, ya sabes lo pequeñas que son estas islas, especialmente cuando haces algo que no deberías haber hecho. La semana pasada quedé para cenar con Trevor en Hibiscus Point.

"¡Tú qué!", le grito. Ahora estoy de pie paseando por la habitación como una desquiciada.

–Cálmate Faith, no me estás haciendo nada fácil hablarte de esto... Total, que cenamos. Trevor me rogó que nos encontráramos para mostrarme los azulejos que quiere darme como regalo de bienvenida para emplear en el piso de mi cocina. Había visto unos que me gustaban en una de las casas que construyó en St. John, y él lo sabía.

–Entonces, ¿te vendiste por unos azulejos? –le digo con un tono bien amargo.

-No, Faith, no fue así como pasó. No creí que hubiera nada de malo en vernos. Necesitábamos ponerle un punto final a nuestra relación. El modo en el que rompimos no fue agradable, y después de todo lo que él hizo por mí cuando me trasladé para acá, pensé que al menos le debía vernos por última vez.

-¡Lisa, no insistas con esa estupidez! Ese hombre te rompió el brazo, dormías con él cada noche "gratis", si se me permite decirlo, y pagábamos el alquiler por alojarnos en Chocolate Hole, sin mencionar que vive con otra mujer. Dime, ¿tú qué crees que le debes a él exactamente? -le digo.

-Faith, no quiero hablar más de ello... obviamente, es algo que tú no puedes comprender, así que me ocuparé de resolver mi problema yo sola -dice Lisa.

-No puedo creer lo que dices. Lisa, has perdido la cabeza. ¿Cómo diablos puedes decir que no te comprendo? Yo fui quien estuvo a tu lado cuando pasaste por tu última mala relación. Te recuerdo que fue por aquello que tomaste la decisión de venir a St. John; para madurar y tomar mejores decisiones.

"Mira, tengo algunas opciones y voy a elegir la que más me convenga". Lisa habla como una estúpida adolescente.

-¿Y cuáles son esas opciones? -le pregunto.

-Bueno... podría abortar -me dice.

"¡Ni hablar!", le digo yo. Lisa continúa.

-Trevor me ha dicho que dejará a esa mujer si yo regreso con él.

"¡Miente!", le digo yo. Lisa continúa.

-Podría irme, tenerlo y dar al bebe en adopción, regresar y estar con Billy.

-Es solo una posibilidad..., pero al menos no hay un asesinato de por medio -le digo-. ¿Y qué explicación le darás a Billy de por qué te ves obligada a abandonar las islas?

-Bueno, a eso me refería cuando antes te decía que esta isla es pequeña. Verás, cuando conocí a Trevor en

Hibiscus Point, Trevor había reservado una habitación de hotel para que, después de cenar, pasáramos la noche juntos. Cuando nos fuimos a la mañana siguiente, el gerente del hotel resultó ser un amigo de Billy, quien nos dio las gracias por ir y nos ofreció una estancia gratuita en nuestra próxima visita.

–¡Pasaste la noche con Trevor! No recuerdo que te hubieras quedado a dormir en St. John –le digo.

–Eso es otra cosa... te mentí. Te dije que estaba haciendo un turno doble en el... Lo siento mucho, Faith.

¡La miro fijamente, y luego alzo la vista hacia el cielo!

–¡¿Qué?! Solo fue una pequeña mentira para no tener que escuchar lo que tu gran bocaza tenía que decir.

–Por culpa de eso, tu trasero está ahora en este problema. ¡Chica, solo buscas mi ayuda después de haber tomado decisiones erróneas! No te preocupes. Ya le enviaré a tu trasero una factura por todos los servicios de asesoramiento prestados. Quizá entonces, tal vez sigas mis consejos –le digo.

–Como quieras, okey. ¿Me dejas terminar la historia?

Me siento en la cama otra vez mientras Lisa continúa.

–Cuando me reuní con Billy esta mañana en el aeropuerto, me dijo que un amigo suyo y su esposa nos acompañarían en nuestra escapada a Tórtola. Faith, yo estaba admirando el nuevo avión de Billy, y entonces levanté la vista cuando oí gritar a alguien que se dirigía a nosotros. Allá estaba aquel hombre del hotel con su esposa. Me sentí como una auténtica golfa.

–¡No me digas! –le digo sarcásticamente.

–Faith, esto es serio. Por favor, no bromees –me dice Lisa casi llorando de nuevo.

–Creo que deberías llamar a Billy y decirle que necesitas hablar con él de algo muy serio. ¡Díselo antes de que lo haga su amigo!

–Su amigo no le va a decir nada –me dice Lisa.

–¿Cómo puedes estar tan segura de eso? –le pregunto.

–¡Bueno, digamos que no fui la única persona que aquella noche estuvo en un lugar en el que no debería haber estado! –me dice Lisa con un brillo malicioso en su mirada.

–¿Y eso qué significa? –le replico yo.

–Mira, sé que no me vas a creer, pero Trevor y yo no hicimos nada aquella noche.

–Chica, ya no sé qué creer tratándose de ti. Después de todo lo que hemos pasado juntas, nunca pensé que me mentirías –le digo.

–¡Faith, supéralo! Ahora, ¿por dónde iba? Ah..., le dije a Trevor que solo me quedaría con él si asumía que no iba a pasar nada entre nosotros. Él me dijo que solo quería hablar.

–¿Y tú le creíste? –le dije.

–Bueno, más o menos. Verás, las últimas veces que estuvimos juntos, incluso cuando yo quería hacerlo, él no podía tener una erección... Faith, el hombre necesita viagra, pero está demasiado avergonzado para ir al doctor a pedirla.

Me caigo por el piso de la risa.

–¿Estás intentando decirme que ustedes hicieron este bebé con esa pata coja? ¡Chica, tú no estás bien de la cabeza!

–No, pero creo que tal vez podría haber sido su último ¡hurra! Esta vez, ambas nos caemos por el piso de la risa.

–¡Lisa, sigue con la parte del amigo de Billy! –le digo.

–Ah, bueno... Trevor no pudo tener una erección como yo imaginé que pasaría, así que nos quedamos en la cama con la ropa puesta, abrazándonos y hablando. Le hablé de Billy, de lo buen chico que es, y de cómo él y yo acostumbramos a ir juntos a los estudios bíblicos, y que no quería poner en peligro eso viéndome con él.

–¿Y no podías decírselo por teléfono? ¿Tenías que salir a cenar y quedarte a pasar la noche con él en un hotel de cinco estrellas para decirle a tu exnovio que estás enamorada de otro? –le pregunto.

–Faith, ¿me dejas terminar de contarte la historia? Además, no todas somos como tú.

-¡Me alegro de que no todas sean como yo! ¿Y eso qué significa? -le digo.

-¡Ya sabes, eres todo fuerza y santidad!

-No vayas por ahí, Lisa. Tú sabes que yo también he cometido errores, no soy ninguna santa. Y si no recuerdo mal, ambas servimos al mismo Dios, así que, ¿qué problema tienes con lo sagrado? Solo tienes que decidir predicar con el ejemplo.

-¡Claro, lo que tú digas...! Como te decía, Trevor y yo estábamos hablando en la habitación, pero la gente del cuarto de al lado estaba "chocando y moliendo" como nadie. Su cama compartía pared con la nuestra. Chica, ese hombre la tenía colocada sobre él, y ella gemía y gritaba como si alguien la estuviera matando.

-Tal vez la estaba lastimando -le digo yo.

-¡Sí, claro! La hermana decía, "¡por favor, no pares!", por en medio de todos sus gritos. Faith, aquello duró dos horas seguidas, y sabes, a Trevor le estaba matando, especialmente porque su *big boy* no estaba cooperando. Finalmente, Trevor decidió que ir a tocar en su puerta y pedirles que dejaran de hacer tanto ruido

-Debes estar bromeando -le digo.

-Chica, era una tortura escucharlos. Cuando Trevor se levantó para ir a tocar a su puerta, yo le seguí. Me dijo que me quedara en la habitación, pero tenía que saber quién era aquella máquina sexual. ¡Faith, ese hombre debería estar en el Salón de la Fama del Sexo! ¡Estoy hablando de dos horas, y eso contando sin parar hasta que fuimos a llamar a su puerta! Estuvimos tocando durante cinco minutos antes de que abrieran. Diablos, quería pedirle un autógrafo. Él se disculpó, pero antes de que pudiera cerrar la puerta, vi a una mujer blanca envuelta en una sábana caminando hacia el baño. La esposa del hombre que fue a Tórtola con nosotros es de piel muy oscura, y es de Uganda.

-Lisa, podrían haber recibido un disparo llamando a la puerta de alguien mientras se está ocupando de sus asuntos -le digo.

-El hombre debería haber estado abajo dirigiendo el hotel en lugar de arriba, en la habitación de invitados, haciendo su "numerito" -me responde Lisa.

-No mentías. Estas islas son demasiado pequeñas. Nunca sabes a quién te puedes encontrar. Sigo pensando que deberías decírselo todo a Billy. Él te respetará por ello. Y además, aparte de tu errónea decisión de encontrarte con Trevor en Hibiscus Point, el embarazo ocurrió antes de que ustedes estuvieran juntos. Billy ya sabía que no eras virgen cuando te conoció -le digo.

-Vaya, Faith, no sé cómo lo haces para hacer que las cosas parezcan tan sencillas. Ojalá lo fueran... Acá estoy, sentada con un bebé creciendo dentro de mí de un hombre que vive con otra mujer, y el hombre piadoso con el que salgo no es el padre. ¿Qué te parece esto para una telenovela?

-Creo que Billy será un padre fantástico para tu bebé. Solo debes rezar pidiéndole al Señor que te ayude a superar esto. Llama a Billy y cuéntaselo todo. Puede que incluso lo encuentre en parte divertido, como yo.

Nos abrazamos, nos damos un beso y salgo afuera de la habitación de Lisa para ir a ver a la tía Lucille y a mamá antes de dar por terminada definitivamente la velada.

La tía Lucille se había quedado dormida en el porche. La cubrí con una manta para mantenerla a salvo de la brisa nocturna, por si no se despertaba para entrar en la casa antes de que llegara la mañana. Mamá ya se había ido a su dormitorio, donde la encontré en la cama leyendo su Biblia. Entré en la habitación y me tumbé junto a ella.

-Estoy tan feliz de estar acá contigo, Faith.

Pude ver el amor en sus ojos mientras me hablaba.

-Me alegra mucho que hayas venido, mamá.

–¡No voy a mentirte! Nada ha sido fácil para mí desde que tu padre se fue a casa para estar con el Señor. Algunos días ni siquiera salgo de casa. Me siento aguardando saber algo de él –me dice mamá.

–¿De quién? –le digo.

–¡De tu padre, tonta! Viene a visitarme a menudo. Es un sentimiento tan maravilloso... Iba a vender la casa porque es demasiado grande para mí sola, pero después pensé que si la vendía y me mudaba, él no sabría dónde encontrarme.

"Oh, Señor. Mamá ha perdido el juicio", pienso para mí misma.

–Mamá, ¿te encuentras bien? –le pregunto.

–¿Por qué me preguntas algo así, Faith? –me dice ella.

–Bueno, es un poco extraño oírte decir que papá viene a verte cuando ambas sabemos que él... él...

–Está muerto –dice mamá.

–Bueno..., sí –respondo.

–Su cuerpo puede estar muerto, pero su espíritu aún vive... y ese es el que viene a visitarme, el espíritu de tu padre.

–Bueno, ¿y qué te dice? –le pregunto.

–A veces siento su presencia, y algunas veces le oigo reír cuando hago algo estúpido.

–¿Estúpido como qué?

–Como aquella vez que estaba planchando mis guantes de ir a la iglesia... ...fui al fregadero de la cocina para poner un poco de agua en la plancha... ...cuando terminé de planchar, puse la plancha en el refrigerador. ¡Ambos nos reímos mucho de eso! ¡Pensé que la plancha era una jarra de agua! Sí, querida, tu padre está conmigo todo el tiempo cuando estoy en nuestra casa.

–Papá está contigo en todas partes, mamá, no solo en esa casa. Vive en tu corazón y, dondequiera que vayas, él irá contigo –le digo.

Mamá sonríe y asiente con la cabeza.

–Solo rezo para que un día sea bendecida con un matrimonio como el tuyo y el de papá.

–Parece que vas por el buen camino. Me gusta mucho Fitzroy, y puedo ver que él te ama –dice mamá sonriendo.

–Sí, solo estoy observando y rezando –le digo.

–Observando y rezando, ¿para qué? ¿Para que una gran piedra caiga sobre tu cabeza y te haga entrar en razón? Ahora... escúchame, cariño. Perdiste todo ese tiempo con ese chico bueno para nada de Los Ángeles, pero el Señor ha puesto en este momento un caballero en tu camino... No pierdas el tiempo, y con ello, tu bendición. Además, quiero tener algunos nietos pronto. Estoy cansada de que Dot presuma mostrándome las fotos de los hijos de Debbie. ¿Sabes que va a tener gemelos? Su marido será nuestro nuevo pastor el mes que viene. Sé que tu padre se siente orgulloso.

Sonrío y le doy un beso de buenas noches a mamá. "Nos vemos por la mañana, y bienvenida al paraíso", le digo.

–Buenas noches, mi amor –dice mamá.

Capítulo 13

Me despierto con el olor a *bacon* y café que viene de la cocina. Puedo oír a la tía Dot y a nuestra asistenta, Zipporah, riéndose. Todavía llevo puesto mi camisón mientras mi nariz guía a mi hambriento cuerpo a la cocina. Encuentro a mamá sentada en el mostrador de la isla leyendo el periódico local y tomando una taza de café. La tía Lucille entra desde la calle llevando unas zapatillas, pantalones largos para correr, una camiseta que dice "Experimentada", una visera a juego con su conjunto para protegerla del sol y una botella de agua.

"¡Guau, qué calor hace ahí fuera y solo son las ocho!", dice mientras se limpia el sudor del cuello con una toallita de papel.

"Deberías sentar tu viejo trasero acá en lugar de salir a correr como si fueras una adolescente por la montaña. Tienes suerte de que no te haya atropellado un auto. ¿No sabes que acá no hay aceras?", le dice la tía Dot bromeando a la tía Lucille, que le responde,

–Harías bien en unirte a mí. Podría ayudarte a mejorar tu gota y tu alta presión sanguínea. ¡Quién sabe, tal vez te deshagas de algo de ese equipaje extra que llevas en la cintura antes de que regresemos a Atlanta!

–Aún no tengo la cabeza todavía como para aguantaros a las dos tan temprano por la mañana. ¿No podríamos llevarnos todas bien? –las interrumpe mamá.

–Pareces Rodney King, mamá –le digo mientras le doy un abrazo a Zipporah y me sirvo un café.

–He conocido a un hombre realmente agradable que también había salido a caminar, y no se lo van a creer, pero vive en la casa de al lado, se llama Wally. Señor, si creen que esta casa es grande, deberían ver el interior de la suya. ¡Podría tragarse a esta! –dice Lucille.

–Lucille, ¿has entrado en la casa de ese hombre? –le dice mamá.

–Sabes que sí, Gloria. Esta mujer tiene el sentido común de una cabra –dice la tía Dot mientras apunta con el rodillo a Lucille.

–¡Por el amor de Dios, es el vecino de Faith y Lisa! –dice la tía Lucille volviéndose hacia ellas.

Zipporah se ríe. "Oh, ustedes, oh son tan graciosa. Sr. Wally buen hombe. Él son de Nevis... né perdé el año pasado a esposa de né por cánser. Né sé el exitoso propietario de un club nocturno en una callejuela de la siudá". Zipporah continúa enseñando a la tía Dot a hacer yaniqueques.

–¿De Nevis? Mi novio Fitzroy es de Nevis –le digo a Zipporah.

–Yo sabé eso. Madre e padre de Fitzroy son de Brown Hill, al'igual que Sr. Wally. Familia de mi de Mount Lilly. Fitzroy y hermano gemelo de né acostumbrá a jugá cricket con hermanos de mi.

La tía Dot nos sirve unos yaniqueques fritos con queso. "Parece que la mitad de St. Thomas y St. John son de Nevis", dice tía Dot.

"¡L'otra mitá son de Dominica!", dice Zipporah riéndose. "Tomá, probá ustedes esto con el café. Ayoh, usted nesesita bebé un poco té de hierbas con sus yaniqueques. Sr. Atkins tené amí a plantá limoncillo, menta, tomillo y té de laurel todo al largo de la casa, así que né e Sra. Atkins podé tené té de hierbas fresco por las mañanas", dice Zipporah mientras nos sirve a cada una taza de té de hierba de limoncillo.

Mamá aparta su taza de café y prueba el té de hierbas. "¡Está rico!", dice mamá. La tía Dot está de acuerdo.

–Tomaré una taza de té, pero voy a tener que rechazar la masa frita. Demasiado temprano para mí para ese tipo de comida. Si no le importa, tomaré un tazón de salvado de cereales con un plátano y leche descremada -dice la tía Lucille.

Zipporah se siente un poco decepcionada porque la tía Lucille no quiere probar sus yaniqueques, pero le sirve un tazón de cereales con una sonrisa y añade un plátano junto con la leche descremada.

-Zipporah, ¿qué más puedes contarme sobre el Sr. Wally? -dice la tía Lucille.

-¡Ya empezamos! -dice la tía Dot.

-¿Ya empezamos, qué? -se defiende la tía Lucille.

-Sabes perfectamente a qué me refiero. ¡Necesitas tener siempre la atención de un hombre! No podemos disfrutar de nuestras vacaciones sin que actúes como...

La tía Lucille tiene ahora las manos en sus caderas. "¿Como qué, Dot? ¿Como una mujer soltera que todavía tiene deseos y necesidades? Tengo cincuenta y tres años, luzco mejor que la mayoría de las de treinta y cinco, y no puedo evitar que los hombres se sientan atraídos por mí. ¡No me odies porque te casaste con tu novio del instituto, le diste bebés y ahora, a los sesenta y cinco, ciertas cosas ya no les resultan tan apetecibles a ustedes dos!", dice la tía Lucille.

-¡Cómo te atreves! -dice la tía Dot con sus sentimientos heridos mientras se quita el delantal-. Voy a vestirme. ¿A qué hora has dicho que iríamos de compras, Faith? -continúa.

Todas nos quedamos en silencio y un poco afligidas. "Nos iremos alrededor de las diez".

La tía Dot sale al pasillo para ir a su habitación.

"¿Qué le pasa?", dice la tía Lucille como si la tía Dot estuviera exagerando. Mamá la mira enojada.

-A veces no sabes cuándo parar -le advierte.

-¡Qué! Siempre actuamos así desde que éramos niñas -dice la tía Lucille.

-George le pidió el divorcio a Dot y ha abandonado la casa la semana pasada -dice mamá.

-¡¡Qué!? ¿Por qué no me ha dicho nada? -dice la tía Lucille.

-Tal vez temía que no tuvieras compasión y que dijeras algo inteligente -dice mamá con sarcasmo.

-Soy así de mala, ¿eh? -pregunta la tía Lucille.

-Así, y más -añade mamá.

-Lo siento mucho. Dot debe de estar pasando por un infierno. ¿Soy la única que no lo sabía?

-No, todavía no se lo ha dicho a los niños. Espera que este viaje la ayude a relajarse para poder aclarar sus ideas antes de intentar explicárselo a nadie más -dice mamá.

La tía Lucille camina nerviosamente de un lado a otro de la habitación. "Debería haber una ley que prohíba que las personas que han estado unidas más de cincuenta años se divorcien. Lo que quiero decir es que, ¿a quién más le vas a interesar, sino es a esa persona, después de haber estado durante tanto tiempo juntos?".

Zipporah se excusa y sale de la cocina para ir a hacer la colada.

-Mamá, ¿el tío George tenía una aventura? -pregunto.

-Sí, querida, con Sadie Green. La recuerdas; era la secretaria de la iglesia hasta que hice que tu padre se deshiciera de ella.

La tía Lucille está indignada. "¡Sadie Green! Ella ha estado detrás de George durante cuánto... ¡veinte años!", dice la tía Lucille.

-Ella es la razón por la que la tía Dot le tiró polenta caliente al tío George -digo yo.

-George le dijo a Dot que amaba a Sadie desde hacía mucho tiempo, y que ahora que todos sus hijos se habían hecho mayores y habían formado sus propias familias, quería ser feliz antes de que le llegara su hora -nos cuenta mamá.

La tía Lucille parece estar a punto de llorar. "¡Dot debería haberle arrojado polenta también en el otro lado de la cara! Nunca confié en ese hombre. No me importa que sea un diácono de la iglesia. No puedo creer que vaya a dejar a mi hermana por esa apestosa...".

–Basta, Lucille –interviene mamá antes de que la tía Lucille pueda decir algo más.

–Pensé que se había casado. ¿No tiene unos gemelos haciendo la secundaria? –pregunto.

–¡No, Faith! ¡Esos dos nenes son bastardos! –la tía Lucille todavía está muy enojada.

"¡Mujer, será mejor que te arrepientas ahora mismo de lo que has dicho! ¡Dios no crea bastardos! ¡Los perros tienen bastardos!". Mamá está en *shock* por la respuesta de Lucille.

–Lo siento, es que estoy tan enojada. Podría matar a esa gorda barriga sin...

"¡Ya basta, Lucille!". Mamá hace una pausa por un momento y luego continúa. "Bueno, ustedes dos pueden conocer toda la historia, así que puedan sacar afuera toda su rabia y podamos juntas ayudar a Dot en estos difíciles momentos".

–¿Hay más? –digo yo.

–Sí. Los gemelos de Sadie son hijos de George.

–¿Qué?

–¡Oh, diablos, no! –gritamos la tía Lucille y yo a la vez.

La tía Dot entra en la cocina. "Bueno, Gloria, supongo que ya les has contado todo", dice.

La tía Lucille y yo abrazamos a la tía Dot, y todas lloramos juntas. "¡Tengo ganas de hacerle daño a ese tonto! ¡Cómo se atreve a robarte tus mejores años y luego dejarte por esa despreciable mujer!", grita la tía Lucille.

–Se merecen el uno al otro, Lucille. Aun así, no todo es culpa de George... Debí dejarle hace treinta años, pero pensé que Dios quería que permaneciera a su lado. George nunca me fue fiel y yo lo sabía, sin embargo, no quería criar a mis niños sin su padre. Yo quería estar en casa cuando se bajaran del autobús escolar, y no había manera de que pudiera permitirme el estilo de vida al que yo y los niños nos habíamos acostumbrado teniendo solo la secundaria.

–¿Y qué vas a hacer ahora? –le pregunto.

–Voy a tomarme un tiempo para superar el golpe y luego voy a "vivir". No te preocupes, el buen Dios cuidará de mí. Además, tengo derecho a la mitad de la pensión de George, la casa está pagada y además, según mi abogado, él no recibirá ni un centavo de eso por haber cometido adulterio. Voy a vender la casa y a comprar algo lo suficientemente grande para tener espacio para cuando mis nietos vengan a visitarme. Es hora de hacer una purga, Faith. Sadie podría haberme hecho un favor llevándose a George de mi lado. Es triste decirlo, y ahora por fin puedo admitirlo, pero algunos días no podía soportar ni siquiera mirarlo. La forma en que comía me ponía de los nervios. Ese hombre masticaba con la boca abierta y hacía chasquidos con los labios. Sin mencionar todos los años que soporté sus apestosos pedos. Estaba segura de que tenían que ser tóxicos. Es un milagro que no tenga cáncer. Hace diez años me mudé al cuarto de huéspedes y lo reté a ver si tenía lo que había que tener para cruzar el umbral. George y Sadie son dos personas lamentables... ¡Que Dios los bendiga... o no!

Todas nos reímos.

Mamá me susurra mientras continúa leyendo el periódico. "Faith, mira, ¿no es Fitzroy el que sale acá deteniendo a alguien?".

Me apresuro a echar un vistazo. El pie de foto dice "Isleño arrestado por el asesinato de su esposa". La foto muestra a Fitzroy llevando a Eric esposado al juzgado. Agarro el periódico y leo el artículo. "Eric ha sido arrestado por el asesinato de Janna y Junnis", digo.

–Janna... esa era tu amiga del trabajo, ¿no es cierto, cariño? –pregunta la tía Dot.

–Sí, lo era –le digo con tristeza.

Quiero llamar a Fitzroy, pero decido esperar hasta que tenga noticias suyas.

–Lo siento mucho, cariño –me dice mamá.

–Ruego al Señor que resuelva esto pronto por el bien de todos los involucrados, y rezo especialmente por sus hijas. Conocerás a las chicas mañana cuando vayamos a St. Croix para la cena de Acción de Gracias.   La familia Atkins prácticamente las ha adoptado –le digo.

Zipporah entra en la cocina y quiere saber si tendrá que preparar el almuerzo para nosotras o tan solo concentrarse en la cena. "No tendrá que preocuparse por ninguna de las dos cosas. No estaremos en todo el día. Nosotras iremos a cenar al North Star Hotel, y Lisa llegará a casa tarde porque hoy tiene turno doble en el trabajo", le digo.

Zipporah sonríe y continúa con sus tareas domésticas. Mi mente reflexiona en la conversación que tuve con Lisa anoche. "Señor, por favor, dale a esa chica sabiduría para hacer lo correcto", digo en una rápida oración.

–¿Para hacer lo que es correcto? –escucho a mamá decir.

No me di cuenta de que estaba rezando en voz alta. "Oh, solo estaba rezando una oración por una amiga", le digo.

Mamá me besa y luego camina por el pasillo para ir vestirse.

El teléfono suena y Zipporah lo atiende. "Señorita Lucille, teléfono, la llamado son para usted".

De repente, súbitamente mamá para de caminar, la tía Dot se queda congelada con las manos en las caderas, yo me siento en el mostrador y Zipporah finge estar limpiando la pileta de la cocina por segunda vez.

"Buenos días..., sí, soy Lucille... Oh, hola, Wally... no, está bien, no me has pillado en un mal momento". Lucille se da la vuelta y se encuentra con que todas nosotras, incluyendo

Zipporah, estamos escuchando su conversación con Wally.
"Discúlpeme un segundo, Wally". La tía Lucille cubre el
micrófono del teléfono. "¡Sé que todas ustedes, vacas
entrometidas, tienen algo mejor que hacer que escuchar esta
conversación!". La tía Lucille se lleva el teléfono inalámbrico
al porche para continuar hablando con Wally.

    –¡No puedo creerlo, pero cómo se atreve! –dice la tía
Dot disgustada.

    –Sí que puedes. Lucille está siendo ella misma. Sabes
que esta mujer es un imán para los hombres. Ha sido así
desde que empezó a usar sostén de entrenamiento –dice
mamá bromeando.

    Empezaba a preguntarme por qué la tía Lucille pensa-
ba que necesitaba que yo le presentara a alguien. "¡Mi tiíta
tiene sus propios recursos!".

    "Bueno, voy a vestirme. Toca en mi puerta si hay no-
vedades en la *Vida caliente de Lucille Summers*", dice mamá
mientras se dirige por el pasillo a su habitación. Siguiéndola,
me excuso para ir a vestirme dejando a la tía Dot y a Zipporah
en la cocina.

    "Paresé que el Sr. Wally son interesado en la Srta.
Lucille. Mi no sabé que él nunca antes llamá aquí. Nelle desí
que né tá enserado en esa casa desde que la esposa de né
morí. Rastafari hijo de né dirigí el negocio en su lugar.
Algunos disen que le roba a su siego padre. Yo creo que Sr.
Wally tené tanto dinero que nah le importa. Tal vez Srta.
Lucille podría sé la indicada para sacá a né de su soledad", le
dice Zipporah a la tía Dot mientras pone los platos del
desayuno en el lavaplatos.

    –Confíe en mí, si alguien puede hacer eso es Lucille.
¡Ella puede devolverle la vida al faraón Tutankamón y hacer
que saque todos sus tesoros de la tumba! –dice la tía Dot.

    –Srta. Lucille, ¿ella casafortunas? –pregunta Zipporah
mientras cierra la puerta del lavaplatos.

–No. Probablemente estoy pintando un retrato demasiado horrible de mi hermanita. No me malinterprete, desconozco que se haya enamorado alguna vez de un hombre pobre, pero una cosa sí sé, y es que no es una cazafortunas. Lucille tiene probablemente tanto dinero como el Sr. Wally. La chica tiene más propiedades en Atlanta que cualquier persona blanca o negra que conozca.

–Entonse, ¿por qué nelle no tené marido? –pregunta Zipporah con una desconcertada mirada.

"En pocas palabras, Lucille es una mujer difícil de complacer. Ha tenido en su cuota de pretendientes, doctores, abogados, banqueros, corredores de bolsa, incluso pastores... pero ninguno pudo domarla –la tía Dot mueve su cabeza con asombro–. Sin embargo, hubo uno que casi lo consigue... el Dr. Bedford Jennings. Pertenecía a una rica familia adinerada del sur. Todas las mujeres de Atlanta habrían dado lo que fuera por estar con ese hombre. Era mulato, tenía el pelo ondulado, vestía con mucha clase, manejaba un auto de lujo y tenía un trabajo muy lucrativo en Dunwoody, por no mencionar la mansión en la que vivía..., pero el Dr. Jennings solo tenía ojos para Lucille. Era incapaz de ver nada malo en esa mujer. Tenían previsto casarse hace dos años, el cuatro de julio, en un yate. Todos los que eran alguien, e incluso todos los que no, fueron invitados a la ceremonia". La tía Dot se emociona y para de contar la historia.

"Minené, ¿qué son que ocurió?". Zipporah está cautivada por la historia. La tía Dot continúa.

"La noche antes de la boda, los hermanos de fraternidad del Dr. Jennings le hicieron una gran fiesta. Allá estaba todo tipo de gente famosa, como el alcalde, jugadores de fútbol, bailarinas exóticas... ya se hace una idea. Bueno, una mujer, que todos creyeron que había venido con los bailarines, se acercó al doctor y le disparó cuatro veces en la cabeza antes de que nadie pudiera hacer nada".

–¡Oh, mi Dio de mi, oh! ¿Por qué nelle hasé algo tan loco com'eso?

–La mujer dijo que el Señor le había revelado en un sueño que el Dr. Jennings debía casarse con ella, no con Lucille. Lo más triste es que el Dr. Jennings ni siquiera conocía a esa mujer. Ella se enteró por la sección de noticias de sociedad del periódico de su compromiso con Lucille, y empezó a enviarle unas cartas muy extrañas. El doctor la denunció a la policía; comprobaron quién era y concluyeron que la mujer era inofensiva. En realidad, a "Doc" le preocupaba más que la mujer pudiera lastimar a Lucille. No quiso correr ningún riesgo, así que contrató a un guardaespaldas para protegerla a ella hasta después de la boda. Nadie esperaba que la mujer lo lastimaría a él. Lucille se quedó devastada y tuvo que ser medicada durante meses. Es justo ahora, justo en este momento, que estamos empezando a ver a la vieja Lucille coqueta de nuevo. Zipporah, lo más triste es que si la policía hubiera investigado más a fondo a esa mujer, habrían descubierto que había estado entrando y saliendo de hospitales de salud mental durante los últimos quince años. Al parecer, ella afirmó en 1999 que el Señor le había dicho que se iba a casar con Michael Jackson, y fue detenida por intentar entrar en Neverland.

–Oyéh, qué historia... Bueno, querida d'ami, resaré para que Srta. Lucille encuentre la felisidad.

Lucille entra en la cocina desde el porche sonriendo. "Cambio de planes, hermana mayor... Voy a dar un paseo en barco hasta St. John con Wally. Quiere mostrarme la bahía Trunk y llevarme a bucear", dice la tía Lucille.

Mamá entra en la cocina y yo la sigo justo cuando la tía Dot y la tía Lucille comienzan otra ronda de desacuerdos.

–Dot, tengo cincuenta y tres años y no necesito tu permiso para ir a la playa con el vecino de Lisa y Faith.

Demonios, de todas formas, prefiero pasar el rato con Wally que ir de compras con un montón de mujeres.

–Por mí bien –me escucho decir.

–¡Faith! –se mete conmigo la tía Dot–. Lucille no conoce a ese hombre y tú tampoco –me dice como si todas hubiéramos perdido la cabeza menos ella.

–Né son un buen hombe –añade Zipporah.

–Dot, déjala en paz... todas hemos venido acá a relajarnos de una forma u otra. ¡Dale tus bendiciones y vayámonos de compras! –dice mamá.

Nadie dijo nada más después de que habló mamá. Bueno, nadie excepto la tía Dot, que le dio a la tía Lucille una última advertencia cuando salimos por la puerta para subir a la yipeta. "¡No nos hagas a tener que ir a identificar tu cuerpo en la morgue!".

La tía Lucille sonríe mientras camina por el pasillo para ir a retocarse y preparar su kit de playa para su primera cita con un isleño.

Capítulo 14

El estacionamiento público estaba lleno. Después de dar vueltas durante más de diez minutos, decidí aparcar en el de los vendedores, junto al Emancipation Park. Aun así, seguía estando cerca de las tiendas de Main Street. La temperatura era de casi treinta y cinco grados. Había cinco cruceros en la ciudad, y lo que parecían ser miles de personas se reunieron a lo largo del improvisado poblado de vendedores comprando camisetas, sombreros para el sol, pareos, bolsos de imitación de Louis Vuitton y todo tipo de baratijas con la palabra "St. Thomas" escrita en ellas. Oprah, la burra que llevaba gafas de sol de tamaño gigante, un sombrero de paja y lápiz de labios, incluso hoy estaba afuera aguardando a que los turistas pagaran una tarifa por sentarse sobre su lomo y tomarse una foto con ella. Mamá se rio mucho cuando conoció a Oprah y a su dueño, que medía más de uno ochenta de estatura, vestía una larga túnica africana, llevaba un bastón y rastas estilo "nido de pájaro" que le colgaban muy por debajo de su trasero. Casi parecía como si hubiera estado vagando por el desierto dirigiéndose a la Tierra Prometida con Oprah a cuestas. Mamá no estaba segura de si prefería sacarse una foto con Oprah o con el hombre de las rastas porque ambos eran una estampa igualmente inusual para ella.

La tía Dot pagó para ubicarse entre el hombre y la burra mientras le tomaban la foto. Después, ella y yo convencimos a mamá para que se subiera al taburete que le proporcionó el dueño de Oprah, y así poder sentarse a lomos de la burra y tomarle también a ella una foto. Mamá se veía tan graciosa a horcajadas sobre el burro. Quise preguntarle si era una de esas veces en las que podía escuchar reírse a papá. La tía Dot se aseguró de tomarle una foto con su cámara para que su hija, Debbie, la publicara en el boletín de la iglesia cuando regresaran a Atlanta. Mamá amenazó con retorcerle el cuello si se la mostraba a alguien. Tras pagarle a aquel hombre, que descubrimos que se llamaba One Love, como la canción de Bob Marley, decidimos continuar por Main Street después de que la tía Dot y mamá compraran un sombrero para el sol, y yo algunas camisetas para las chicas de mi prima Debbie. Mamá quería encontrar un mantel de lino para regalárselo a la Sra. Atkins mañana cuando la veamos en la cena de Acción de Gracias. Main Street era el lugar apropiado para los manteles de lino. Era tan difícil para mamá elegir cuál de ellos comprar, que al final decidió llevarse unos cuantos. Ya decidiría después con cuál obsequiar a la Sra. Atkins y el resto se los llevaría de regreso a Atlanta para entregárselos a las hermanas que sirvieron con ella en el Gremio del Altar.

Las aceras de Main Street son tan estrechas que nos chocamos constantemente con turistas cargados de cajas de licor libre de impuestos. Cuando sencillamente ya no había espacio suficiente en la acera, optamos por caminar por el asfalto y lidiar con los autobuses turísticos que recogían y dejaban a los cruceristas. A mamá y a la tía Dot les encantaba el bullicio y la emoción de caminar por Main Street. La tía Dot dijo que se sentía como si estuviera en un país extranjero con todos aquellos edificios de estilo danés hechos de piedra, y aquellas puertas de doble arco ancladas a la pared con tirantes de metal. Paramos en la joyería Cardow. A mamá le encantan sus brazaletes de oro y me pide que elija uno.

–Quiero comprarte un regalo por ser una hija tan dulce –me dice.

–Mamá, no tienes que comprarme nada –le digo.

–A caballo regalado no le mires el diente, Faith. Además, es un regalo de cumpleaños anticipado.

Iba a recordarle que mi cumpleaños no es hasta el dieciséis de julio, pero ya que parecía decidida a demostrarme su amor comprando este brazalete de dos mil dólares, decidí que el veintisiete de noviembre estaba lo suficientemente cerca. Era una hermosa pulsera de oro con rubíes y diamantes. El vendedor me lo colocó en el brazo. Mamá, la tía Dot y yo dijimos al mismo tiempo, "¡Oooh!". No podía dejar de mirarme el brazo. Mamá estaba radiante. La besé y le dije que era el mejor regalo que había recibido, aparte de tenerla a ella y a papá como mis padres. Una lágrima de alegría se deslizaba por su mejilla.

"Deberían guardar todas estas cursiladas para el programa del Dr. Phil", nos dice la tía Dot mientras sonríe reconociendo que el brazalete es muy hermoso.

Mi celular suena y es Lisa. Me excuso y salgo afuera para hablar, dejando a mamá y a la tía Dot de compras. Lisa me dice que ha estado rezando sin parar desde que hablamos anoche, y que va a tener al bebé. "Alabado sea Dios", le digo. Lisa había llamado a Billy para decirle que necesitaba hablar con él sobre algo importante esta misma noche. Intentó que ella le dijera por teléfono de qué se trataba, pero Lisa le respondió que era algo de lo que necesitaba hablar con él cara a cara. Dijo que él parecía realmente nervioso. Quedaron en que Billy se pasaría por la casa alrededor de las siete cuando ella saliera del trabajo. Le dije a Lisa que me llevaría a mamá y a las tías a cenar al North Star Hotel para que su plan funcionara bien. Podrían hablar en privado y, probablemente, no regresaríamos a casa hasta las once de la noche. Lisa estaba asustada, pero tan solo estaba haciendo lo que Dios la guiaba a hacer. En medio de todo el ajetreo de Main Street, me acurruqué contra un edificio con mi celular y recé con mi amiga antes de colgar. Lisa dijo que si las cosas no iban bien esta noche entre ella y Billy, no se uniría a nosotras mañana en St. Croix para ir a la cena de Acción de Gracias. "No te preocupes", le dije. "Dios tiene esto bajo control".

Cuando me giro para regresar a Cardow y reunirme con mamá y la tía Dot, mi celular suena de nuevo. Esta vez es Fitzroy. "Te extraño, Faith".

Casi me derrito con el sonido de su voz. "Yo también", le digo.

–Entonces, ¿qué vamos a hacer al respecto? –responde Fitzroy con su sexy voz británica.

Le digo que estoy en Main Street comprando con mamá y la tía Dot, y que la tía Lucille ha conocido a nuestro vecino y ha decidido ir con él a Trunk Bay. Fitzroy se ríe.

–Tu tía Lucille tiene buen gusto. Wally es un buen hombre. Es de mi pueblo, Nevis. ¿Qué planes tienen para cenar esta noche?

Le cuento nuestros planes.

–¿Está bien si me uno a ustedes?

–Por supuesto –le digo con una gran sonrisa.

–Faith, ¿te parece bien si paso la noche en tu casa? No tiene sentido regresar a St. John después de cenar y tener que volver mañana para volar a casa de los Atkins para la cena del Día de Acción de Gracias. Estoy seguro de que perderé el último barco a St. John si intento regresar a casa esta noche.

Hago una pausa por un momento.

–Faith, ¿estás ahí? Si te sientes incómoda con esto, buscaré una habitación de hotel.

"¡No, no! Está bien. Puedes quedarte en mi habitación y yo dormiré con mamá. Espero verte a las siete". Cuelgo y regreso a la tienda sonriendo como si me hubiera tocado la lotería.

La tía Dot está a punto de comprar cinco pares de brazaletes de oro antillanos para sus nietas Faith, Faren, Farrah, Freda y Fuisha. "Estos serán un regalo para las niñas de su caprichoso abuelo". La tía Dot saca una tarjeta de American Express. "Ese tonto me pidió el divorcio, pero ha olvidado quitar mi nombre de sus tarjetas de crédito".

–¡Tía Dot! –le digo.

–¿Tía Dot, qué? George va a correr con todos los gastos de este viaje. Lo llamaremos, mi "terapia de divorcio".

Mamá y yo nos reímos.

–Y ahora, ¿dónde venden esos manteles de lino? Ah, también quiero conseguir algo de cristalería para Debbie y tal vez un Rolex para su marido Byron, nuestro nuevo pastor.

La tía Dot tiene un brillo en los ojos que nos asusta a mamá y a mí. "Está bien, Dot. No te vuelvas loca. El hombre ya te está dando la casa y la mitad de su pensión", reprende mamá a su hermana.

–¡No me está dando nada por lo que yo no haya trabajado! –interrumpe la tía Dot a mamá.

–Bueno, tienes razón en eso, pero no gastemos todo su dinero en una sola tienda –dice mamá.

"No te preocupes, he traído todo el 'plástico' conmigo. Podemos repartir la riqueza por toda la ciudad". La tía Dot abre su billetera y se despliegan al menos diez tarjetas de crédito. "Ah, y por cierto, todas están sin estrenar... George y yo nunca fuimos a ningún sitio para poder utilizarlas".

–¡Señor, bendice a mi hermana! –dice mamá.

–¡Ya lo ha hecho! –responde la tía Dot a su plegaria mientras nos guía saliendo de la tienda.

–¿Dónde vamos ahora, Faith? –me dice.

–A Mr. Table Cloth... está solo unas pocas puertas a tu izquierda –le respondo.

El Green House está lleno. La camarera nos busca una mesa cerca del bar, pero mamá le dice: "Preferimos no estar cerca del humo de los cigarros... ...así que esperaremos a que haya una mesa con vistas a estar disponible en la parte del frente".

"Chica, cómo me duelen los pies... y mi gota me está matando... ¡yo misma podría fumarme un cigarro!", grita la tía Dot justo cuando un grupo ubicado cerca de la ventana se levanta para marcharse.

–Dios es bueno –dice mamá.

Y yo respondo: "Todo el tiempo".

"Pueden quedarse acá lanzando alabanzas, ¡pero lo que es, me voy a ir sentando ya mientras limpian la mesa y daré mis alabanzas desde mi asiento!". La tía Dot nos deja a mamá y a mí paradas junto al atril de la anfitriona aguardando a ser acompañadas a la mesa formalmente.

–¿Qué es eso de que tiene gota? –le pregunto a mamá.

–Dot tiene problemas con su dedo gordo y sus rodillas desde hace un año... El doctor le ha dicho que tiene que dejar de comer alimentos ricos en salsas pesadas y perder algo de peso..., pero ya sabes cómo es tu tía, le encantan las salsas.

El camarero nos acompaña hasta donde está la tía Dot, que se ha quitado las zapatillas y se está dando un masaje en los pies.

–¡Dot, sabes que eso es propio del "gueto"!

–¿Cómo que del "gueto"? Me duelen los pies y que se vaya al diablo cualquiera que tenga algún problema con ello.

–¡Será mejor que no huela tus pies o tendrás que ir a masajearlos al baño! Lo último que quiero es tener que oler tus apestosos pies mientras estoy tratando de disfrutar de mi almuerzo.

–¡Gloria, mis pies no apestan!

El camarero se acerca y se queda mirando sus pies. Nos pregunta si necesitamos unos minutos más, refiriéndose a la conversación que mantienen mamá y la tía Dot.

–No, querido –le dice mamá–. Todas tomaremos Piña Colada sin alcohol.

–Si necesita ir al baño, está a su derecha subiendo las escaleras –informa el camarero a Dot.

Luego se aleja para ir a buscar nuestros cócteles sin alcohol. Mamá y yo nos reímos.

–¡Qué atrevido! ¡Espera a ver el centavo que te dejo de propina!

La vista desde donde estamos sentadas es espectacular. Está a un tiro de piedra del agua. Puedes ver todos los cruceros alineados a lo largo del muelle del centro comercial Havensight. Uno de los principales puntos de entrega y recogida de taxis se encuentra frente al Green House. Disfrutamos de nuestro almuerzo viendo a los turistas desembarcar y luego caminar en diferentes direcciones.

–¡Esos taxistas deben ser ricos! Acabo de contar dieciséis personas saliendo del último monovolumen –dice la tía Dot.

–En temporada alta, entiendo que se las arreglan bastante bien. Solo espero que tengan el suficiente sentido común como para ahorrar parte del dinero para los meses de temporada baja –añado yo.

–¿Cuándo es temporada baja? –pregunta mamá.

–Entre abril y octubre. Una vez que el frío llega al continente, la gente empieza a venir acá. Tía Dot, ¿te apetece ir de compras o quieres regresar a casa?

–¡Mi mente está dispuesta, pero mi cuerpo dice que no puede dar ni un paso más!

Les comunico a ella y a mamá que voy a regresar caminando al lugar donde están los vendedores, a unas pocas cuadras de acá, y que agarraré el auto y las recogeré en el estacionamiento del restaurante. Las dos están de acuerdo en que es una buena idea y que estarán pendientes de mí. Las dejo para que terminen su almuerzo. Pago la cuenta antes de irme, ante las enojadas protestas de mamá y tía Dot. Quería asegurarme de que no hubiera ningún drama porque la tía Dot quiera dejarle al camarero una propina de un centavo. Esta isla es demasiado pequeña. Cuando regresen a Atlanta, yo seguiré acá y tendré que mirar a ese hombre a la cara, y nunca se sabe con quién podría estar emparentado.

Dios fue misericordioso una vez más. No tenía multas en mi auto. La temperatura dentro de la yipeta debe de haber alcanzado los cien grados. Me quedé afuera y dejé el aire acondicionado prendido un rato. Oprah y One Love tenían una fila de gente aguardando para posar con el famoso burro y el *rastaman*. El poblado de los vendedores estaba repleto de gente y sonreían con alegría mientras sus riñoneras se llenaban de dinero.

La tía Dot y mamá ya estaban aguardando por mí al pie de las escaleras del restaurante cuando llegué al estacionamiento. La tía Dot sugirió ir a casa, descargar las bolsas y dormir una siesta antes de ir a cenar. Suena mi celular y es Linda Peters, mi interna, llamando desde la oficina.

–¿Cómo va eso, hermana? –le digo tratando de parecer *cool* a mi joven asistente.

"Srta. Faith, el Sr. Lever está a punto de haser a mí perder la paciencia. Né fue quien desi a mi que lo llame usted". Le pregunté que qué era lo que estaba pasando que ella no podía manejar. "La señal de satélite de los Estados Unidos está fayando, y él quiere asegurarse de que se arregla ya. Né temé que no podamo transmitir el desfile de Acción de Gracias desde Nueva York mañana. ¡Le he dicho que el ingeniero está trabajando tan rápido como puede en eso! ¡Yo no sabé qué né tá a pensá que usted vá a hasé que mi no hasé ya!".

Le pido que transfiera la llamada a Frank Summers, nuestro ingeniero jefe, y le digo lo orgullosa que estoy de ella y que no debe dejar que Bob Lever la altere. Linda me dice que se va al baño unos quince minutos para calmarse antes de decirle a Bob algo que no le gustará escuchar, y para reunir fuerzas para lidiar con sus tonterías. Le digo que si hay un lugar seguro al que ir sin tener que encontrarse con él, es ese. Las dos nos reímos.

Frank descuelga al primer tono. "Hola, Faith. Pensé que podría ser usted. Bob necesita tomar un calmante o ir a buscar otra alguna otra forma de poder tranquilizarse. Estamos de nuevo operativos, he hecho una prueba con nuestra filial de Nueva York y todo está listo para el desfile de Acción de Gracias de mañana".

–Entonces, ¿cuál es el gran problema? –le pregunto.

–Creo que a Bob le molesta la forma en que Linda hace su trabajo mientras usted está de vacaciones. La chica es demasiado lista para su arrogante trasero... Faith, vaya y disfrute de su tiempo libre. Todo va bien.

"Gracias, Frank", le digo, y le pregunto si puede ir a buscar a Bob y hacérselo saber. Después de colgar, llamo a Linda a su celular para decirle que todo está aclarado.

–¿Va todo bien en el trabajo? –pregunta mamá.

–Muy bien –le aseguro a ella, y a mí misma–. Mi asistente, Linda, está teniendo un pequeño problema con nuestro nuevo jefe.

–Faith, si necesitan que vayas, puedes dejarnos en casa. No permitas que nuestra visita te cause problemas.

–Mamá, todo está bien... además, me alegra que Linda haya tenido la oportunidad de vérselas con Bob y sus estupideces. Situaciones como esta la ayudarán a manejar mejor los conflictos cuando sea elegida gobernadora de las Islas Vírgenes –le digo.

–¿Tu asistente se presenta para gobernadora? –pregunta la tía Dot asombrada.

–Todavía está en su último año de la secundaria, pero tiene los ojos puestos en ese cargo y no veo ninguna razón por la que no pueda llegar a conseguirlo. Linda Peters es extremadamente lista... y lo mejor que le ha podido pasar a las Islas Vírgenes.

Sonrío al pensar en ella enfrentándose a Bob Lever.

–Bueno, espero poder conocer a esa joven antes de regresar a Atlanta –dice mamá con admiración.

–Ah, he olvidado decirte que todas estamos invitadas al asado de su familia el sábado en Water Island. Es esa pequeña isla que puedes ver allá –le digo señalándola.

–Espero que no tengamos que ir nadando para llegar hasta allá –dice temblorosa la tía Dot.

"No, eso no será necesario... un pequeño barco transporta a los residentes y visitantes que van y vienen de esa isla".

–Ciertamente tenemos un intenso calendario social planeado para este fin de semana –dice mamá emocionada.

–Solo espero que Lucille pueda alejarse de ese nuevo hombre que ha conocido el tiempo suficiente para unirse a nosotras... Todas sabemos lo ciega que se poner cuando conoce a un hombre nuevo –dice la tía Dot con amargura.

–¡Ey, déjala que se divierta, Dot! Solo hace dos años que por fin he podido verla actuar como era ella con su antiguo yo. Ha sido duro para Lucille perder a su prometido –dice mamá defendiendo a su hermana pequeña.

–¡Todo ese dinero y la gran casa que le dejó deberían haber ayudado a suavizar el golpe! ¿Cuántas personas conoces que preparen un testamento dejándole todo a su esposa antes de que se celebre la boda? –dice sarcásticamente la tía Dot.

"¡Dot! Tú sabes que todas esas cosas mundanas no eran importantes para Lucille. Estaba enamorada y hubiera dado cualquier cosa por pasar el resto de su vida con Bedford Jennings. Me sorprende oírte hablar así... pareces uno de esos tontos que no pueden creer que Bedford le dejara todas sus posesiones a Lucille. Ese hombre no tenía ni una sola alma viviente a la que dejarle nada, así que tiene sentido". Mamá, alterada, mira por la ventana con los brazos cruzados.

La tensión en el ambiente se podía cortar con un cuchillo.

–No sé por qué te enojas de esa manera, Gloria. Yo soy el hombre en el que ella lloró durante los últimos dos años, no tú. Estabas tan ocupada siendo la "primera dama" de la Solid Rock Baptist Church, que apenas disponías de tiempo para tu familia biológica. Toda tu energía era para tu familia de la iglesia, y la que sobraba para tu marido. Solo ahora que el reverendo se ha ido a casa para estar con el Señor y Debbie es la primera dama de la iglesia, tienes tiempo para Lucille y para mí –dice la tía Dot.

Si las miradas pudieran matar, la tía Dot ya estaría muerta. Mamá volvió su cabeza hacia el asiento trasero y le echó una mirada a la tía Dot que decía: "Si dices una palabra más, lo lamentarás". Tenía que intentar cambiar de tema antes de que el resto del día fuera un desastre.

–Fitzroy se unirá a nosotras para la cena de esta noche –dije como si todas fuéramos a disfrutar de un gran regalo.

–Es maravilloso, cariño... ¿Lisa también vendrá? –dice mamá.

–No, su amigo Billy se pasará por acá esta noche –le digo yo tratando de no dar demasiados detalles.

"Pero bueno, ¿y por qué no nos acompañan los dos?". Mamá está empezando a sospechar. Reconozco ese tono.

–No hemos visto mucho a Lisa desde que llegamos acá. Sabes que la siento como a una hija más –prosigue.

–Lo sé, mamá, es solo que necesita hablar con Billy sobre algunas cosas –le digo.

–No estará embarazada, ¿verdad? –dice mamá bruscamente.

–Mamá, vas a tener que hablar con Lisa sobre eso...

–¿Por qué cuando te tengo a ti acá mismo?

No puedo creer se haya dado cuenta tan rápido de lo que está pasando. Interviene entonces la tía Dot. "Continúa... ya sabes cómo es tu madre... no va a parar hasta que le des todos los detalles de la situación... y además, yo también quiero saberlo".

"¡Señor, ayúdame! ¡Estoy siendo interrogada por dos mujeres que no son de las que hacen prisioneros!".

–¿Y bien? –dice mamá con voz paternal.

"Sí, está embarazada". Recé para que no me hicieran más preguntas.

–¿Es de ese chico mestizo? –pregunta la tía Dot.

–Se llama Billy, tía Dot.

–Chica, no te hagas la simpática conmigo. Por mí, como si se llama "atontado". Tan solo responde a la pregunta.

La yipeta sube Mafolie Hill tan rápido como es legalmente posible. Giro a la derecha en Skyline Drive, meto el auto la entrada y lo apago lista para abandonar el barco.

"Entonces, ¿quieres volver a prender el aire acondicionado y terminar esta conversación acá, o prefieres entrar y agarrar algo refrescante para beber y terminarla en el porche?", me dice mamá. Estoy de acuerdo con lo último.

"Bien, porque tengo que ir el baño... ahora que, esperen a que termine antes de reanudar esta conversación... ¡no quiero perderme nada!". La tía Dot entra corriendo en la casa con sus bolsas.

–Mamá, ¿no crees que sería mejor que tuviéramos esta conversación con Lisa? –le digo yo.

"Oh, esa será la segunda parte. Primero necesito que me des un informe completo. Luego rezaré por esta situación antes de hablar con la Srta. 'no soy capaz de mantener mis bragas subidas' Lisa", me dice mamá entrando en la casa, dejándome parada junto a la yipeta perdida en mis pensamientos.

¿Por qué me siento como si estuviera de nuevo en la escuela secundaria, intentando encubrir las malas decisiones de Lisa? Me paro acá en la entrada reflexionando sobre la vez que Lisa decidió mentir a sus padres, diciéndoles que pasaría la noche en mi casa. Más tarde, esa misma noche, por intervención divina, su padre se detuvo para dejarle al mío unos documentos legales de la iglesia en los que había estado trabajando. Todo el mundo se enteró de que Lisa había mentido y que no estaba donde se suponía que debía de estar. Una vez más, me enfrenté a un intenso interrogatorio hasta que les dije que estaba con Stephen, su novio de la universidad, en su dormitorio. Mi padre y el padre de Lisa fueron hasta allá con la policía y me hicieron ir con ellos para asegurarse de que era la habitación correcta. Les dije que nunca había estado allá antes, así que no había necesidad. Mi padre me miró y me dijo, "¡Faith, entra en el coche!". ¡Para empeorar las cosas, cuando llegamos, el padre de Lisa amenazó con hacer que detuvieran al chico porque él tenía dieciocho años y Lisa solo diecisiete! Lisa se desmayó cuando abrió la puerta y vio que éramos su papá, los policías y yo, la "chivata". Al caer, se golpeó la cabeza contra la barandilla de hierro de la cama de Stephen y, afortunadamente para ella, no volvió en sí hasta la mañana siguiente. Y claro, todos estaban tan preocupados por el chichón de su cabeza y por su inconsciencia, que me regañaron a mí como si hubiera sido yo a la que habían atrapado en la habitación de un chico llevando un camisón sexi. Antes de entrar en la casa para enfrentarme a mamá y a la tía Dot, me recordé a mí misma que ya soy una mujer adulta, y que no voy a permitir que me traten como si fuera una colegiala a la que le piden que delate a su mejor amiga.

Mamá había agarrado una botella de agua de la nevera y estaba aguardando en el porche. La tía Dot caminaba a paso ligero por el pasillo.

"Vamos, Faith. Esto es mejor que *Todos mis hijos*". Dejé mi bolso en el mostrador de la cocina, y salí a la terraza decidida a adoptar una postura de resistencia y a no dar más información sobre la situación de Lisa. ¡Tan pronto como mamá me miró autoritariamente, mis propios puntos de vista se fueron por la ventana y lo canté todo!

Capítulo 15

Después de dormir la siesta nos duchamos y nos vestimos para salir a cenar. La tía Lucille se apresura para prepararse porque no hace mucho que ha llegado a casa de su excursión con nuestro vecino Wally a las playas de St. John. Escucho un auto entrando en el estacionamiento de la casa. Creyendo que es Fitzroy, salgo emocionada y lista para abrazarlo. Las últimas personas que espero ver son Lisa y Trevor. Trevor maneja el auto de Lisa. Pienso para mí misma, "Esto no es bueno". Trevor corre para abrirle la puerta a Lisa, y ella sale del auto sonriendo como si no pasara nada. Los dos caminan hacia la puerta principal agarrados de la mano como dos recién enamorados. Por mucho que yo quiera hacer como si todo fuera bien, mi cara no quiere cooperar.

"No te sorprendas tanto, Faith... Trevor y yo estamos resolviendo las cosas". Ambos pasan por delante de mí sonriendo y entran en la casa.

Me quedo de piedra y los sigo hasta el salón, donde mamá y tía Dot están viendo las noticias mientras esperan que Fitzroy llegue y que tía Lucille termine de vestirse para que podamos irnos. Lisa hace las presentaciones. Mamá los invita a cenar con nosotros. Trevor acepta. Creo que voy a vomitar. Entonces escucho que el monovolumen de Fitzroy se detiene en la entrada. Salgo a su encuentro y le aviso rápidamente de lo que está pasando. Fitzroy está tan desconcertado como yo. Entramos y él saluda a todo el mundo con una sonrisa, incluyendo a su amigo Trevor. Lo llevo con su bolsa de deportes a mi habitación, donde le doy una toalla limpia y un paño para lavarse, y lo dejo para que se duche y se cambie. Cuando regreso al salón, veo a Lisa sonriendo, sentada tan cerca de Trevor que necesitarías una palanca para poder separarlos. La tía Lucille, con su dorado bronceado, se une a nosotros. Lisa le presenta a Trevor como si fuera el "Rey de la Gloria". Tengo muchas ganas de vomitar ahora. Mamá me hace una señal para que sea amable. Creo que a ella también le resulta desagradable. La única diferencia es que mamá tiene más experiencia que yo en este tipo de situaciones. Haber sido una "primera dama" de la iglesia le enseñó mucho sobre la gente y la vida. De repente, en mi interior, me doy cuenta de que Dios me está mostrando y a la vez confirmando algo sobre la que ha sido mi mejor amiga desde hace treinta años... ¡Lisa es estúpida!

La anfitriona nos acomodó en la terraza del restaurante. Desde donde estábamos sentados, la vista nocturna de la hermosa Charlotte Amalie era espectacular. Escuché a mamá decir al menos tres veces, "¡Esto es muy hermoso!", y cada vez que lo hacía, la tía Dot respondía, "¡Ciertamente, Gloria!" Mamá, Fitzroy, tía Dot y yo nos sentamos en un lado de la mesa, y Lisa, Trevor y tía Lucille se sentaron en el otro. Nuestra camarera se presentó y procedió a tomar nota de lo que queríamos para beber. Se detuvo bruscamente cuando llegó el turno de Fitzroy.

–¿Hay algún problema? –pregunta Fitzroy.

–Siéh, hombre, oh... ¡ofisiales que tá a detené a la gente 'quivocada! ¿Qué usted vá a queré para tomá? –le dice a Fitzroy en una actitud bastante desagradable.

–¡Cariño, será mejor que cambies esa actitud o tendré que hacerlo yo de un golpe! –interviene la tía Lucille.

–¡Sasha, vete! –le exige Fitzroy.

La camarera se da la vuelta y camina hacia la cocina. Fitzroy la sigue.

–¿Cuál es su problema? –pregunta mamá.

–Fitzroy arrestó a su hermano ayer por el asesinato de Janna –le digo.

–¿Te refieres a la mujer que trabajaba contigo en la emisora de televisión, Faith? –susurra la tía Lucille.

-¿No lo viste en la portada del Daily News? -añade mamá.

"Dios mío, es la hermana de Eric", dice Lisa. Todas las miradas se dirigen hacia la puerta de la cocina cuando oímos a Sasha atravesarla llevando con ella su bolso. Al salir del restaurante, le enseña el dedo a toda la mesa.

-Supongo que no ha sido la señal de "los quiero" la que nos acaba de enseñar -dice mamá.

Fitzroy se une a nosotros en la mesa como si nada hubiera pasado.

"El cocinero dice que la trucha sería una buena elección esta noche", dice Fitzroy como si nada. Todos nos reímos.

-Entonces, ¿qué ha sido todo eso, Fitzroy? -pregunto.

-El dueño es amigo mío. Tú lo conoces, Trevor. Es Ethan Rogers, de St. Kitts.

-Sí, su familia es dueña de un restaurante en Basseterre -responde Trevor.

-En fin, le he dicho que no me sentía cómodo con Sasha sirviéndonos. Ethan me dio algunos nombres de su elección y a ella le ha dicho que se vaya para casa.

-¡Qué actitud tan desagradable! -dice la tía Dot.

-También me preocupaba que pudiera poner algo en nuestra comida -dice Fitzroy.

-Bien pensado... ¡ya había planeado empezar a comer al menos quince minutos más tarde que todos ustedes para ver primero si alguien caía muerto! -bromea Trevor.

Lisa le da un puñetazo en el brazo.

"¡Eso es horrible, Trevor!". Todos nos reímos.

Lisa se excusa y se dirige al baño. Me levanto para seguirla. "No vayan a hablar de mí... ¿eh?", dice Trevor.

-Dalo por hecho -le respondo yo rápidamente.

-No te preocupes, cariño. Todo está bien -dice Lisa.

Realmente quiero golpearla en este momento.

Tan pronto como se cierra la puerta del baño, miro a Lisa fijamente.

–¿Qué diablos está pasando y dónde está Billy? –le digo.

–No está acá... he estado rezando mucho y finalmente he decido volver con Trevor –dice Lisa con mucha seguridad.

–¿Rezando a quién? –le digo furiosa.

–No seas tonta, Faith, ¿a quién te crees que le rezo?

–Debes de ser la mujer más estúpida que he conocido. ¿Por qué te lías con Trevor el Tramposo, cuando Dios te ha enviado a un hombre tan maravilloso como Billy? –le pregunto.

–Faith, Billy no está hecho para mí... Ciertamente es agradable, y ama a Dios, pero no lo amo como amo a Trevor... nos vamos a casar.

–¡Estás cometiendo otro grave error, Lisa! –le digo.

–Esta vez no... sé lo que hago... confía en mí –dice Lisa.

–¿Dónde he escuchado yo eso antes, Lisa?

Lisa se enoja y estamos cara a cara, muy cerca la una de la otra. "¡No necesito tu aprobación para casarme con el padre de mi hijo y el hombre que amo!".

–Sí, bueno, cuando de nuevo te de una patada en el trasero y te rompa el brazo, no vengas corriendo a buscarme. Ah, ¿invitarás también a su esposa e hijos a la boda? –le pregunto.

–Para tu información, no está casado con ella. ¡Se llama Laurie Ann, estuve en su casa y me dijo que por momentos estuvieron juntos, pero que nunca llegaron a casarse! –dice Lisa.

–¿Y tu estúpido trasero se le creyó?

–¡Tienes que dejar de insultarme, Faith!

–¡Solo digo lo que veo! –le digo.

–Además, la mujer se va a trasladar de nuevo a Nantucket –dice Lisa como si eso fuera a arreglarlo todo entre ella y Trevor.

–¿Y qué pasa con sus hijos?

–No tiene hijos, solo una niña pequeña... su nombre es Kamari. Tiene dos años y se va a quedar con nosotros. Trevor dice que los padres de Laurie Ann son racistas y no quieren que Kamari viva en Nantucket cerca de ellos.

–Bueno, suena como si lo tuvieras todo resuelto... ¿qué pasa con Billy?

–Le dije que Trevor había regresado a mi vida y que lo sentía –dice Lisa.

–¿Le dijiste eso por teléfono? –pregunto.

Lisa baja la cabeza avergonzada.

–Lo siento, Faith... él no quería aguardar a hablar de ello en persona... no dejaba de presionarme para que le dijera lo que pasaba. Me dijo que no podría reunirse conmigo esta noche porque el Sr. Atkins necesitaba que fuera en avión a Anguila para comprar la langosta para la cena de mañana... Me siento fatal –me responde Lisa.

"¡Deberías!", le digo yo. "¡Bueno, has tomado tu decisión, así que apechuga con ella!". Me doy la vuelta para irme y Lisa me agarra del brazo.

"Faith, no me hagas esto". Lisa empieza a llorar.

–¿Que no te haga el qué? Si alguien está haciendo algo, eres tú a ti misma...

Lisa me levanta la voz. "¡Eres todo lo que tengo y tienes que aceptarme tal y como soy! ¡Yo no soy como tú, Faith! ¡Me equivoco, me caigo, me levanto y lo intento de nuevo! ¡Deja que me equivoque, quizá esta vez todo me salga bien!".

–¿Qué quieres que te diga, Lisa?

–Nada, solo seguir siendo mi mejor amiga y amarme incondicionalmente... como Jesús.

Eso fue suficiente para convencerme, ¿qué más podría decir yo a eso?

"Mira, Lisa. Ahora mismo estoy enojada contigo, así que deja que se me pase". De nuevo, me doy la vuelta para marcharme.

–¡Bueno, tómate tu tiempo y después hablemos de la planificación de mi boda! Dejo a Lisa en el baño secándose sus lágrimas.

–¿Dónde está Lisa? –pregunta Trevor con cara de preocupación.

–En el baño, ocupándose de sus asuntos –le respondo bruscamente.

–Supongo que ya te lo ha contado todo –continúa Trevor.

–Sí, todo y más.

Fitzroy me saca la silla para sentarme. Lisa sale del baño sonriendo como si nada. Quién sabe, tal vez no tenía nada de qué preocuparse. Trevor se levanta cuando ella se acerca a la mesa. Me doy cuenta de que alguien ha pedido una botella de champaña en nuestra ausencia. Aún de pie, Trevor levanta su copa y le da unos golpecitos con el cuchillo.

"Me gustaría tener su atención, por favor... Estoy seguro de que algunos de ustedes saben lo mucho que amo a esta chica yanqui, y para aquellos que no lo sepan, les diré esto... ella es como el aire que respiro, y quiero convertirla en mi esposa... así que, si levantan sus copas conmigo y nos dan su bendición, les estaría muy agradecido". Trevor muestra una gran sonrisa.

Mamá, tía Dot, tía Lucille e incluso Fitzroy están radiantes de alegría y felicidad por la feliz pareja. Lisa cruza su mirada conmigo. Ella y yo sabemos que no importa quién más de esta habitación comparta su alegría, es mi apoyo lo que anhela. Pienso en lo que me dijo en el baño, "¡Necesito que me ames incondicionalmente, como Jesús!". Agarro mi copa, y por primera vez me doy cuenta de que no se trata de mí y de lo que creo que es mejor para Lisa, sino de amarla incondicionalmente.

"Por mi mejor amiga, Lisa, a quien amo como a una hermana. ¡Que Dios bendiga tu matrimonio y te mantenga a ti y a tu familia siempre en sus amorosos brazos!". Lisa y yo lloramos lágrimas de alegría mientras nuestros dos hombres de Nevis, que nos aman de verdad, nos reconfortan.

Nos quedamos en el restaurante hasta que cerró. ¡La comida era genial y el ambiente entre nosotros aún mejor! Mi familia se enamoró de Fitzroy y él de ellos. Incluso le habían tomado cariño a Trevor, y yo estaba trabajando duro para perdonarle por haberle hecho daño a Lisa. No dejaba de preguntarme cómo resultaría todo esto. Entonces el Espíritu Santo me habló y me dijo, "Calma la tormenta". Me di cuenta entonces de que no tenía otra opción que perdonar a Trevor. La Palabra dice claramente que debemos perdonar setenta veces siete. También tenía que dejar de intentar colocar un cojín cada vez que Lisa se cayera.

Cuando regresamos a casa, mamá dejó claro que no habría hombres y mujeres durmiendo en la misma cama a menos que tuvieran el mismo apellido y estuviera escrito en un certificado oficial de boda. Fitzroy inmediatamente la apoyó. Trevor parecía un poco desconcertado, pero dijo que no le importaba mientras no tuviera que dormir con él. Mamá se ocupó de arreglarlo. Yo dormiría con ella y Lisa con la tía Lucille, porque la tía Dot se tira pedos mientras duerme y podríamos encontrar a Lisa muerta por la mañana. Fitzroy dormiría en mi habitación y Trevor en la de Lisa. Ahora que el problema se había solucionado y todos estaban conformes, mamá dio las buenas noches y se fue a dormir. La tía Dot se fue detrás de ella.

La tía Lucille sugirió que jugáramos a las cartas... apostando, por supuesto. Estoy segura de que esperó a que mamá estuviera en la habitación antes de decir nada, sabiendo cuánto odiaba su hermana mayor jugar a las cartas con dinero de por medio. Trevor fue el primero en aceptar. Yo quería saber cuáles eran las apuestas antes de decidirme a participar.

–Un dólar por juego, veintiún Black Jack –dijo la tía Lucille.

–Suena divertido, me apunto –dice Fitzroy.

–Yo también, ¿se aceptan cheques? –dice Lisa.

Todos la miran como si estuviera loca.

–No te preocupes, nena, yo te cubro –dice Trevor. Decidimos jugar en la mesa de desayuno del porche.

–Parece que las luces de tu vecino siguen encendidas, Faith –dice Fitzroy con un plan oculto tras su observación.

–¿No es ahí donde vive Wally Nesbitt, de Brown Hill? –pregunta Trevor.

–El mismo que viste y calza –dice Fitzroy.

–La tía Lucille fue a Trunk Bay con él –digo yo.

–¡Qué! No puedo creerlo. Oí que vive casi como un ermitaño –dice Lisa con estupor.

–Bueno, esos días deben de haber terminado porque me llevará a Nevis antes de que regrese a Atlanta –presume la tía Lucille.

–¡Supongo que lo sacaste de su caparazón, tía! –me burlo de ella.

–Como tú dices... tu tiíta tiene sus propios recursos –dice Lucille. Todos nos reímos.

–¿Por qué no le invitamos a jugar a las cartas con nosotros? –digo yo.

La tía Lucille se opone de inmediato. "No... no... no. Eso podría hacerme parecer desesperada. Lo pasamos muy bien hoy, y ahora tengo que dejarlo marinar por un tiempo".

–Bueno, si te sirve de algo, Lucille, nosotros, los hombres de Nevis, somos tipos sencillos... no necesitamos marinarnos... cuando vemos algo que nos gusta estamos listos para lo bueno –dice Fitzroy mientras coloca las cartas en su mano.

Trevor entrega la última carta. "¡Bié desí, m'amigó!".

Miro a Fitzroy y sonrío. ¡Oh, Dios! ¡Cómo amo a este hombre!

"Silencio, oigo algo". Fitzroy deja sus cartas sobre la mesa y camina hacia la entrada al porche.

"Probablemente sea un burro salvaje", dice Lisa. Entonces, oímos una voz.

–¡Hola ahí adentro!

–Parece que es el Sr. Wally –digo.

–¡No puedo dejar que me vea así... necesito retocarme...! ¡No repartan cartas para mí! –dice la tía Lucille mientras salta y corre hacia la casa.

–Entre, Sr. Wally –le digo.

–Wally, m'amigó... eres la última persona que esperaba ver esta noche. Entra, siéntate y deja que te traiga algo de beber –dice Fitzroy mientras lo acompaña al asiento de la tía Lucille.

–Bueno verte, Wally. Pasá mucho tiempo –dice Trevor mientras se levanta y le da la mano a Wally.

–Espero no molestar –dice Wally.

–Por supuesto que no –le dice Lisa.

–Estaba escuchándoles riéndose desde la ventana de mi cocina... ...así que me decidí a bajar a ver si me estaba perdiendo una fiesta a la que mis vecinos olvidaron invitarme.

–Lucille saldrá en un momento. Ha ido a retocarse.

Hago a Fitzroy una mirada para indicarle que está dando demasiada información. "D.I.", le digo.

–¿Qué? –me susurra.

–¡Demasiada información! –interviene Lisa.

"Ah, bueno..., pensé que el marinado ya estaba lo suficientemente listo y la olla a punto". Todos nos reímos.

–¿Me he perdido algo? –nos pregunta Wally.

-Nada, Wally... el juego es Black Jack, un dólar por mano -dice Trevor mientras reparte las cartas.

"¿Aceptan Visa o Master Card?", pregunta Wally. Todos lo miramos y decimos a la vez: "¡En efectivo!".

La tía Lucille sale al porche. Se ha retocado el maquillaje y puesto unas gotas de perfume y un vestido caftán a ras de suelo. "No se preocupe, Wally, yo le cubro", dice la tía Lucille con una voz sexi. El Sr. Wally sonríe.

-¿Cómo es posible que se haya cambiado tan rápido? -me dice Fitzroy en voz baja.

-¡Mi tiíta tiene sus propios recursos!, le respondo yo.

Capítulo 16

Me parece escuchar un teléfono sonando, y creo que es en mis sueños hasta que escucho a mamá, que ya está levantada y haciendo el desayuno en la cocina con la tía Dot, llamándome. "Faith, es la Sra. Atkins al teléfono".

"Hola... no, está bien... no, Billy no está aquí... ¿No ha vuelto de Anguila?".

Rosalinda parece muy nerviosa. Me dice que Billy no responde a su celular y que la avioneta no ha llegado a St. Croix. Ella había pensado que tal vez Lisa estaba con él, y que ellos podrían haberme llamado a mí. Me siento en la cama, tratando de concentrarme y sonar coherente.

–Lisa está acá, dormida. La última noticia que tenemos de Billy es que iba camino de Anguila a comprar langosta para la cena de Acción de Gracias de hoy –le digo a Rosalinda.

"Mi marido está en el otro teléfono hablando con Harvey, nuestro contacto para comprar la langosta. Cariño, ¿qué te ha dicho?". Rosalinda habla con su marido. Puedo oír al Sr. Atkins terminando su conversación con Harvey y pidiendo a Rosalinda que le deje hablar conmigo.

–Faith, acabo de hablar con Harvey, nuestro contacto para la langosta, y dice que Billy está allá con él.

–¡Alabado sea Dios! –le digo.

–Sí, sí... sin embargo, Harvey dice que Billy estuvo bebiendo anoche, y se emborrachó tanto que apenas podía mantenerse en pie, y mucho menos manejar un avión de regreso a St. Croix, así que le consiguió una habitación de hotel en la Rawlins Plantation y le quitó las llaves del avión. Faith, necesito saber qué está pasando... ¡Billy no acostumbra a beber!

–Bueno señor, Lisa rompió con Billy ayer y eso puede haber tenido algo que ver.

Puedo oír a Rosalinda de fondo.

–¿Qué pasa, cariño?

–Te pondré al corriente cuando cuelgue el teléfono... No es una buena noticia –dice el Sr. Atkins.

–¿Qué es lo que ocurre? –escucho decir a Rosalinda.

–Cariño, descuelga el teléfono de la extensión para que no tenga que repetir esto –dice el Sr. Atkins.

–Faith dice que Billy y Lisa rompieron... y Harvey ha dicho que Billy sigue en Anguila. Le consiguió una habitación anoche en la Rawlins Plantation porque estaba demasiado borracho.

–Pero Billy no bebe –interrumpe Rosalinda.

–Bueno, parece que estuvo bebiendo anoche – continúa el Sr. Atkins.

–Faith, siento haberla molestado. Esto es algo que Billy y Lisa tendrán que resolver entre ellos... El único problema es que no estoy seguro de si estará en condiciones de recogerles a usted y a su familia, y traerles en el avión... Hagamos esto..., reserve unos pasajes en el Sea Plane. Haré que mi chofer les recoja cuando aterricen acá. No se olvide de decirles que facturen a nuestra cuenta. No estoy seguro de quién estará trabajando en la oficina de allá hoy, ya que es un día festivo. Podría ser alguien que no está contento porque prefiere estar en casa comiendo pavo con su familia. Así que, si tiene algún problema, llámame inmediatamente y lo aclararé... Estaremos aguardando verles a usted y a su familia sobre las tres en punto.

–Siento mucho lo ocurrido, Sr. y Sra. Atkins –les digo.

–No es culpa suya. Estas cosas pasan –me dice el Sr. Atkins.

–Nos alegra que esté a salvo –dice Rosalinda.

"Faith, no se preocupe. Billy está en buenas manos con Harvey. Si alguna vez he conocido a un hombre que ha pasado por un infierno y ha regresado refortalecido a pesar de todo, ese es Harvey. Lo llamaré para informarle de lo que está ocurriendo. Ayudará a Billy a revitalizar su espíritu. Hasta pronto, querida". El Sr. Atkins cuelga.

Mamá está parada en la puerta con una mirada de incredulidad en su cara. Cierra la puerta y se sienta en la cama. "¿Se encuentra bien ese muchacho, Billy?".

Veo tanta preocupación por él en su cara. Esto me hace recordar cómo, de nena o adolescente, mi madre siempre cargaba con las preocupaciones y problemas de los miembros de su iglesia. Mamá estaba volviendo a ser ella misma, usando los dones que la hicieron tan querida como "primera dama".

–Lisa le dijo que quería estar con Trevor, y Billy no se lo ha tomado del todo bien... Los Atkins no sabían cuál era su paradero y estaban preocupados.

–Bueno, ¿han dado con él? –pregunta mamá.

–Sí, todavía está en Anguila, el sitio al que lo enviaron ayer para hacer un recado... El Sr. Atkins dice que está en buenas manos –le aseguro a mi madre.

–¡Bien! Parece que todos en esta casa, excepto Dot y yo, siguen durmiendo y son más de las siete y media... Pensé que el olor del desayuno los despertaría.

–Estoy segura de que todos están cansados. Lisa y yo nos fuimos a la cama alrededor de las tres y media, y dejamos a la tía Lucille, Trevor, Fitzroy y Wally en el porche riendo y jugando a las cartas. Los hombres estaban contando historias de su tierra natal.

–¿Wally? ¿Cuándo vino? –dice mamá sorprendida.

–Ah, pasó por acá poco después de que tú y la tía Dot se fueran a la cama. Dijo que podía oírnos reír en el porche desde la ventana de su cocina, así que se aventuró a salir para ver si estábamos celebrando una fiesta y habíamos olvidado invitarlo.

–¿Una fiesta? Pensé que ese hombre estaba de luto por la pérdida de su esposa –dice mamá.

–Supongo que puedes felicitar a tu hermana por sacarlo de su pena. Fitzroy y Trevor dicen que no lo han visto socialmente desde que su esposa murió.

–Bueno, si alguien puede sacar a alguien de su dolor es mi hermanita pequeña –dice mamá sonriendo y negando con la cabeza mostrando su admiración.

–Mamá, creo que deberíamos dejar que Fitzroy duerma todo lo que su cuerpo necesite. Ha estado trabajando tan duro..., sé que le hace falta.

–Me parece bien, cariño... entonces, ¿a qué hora nos vamos a St. Croix?

–Oh, Dios mío, gracias por recordármelo... tengo que hacer las reservas para el Sea Plane.

–¿Qué es el Sea Plane? –pregunta mamá como si fuera algo que podría morderte.

–¿No viste ayer aquellos hidroaviones en el mar aterrizando y despegando cerca del Green House mientras estábamos almorzando?

–¡Oh, Señor! Faith, no puedes estar hablando de esos pequeños aviones que hacen todo ese ruido y que tienen esquís acuáticos pegados a ellos! –dijo mamá angustiada.

–Sí, esos son. Me imaginé que los habrías visto.

–Cuando fuiste a buscar el auto y nos dejaste a Dot y a mí esperándote, fue Dot quien oyó ese fuerte ruido que venía del agua. Cuando el hidroavión se acercó al muelle, ella dijo, y cito textualmente, "¡El infierno se congelará antes de que me suba a una de esas cosas! "... así que, ¿quién le va a decir que el infierno se congelará sobre las dos y media del día hoy? –me pregunta mamá.

–¿Por qué no se lo decimos justo antes de que llegue el momento de subir al avión? –le digo yo.

–Eso no va a pasar. Mi hermana podría tener un ataque al corazón.

–Bueno, ¿qué sugieres? –le pregunto algo desesperada.

–Jumm, vamos a tener que darle un enfoque muy diferente. ¿Recuerdas los problemas que tuvimos en Puerto Rico para subirla a la avioneta que nos trajo a St. Thomas?

–Sí –le digo.

–Bueno, no sé si te has dado cuenta, pero estos dos primeros días en St. Thomas han provocado un cambio a Dot.

–¿A qué te refieres? –le digo muy desconcertada.

–En primer lugar, el hecho mismo de venir acá... Dot nunca antes había salido de Atlanta, y mucho menos se había subido a un avión. Ella ha dado un paso gigante solamente viniendo, y mira lo bien que está manejando el que tu tío George le haya pedido el divorcio.

–Mamá, ¿puedes ir al grano? No veo cómo esto va a ayudar a que la tía Dot se suba al avión.

–¡Para el carro, cariño! Lo que quiero decir es que desde que hemos llegado a esta isla, el estar acá ha tenido un efecto, no solo en ella, sino en todas nosotras. Es como si viéramos las cosas de una forma nueva y diferente... casi como si las viéramos por primera vez.

–Bueno, eso es cierto, especialmente porque nunca antes han estado acá.

–Faith, si dejas de cortarme, podrás escuchar lo que estoy intentando explicarte.

"A ver, lo que trato decir es que Dot ha venido acá con la esperanza de aclarar sus ideas sobre cómo empezar una nueva vida. Hasta ahora, no se había dado cuenta de que, todos estos años, cada uno de los miembros de su familia ha sido dueño de una parte de su vida, excepto ella. George la dejaba embarazada casi cada dos años desde que se casaron, hasta que fue en secreto a hacerse una ligadura de trompas. Después del séptimo hijo, y sin que él la ayudara con los niños, ella sabía que algo tenía que cambiar. Verás, Faith, mi hermana ha llevado una vida infeliz durante mucho tiempo. No me malinterpretes, ella ama a sus hijos y a sus nietos, es solo que nunca ha tenido tiempo de averiguar quién es, o de hacer las cosas que soñaba hacer... hasta ahora. Volar en avión, ya sea grande o pequeño, o en un avión con *jet skis*, es parte del proceso de aprendizaje que está siguiendo Dot para poder entender que hay nuevos desafíos por todas partes que llevan su nombre escrito. Lo que tenemos que hacer es ver esto como una aventura, no solo para ella, sino también para todas nosotras. Fíjate, por ejemplo, en tu tía Lucille, que perdió trágicamente al amor de su vida; o en mí, que he perdido al hombre que agitó mi mundo durante más de cuarenta años, o en la tía Dot, que está aprendiendo a amarse a sí misma. Faith, Dios nos ha traído acá para encontrar nuevas experiencias que son parte de nuestro proceso de sanación. ¡Es como volver a ser 'vírgenes' de nuevo y..., ¿sabes?, no puedo pensar en un mejor lugar para estar ahora mismo que en las Islas Vírgenes!".

–Vaya, mamá, lo has explicado tan bien... Ahora sé cómo acercarme a la tía Dot. Le diré que vamos a vivir una "aventura".

Me siento tan bien después de hablar con mamá. Justo como en los viejos tiempos. "Entonces, mamá, ¿qué hacía papá para 'agitar' tu mundo?" –le pregunto sonriendo.

–Compartiré esa clase de secretos contigo después de que te cases... chica, no hay necesidad de que te cuente cosas que podrían hacerte subir la temperatura... ahora, permíteme que regrese a la cocina a ayudar a Dot con el desayuno. Zipporah tiene hoy el día libre.

"Mamá, te quiero". Mamá sonríe y vuelve a la cocina. "¡Señor, permíteme tener un matrimonio como el de mis padres y te alabaré por siempre!".

Llamo a la oficina del Sea Plane y reservo los pasajes para el vuelo de las dos. Gracias a Dios que hay suficientes asientos. El encargado de las reservas me dice que nuestro grupo ocupará todo el avión. Esto me gusta. Así, si la tía Dot o cualquier otra persona, incluyéndome a mí, se asusta, podremos gritar o llorar, sin tener que preocuparnos de que los desconocidos que pudiera haber en el avión piensen que hemos perdido la cabeza.

Después de tomar una ducha y vestirme, me reúno con mamá y la tía Dot en la cocina, donde están preparando un desayuno sureño de primera clase con sémola, salsa, salchichas, galletas, pollo frito y gofres, junto con mermelada y sobras de comida casera traídos directamente desde la cocina de la tía Dot en Atlanta.

–¡Parece que ustedes dos lo tienen todo en marcha por acá! –les digo yo.

"Solo espero que los diabéticos hayan traído su insulina", dice mamá bromeando. Me pregunto si será toda esta rica comida la razón por la que la tía Dot sufre de gota.

Fitzroy es el siguiente en entrar en la cocina. Luce tan bien..., incluso mejor que toda la comida que hay sobre la mesa. "¡Señor, apresúrate y permite que me case con este hombre antes de que peque!". Fitzroy nos saluda con una gran sonrisa parándose a besarme a mí, a mamá y también a la tía Dot.

–¡Qué bien se ve todo! ¿Hay algo que pueda hacer para ayudar? –pregunta Fitzroy.

–Usted y Faith pueden poner la mesa y sacar las bebidas de la nevera –le dice mamá.

–¿Cuándo crees que se levantarán los demás? –dice la tía Dot.

"Escuché a Trevor saliendo de la ducha hace un rato. No estoy seguro sobre Lucille y Lisa... no he oído ningún ruido viniendo de esa habitación". Fitzroy está dándole su informe a la tía Dot justo cuando Trevor entra en la cocina.

–Buenos días a todos. Mmm-mmm-mmm, ¡qué bien huele acá!

–Confío en que haya dormido bien –le dice mamá.

–Sí, señora. Aunque fue difícil saber que mi "caña de azúcar" estaba en el cuarto de al lado y no podía saborearla.

"Parece que Lisa y usted ya lo han probado lo suficiente como para que les dure hasta que se casen –le dice mamá". Fitzroy se ríe.

–Es suena como un 'triple chasquido' –digo yo.

–Sí, Sra. Gloria –dice Trevor respetuosamente.

Fitzroy y yo seguimos poniendo la mesa mientras la tía Lucille entra en la casa por la puerta de la cocina llevando el mismo caftán que llevaba puesto anoche cuando estábamos jugando a las cartas. La tía Dot se sorprende al ver a Lucille. Su boca se abre por completo y sus ojos se salen afuera de sus órbitas. Mamá niega con la cabeza, horrorizada. El resto de nosotros le damos un gran "Buenos días".

–Bueno, ¿han visto lo que ha traído el gato? –dice la tía Dot furiosa.

"¡No es lo que parece, Dot, así que ya puedes callarte, y tú, Gloria, guárdatelo para el programa *Club 700*! Voy a ducharme, y si alguno de ustedes quiere escuchar la razón por la que me quedé a pasar la noche en casa de Wally, se la contaré a mi regreso". La tía Lucille camina altaneramente por el pasillo que lleva a su habitación.

–¿Pueden creer lo de esta mujer? ¡Apuesto a que los vecinos ya están hablando de ella, y solo llevamos tres días en la ciudad! –dice la tía Dot.

–No nos apresuremos todavía a condenarla. Ha dicho que nos pondría al corriente después de ducharse... así que, démosle el beneficio de la duda –dice mamá mientras continúa sirviendo el desayuno.

–Lisa, ciertamente está durmiendo demasiado... tal vez debería ir a despertarla –dice Trevor con preocupación.

–Creo que está cansada de hacer turnos dobles y quedarse hasta las tres y media de la madrugada jugando a las cartas –le respondo yo

–Tienes razón, probablemente esté agotada –me dice Trevor.

–Bendigamos la comida, y aquel que no esté aún acá, que se una a nosotros cuando esté listo –sugiere mamá.

–Eso es una magnífica sugerencia... tengo hambre –dice Trevor.

Todos nos sentamos alrededor de la mesa de desayuno. "Trevor, ¿podrían usted o Fitzroy bendecir la mesa, por favor?", le pregunta mamá.

–Dejemos que Fitzroy haga los honores... solía ser monaguillo en la iglesia de su padre –sonríe Trevor.

–Lo que tú digas, amigo... Inclinemos nuestras cabezas... Padre misericordioso, te damos las gracias por este hermoso día... por despertarnos cuerdos esta mañana... y por este momento de hermandad con los amigos y la familia, y oramos en esta mañana de Acción de Gracias para que bendigas a los necesitados... Gracias, Padre, por esta comida y por las manos que la han preparado para servir de alimento a nuestros cuerpos, en el nombre de tu Hijo, Cristo Jesús, rezamos... Amén.

Todos decimos "Amén", y empezamos a servirnos.

–Madre y Sra. Dot, ustedes dos se han superado a sí mismas... todo tiene tan buen aspecto que no sé por dónde empezar –dice Fitzroy.

–Bueno, empiecen por la derecha, y sigan trabajando hacia allá –dice la tía Dot.

–Parece una buena estrategia –asiente Fitzroy.

Decido que no voy a comer mucho esta mañana, especialmente sabiendo que la Sra. Atkins está preparando una gran comida para esta misma tarde. Además, quiero poder entrar en ese bonito conjunto que me compré en el centro comercial Tutu Park Mall. Mientras comemos, mi mente divaga y pienso en Billy. Me pregunto cómo estará y si regresará a St. Croix hoy para unirse a nosotros en la cena de

Acción de Gracias. Observo a Trevor comiendo como si no hubiera un mañana, y me pregunto cómo puede ser que Lisa lo haya elegido a él en lugar de a Billy. Señor, perdóname... ya sé que no me diste el encargo de juzgar a la gente. Sonrío a Trevor y él me devuelve la sonrisa. Veo a Fitzroy mirándome y sonriendo.

–¿Qué ocurre? –le digo dulcemente.

–¿Sabes? Hoy te amo aún más que ayer... y no creía que eso fuera posible.

Sonrío tanto que hasta me duele la cara. Mamá, que está sentada a mi lado, ha escuchado lo que Fitzroy me acaba de decir.

"Faith, esa es una declaración como para 'agitar' tu mundo", me susurra al oído y las dos nos reímos.

La tía Lucille se une a nosotros en la cocina y se sienta al lado de Trevor. "¿Está seguro de que no necesita otro plato para poner lo que le sobra, Trevor? Ha puesto tanta comida en el suyo, que se está desbordando sobre la mesa".

–Sra. Lucille, no hay problema, lo tengo todo bajo control... Le recomiendo que se preocupe solo por lo que hay en su plato, porque esta comida está tan buena que podría comerme la mía y la suya también.

Trevor y Fitzroy chocan los cinco.

"Entonces, Lucille, ¿dónde has estado toda la noche?". La tía Dot ataca a la yugular.

Mamá deja su tenedor y adopta una actitud de árbitro prestándole a la tía Lucille toda su atención.

–En primer lugar, no fue toda la noche. No nos fuimos de acá hasta después de las cuatro de la madrugada. Wally se sentía un poco mareado por tomar vino con el estómago vacío, así que Fitzroy y yo lo acompañamos a casa. Cuando llegamos, todavía no se sentía bien, así que le dije a Fitzroy que me quedaría con él hasta que se sintiera mejor, y que le llamaría a su celular para que viniera a recogerme... Me sorprende que Fitzroy no les dijera dónde estaba...

La tía Lucille mira a Fitzroy, que levanta las manos en posición de súplica. "Lucille, no había forma de que yo pudiera contar la historia tal y como usted acaba de hacerlo. Pensé en decir algo esta mañana, pero decidí que sería mejor mantener la boca cerrada por miedo a que estas dos mujeres me juzgaran a mí y luego me mataran a golpes". Todos nos reímos tanto que nos lleva unos minutos recuperar la compostura.

–Espero que se sienta mejor –dice mamá de corazón.

–Encontré un poco de soda y unas galletas, se las di y parecieron hacerle sentir mejor.

–¿Le dejaste el desayuno preparado antes de irte? El pobre hombre probablemente tiene hambre, y no tiene a nadie que le cocine una comida decente –dice la tía Dot.

–No tenía nada de comer en su casa –dice Lucille con tristeza.

–No puede ser verdad. Wally tiene tanto dinero que podría comprar los supermercados Giant y Pueblo.

–Ojalá estuviera mintiendo, Trevor. Es una situación difícil la que hay en realidad. A veces, no todo lo que brilla es oro.

–Ese hombre tiene tres hijos. Imagino que alguno de ellos se pasará de vez en cuando para comprobar que su padre está bien –dice Fitzroy con preocupación.

"Lo que voy a contarles no debe salir de esta habitación... ¿están todos de acuerdo?". Con miradas de preocupación, todos acordamos no repetir a nadie lo que la tía Lucille está a punto de decirnos.

–Wally ha contemplado en alguna ocasión el suicidio... Ayer, cuando salí a caminar por Skyline Drive, me lo encontré deambulando por la carretera... Él me dijo que mi "hola" le salvó la vida... Aquella mañana, Wally llevaba un tiempo caminando, pidiéndole a Dios que lo ayudara a encontrar un alivio para todo el dolor que estaba sufriendo... Buscaba una razón para vivir... Cuando se volvió para entrar en el estacionamiento de autos de la casa, si no fuera porque yo le pedí que me mostrara cómo era por dentro, el habría entrado y se hubiera pegado un tiro.

–¡Oh, Dios mío! ¡Podría haberte disparado a ti también! –dice la tía Dot con ansiedad en su voz.

–Relájate, Dot. Wally no le haría daño ni a una mosca –le dice la tía Lucille.

–Entonces, ¿cómo es que mostrarte su casa evitó que se suicidara? –pregunta Fitzroy como si estuviera interrogando a una testigo.

–Dijo que sentía que éramos espíritus afines.

–Ella tiene ese tipo de efecto en la gente –dice mamá con naturalidad.

–Cuando ayer pasamos en día en Trunk Bay, me dijo que estaba convencido de que Dios me había enviado.

–Vaya, qué profundo –digo yo.

–Lucille, no viniste a St. Thomas para involucrarte con un loco suicida... ¡Tienes que cortar esta relación antes de que vaya a más! –dice la tía Dot firmemente.

–Un momento, Sra. Dot. Wally no es un loco más. Lo conozco de toda la vida. Es de Nevis –dice Trevor.

–Me daría exactamente igual que fuera de Atlanta... el hombre obviamente tiene problemas y no quiero que mi hermana esté cerca de él".

–Dot, aprecio tu preocupación. Sin embargo, estás olvidando una pequeña cosa.

–¿Cuál, Lucille?

–No hace tanto tiempo..., yo estaba en el mismo barco que Wally. Cuando a mi prometido, Bedford, le dispararon el día antes de nuestra boda, vivir era lo último que quería hacer. No comí durante semanas. Tú y Gloria me internaron en el St. Elizabeth, y me pusieron bajo vigilancia por riesgo de suicidio. Me estuvieron alimentando mediante tubos durante dos meses. La única razón por la que no me pegué un tiro es porque me dan miedo las armas.

Todo el mundo se queda en silencio y entonces habla mamá. "Debemos procurar no juzgar o dar la espalda a alguien que está necesitado. Jesús lo dejó muy claro cuando dijo, 'En cuanto se lo hicieron a uno de estos mis hermanos más pequeños, a mí me lo hicieron'".

–Realmente creo que Dios me ha traído acá, a este lugar, en este preciso momento, para ayudar a Wally –dice la tía Lucille con optimismo.

–No puedo pensar en nadie mejor para ser Su instrumento de redención –añade mamá.

–Tal vez por eso Wally dijo que éramos espíritus afines –dice la tía Lucille.

–Tenemos que pedirle a Wally que venga con nosotros a casa de los Atkins el Día de Acción de Gracias... las fiestas son un momento terrible para estar solos –digo yo.

"Ah, ya lo he invitado. Espero que esté todo bien –dice Lucille sonriendo". Todos nos reímos.

–Wally puede ocupar el asiento de Lisa en el avión y en la cena –le digo a la tía Lucille.

–Sí, puede ocupar el lugar de mi nena, porque ella no irá a St. Croix –dice Trevor inflexible.

–Entonces, ¿qué harán ustedes dos hoy? –le pregunto.

–Lisa y yo vamos a celebrar la cena de Acción de Gracias con mi hija, Kamari.

–¿Va a cocinar Kamari? –le pregunto sarcásticamente.

–No, su madre lo hará –me dice Trevor como si nada.

–Suena como un verdadero asunto familiar –añade Fitzroy.

–¿Lisa lo sabe? –le pregunta mamá.

–Claro, fue idea suya... quiere que Kamari se acostumbre a ella, ya que va a ser su nueva madre... y cree que la mejor manera de conseguir eso es pasar tiempo en la casa de Kamari.

–¡Qué maravillosa "aventura" parece ser esa! –dice mamá mirándome fijamente y haciéndome una señal.

–Sí, lo es... ¡Tía Dot, tenemos que hablar de algo tú y yo! –le digo.

Capítulo 17

Finalmente, Lisa se despertó mientras nos preparábamos para salir a tomar el Sea Plane. Quería decirle a mi mejor amiga que cuando fuera a cenar a casa de Laurie Ann, se asegurara no comer hasta bastante después de que todos los demás hubieran terminado, pero no podía dejar de ir al baño el tiempo suficiente para que yo hablara con ella. Lisa tenía un grave episodio de náuseas matinales, y Trevor no dejaba que nadie más entrara en el baño para ayudarla. Le había preparado un té de menta y había pensado darle un poco de jengibre cuando dejara de vomitar. Trevor nos dijo que nos fuéramos y nos divirtiéramos, y que él cuidaría de Lisa. Mamá le hizo prometer que nos llamaría cuando se sintiera mejor, y él dijo que así lo haría.

Todos salimos de la casa y nos subimos al monovolumen, excepto la tía Lucille, que estaba en la casa de Wally asegurándose de que él comiera algunas de las sobras de nuestro desayuno que ella le había llevado, para evitar que no tuviera una indisposición camino de St. Croix. Tía Lucille dijo que tocáramos el bocina cuando estuviéramos listos, para avisarles de que bajaran. La tía Dot le respondió que eso era propio del "gueto" y que les llamaríamos por teléfono, como la gente civilizada, cuando estuviéramos a punto de arrancar. Aún no me sentía preparada para renunciar a mi papel de ángel guardián, así que le pedí a Fitzroy que me diera un minuto y me apresuré a ir de regreso a la casa justo cuando estábamos a punto de atravesar la entrada. Lisa continuaba regurgitando. Trevor me miró y me dijo: "Faith, tienes que dejar de preocuparte. Ahora Lisa tiene a su lado a un hombre de verdad, como tú".

Mi boca se entreabrió, y luego tartamudeé diciendo. "Yo solo... quería decirte que... no le permitas comer hasta

quince minutos después de que los demás hayan terminado...". Trevor y yo nos reímos. Lisa levanta la cabeza del
excusado e intenta reírse con nosotros, pero se da cuenta de
que tiene que regresar a la misma posición de inmediato.

-Aprendes rápido, Faith. No te preocupes, casi pierdo
a esta pequeña chica yanqui una vez por culpa de mis
estupideces... Créeme, no voy a permitir que nada malo le
pase a ella o al hijo mío que lleva dentro.

Le di un abrazo a Trevor y al fin me di cuenta de que
ya no debía permanecer por más tiempo de guardia en lo que
respecta a mi hermana-amiga. Lisa finalmente había
encontrado a un hombre de verdad, a uno que realmente se
preocupa por ella. ¡Gracias, Señor!

Cuando regresé al monovolumen, Fitzroy me preguntó si todo
iba bien. Le expliqué que había regresado a la casa para
cederle a Trevor mi título de protectora de Lisa. Él sonrió y
me dijo: "Bueno, creo que Trevor hará lo correcto con ella... y
si no es así, estoy seguro de que sabe que tendrá que vérselas
conmigo".

"¡Y conmigo!", dice mamá sentada en la siguiente fila
de asientos. Sentada a su lado, la tía Dot repite, "¡Y
conmigo!". Finalmente, la tía Lucille añade, "Y conmigo... y
con algunos de mis amigos de Atlanta, que no se lo pensarán
dos veces antes de tener que lastimar a ese hermano. ¡Tan
solo tengo que hacer una llamada telefónica!".

-Bueno, parece que Dios, nosotros y unos cuantos
gánsteres de Atlanta tenemos la situación bajo control... así
que, ¿nos vamos ya a tomar el Sea Plane? -digo yo.

La tía Dot da un gran suspiro. Eso me pone un poco
nerviosa. Me llevó toda la mañana convencerla de que se
subiera al avión. El enfoque de "es una aventura" parece que
había funcionado. Ahora, las gomas están a punto de tocar la
carretera y rezo para que no salte del monovolumen y corra

como un rayo de regreso a la casa. Lucille comprende su aprensión y le dice, "Dot, tengo algo que te ayudará a calmar tus nervios... ¿alguien tiene un poco agua?".

–Wally, hay una pequeña nevera debajo de tu asiento... mira dentro a ver si hay una botella de agua para la Sra. Dot –dice Fitzroy.

Lucille le da a Dot, junto con la botella de agua, una pequeña pastilla.

–Lucille, ¿qué diablos es esto? –dice la tía Dot mirando la pastilla como si fuera algo que podría matarla.

–¡Chica, no me mires como si te estuviera drogando! Es solo una píldora para los nervios. Evitará que estés tan estresada en el avión. Me la recetó el Dr. Goldman cuando salí del hospital... ¡Mujer, tómate la maldita pastilla!

–Muy bien, pero todos ustedes son testigos de la prueba A, así que, si muero, ¡díganles a las autoridades que mi hermanita es la responsable! Dot sostiene la píldora en alto y la muestra antes todos como si fuera una prueba en un juicio.

–No se preocupe, Sra. Dot, yo la cubro. Si le pasa algo, llevaré a la Srta. Lucille ante la justicia –dice Fitzroy.

–¿Dónde está el cartel de asuntos oficiales que acostumbra a colocar en el parabrisas? –le pregunta la tía Dot.

Fitzroy baja el parasol y se lo entrega a la tía Dot. Ella sostiene el cartel delante de Lucille. "Recuerda, este hombre siempre está de servicio, así que será mejor que no intentes darme algo que acabe conmigo para que puedas reclamar mis bienes".

–Los únicos bienes que tienes que me interesan son esos hermosos nietos tuyos, y no tienes que preocuparte de que me quede con ellos. Disfruto teniéndolos conmigo tan solo durante unos días mimándolos de forma imprudente, y después, ¡de regreso a casa!

Dot se traga la pastilla junto con toda el agua de la botella. Mamá le da unas palmaditas en la pierna. "No tienes que preocuparte por ninguna 'nah cosa', como diría Zipporah. Estás bendecida".

La tía Dot es la primera en subir al Sea Plane. Se ríe y actúa de forma un tanto rara. Fitzroy y yo nos miramos. "Empiezo a preguntarme qué es lo que hay en esa pastilla".

Wally ayuda a Lucille a subir las escaleras de aquel pequeño avión. Se sientan juntos. Fitzroy ayuda a mamá, que ha sacado su Biblia de bolsillo y la sostiene agarrándola entre sus manos. Subo los pocos escalones que hay, yendo detrás de ellos. Le pido a Fitzroy que se siente con la tía Dot, y le digo que yo me sentaré junto a mamá por si la tía Dot pierde los papeles. Él está de acuerdo.

"Lucille, si tiene miedo apriete mi mano", le dice Wally. Al cerrarse la puerta del avión, la tía Lucille sonríe como si estuviéramos encerrados en una cámara de vacío.

–¡Gracias, Wally! ¡Creo que lo haré!

Lucille toma la mano de Wally. Él la rodea colocando su brazo alrededor de sus hombros para protegerla de cualquier peligro inesperado. Mamá toma mi mano y comienza a rezar el Padre Nuestro. El motor se pone en marcha. Suena como cien cortacéspedes funcionando al mismo tiempo. Luego, el avión maniobra desde la rampa hacia mar abierto. Lentamente, pasa por delante de los pequeños barcos del puerto. Cuando estamos a la altura de Water Island, puedo ver a la gente en la playa. Sonrío pesando en la familia de Linda Peters disfrutando del comienzo de su fin de semana de Acción de Gracias. El avión toma velocidad a un ritmo increíble.

"¡Oh, Señor! ¡Ayúdanos!", escucho gritar a la tía Lucille.

Wally la reconforta. "No te preocupes, Lucille, el Señor no se cruzó en nuestro camino para que lo nuestro termine tan rápido".

–Oh, de verdad, ¿y cómo lo sabes? –dice Lucille dulcemente.

–Bueno, Él te envió para salvarme la vida, y no he tenido tiempo de demostrarte aún lo agradecido que le estoy –dice Wally de corazón.

El Sea Plane se desliza chocando sobre el agua como una lancha rápida decidida a ganar una carrera, antes de levantar su morro hacia el hermoso cielo caribeño. La tía Dot suelta una gran carcajada mientras dice, "¡Yujuu! ¡Mira todos esos pequeños barcos allá abajo!".

–Lucille, ¿no crees que ese medicamento era poco fuerte para Dot? –le pregunta mamá.

–No te preocupes. ¡Dale unos diez minutos y se apagará como una vela!

–¿Se apagará como una vela? Vamos a cenar a casa de mi jefe, no a dormir –le digo advirtiéndole en voz baja para que la tía Dot no nos oiga.

"Espero que no estés hablando de mí, Lucille. ¡No me obligues a decirle a Wally que uno de tus pechos es más grande que el otro!". Dot suena como si estuviera borracha o sobremedicada.

–¿De dónde diablos te has sacado eso? –dice atónita Lucille.

–No se preocupe, Lucille. Pensaría que es usted una persona maravillosa, aunque tuviera... ya sabe.

–Gracias, Wally, pero mis dos "chicas" están perfectamente bien proporcionadas.

Wally se fija en los pechos de la tía Lucille. "Sí, estoy de acuerdo".

–¡Dot, cierra la boca y deja ese lenguaje! ¡Todos ustedes, cambien de tema ahora mismo! –dice mamá con un tono de autoridad.

"Ah, no querrás que empiece ahora contigo Gloria, doña perfecta...". La tía Dot se duerme de repente apoyando el peso de su cuerpo en Fitzroy.

–Te dije que se quedaría dormida en diez minutos... y justo a tiempo, ¿no, Gloria? –dice bromeando la tía Lucille.

Me doy cuenta de que Fitzroy me mira fijamente. Podía ver el estrés en mi cara. Intento sonreír, pero él no se lo cree. No puedo culparle; para mí también era una sonrisa falsa. Sabe que me preocupa que la tía Dot haga el ridículo y nos avergüence a todos al llegar a la casa de los Atkins.

–Faith, ¿recuerdas lo que te dije en el aeropuerto? –dice Fitzroy tiernamente.

–Sí... te dejaré hacer tu trabajo.

–Bien, además, ¿no ves que estoy intentando causar una buena impresión a tu madre? –ambos sonreímos.

–No tiene que impresionarme, Fitzroy. Es usted el hijo por el que siempre he rezado. Además, ¡ya le analicé el primer día que le conocí, y vi que todo estaba orden! –afirma mamá.

"¡Amén!", asiente la tía Lucille. Fitzroy tiene una extraña mirada en su cara.

–¿Qué te pasa, cariño? –le pregunto.

–Lo que acaba de decir tu mamá significa mucho para mí... ¡La siento como una madre para mí, más de lo que ninguna de ustedes podrá saber jamás!

Mamá y yo sonreímos.

El avión comienza a descender. Mamá y yo rezamos juntas el Padre Nuestro. Wally pasa su brazo por encima de Lucille acercándola a él, mientras ella le toma de la mano. "Es un día hermoso. No hay ni una sola nube en el cielo", dice Wally.

–Le creo, Wally, pero ahora mismo estoy tratando de no mirar por la ventanilla. Tan solo quiero quedarme aquí quieta y rezar por un suave aterrizaje.

Y eso es justo lo que tuvimos... un suave aterrizaje. El único problema era que la tía Dot seguía inconsciente cuando tomamos tierra. Fitzroy y Wally acordaron que la llevarían a la limusina, pero mamá dijo que eso no sería necesario. Que lleva algo en el bolso que podría resucitar a un muerto.

–¡No, no me lo creo! –le digo a mamá.

–Pues, créetelo –me dice ella.

–¡Mamá, pensé que habían dejado de vender esa cosa!

–Faith, puedes encontrar lo que sea en Internet.

Todos nos miramos perplejos los unos a los otros preguntándonos qué arma secreta lleva mamá para despertar a la tía Dot. Abre su bolso y saca una pequeña cajita.

"¡Ya no las venden en frasco, pero funcionan igual de bien!". Mamá coloca su arma secreta, amonio carbónico, también conocido como sales de amoniaco, bajo la nariz de la tía Dot.

La tía Dot salta tan alto que se golpea la cabeza contra la mampara del avión. "Gloria, ¿qué diablos está haciendo?".

–Tratando de que tu gran trasero se despierte para que Fitzroy y Wally no tengan que bajarte del avión avergonzándonos a todos –replica mamá.

–No estaba dormida, he escuchado cada maldita palabra que han dicho cada uno de ustedes –protesta la tía Dot.

–Umhmm... bueno, ya haremos un cuestionario después de que nos subamos a la limusina –dice mamá.

Fitzroy ayuda a la tía Dot a que no se tambalee mientras baja las escaleras del avión y se sube en la limusina.

–Mamá, ¿esto es legal? ¿No habían dejado de vender sales de amoniaco en las farmacias? –le pregunto.

–Y es una pena. Tuve que visitar www.cpr-savers.com para encontrarlas. Pagué diecinueve con noventa y nueve dólares por cien gramos. Recuerdo que solía comprar un frasco en la tienda de la esquina por cincuenta y nueve centavos. Faith, en aquellos tiempos, cuando una mujer entraba en estado de trance en la iglesia con la emoción, todas sacábamos nuestras sales de amoniaco. Ahora, tan solo se aseguran de que no se te levante el vestido y de que tu peluca no esté tirada por el piso. Luego, te dejan en el suelo cubierta con un pequeño paño hasta que vuelvas en ti.

Mamá cierra la cremallera de su bolso y agarra la bolsa con los manteles de lino para Rosalinda. La tía Lucille y Wally pasan por delante de nosotros. "Gloria, si alguna vez se te ocurre acercar algo así a mi nariz, tendremos unas palabras", dice seriamente la tía Lucille.

–¿Y qué te hace pensar que no lo he hecho ya? –le responde mamá.

La tía Lucille sonríe. "Bueno, si lo hiciste cuando no estaba en mis cabales, entonces te perdono". Lucille y Wally salen del avión.

–Mamá, ¿lo has usado con la tía Lucille antes? –le pregunto.

–Claro que sí. Tuve que darle una dosis doble en una ocasión. Esa gente del St. Elizabeth Hospital tenía a mi hermana tan sedada que no sabía ni quién era yo... Necesitaba que se despertara y me dijese qué estaba pasando en el hospital porque, desde mi punto de vista, parecía que pretendían mantenerla "loca" durante demasiado tiempo. ¿Sabes que cobraban tres mil dólares al día por una habitación privada y que Lucille pagaba en efectivo? Esos buitres se pusieron muy tristes cuando su cheque en blanco se fue.

Ayudé a mamá con la bolsa de regalos cuando salimos del avión. Me sentí tan orgullosa de ser la hija de Gloria Davis.

El chofer de la limusina del Sr. Atkins, Emmaus, estaba aguardando por nosotros tal y como él había dicho. Mamá le dijo que estaba muy agradecida de que dejara a un lado a su familia el día de Acción de Gracias para venir a recogernos. Emmaus respondió que eso no era un problema en absoluto.

Tanto él como su esposa trabajaban para los Atkins. Emmaus era su chofer y Solange su ama de llaves. Nos enteramos de que ambos procedían de Granada y que vivían en sus tierras. Emmaus reconoce a Fitzroy por el artículo del Daily News, el periódico de St. Thomas.

-¡Le vi en la primera página del periódico! –exclama Emmaus.

-Sí, era yo –dice Fitzroy humildemente.

-Las dos hijas de la Sra. Janna están en la casa. Están pasando las vacaciones con nosotros... Todos nos sentimos muy tristes por lo que le ocurrió.

-Sí, es difícil de asumir... tengo ganas... de ver a Chloe y Nyla. Eran mis vecinas.

-Sí, lo sé, Srta. Faith... sé que ahora usted y su amiga yanqui viven en la casa de los Atkins de Skyline.

Empiezo a aceptar el hecho de que la gente de las islas acabará por conocer su historia. He descubierto que lo mejor es asegurarse de cuál es la historia que quieres que todos conozcan, porque se van a enterar de todas formas. Como Janna había dicho, "A los isleños les encanta el *melee*".

Fitzroy le sirve a la tía Dot una taza de café negro del minibar. "Beba esto. Le ayudará a mantenerse despierta".

-Gracias, Fitzroy... voy a matar a la loca de mi hermana por darme esa droga para dormir... Solo espero que no haya sido una de esas pastillas para el sexo de las que se hablan en las noticias. Ya sabes, de esas que te ponen en la bebida y a la mañana siguiente te despiertas violada en la cama de algún hombre".

-No se preocupe, Dot. Si fuera una de esas píldoras, se encuentra en buena compañía... acá nadie la va a lastimar –le responde Fitzroy dándole unas palmaditas en la mano.

-Deberías estarme agradecida de que te diera algo que te dejara inconsciente durante el vuelo. Cariño, puede que no te des cuenta, pero te he salvado de tener un ataque al corazón. ¡El vuelo en el Sea Plane fue muy intenso! -dice Lucille dramatizando.

-¡También lo fue el tranquilizante que me diste! ¡En el vuelo de regreso a St. Thomas creo que me arriesgaré a tener un infarto antes de dejar que me drogues de nuevo! ¡Si tú fuiste capaz volar sin problema, entonces sé que yo también puedo hacerlo porque soy una persona más fuerte que tú!

"Okey, 'Superwoman', ¡después no vengas a suplicarme que te dé una pastilla cuando vayamos a iniciar el despegue!". Todos se ríen. La tía Dot sujeta su dolorida cabeza mientras la limusina se aleja del estacionamiento del Sea Plane.

El viaje hacia el extremo este de la isla de St. Croix transcurre sin incidentes hasta que suena el celular de Fitzroy. Mira el número y decide no contestar. Luego, suena tres veces más. Finalmente, le digo, "Debe de ser importante. Tal vez deberías contestar".

-Hoy no -dice con firmeza. Entonces, suena el mío y descuelgo. Es Lucinda gritándome al oído.

-¡Pásale el teléfono a Fitzroy! ¡Su hijo ha tenido un accidente!

Oriento el celular hacia Fitzroy. "Es para ti. Tu sobrino ha tenido un accidente". Digo esto al teléfono para que Lucinda sepa que estoy al tanto de los resultados de los análisis de sangre.

Fitzroy, muy preocupado, me quita el celular. "Cálmate, Lucinda, y dime qué ha pasado... lo has llevado al hospital... y qué te han dicho... bueno, parece que todo está bajo control... puedes comprarte otro auto... bueno, ponlo al teléfono... Me han dicho que tú y tu mami han tenido un pequeño accidente... es cierto, alguien tiene que hacer algo con esas vacas... bueno, cómo te sientes... sí, te va a picar durante unos días... estás viendo el desfile del Día de Acción de Gracias... Okey, bueno, continúa con eso y te llamaré mañana para ver cómo estás... sí, pásale el celular a tu madre... Lucinda, el chico está bien, así que deja de llamar insistiendo con este drama innecesario... no es asunto tuyo... voy a colgar, y si vuelves a llamar al celular de Faith, tendrás que vértelas conmigo... um hmm, que tengas un buen día tú también".

–¿De qué iba todo eso? –le pregunto8 con amargura.

–¿Alguien ha resultado herido? –interviene la tía Dot.

–Gracias a Dios que todos están bien... Mis sobrinos, los gemelos, y su madre estaban yendo en el auto en dirección a Coral Bay para visitar a su hermana. Justo al pasar la clínica hay un punto ciego en el camino, y es en ese lugar que Lucinda ha chocado con una de las vacas de Abraham Bivens.

–¡Jesús! –grita mamá.

–Uno de los gemelos se ha roto un brazo.

–¡Dios mío! ¿No va contra la ley dejar animales sueltos pastando en la vía pública por donde circulan los autos? –le pregunta mamá.

–Uno pensaría que sí..., pero ya hemos llevado al dueño de esas vacas ante los tribunales, y dice que las vacas utilizaban ese camino antes de que fuera pavimentado. Argumentó que la carretera por la que circulan los autos era parte de las tierras de su abuelo..., que atraviesa sus pastos. Dice que las vacas estaban primero, y que todos los demás ya pueden irse directamente al infierno sin hacer paradas porque no piensa moverlas de ahí.

–¿Y le permiten salirse con la suya? –pregunto.

–Hasta ahora lo ha hecho. Parece que su abuelo donó esas tierras al gobierno con esa condición... El gobierno se ha limitado a poner unas señales de neón de brillo intenso con las que se indica el cruce de ganado para alertar a los conductores –añade Wally–. El problema no son solo las vacas... los jabalíes de Abraham también son una molestia. Creo que, al igual que a su dueño, a todos esos animales les falta algún tornillo. En una ocasión, estaba pasando con el auto junto a su granja lentamente, teniendo un gran cuidado en las curvas para que el trasero de una vaca no se convirtiera en un adorno del capó de mi auto, y vi a un cerdito amamantándose en la ubre de una vaca junto a dos terneros.

–¡No puede ser! –dice la tía Lucille.

–Es verdad. Incluso tengo una foto de él.

–Ya, y qué casualidad que justo llevaba una cámara en el auto –le dice Fitzroy.

–En realidad, mi hija y su prometido vinieron de visita desde Miami, y les había prestado el auto unos días antes. Uno de ellos se dejó en él una cámara desechable. Recuérdenme que les enseñe la foto en mi casa cuando estemos de regreso –fanfarronea Wally.

"Ciertamente, me gustaría ver eso. Estoy segura de que si la presenta a una revista obtendría reconocimiento a nivel nacional. Podría llamarla 'Cerdo consigue leche'", dice Lucille. Todos nos reímos.

Nuestra limusina continúa su camino serpenteando por entre varias montañas, y subiendo algunas colinas. El terreno en esta parte la isla es muy seco y tiene una gran necesidad de agua. Los cactus gigantes abundan por las rocosas laderas de las montañas. Una enorme iguana corre por la carretera y se mete en la maleza justo cuando está a punto de morir atropellada.

–¡Dime que esa pastilla que tomé no me está haciendo alucinar! Acabo de ver algo corriendo por la carretera que parecía una criatura de la película *Rodan versus Godzilla* –dice muerta de miedo la tía Dot.

–Es solo una iguana. Son bastante inofensivas. Mucha gente las tiene como mascotas –dice Fitzroy tratando de calmar a la tía Dot.

–No se meten en tu casa, ¿verdad? Señor, me moriría si al despertar me encontrara a esa cosa parecida a un dinosaurio en mi habitación.

–No... te tienen tanto miedo a ti, como tú a ellas. Las iguanas se divierten escondiéndose en los arbustos y cerca de los cactus, donde pueden camuflarse mezclándose con los elementos lejos de la gente –continúa Fitzroy.

–En muchos lugares, como por ejemplo Puerto Rico, las iguanas verdes son apodadas "gallinas de palo". Su carne se come. La gente dice que tanto la textura como el sabor de la iguana son similares a los del pollo –nos explica Wally.

–El pollo lleva el sambenito de saber como todo tipo de comida rara, desde ancas de rana hasta tortuga –dice la tía Lucille.

–Sí, la iguana sabe a pollo. Mi hermano es chef en un hotel donde preparan *sopi di yuana*, también conocida como sopa de iguana. La carne es muy suave y tierna, pero si usas una iguana grande y vieja será como si usaras un pollo grande y viejo, es decir, dura. Los lugareños de mi pueblo creen que la *sopi di yuana* y la *yuana stoba*, el guiso de iguana, son beneficiosos para la salud.

–Disculpe, pero ¿cómo algo tan áspero y feo puede ser tierno y bueno para la salud? –le pregunto a Emmaus.

–Animamos a los enfermos y ancianos a tomar la sopa y comer el guiso para fortalecerse.

–En esta zona, las iguanas verdes están catalogadas como una especie endémica. En Puerto Rico, ha creado unos cuantos dolores de cabeza a mucha gente. La última vez que estuve en el aeropuerto, por ejemplo, nuestro vuelo no pudo despegar al tener que ser retrasado porque una iguana verde había sido vista tomando el sol justo sobre la pista –nos informa Fitzroy.

–¡Lástima que mi hermano no hubiera estado en ese vuelo... porque de ser así, esa iguana habría sido guisada al día siguiente para ofrecérsela a los huéspedes de su hotel! –dice riéndose Emmaus.

–No irán a servirnos nada de eso hoy, ¿verdad? –pregunta mamá inquisitivamente.

-¡No! ¡Nos servirán langosta, y no puedo esperar a hincarles el diente! -dice la tía Lucille.

-Ahora que, Sra. Gloria, si quiere probar un poco, puedo hacer que mi esposa, Solange, le prepare un guiso de iguana.

-Me encantaría -dice mamá agradecida.

-Gloria, eso es asqueroso. ¿Por qué demonios ibas a venir a estas islas para comerte a Godzilla? -dice la tía Dot con repugnancia.

-Dios está haciendo algo distinto y nuevo con nuestras vidas, así que me abro a experimentar nuevas aventuras.

-¡Adelante, mamá! Ya nos dirás si realmente sabe a pollo porque, lo que es yo, voy a pasar de la aventura de la iguana -le digo cariñosamente.

-¡Yo también paso! -dice la tía Dot.

-Pues yo puede que pruebe un poco -dice Fitzroy.

-¡Qué asco! Asegúrate de cepillarte bien los dientes antes de darme un beso -le grito.

-Ah, conque esas tenemos, ¿eh? -dice Fitzroy.

"Puedes besar mi mano, pero eso es todo", le doy sus opciones.

-¿Cuánto falta para llegar? ¡Me muero de hambre! -dice la tía Lucille.

-No mucho más... hay algunos bocadillos y bebidas a la izquierda del mueble bar. Por favor, sírvanse ustedes mismos -responde Emmaus.

-Entre aquella píldora de éxtasis que me dio Lucille, y toda esta charla sobre comer animales atropellados, creo que he perdido el apetito -dice la tía Dot.

Continuamos avanzando por una carretera desierta, dejando atrás algunas casas de forma intermitente. La mayor parte de las viviendas están ubicadas en grandes parcelas cercadas, garantizando así su privacidad.

–Me siento como si estuviera en el mismísimo desierto –dice mamá.

–Todo está bastante seco por acá, señora. Venimos rezando desde algún tiempo para que Dios nos envíe la lluvia sin que venga acompañada de un huracán –dice Emmaus.

–Señor, por favor, no permitas que vengan huracanes mientras estamos de visita o podría tener un ataque al corazón –suplica la tía Dot.

–Bueno, señora, estamos en temporada de huracanes, así que nunca se sabe cuándo podría venir uno por acá. Mi pobre pueblo fue golpeado por uno fatalmente no hace mucho.

–¿Cómo ha dicho que se llama su isla? –pregunta la tía Lucille.

–Granada... una de las islas más hermosas del Caribe.

–¡Pero no más que Nevis! –dice Wally refiriéndose a su tierra natal.

–¡Así es! –añade Fitzroy.

–Granada habla por sí misma. Tenemos montañas cubiertas de aromáticas flores tropicales y árboles de especias, impresionantes playas... Creo que ustedes, los chicos de Nevis, solo tienen una buena playa y es la de Penny's Beach... y no tienen industria. Granada provee a la mayor parte del mundo de nuez moscada, clavo, jengibre, canela y cacao. También tenemos cascadas, cataratas, exuberantes selvas tropicales y uno de los lagos de montaña más espectaculares y hermosos que se puedan imaginar. Se deben a sí mismos visitar Granada –fanfarronea Emmaus.

–Tan solo asegúrate de no ir cuando su volcán esté escupiendo lava por todas partes o podrías llegar a casa con el aspecto de una costilla asada a la parrilla –bromea Wally.

–Oh, Dios. Supongo que estas preciosas islas vienen con su propia cuota de problemas al igual que los Estados Unidos –interrumpe la tía Lucille.

—Emmaus, ¿ha llegado ya alguno del resto de los invitados? –le pregunto.

—Oh, sí. Este es mi tercer viaje para ir a recoger a nuestros huéspedes... El primero en llegar fue el Sr. Lever, y traía con él a un amigo. Luego, le siguió el Sr. Jay, junto a su esposa y su bebé... la barriga de la señora está tan grande que creía que iba dar a luz en la limusina de camino a la casa.

—¿Por qué alguien tan próximo al parto haría un viaje hasta acá, a tierra de nadie, tan lejos de su doctor? –pregunta mamá con asombro.

—Si conozco a Bárbara, no dejará que Jay pierda la oportunidad de besar algún trasero, especialmente si hay posibilidad de posicionarse para un aumento –le digo.

—Bueno, ¿pero no podría enviar únicamente a su marido y quedar-se ella en casa cerca del teléfono con el número de su doctor en marcación rápida? –dice Fitzroy deduciendo lo que parece más lógico.

—Jamás... ella es quien la que la da a Jay todas sus líneas –le respondo yo.

—¡No soporto a los hombres sin carácter! –dice la tía Lucille enojada.

—¡Estoy cien por cien de acuerdo! –secunda Wally.

—¿Ha vuelto ya Billy de Anguila?

—No, el Sr. Billy se quedará allá un poco más. Según dice, necesita resolver antes algunas cosas. El Sr. Atkins envió a Calvin a Anguila esta mañana para ir a buscar el avión... No tiene de qué preocuparse. Billy estará bien. Está en buenas manos con el Sr. Harvey.

—¿Y qué pasa con la langosta? –pregunta Lucille alzando la voz.

—Harvey la ha enviado en el avión de línea esta mañana. No se preocupe... la recogí cuando fui a buscar al Sr. Lever al aeropuerto.

—¡Me suena "bié"! –dice la tía Lucille.

Nos desviamos de la carretera principal por un camino perfectamente pavimentado, que avanza a lo largo de más o menos una milla antes de llegar a una puerta de seguridad. Emmaus introduce un código y la puerta de doble hoja se abre. Continuamos otro cuarto de milla antes de llegar finalmente al castillo.

"¡Hermoso!", "¡Guau!", "¡Ooh!", "¡Encantador!," "¡Fascinante!", son palabras que pronunciamos mamá, tía Lucille y yo.

El castillo, rodeado por un foso, parece sacado de un libro de cuentos de hadas. El Sr. Atkins y la Sra. Rosalinda salen a recibirnos cuando la limusina llega a la puerta principal. Emmaus nos abre las puertas de la limusina y salimos. Fitzroy toma mi mano. De repente, me siento como si estuviera viviendo una escena del programa de televisión *The Bachelor*. La única diferencia en mi mente es que, más vale que solo haya una rosa dentro de ese castillo con mi nombre. Entramos y la retahíla de "Oohes, ahes y qué hermoso" comienza de nuevo. Presento a los Atkins a mamá y a las tías. Por supuesto, todos conocen a Fitzroy, y para mi sorpresa, los Atkins también conocen a Wally. Habían estado en su club en varias ocasiones en las que habían sido invitados para realizar una actuación artistas muy conocidos.

Mamá le da a Rosalinda una pequeña muestra de aprecio de su parte y las tías por haber sido invitadas a la cena. Rosalinda le da a cada una de ellas un abrazo junto con un humilde agradecimiento. El Sr. Atkins nos acompaña al gigantesco salón familiar, donde encontramos a Jay, Bob Lever, un hombre que no conozco y, junto a ellos, Eric, el exmarido de Janna, que está tomando un cóctel. Fitzroy se queda en *shock* al verlo.

–Faith, creo que debería irme.

Eric parece igual de incómodo al ver a Fitzroy.

Chloe y Nyla bajan corriendo por dos grandes escaleras gritando mi nombre. Antes de darme cuenta, las chicas me están besando y abrazando. Nyla no me suelta.

"Un segundo, cariño", le digo a Nyla. En lo único que puedo pensar en ese momento es en salir y hablar con Fitzroy. Yo también me siento muy incómoda.

–Chicas, denle a la Srta. Faith unos minutos para que recupere el aliento –les ruega Rosalinda.

–¡Pero es que la extrañamos tanto...! –dice Nyla.

–No se preocupen, se quedará por un tiempo... ¿por qué no me ayudan ustedes dos a enseñarle la casa a la madre y a las tías de Faith?

–¡Sí! ¡Hagamos una visita guiada! –dice Nyla.

–No la sigan, podrían perderse... síganme a mí –dice Chloe con voz de hermana mayor.

Las tías se marchan siguiendo a Rosalinda y a las chicas. Wally se une a los hombres donde están sirviendo los cócteles. Fitzroy y yo nos detenemos en la puerta planeando nuestro próximo movimiento.

–Le pediré a Emmaus que nos lleve de regreso al Sea Plane... Mamá y las tías pueden regresar más tarde.

–No, Faith. Tú quédate... esto no va contigo –dice Fitzroy.

–¡Claro que no! ¡Ese hombre mató a mi amiga y dejó sin madre a dos niñas a las que amo con locura!

Fitzroy se sorprende de mi furiosa reacción.

–Lo siento, Faith. Solo estaba pensando en mi trabajo y en el hecho de que ayer detuve a ese hombre. Y ahora, está ahí parado a unos metros de mí, en medio de la nada, el día de Acción de Gracias... por favor, perdóname por ser tan desconsiderado.

Sonrío para hacerle saber que entiendo su frustración.

Seguimos de pie, no muy lejos de la puerta principal, como si nuestros pies estuvieran hundidos en cemento. Veo al Sr. Atkins hablar con Eric, que niega con su cabeza y se queda en la habitación bebiendo con los demás hombres. El Sr. Atkins se acerca a nosotros.

"Fitzroy, ¿puedo hablar con usted en mi estudio?". Fitzroy no responde. Me siento muy incómoda, pero no digo ni una sola palabra.

–Entiendo completamente su recelo... Fitzroy. Si me acompaña a mi estudio, podré aclararle cualquier malentendido que pueda tener sobre esta situación.

"Está bien, aunque estoy tan enojado que podría irme nadando de regreso a St. Thomas en este mismo momento". Fitzroy camina detrás del Sr. Atkins, y yo le sigo. El Sr. Atkins me dice volviéndose hacia mí,

–Faith, esto es algo que tengo que hablar con Fitzroy primero.

–Oh –digo muy sorprendida.

–Está bien, nena, me reuniré contigo en unos minutos –me dice Fitzroy mientras besa mis labios.

Ambos caminan atravesando el gran vestíbulo de la entrada hasta llegar a su estudio, donde cierran las puertas dobles suelo-techo detrás de ellos. Me detengo en el vestíbulo de tres pisos como un cachorro perdido. No quiero entrar en el salón, donde los hombres están charlando y bebiendo, así que decido aventurarme por el castillo en busca de las dos pequeñas guías turísticas, de Rosalinda, de mamá y de las tías.

Capítulo 18

Subí la escalera imperial que conduce a la segunda planta esperando encontrar a mi familia y a sus guías turísticas, pero no había nadie a la vista. Decidí buscar en los alrededores confiando en tropezarme con ellas. La primera habitación en la que entré había sido diseñada como para una pequeña princesita. La cama con dosel de cuatro postes tenía unas hermosas cortinas de encaje, que colgaban amarradas a cada uno de los postes con unas cintas de raso rosa. Desde la ventana del torreón se podía ver una impresionante vista del mar Caribe. Un asiento de apoyo para bebé, hecho del mismo material que la colcha, había sido incorporado al diseño de la ventana. Los peluches estaban colocados en el asiento mirando hacia el mar. En un rincón, había una réplica del castillo de unos cinco pies de altura, y justo al lado del mini-castillo, un armario baúl vestidor con ropita de princesa. Una mesa de estilo medieval con dos bancos para nenes ocupaba la otra esquina de la habitación. Sobre la mesa había un juego de té de plata esterlina en miniatura y una vajilla. Las anchas tablas del piso eran de caoba y estaban tan bien pulidas que podías ver tu reflejo al caminar por la habitación. Una cómoda hacía juego con la cama. Junto a ella había un espejo ornamentado que se parecía al de la película *Blancanieves*. Me impactó su enorme vestidor; era del tamaño de un dormitorio estándar. La ropa colgaba de unos postes de caoba que estaban unidos a un carrusel oculto de metal, como esos que se pueden ven en las tintorerías.

Una vez de regreso en el pasillo, me aventuro a pasar por una zona que me recuerda al recibidor del vestíbulo de un hotel. En el aparador había una jarra de limonada y galletas. Me pregunto si estaba acá por si alguien se perdía y tenía hambre. Me sirvo una galleta y continúo caminando. La siguiente habitación en la que entro es un gimnasio y un estudio de baile. Aquella habitación hacía que el Bally pareciera un gimnasio casero. Disponía de todas las clases de máquinas que puedas imaginar, incluyendo algunas cuya función me es desconocida. Las paredes estaban completamente cubiertas de espejos para poder verte haciendo un plié y relevé, hacer pesas o comprobar que tu tutú estaba bien colocado. Veo un pasadizo que conduce a otra habitación en la otra punta del gimnasio. Emocionada por la posibilidad de encontrar en ella un masajista de guardia que aliviara los nudos que tengo en el hombro y en el cuello, camino apresuradamente en esa dirección. "¡Guau!" es todo lo que puedo decir. Es esta habitación mi siguiente descubrimiento; un lugar del que quizá nunca querrías salir. ¡El Sr. Atkins y la hermana Rosalinda disponen de todo acá! Había un *jacuzzi* del tamaño de una piscina, un baño de vapor, una sauna y una fosa de barro de arcilla roja. Las puertas de doble hoja de cristal daban a una terraza que estaba construida sobre uno de los campanarios del castillo. Señor, solo deseaba cerrar la puerta, quitarme la ropa y meterme en él. El *jacuzzi* era tan grande que había espacio suficiente como para hacer una macrofiesta de la artritis.

Justo cuando estoy a punto de salir a la terraza, escucho la extraña voz de una mujer con un fuerte acento antillano que anuncia por el intercomunicador: "La cena se servirá en el comedor principal en quince minutos". Tengo que enseñarle a Fitzroy este lugar... es decir, si es que todavía nos quedamos a cenar. No puedo creer que el Sr. Atkins trajera a Eric acá. ¿En qué estaba pensando? Cierro la puerta de la terraza y veo un cartel que dice "Ascensor". Me paro frente al letrero buscándolo a derecha e izquierda, pero todo lo que veo es una hermosa puerta hecha de caoba, como el piso del cuarto de los niños. Está hecha a mano y decorada con elaborados tallados. Agarro la manija de la puerta y la bajo creyendo que encontraría un vestidor..., pero en su lugar, es acá donde está el ascensor. Entro y bajo a la primera planta. Es el viaje en ascensor más silencioso que he hecho jamás. Apenas sí puedo sentir que se mueve. Casi me vuelvo loca pensando que estaba atrapada. Entonces, la puerta se abre justo a tiempo. Estoy en la primera planta, en un lugar del castillo próximo a la oficina del Sr. Atkins.

Una de las hojas de la puerta está ligeramente entreabierta. Puedo escuchar a Fitzroy y al Sr. Atkins teniendo una acalorada discusión.

–Señor, no voy a hacer eso. Soy oficial de policía y un representante de la ley. He hecho un juramento.

–¡No le estoy pidiendo que comprometa su integridad... lo único que digo es que deje que las cosas sigan su propio curso! –le suplica el Sr. Atkins a Fitzroy.

–Escuche, Sr. Atkins. Le respeto y entiendo su posición para con la niña..., pero si ella es quien disparó a Janna y Junnis, entonces debemos dejar que sea un tribunal quien decida cuál será su destino... estoy seguro de que no será procesada... piense en la situación... por lo que está diciendo, Junnis abusó repetidamente de ella, y estaba tocando a su hermana pequeña de manera inapropiada también. Diablos, probablemente cualquiera de nosotros le habría disparado también.

–Fitzroy, la chica ya está bastante confundida. ¿Cómo cree que se sentirá si esta historia llega a salir en los periódicos? Cada hombre, mujer y niño de estas islas hablará de ello durante el resto de su vida... Dejemos que este caso vaya a los tribunales tal y como está. Eric está dispuesto a ir a juicio porque sabe que sus huellas no están en el arma. Todos creerán que Junnis fue quien disparó a Janna y luego se suicidó.

–Eso no va a funcionar, Sr. Atkins. Los forenses saben que el arma fue disparada solo una vez, y la autopsia ha confirmado que la bala impactó en Janna primero y atravesó a Junnis después. Sr. Atkins, tenemos claro que, o Janna saltó delante de Junnis, o él la arrojó delante de él para protegerse.

No puedo creer lo que estoy escuchando. De repente, me siento indispuesta y empiezo a hiperventilar. El Sr. Atkins y Fitzroy salen del estudio y me encuentran sentada en una silla a la vuelta del ascensor, luchando por recuperar el aliento.

–Faith, ¿estás bien? –dice Fitzroy sentándose a mi lado.

–Permítame que le traiga un poco de agua, Faith –me dice el Sr. Atkins.

Entra de nuevo en el estudio y regresa con un vaso de agua con una rodaja de lima flotando sobre su superficie. La voz de la mujer aparece de nuevo en el intercomunicador.

"Por favor, acompáñennos en el comedor en cinco minutos".

–Ha escuchado nuestra conversación, ¿verdad, Faith? –pregunta el Sr. Atkins.

–Sí, señor. Estaba perdida, y cuando salí del ascensor, les oí hablar a usted y a Fitzroy.

–No iba a invitar a Eric, pero las chicas se sentían tan solas sin su padre acá, y él sin ellas.

–Si lo que ha dicho es verdad, entonces deberían estar juntos...

Rompo a llorar y el Sr. Atkins le pide a Fitzroy que me lleve adentro del estudio, donde cierran las puertas.

–Faith, todos queríamos a Janna, y es algo trágico lo que le pasó... pero en este momento estoy muy preocupado por Chloe. Janna está en el cielo con Dios, y quién sabe dónde terminó Junnis..., pero esta niña está acá, y no hay día que pase en que no reviva lo que ocurrió... sus pesadillas son tan horribles, que tiene que tomar medicación para poder dormir... La pobre Nyla estaba enfermando a causa de la preocupación que sentía por su hermana. Sentía que tenía que contarle a alguien lo que había pasado para que pudieran ayudar a Chloe. En contra de sus amenazas, Nyla le contó a Rosalinda toda la historia.

–No será fácil, Sr. Atkins, pero mi instinto me dice que debemos decir la verdad, y que así todo saldrá bien –dice Fitzroy con pesar.

–Oh, Dios mío. ¿Y qué será de Chloe? ¡No podemos permitir que vaya a la cárcel! –le digo yo.

–Cálmate, Faith –me dice Fitzroy.

–¡No me pidas que me calme!

–Escuche, Faith... no vamos a resolver esto hoy. ¿Por qué no nos unimos al resto de los invitados y tratamos de salvar lo que queda de este Día de Acción de Gracias? Hablaremos de esto un poco más, antes de que se vaya... ¿OKEY, Faith? –me dice el Sr. Atkins.

Fitzroy me acompaña afuera de la oficina. El Sr. Atkins lo sigue.

–Permítanme mostrarles dónde se ubica el comedor o de lo contrario podrían estar caminando por la casa durante horas tratando de encontrarlo.

Cuando entramos en aquel hermoso salón, Rosalinda estaba dirigiendo a todos los invitados al asiento que les había sido asignado. La tía Lucille y Wally se sentaban junto a Bob Lever. Eric, al otro lado amigo de Bob. La tía Dot junto a Brenda y Jay Steward. Fitzroy y yo cerca de la cabecera de la mesa junto al Sr. Atkins, y mamá en la otra punta de aquella gigantesca mesa junto a Rosalinda. Los niños habían sido acomodados en una mesa infantil próxima. Una hermosa mujer antillana de piel oscura y dientes blancos nacarados, que imaginé que era Solange, la esposa de Emmaus, daba órdenes al servicio. Compuesto por cinco ayudantes, estaban muy ocupados asegurándose de que cada orden fuera seguida a la perfección. La tía Lucille me sonrió saludándome desde el otro lado de la mesa. Me di cuenta de que se lo estaba pasando muy bien. Forcé una sonrisa, y le devolví el saludo.

Fitzroy y yo estuvimos en silencio durante el primer plato, y luego, finalmente, él habló. Me susurró suavemente al oído, "Tratemos de hacer que este día sea lo mejor posible. Si no es por nosotros, hagámoslo por tu familia".

Estaba tan enojada con él. Su razonamiento no tenía sentido. ¿Por qué no pensaba de la misma forma que el Sr. Atkins y yo? Me resultaba difícil hablar con él en ese momento, así que no le contesté. Mamá, desde la otra punta de la mesa, se inclinó hacia adelante para llamar mi atención. Hicimos contacto visual y me di cuenta que me estaba preguntando si yo estaba bien. Le mostré la misma sonrisa falsa que a la tía Lucille, pero no se la creyó. Decidí mirar en otra dirección para evitar su tensa mirada.

Mis ojos se dirigieron a la mesa de los niños, donde Chloe me estaba mirando a mí. Tenía una mirada en su rostro que confirmaba en mi interior que ella sabía que yo había descubierto lo que había pasado. Sonreí y le tiré un beso. El gesto retorcido de su cara se relajó y me obsequió con la misma sonrisa que le yo le había mostrado a la tía Lucille y a mamá. Hice una nota mental para recordar ir a hablar con ella a un lugar tranquilo después de la cena. El Sr. Atkins agarró su tenedor y dio unos golpecitos en su copa de agua para llamar la atención de todos. Incluso los niños dejaron de hacer lo que estaban haciendo y escucharon obedientemente.

"Rosalinda y yo queremos agradecerles a cada uno de ustedes el haber venido a nuestra casa a compartir la cena de Acción de Gracias con nosotros. Es nuestra plegaria el que se diviertan, y si hay algo que podamos hacer para que su visita sea más agradable, solo hágannoslo saber. Veo que algunos de ustedes ya han terminado el primer plato, lo cual está muy bien. Sin embargo, me gustaría aprovechar este momento para ofrecer una oración de agradecimiento a nuestro Señor. Después de terminar de rezar, me gustaría que cada uno de los que hoy acá están sentados alrededor de la mesa diga una cosa por la que se sienta agradecida o agradecido.... Padre misericordioso, venimos ante ti con humildad en el corazón y alabanzas en nuestros labios... gracias por este tiempo para estar juntos y de celebración en este Día de Acción de Gracias. Te agradezco de corazón que me hayas concedido el tener una esposa que te ama de verdad, y que bendigas el trabajo que hacen mis manos. Amén". Fitzroy habla a continuación.

"Dios, te agradezco que la familia Atkins nos haya abierto hoy las puertas de su casa y de sus corazones en este Día de Acción de Gracias". Yo soy la siguiente en hablar.

"Señor, te doy las gracias por este tiempo que me has permitido pasar con mi madre y mis tías... te agradezco que las hayas traído acá sanas y salvas".

"Soy Jay Steward, y Señor, te doy las gracias por mi trabajo. Amén".

Qué tonto. Como si el Señor no supiera quién es. Seguramente podría haber dicho algo más inteligente que eso. Me pregunto qué dirá la "Barbie" botox.

"Señor, soy Brenda, la esposa de Jay, y te agradezco el darle a mi esposo un trabajo que realmente ama".

Oh, Dios mío, *Dos tontos muy tontos*. La tía Dot es la siguiente.

"Señor, te agradezco que me hayas liberado del espíritu de cobardía que me ha tenido presa".

Vaya, qué profundo. Me conmueve lo que dice la tía Dot. Habla Eric.

"Dios, te estoy muy agradecido por darme una segunda oportunidad para ser un padre para mis hijas. Te doy las gracias por ser un Dios que ofrece segundas oportunidades".

Miro de reojo a la mesa de los niños y veo a Nyla y Chloe sonriendo.

Bueno, va a ser interesante escuchar lo que Bob Lever y su malvado trasero tienen que decir. "Perdóname Señor, estoy juzgando de nuevo". Bob habla.

"Bueno, soy judío, así que no estoy seguro de si debo decir algo o no".

Esa fue la cosa más estúpida que he escuchado hasta ahora. Le dice mamá,

"No se preocupe, nuestro Señor y Salvador Jesús era judío". Bob Lever continúa.

"Bueno, esto es no es fácil. No estoy acostumbrado a esto... supongo que se podría decir... que estoy agradecido por estar hoy acá. Sí, eso es por lo que doy gracias".

El amigo de Bob es el siguiente en hablar.

"Guau, soy ateo, así que voy a pasar sin más". Por respeto a los Atkins, y no queriendo insultar a sus invitados, nadie dice nada.

Luego, habla Rosalinda.

"Señor, te doy las gracias por tu Palabra, que guía mis pasos y es luz en mi camino. Te agradezco por los huéspedes que están hoy acá con nosotros, y es mi oración que aquellos que aún no tienen una relación personal contigo, busquen Tu rostro y aprendan que Tú eres su auténtica fuerza y redención. Amén".

La tía Lucille hace una pausa para ordenar sus pensamientos antes de hablar.

"Señor, te agradezco que me hayas despertado en mi sano juicio esta mañana, y te doy las gracias por haber borrado la tristeza y la depresión de mi corazón".

Vaya, parece que la tía está sanando. Wally se aclara la garganta.

"Dios, te agradezco mucho que me hayas enviado a la dama que está sentada a mi lado para salvarme de la maldición de la muerte. Te doy las gracias por estar vivo y la oportunidad de empezar de nuevo".

La tía Lucille besa a Wally en la mejilla. A continuación, escuchamos a mamá.

"Dios Padre, te estoy sinceramente agradecida por Tu Palabra, que dice así, 'Nunca me dejarás, ni me abandonarás'. Te doy las gracias por estar a mi lado en los momentos más oscuros de mi vida, en los que me preguntaba si alguna vez encontraría el camino de regreso a la luz".

Sé que perder a papá ha sido duro para mamá.

El Sr. Atkins le habla ahora a los niños.

"Niños, quiero que nos digan por qué están agradecidos". Habla el pequeño Jay.

"Te doy las gracias por todos mis juguetes". Todos se ríen porque creen que eso fue adorable. Luego, habla Nyla.

"Te doy las gracias porque mi papá, mi padrino, mi madrina y la Srta. Faith son parte de mi vida". Todo el mundo dice, "¡Oooh!".

Chloe es un poco tímida, pero habla también.

"Estoy agradecida a Dios por perdonarme mis pecados".

Esa fue la mejor hasta ahora, me digo a mí misma. Es evidente que hay unanimidad en cuanto a esto porque todos están aplaudiendo, incluyendo a Fitzroy.

El Sr. Atkins convoca a Emmaus y Solange a donde está él sentado.

"Todos han conocido ya a Emmaus... y quisiera presentarles ahora a su encantadora esposa, Solange. Emmaus, ¿podríais Solange y tú uniros a nosotros para la cena? Solange y Emmaus son lo más parecido a una familia para Rosalinda y para mí".

Emmaus se acomoda a mi lado, y Solange se sienta más cerca de mamá y Rosalinda. El Sr. Atkins continúa.

"Para aquellos de ustedes que se preguntan dónde está Billy... bueno, está en Anguila resolviendo algunos asuntos del corazón. Pero como pueden ver, ¡aunque él no está acá, las langostas sí!".

Todos nos reímos, y continuamos comiendo hasta que nuestras barrigas gritan, ¡no puedo más!

Después de la cena, Bob camina acercándose hacia mí. Fitzroy ve que de repente soy una mujer de pocas palabras y decide no insistir. Se acerca a Eric, que está hablando allá con Wally y la tía Lucille. Les veo estrecharse la mano y abrazarse como si fueran hermanos. De nuevo, estoy desconcertada y no puedo entender cómo Fitzroy puede creer que la mejor manera de manejar esta situación es entregar a Chloe a las autoridades.

–Hola, Faith. Se ve impresionante –dice Bob Lever.

Eso me hace sentir ordinaria y furiosa.

–Gracias, Bob –me las arreglo para decir esperando que se vaya.

–Entonces, ¿está disfrutando de sus vacaciones? –continúa Bob.

–Sí, están siendo agradables.

–La echamos de menos en la oficina... debe de ser genial poder tomarse una semana de vacaciones después de haber trabajado en la empresa tan solo cuatro meses.

¡Dios, ayúdame a morderme la lengua!

–En realidad, Bob, no es una semana de vacaciones lo que me estoy tomando, son dos.

–Ya veo... ¿cree que eso es prudente... me refiero, a dejar que una menor dirija su departamento?

Señor, por favor, dame fuerzas. Mi paciencia se está agotando y estoy a punto de decirle a este tonto algo que sé que no resultará un dulce sonido para Tus oídos.

El Sr. Atkins se une a nosotros.

–Me alegra mucho que haya traído a su familia, Faith.

–Gracias a usted por recibirnos.

–Entonces, ¿por cuánto tiempo tendremos el placer de su compañía? Me gustaría llevarlas a navegar en nuestro barco antes de que se vayan.

"Bueno, mamá y las tías planeaban quedarse dos semanas, pero puede que tenga que enviarlas a casa antes". El Sr. Atkins se muestra sorprendido.

–¿Por qué? ¿No están disfrutando de nuestras hermosas islas?

–¡Ya lo creo que sí! Pero parece que Bob quiere que regrese al trabajo ya. Me estaba preguntando si me parecía buena idea dejar a una menor a cargo de mi departamento.

Bob se pone de un color rojo brillante.

–Bob, ¿está hablando de Linda Peters? Linda es una chica brillante, muy capaz de manejar las cosas en ausencia de Faith. ¿No le dio Faith una copia detallada de las tareas que Linda realizaría mientras ella estaba de vacaciones? Yo recibí una, y no sonaba como algo que ella y el equipo de producción no pudieran manejar. ¿Quiere que se la envíe por fax, Bob? –dice el Sr. Atkins.

–No, no. Creo que Faith podría haberme malinterpretado –responde Bob tratando de disimular su metedura de pata.

–Bob, le voy a decir esto solo una vez... De todas las personas que trabajan en nuestra emisora, solo hay tres que realmente valoro. La primera de ellas se ha ido a casa para estar con Dios, la segunda es Linda Peters y la tercera está acá a mi lado.

–Lo entiendo perfectamente, señor. No llegué a conocer a Janna, pero no he oído más que cosas buenas sobre ella. Y estoy de acuerdo en que Linda y Faith son muy valiosas para nuestra compañía.

Veo a Jay Steward caminando hacia nosotros. Estoy seguro de que piensa que está perdiendo una oportunidad para promocionarse.

Me excuso para unirme a Rosalinda, mamá y la tía Dot, que se están riendo juntas como si fueran compañeras de universidad. Fitzroy clava sus ojos fijamente en mí desde el otro lado de la habitación. Me aparto fríamente de su mirada.

   –Faith, ¿dónde estabas? ¡Te perdiste el recorrido por la tercera planta! –exclama la tía Dot.

   –Traté de alcanzaros y terminé perdida en la segunda –respondo.

   –¿Te gustó el gimnasio? –me pregunta sonriendo Rosalinda.

   –¿Tienes un gimnasio? –dice la tía Dot asombrada.

   –Es más como un *spa* o un *fitness center* –le digo.

   –Como estamos acá tan lejos en medio de la nada, era importante para nosotros tener un lugar donde pudiéramos ejercitarnos y relajarnos.

   –Me encantaría probar ese *jacuzzi* de tamaño olímpico –le digo casi cayéndoseme la baba.

   –Bueno, ¿y por qué no hacemos justo eso? –dice Rosalinda.

   –No hemos traído traje de baño –dice mamá.

   –Con lo que me duelen las rodillas, me meteré dentro desnuda si es necesario –dice la tía Dot.

   –¡Oh no! ¡No lo harás! –la reprende mamá.

   –Eso no será necesario, Dot –ríe Rosalinda–. Hay un montón de trajes de baño arriba... Veamos si alguna de las demás mujeres quiere unirse a nosotras.

   Solange rehúsa diciendo que tiene que supervisar a los trabajadores. Brenda rechaza la oferta porque piensa que el calor podría hacerla dar a luz. A Lucille, emocionada, solo le preocupa una cosa; saber si los trajes de baño son de una o dos piezas.

Rosalinda nos acompaña arriba y nos muestra dónde están los trajes de baño, las toallas y las batas. Mamá y las tías están deslumbradas. No pueden creer lo que ven sus ojos. Mientras Rosalinda nos deja para ir a cambiarse, promete unirse a nosotras en breve instantes después de llevar a Brenda y a los nenes a los antiguos calabozos, donde están ubicados el cine y la bolera.

–¿Una bolera y un cine? –responde la tía Lucille.

"Me encantan las películas, especialmente las viejas historias de amor, y Georgie es un incansable jugador de bolos. Estoy segura de que probablemente esté buscando a alguien a quien dar una paliza mientras hablamos. Hay un carril para los niños, así que no estorbarán. Regreso de inmediato". Rosalinda se va.

–Chica, ya estoy vendiendo mis casas y me mudo para acá abajo. ¡Quiero estar de cerca de esta gente a ver si se me pega algo de lo que sea que tienen! –dice la tía Lucille mientras se pone un sexi traje de baño de dos piezas.

Después de que mamá, la tía Dot y yo nos cambiamos, pasamos los siguientes diez minutos tomándonos fotos antes de entrar en el *jacuzzi*.

–¡Señor, ten piedad! ¡Esto es justo lo que me ordenó el doctor! –grita la tía Dot mientras sumerge su dolorido cuerpo en el agua.

–Auh... ¡está muy caliente! –se queja mamá.

–¡Pero se siente tan bien! –le digo yo sumergiendo mi cuerpo hasta la cabeza bajo el agua.

–Lucille, ¿no te metes? –le pregunta mamá.

–Sí, en cuanto encuentre un gorro de baño. Mis extensiones son alérgicas al agua.

–Pero bueno, ¿y cómo diablos hiciste para ir a bucear a Trunk Bay sin mojarte el cabello? –resuena mi voz vibrante por los chorros del *jacuzzi*.

-Querida niña, llevaba puestos tres gorros de baño muy caros, del mismo tipo que usan los saltadores olímpicos.

-Entra, Lucille. No tienes por qué meter la cabeza debajo del agua -la regaña mamá.

-Señorita, lo que preocupa no es el agua, sino el vapor. Podría destrozar mis extensiones -ladra tía Lucille.

-Y sabes que no puede permitir que eso suceda... ¿Qué pensaría Wally si no encontrara cada mechón de su cabello en su justo lugar? -dice sarcásticamente la tía Dot.

-Por favor, Dot. Wally no es lo que me preocupa. ¿No le oíste decir en el avión que le seguiría gustando incluso aunque no tuviera pechos? Así que, sé que un poco de pelo falso no será un problema para él. ¡Es solo que no quiero lucir como si tuviera un nido de pájaros sobre la cabeza!

Rosalinda regresa y le da a la tía Lucille dos gorros de natación.

-¿Ha encontrado el Sr. Atkins a alguien tan valiente como para retarlo a una partida? -le pregunto.

-No. Georgie, Eric y Fitzroy están encerrados en su oficina. Jay, Bob y el amigo de Bob, el ateo, están abajo en el calabozo de los bolos y Brenda está vigilando a los niños mientras juegan.

-Aún no sé cómo se llama el invitado de Bob -digo esperando que Rosalinda pueda arrojar algo de luz sobre quién es ese tipo.

"Ah, lo siento. Georgie y yo no les hemos presentado porque supusimos que ya lo conocían, Faith. Se llama Lander. Dice que es de Trinidad y que lleva dos años viviendo en St. Thomas. No está claro a qué se dedica o cuál es su relación con Bob". Rosalinda se está poniendo su traje de baño mientras habla.

Señor, por favor. No dejes que la tía Lucille dé su opinión. Demasiado tarde, su boca ya se está abriendo.

-Jumm... Creo que ese hombre tiene un poco de 'azú-car en su tanque' -dice tía Lucille con toda naturalidad.

-¡Lucille, deberías cerrar la boca y arrepentirte! -la regaña mamá atónita ante el comentario de su hermana.

-¡Ahí va esa! ¿No puedes guardarte tu opinión para ti misma, aunque solo sea por esta vez? -dice la tía Dot.

Rosalinda, riéndose, se une a nosotras en el jacuzzi.

-No se preocupe, Lucille; lo que diga en esta habita-ción se quedará en esta habitación. Además, yo... bueno...

-¡Suéltelo, chica! -le dice Lucille a Rosalinda.
Mamá le lanza una seria mirada.

-Gloria, esa mirada solía asustarme cuando era niña, pero hoy en día, ya no te funciona. Rosalinda ha dicho que lo que digamos en esta habitación, no saldrá de esta habitación.

-Eso puede ser cierto, pero lo que me gustaría saber es qué dirá Dios sobre tus chismes. Sabes que Él también está en esta habitación -nos informa mamá a todas.

-Chica, sabes cómo estropear un buen momento -le dice la tía Lucille.

-Gloria tiene razón, es de mala educación hablar de nuestro huésped y es chismorrear -responde Rosalinda.

-Cambiando de tema, ¿cómo es que han construido un jacuzzi tan grande cuando solo viven dos personas acá? -pregunta la tía Dot.

-Todo lo demás en este castillo es grande, así que ¿por qué no hacer lo mismo con el jacuzzi? -añado dulcemente.

-Georgie y yo recaudamos muchos fondos para causas nobles. No usamos este castillo solo como nuestra residencia, sino que sirve como vehículo para bendecir a otras personas.

-¡Ya lo creo, yo estoy siendo bendecida ahora mismo! -grita la tía Dot mientras los chorros del *jacuzzi* masajean sus doloridas rótulas.

-Una de las organizaciones a las que apoyamos, tanto local como internacionalmente, es la Arthritis Foundation.

Una vez al año, hacemos una recaudación de fondos en la que invitamos tanto a donantes como a personas afectadas por esa debilitante enfermedad, a nuestra casa. Compartimos esta área del castillo con aquellos que quieren rejuvenecer sus cansados huesos. De vez en cuando este jacuzzi está tan lleno, que la gente tiene que esperar para poder entrar. En primavera organizamos una actuación benéfica a cargo del St. Croix Ballet en el estudio de danza de acá al lado. Deberían regresar en mayo. La fiesta benéfica suele ser el sábado anterior al Día de la Madre.

–Cuenten conmigo. Soy una gran defensora de las artes –dice la tía Lucille.

–Genial, déjeme su correo electrónico y su dirección de correo postal, y nuestro presidente se asegurará de que reciba una invitación... y si quiere, es más que bienvenida a alojarse acá con nosotros.

"Gracias, Rosalinda". La tía Lucille se conmueve con la sincera hospitalidad de Rosalinda.

–Bueno, voy a salir, darme una ducha rápida y luego entrar en la sauna –digo.

–Mi cuerpo todavía pide más. Esto se sienta tan bien que todavía no quiero salir –dice la tía Dot.

–Probaré el barro de arcilla roja. Por lo que sé, ayuda a eliminar las impurezas del cuerpo –dice mamá.

Dejo a mamá, Rosalinda y Lucille cubriéndose de arcilla roja antes de salir a la terraza para tomar el sol. Dentro de la sauna se escucha música relajante a través de un altavoz empotrado en el techo. Subo al nivel superior, extiendo mi toalla en el banco de baldosas y me tumbo de espaldas reflexionando sobre la conversación que mantuvimos Fitzroy, el Sr. Atkins y yo acerca del destino de Chloe. A medida que el vapor llena la habitación, mi mente se llena de profundas preguntas sobre mi relación con Fitzroy. Empiezo a dudar de mí misma, preguntándome qué tan bien lo conozco. Hoy había visto un lado de él que no me gustaba. Era terco e intransigente. Señor, te doy las gracias por los conflictos en una relación. Ciertamente, son una forma de sacar a la luz nuestro verdadero carácter.

Capítulo 19

Conseguí hablar con Chloe antes de que llegara el momento de regresar a St. Thomas. Le pregunté si había algún lugar donde pudiéramos hablar, y ella me llevó a su habitación. Resultó ser la habitación de princesita con el castillo de casa de juegos en miniatura. Compartí con ella cómo había averiguado lo que había pasado, para que no pensara que alguien la había delatado. Sorprendentemente, se alegró de que la verdad saliera a la luz. Le pregunté qué pensaba que debía pasar a continuación.

"Mi papá no debería tener que ir a la cárcel por lo que hice. Dios sabe que no quise matar a mi madre. Ella saltó delante de Junnis justo cuando disparé el rifle... Quería matar a Junnis para que dejara de hacernos daño a Nyla y a mí... él nunca dejaría a nuestra madre en paz". Chloe se mantiene cabizbaja.

Puedo decir que esto le resulta difícil.

"Recuerdo cuando nos llevabas a la iglesia, y Nyla y yo llorábamos en el altar pidiéndole a Dios que ayudara a nuestra familia... La Biblia dice: 'No matarás'. Faith, quiero confesar mis pecados al juez y pedirle que me perdone como ya lo ha hecho Dios".

Lloro como una nena pequeña. Chloe me tiene entre sus brazos mientras se me caen las lágrimas.

El vuelo de regreso a St. Thomas fue tranquilo. Mamá, la tía Dot y la tía Lucille fueron todo el camino durmiendo. Sus tratamientos en el spa las dejaron tan relajadas que no podían mantener los ojos abiertos. La tía Dot se mantuvo fiel a su plegaria pidiéndole a Dios que la liberara del miedo. Subió al hidroavión con valentía, tomó asiento y se quedó dormida. Yo, en cambio, tuve problemas para conciliar el sueño. Fitzroy y yo no nos hablábamos. Estaba inquieta, y por mucho que lo intentara, no podía dormirme. Mi cerebro no se apagaba. Todavía estaba procesando mi conversación con Chloe, tratando de encontrarle algún sentido a por qué ella debía sufrir a manos del sistema. Supongamos que el juez decidiera internarla en un centro de detención de menores hasta que cumpliera los dieciocho años. Supongamos que su abogado olvida remarcar el hecho de que Junnis abusó de ella y de Nyla. Supongamos... supongamos... ¡supongamos!

El monovolumen de Fitzroy, con el cartel de "En misión oficial" colocado en la ventanilla, estaba todavía estacionado en la zona de carga de la oficina del Sea Plane cuando desembarcamos del avión. Wally ayudó a Lucille y a la tía Dot a acomodarse en la fila de asientos trasera de monovolumen. Yo me senté detrás de ellas. Todos estaban extrañados. No me importaba. Mamá se sentó delante con Fitzroy, que negaba con su cabeza en respuesta a mi comportamiento.
Gracias a Dios, el viaje a casa fue tranquilo y corto. No tenía ganas de hablar con nadie. Solo quería entrar en mi habitación, cerrar la puerta y ordenar mis ideas. Wally nos agradeció el haberlo invitado y dijo haberlo pasado muy bien. Le dio un beso de buenas noches a la tía Lucille antes de subir los escalones de la entrada de su casa, y le preguntó si le gustaría ir a desayunar con él por la mañana. Ella aceptó de inmediato. La soñolienta tía Dot ignoró a todo el mundo y entró directamente en la casa para irse a la cama. Mamá besó a Fitzroy en la mejilla y le susurró algo al oído. Él asintió con la cabeza y volvió a entrar en el monovolumen sin mirar nunca en mi dirección.

Cuando entré en la cocina, mamá estaba de pie al otro lado de la puerta aguardando por mí.
   —Espero que sea porque tienes el periodo que estás actuando como un caso perdido emocional! —me dice mamá mostrándome lo irritada que se sentía.

Le respondo despectivamente: "¡No soy ningún caso perdido emocional! ¿Y qué te hace pensar que tengo el periodo?".

"O es eso, o alguien ha teñido la parte trasera de tus pantalones de color rojo". Miro hacia atrás y veo que están saturados de sangre. Mamá camina por el pasillo dejando sus palabras retumbando en mis oídos. Cierra la puerta de su habitación con firmeza tras de sí dejando claro que no desea hablar más. Sin duda, está disgustada por mi comportamiento, y no puedo culparla. En este momento, apenas me soporto a mí misma. Lo único que me salva es ya no soy una niña, porque hubo un tiempo en que mamá me habría quitado el sabor de la boca de una bofetada si le hubiera hablado como lo acabo de hacer.

No hace falta decir que no pude dormir nada bien. Estuve dando vueltas toda la noche. Finalmente me dormí alrededor de las cinco, y me desperté de nuevo cuando sonó el teléfono a las seis y media. Era Lisa, muy excitada y hablando sin parar. Me contaba lo maravilloso que había sido su Día de Acción de Gracias y lo hermosa que es la hija de Trevor, Kamari. Después de que grité su nombre tres veces al teléfono, por fin paró de hablar.

–Chica, ¡no me apetece oír hablar de ninguna niña mestiza, ni de tu adúltero "quiero ser" tu marido a las seis y media de la mañana!

"¡Llámame cuando dejes de ser una bruja!", me dice Lisa antes de colgar.

Me incorporo en la cama de inmediato, sintiéndome culpable, y sin demora la llamo.

–Lo siento –le digo avergonzada.

–Deberías sentirlo... ¿se puede saber qué te hace estar de tan mal humor esta mañana? –me dice Lisa.

–Me peleé con Fitzroy ayer. Mamá cree que soy un caso perdido emocional, tengo una regla a lo bestia y estoy segura de que cuando me levante se me comerán viva las pirañas...

–Chica, ¿de qué pirañas me hablas? ¿Todavía estás dormida? –me grita Lisa.

"Tía Dot y tía Lucille. Anoche, traté a Fitzroy como si tuviera la peste bubónica. Nadie, excepto mamá, me dijo nada. Mis tías estaban demasiado cansadas, así que sé que la voy a tener con ellas cuando me levante. ¿Dónde estás?", le pregunto esperando que no se encuentre en la casa de la otra mujer.

–Estoy en nuestra antigua casa. Trevor todavía no la ha alquilado.

–Ah –le digo yo.

–Sé que no te interesa oír hablar de mi Acción de Gracias, pero ¿corro algún riesgo si te pregunto cómo te fue en el tuyo o me arrancarás la cabeza?

–Ya te dije que lo sentía... Mamá y las tías se divirtieron tanto que pensarías que han muerto y subido al cielo –le digo.

–¿Y qué hay de ti? No te hagas la interesante.

–Fue muy diferente de lo que esperaba. Mira chica..., tenemos que vernos. No quiero hablarlo por teléfono.

–¿Quieres que nos encontremos en Trunk Bay? –me pregunta Lisa.

–¿No te acabo de decir que tengo una regla a lo bestia? Probablemente atraería a todos los tiburones de la zona.

"Faith, nos vemos en Red Hook, en el Cyber Café para almorzar a mediodía. He terminado de hablar con tu loco trasero... Ah..., busca en mi armario y tráeme un par de conjuntos y algo de ropa interior". Lisa cuelga.

Vuelvo a dormir durante unas horas más hasta que el teléfono suena otra vez. Probablemente sea Fitzroy llamando para disculparse. Descuelgo y es el Sr. Atkins.

—Hola Faith, soy George Atkins... ¿Cómo está? Espero no haberla despertado.

—No, no, está bien... estaba a punto de levantarme –le digo preguntándome por qué me estaría llamando.

—No pude hablar con usted ayer, y sé que estaba enojada, y con razón. Rosalinda y yo sabemos lo mucho que Nyla y Chloe significan para usted. Así que, solo quería hablarle de nuestra estrategia y hacerle saber que todo va a ir bien. He contratado a dos de los mejores abogados del país para representar a nuestra niña. He llamado también a mi buen amigo, el juez Drew, que está a cargo de la División Juvenil del Tribunal de las Islas Vírgenes. Ha accedido a asegurarse de que sea un caso "fácil de resolver" –me dice el Sr. Atkins con confianza.

—¿Cómo puede estar tan seguro? –le pregunto.

—Faith, el juez Drew y su esposa cenan en nuestra casa a menudo. Su esposa y Rosalinda presiden juntas varias recaudaciones de fondos a lo largo del año. Yo le di a su hijo mayor su primer trabajo. Además, salvé sus treinta años de matrimonio y su carrera cuando se supo que tenía una aventura con una extranjera ilegal de dieciocho años de Santo Domingo que decía estar embarazada. Y lo más importante, el juez Drew detesta a los pedófilos. Junnis estaba abusando de las niñas. Nadie en su sano juicio haría que Chloe pagara dos veces por lo que pasó.

—¿Qué pasa con Fitzroy? ¿Qué pasa con la prensa? –pregunto asustada como una niña.

—¿Qué quiere decir con "qué pasa con Fitzroy"? Él y yo somos los que hemos ideado este plan. Faith, no sé si es usted consciente de ello, pero Fitzroy tiene muy buenos contactos y es muy respetado en la comunidad policial; y créame, se ha ganado ese respeto. Muchos oficiales en estas islas podrían olvidarse de qué está bien y qué está mal, sobre todo si les das con unos cuantos dólares en el morro, pero, como ya ha aprendido de primera mano, si no es lo correcto, Fitzroy no querrá tener nada que ver. Y en lo que respecta a los medios de comunicación, ¿ha olvidado que soy el dueño de todas las emisoras de televisión, excepto una, y de sus dos periódicos? –me dice el Sr. Atkins.

–Es verdad –respondo yo.

–Faith, no le voy a mentir. Este desafortunado incidente va a salir a la luz... no podemos controlarlo totalmente..., pero lo que sí podemos controlar es qué parte y cuánto de la historia queremos que la gente sepa. El lunes por la mañana me reuniré con nuestro especialista en medios de comunicación, y el lunes por la tarde Eric, Fitzroy, Chloe, Rosalinda y yo nos reuniremos con el juez Drew. Ese será el momento en el que Chloe confesará los asesinatos. Puedes unirte a nosotros si así lo deseas.

–¿La arrestarán y la meterán en la cárcel? –digo con pánico en mi voz.

–¡Ni hablar! Si hay que pagar fianza, tendremos mi chequera para remediarlo. Eric ha accedido a dejar que las niñas permanezcan bajo nuestra custodia, y Rosalinda va a educarlas en casa hasta que esto se solucione. Dice que está capacitada para educarlas en casa hasta que lleguen a la universidad si fuera necesario.

Ambos nos reímos.

–Muchas gracias por llamarme, Sr. Atkins –le digo reconfortada.

–El lunes, cuando esto termine, todos vendrán a mi casa a celebrarlo. Ya he avisado a Zipporah para pedirle que nos prepare una gran cena antillana. Sabe lo mucho que disfruto comiendo su pescado salado, pollo al curry y guiso de cabrito. Espero verla el lunes... Que tenga un buen día, Faith, y dígale a Fitzroy que he dicho "gracias".

"Así lo haré, señor". Colgamos.

Es increíble lo que puede hacer una ducha caliente por tu cuerpo por la mañana temprano. Después de vestirme y reunir el coraje suficiente, decidí que era hora de ir a la cocina y enfrentarse con la cantinela, aunque, al final, solo me encontré a Zipporah cantando ella sola mientras enjuagaba un gran trozo de pescado salado en la pileta de la cocina.

–Días, Srta. Faith. ¿Mi confiá en que usted dormí bié? ¿Puedo ofrecerle un poco té de hierbas?

–Sí, gracias. ¿Dónde están mamá y las tías? –pregunto.

"Nelle vá a la siudá. Mama de usted queré comprá algunas postales e otra cosas". Zipporah me sirve una gran taza de té y pone la miel delante de mí.

–¿Las llevó Wally?

–Nah, minené. Srta. Lucille e Sr. Wally ya marchá antes mucho que mamá e Dot.

–Entonces, ¿cómo han hecho para llegar a la ciudad?

"Yo no sabé como usted dormí con el ruido de todo aquel cambio de baterías e todo… Sr. Wally llevá auto de usted para né arrancá auto de né, que llevá tiempo parado demá. Depué, Sr. Wally regresá aquí ne auto de usted, y né tené que arrancá tambié el auto de la casa para invitados porque nadie conducí por mucho tiempo. Mamá de usted e Dot marchá ne auto de invitados". Zipporah continúa cocinando.

–Oh, Dios mío, eso sería casi como suicidarse para mama. Ella nunca antes ha conducido por la izquierda.

"Usted no dá vueltas a eso. La mayoría de gente que vení de Estado Unido desí que manejá por la izquierda son fácil porque el volante son n'ese lado del auto. El problema vení cuando nelle regresá a casa y nelle olvidá que vá a tené que girá a la derecha". Zipporah deja salir una gran risa.

"Además, la madre de usted no manejá. Nelle no queré nada que vé con eso, minené. La tía Dot, nelle son la valiente!".

Decidí ser la mejor persona de los dos y llamar a Fitzroy. Le daría la oportunidad de decir que lo siente. Mi llamada fue enviada directamente al buzón de voz. Eso nunca antes había ocurrido. Tal vez esté atendiendo otra llamada. Lo intentaré más tarde. Antes de ir a reunirme con Lisa en el cibercafé para almorzar, llamé a Fitzroy otra vez. De inmediato, saltó de nuevo el buzón de voz. Supongamos que ha bloqueado mis llamadas..., pienso. Descarto la idea, escojo unos cuantos trajes de los armarios de Lisa, junto con algunos complementos, y me dirijo a encontrarme con ella en Red Hook.

Muchos isleños se tomaron el viernes después de Acción de Gracias libre en el trabajo, y probablemente estaban en casa comiendo las sobras de Acción de Gracias porque el café estaba desierto. Eran exactamente las doce del mediodía y Lisa no había llegado todavía. No estaba segura de si venía en la barcaza o en el ferry local. En cualquier caso, decidí usar la computadora del restaurante para revisar mi correo electrónico. No había estado conectada desde que salí del trabajo la semana pasada. El primer correo electrónico era de Linda Peters.

"La caché... ¿usted por qué leyendo este correo electrónico? ¡Se supone que debería estar disfrutando de sus vacaciones! La veo el sábado en el asado".
"Esta Linda está en todo", me digo a mí misma sonriendo.

El siguiente correo electrónico es de Allison, la chica que está alquilando mi casa de Los Ángeles.
"Rezo porque todo le vaya bien en las hermosas Islas Vírgenes. Faith, no hay una forma fácil de decir esto, así que se lo diré desde el corazón y rezaré para que lo acepte y no me guarde rencor. Su amigo Daemon me ha pedido que me case con él, y he aceptado. Daemon empezó a venir a nuestra iglesia buscándola poco después de que se mudara a las Islas

Vírgenes, y encontró a Jesús. Hace unos meses se bautizó. Desde que se unió a la iglesia se ha vuelto muy activo en nuestro ministerio juvenil, en el estudio de la Biblia los miércoles por la noche y en el ministerio del comedor social. El fin de semana pasado, me llevó a su casa en Texas para conocer a sus padres y nos dieron sus bendiciones. Rezo para que ustedes hagan lo mismo. Hablé con nuestro pastor y compartí con él mis preocupaciones. Le dije que para mí era importante que usted supiera que no quería faltarte al respeto de ninguna manera. Me aconsejó que debería escribirla y que estaba seguro de que usted entendería que 'son cosas que pasan'".

Me preguntaba si había hablado con el Sr. Atkins, porque es lo mismo que dijo él de Lisa y Billy. Sigo leyendo el correo electrónico de Allison.

"Daemon y yo hemos fijado la fecha de nuestra boda para el dieciséis de julio. Si fuera por él, nos casaríamos mañana. Sé que es porque ser célibe es una lucha para él. Yo, por otra parte, le he dicho que tenemos que trabajar para liquidar su crédito y pagar sus deudas, para que así podamos iniciar nuestra nueva vida juntos libres para hacer el trabajo del ministerio y no tener que preocuparnos por las facturas. Daemon ha sido muy cuidadoso con sus finanzas desde que le mostré un presupuesto para conseguir estar libre de deudas en un plazo de seis meses. Sabe que soy virgen y está dispuesto a esperar, haciendo las cosas como Dios manda. Lo siento si le estoy dando demasiada información. Solo quiero que sepa que nos amamos y rezo para que lo entienda. PD... Si quiere que me mude de su casa, por favor, hágamelo saber y respetaré sus deseos. Su hermana en Cristo Jesús, Allison Dean".

   –¡Señor, ten piedad! –digo en voz alta.

-Señor, ten piedad ¿qué? -me dice Lisa, que aún está de pie detrás de mi silla.

-Chica, Daemon se va a casar con Allison -le digo todavía en *shock*.

-¿Te refieres a esa fea mujer que alquila tu casa de la ciudad... la solterona que dirige la iglesia de los niños... la que se viste como la Virgen María?

"Sí, esa misma". Lisa se sienta a mi lado en otra computadora.

-¡Sigue leyendo, tal vez Jason sea la niña que lleva las flores en la boda! -las dos nos reímos.

-Lisa, ya te vale... -le digo dándole un cariñoso puñetazo en el brazo.

-¿Te dije que ese bobo tuvo el descaro de enviarme un correo electrónico hace un par de meses preguntándome si podía pedirme prestados mil dólares hasta que recibiera su cheque? Quería saber si teníamos MoneyGram acá abajo, en las islas.

-Chica, ¿qué...? ¡No me contaste eso! -nos reímos de nuevo.

"¿Se lo enviaste...?". Esta vez ella me da un puñetazo a mí en el brazo y nos reímos un poco más.

Pedimos unos sándwiches y nos sentamos en el rincón más alejado del café. Comparto con Lisa todo lo que pasó ayer en la casa de los Atkins y le hago jurar que guardará el secreto. Lisa llora cuando le hablo de Chloe, pero se siente más aliviada cuando le cuento el plan del Sr. Atkins y Fitzroy. Lisa me pregunta si es un buen momento para contarme lo de su Acción de Gracias. Me disculpo una vez más por la forma en que actué esta mañana.

-Faith, la pequeña Kamari es una muñequita. Es preciosa y muy adorable. ¡No sé cómo esa mujer puede irse abandonando a esta niña! -dice Lisa incrédula.

–Supongo que si no puede tener a su hombre, tampoco quiere tener a la niña.

–¿Qué clase de mujer es? –pregunto con gran interés.

–Tú la conociste. ¡Es la mujer que nos sirvió las bebidas aquella noche en Fred's!

–Por eso se portó de un modo tan grosero con nosotras... ¡Me preguntaba qué mosca le habría picado! –le digo.

–Laurie Ann y yo pasamos bastante tiempo hablando de Trevor, mientras él y Kamari veían el desfile hasta que ambos se quedaron dormidos. Me dijo que la única razón por la que planeó tener un bebé con Trevor fue con la esperanza de que ellos dos se acercaran... Yo le respondí que ese era el truco más viejo del mundo. Solía funcionar en los tiempos de nuestros padres, pero que a un hermano, hoy en día, solo le provoca enojo y repulsión. Ella estuvo de acuerdo, afirmando que Trevor solo venía para pasar tiempo con Kamari, y que le había dicho que él seguiría adelante con su vida y que ella debería hacer lo mismo. Faith, todo esto fue antes de que me trasladara a St. John.

–Vaya, supongo que pensó que él podría cambiar de opinión usando al bebé como incentivo.

–Bueno, finalmente se dio cuenta de que aquello no había funcionado, y decidió hacer las maletas y regresar a casa. Lo más triste es que sus padres le dijeron que si regresaba con su "pequeño error mestizo" la repudiarían.

–¡Qué estupidez! Muy pronto la mitad de la población del mundo será mestiza, como lo fueron los hijos de los esclavos. La única diferencia, es que ahora es por elección –le digo.

–Laurie Ann se va a Nantucket en dos semanas. Quiere estar en casa por Navidad. Trevor y yo vamos a inscribir a Kamari en la guardería de la Iglesia bautista. Ofrecen su cuidado antes y después de la escuela.

-¿Qué sucederá cuando tengas que hacer un turno doble en el trabajo?

-Entonces, su papá tendrá que asegurarse de que la recojan y de que le den de comer. Él puede hacerse cargo de eso -dice Lisa con confianza.

-Entonces, ¿supongo que esto significa que te mudas de nuevo a St. John? -le digo con tristeza.

-Es solo un viaje de dieciocho minutos en ferry, Faith -dice Lisa.

"Supongo que me las arreglaré sin mi mejor amiga, especialmente sabiendo que pronto seremos vecinas". Lisa baja la cabeza. Continúo hablando.

-Pronto seremos vecinas, ¿verdad? -pregunto con voz temblorosa esperando que ella alivie mis temores.

-Están pasando tantas cosas y tan rápido, Faith.

-¿Y? -le digo.

-Sabes que a Trevor le molestó que comprase el terreno y construyera la casa en Bordeaux sin contar a él.

-¿Y? -repito.

-Faith, cuando nos casemos, no querrá vivir en allá -veo que a Lisa le ha costado mucho decirme esto.

-¡Vaya! Eso es un grave problema. Entonces, ¿qué vas a hacer, venderla?

-No he pensado en ello todavía, pero tengo buenas noticias -me dice Lisa emocionada.

-¡Trevor va a comprar la casa de Chocolate Hole! Su dueño, el juez, no está mejorando de sus problemas de salud. Le dijo a Trevor que le daría la una opción prioritaria de compra por ser el constructor. Faith, esto tiene tanto sentido... No está lejos de la guardería de Kamari, y me queda más cerca del ferry. De esta manera, mi rutina diaria de desplazamiento al trabajo no será tan complicada -dice Lisa con naturalidad.

-Oh -es todo lo que puedo decir.

–No te preocupes, Faith, ¡toda va a ir bien!, y si te hace sentir mejor, la casa de Chocolate Hole estará a nombre de los dos.

–Eso me hace sentir mejor, Lisa –le digo con tristeza.

–Faith, lo amo. Por favor, siéntete feliz por mí –me ruega Lisa.

–Lo estoy. Como dijiste, están pasando tantas cosas y tan rápido... Solo dame unos minutos para asimilarlo.

Le doy un mordisco a mi sándwich y lo bajo con un trago de Brow Banana Soda.

–Entonces, ¿cuándo es la boda, o vas a esperar hasta que el nuevo bebé tenga edad suficiente para ser el portador del anillo o la niña de las flores? –le pregunto sarcásticamente.

–El lunes, cuando inscribamos a Kamari en la guardería bautista, nos reuniremos con el pastor. Trevor habló con él por teléfono, y dijo que tenemos que hacer orientación para el matrimonio primero antes de que nos case.

–Eso tiene sentido –digo aún en *shock*.

–Faith, hemos fijado la fecha para el treinta y uno de diciembre –me cuenta Lisa exultante.

–¡Vaya, sí que os dais prisa! ¿Tendréis tiempo suficiente para planear la boda?

–No te preocupes. Tú y yo tendremos suficiente tiempo para planificar la boda.

–¡Ah, así que eso es lo tenías pensado! –le digo.

–Sí. Ahora, este es el plan. Quiero que tengamos nuestra ceremonia en la Iglesia bautista, y la recepción en Ellington's. El único problema es que nos casaremos en la Víspera de Año Nuevo, y normalmente organizan una gran celebración esa noche para el público en general.

–Eso suena como un gran problema. ¿Por qué no te casas la semana siguiente? –le digo.

–No, Trevor quiere que nos casemos en una fecha en la que todo el mundo lo pueda festejar.

No digo lo que me gustaría decir porque podría sonar grosero.

"Bien, entonces, ¿por qué no compramos un taco de entradas para la celebración de Año Nuevo en Ellington's. De esa forma, tendrás a la gente que quieres que celebre tu boda, así como al resto de la gente". Lisa me besa en la mejilla.

"Faith, eres un genio. Llamaré a Ellington's para ver cuántas entradas quedan y comprarlas todas. Oh, Faith, hay un magnífico espectáculo de fuegos artificiales a medianoche sobre el agua. He oído que es insuperable, y desde el Ellington's tendremos una perfecta vista desde lo alto de él. Será espectacular. ¡Nuestros invitados pensarán que ha sido organizado exclusivamente para nosotros!". Me emociono por Lisa.

"Chica, me alegro mucho por ti". Nos abrazamos.

Le cuento que mamá, tía Dot y tía Lucille se aventuraron a salir sin mí hoy, y la invito al asado de Linda Peters mañana. Ella acepta, y me dice que traerá con ella a Kamari. Laurie Ann quiere que pase el mayor tiempo posible con la niña para que la transición sea suave. Sin embargo, Trevor no podrá venir. Tiene que trabajar el sábado. Charlamos un poco más, y Lisa me cuenta que su auto está estacionado en el estacionamiento de la barcaza; que se acercó hasta acá caminando y que ha planeado llevárselo a St. John. Salimos del café y la llevo hasta allá para que tome la barcaza.

Hay muchos autos bajando de la barcaza. Lisa y yo hablamos un poco más antes de que se suba al suyo y haga cola para poder acceder a la barcaza. Mientras salgo del estacionamiento para irme a casa feliz por Lisa y Trevor, veo el monovolumen de Fitzroy bajando de la barcaza con Lucinda en el asiento del acompañante y las cabezas de los gemelos asomando por la ventanilla. Creo que voy a tener un ataque al corazón. Fitzroy gira en mi dirección y ve mi auto. Intenta salir del monovolumen y venir caminando hacia mí. Arranco bruscamente, y casi lo atropello a él y a otras personas que pasaban por allí. Le oigo decir mi nombre. No me detengo. Las lágrimas corren por mis mejillas, nublándome la visión. Uso el dorso de mi mano para limpiarme la cara. Se me siguen saltando las lágrimas. Mi auto pasa a toda velocidad junto al Sapphire Beach Hotel bajando la colina. Llego a una curva sinuosa justo antes de Smith Bay. La yipeta se sale un poco de la carretera. Sigo acelerando y rezo para que no vengan autobuses ni camiones mientras giro bruscamente para tomar la carretera de Mahogany Run. De repente, detrás de mí, oigo unas sirenas subiendo por la colina de Smith Bay. Nerviosa, me detengo. Mi corazón late con fuerza y sigo llorando. Justo cuando pensaba que las cosas no podían empeorar, veo que hay tres autos de policía persiguiéndome con las luces puestas. Miro por el espejo retrovisor y veo el monovolumen de oficial de policía de Fitzroy. No encuentro ningún pañuelo en el auto. Ni siquiera una servilleta del local de comida rápida. Se me ha corrido el rímel por la cara y el roce solo hace que se me manche aún más. Parecía que tenía los dos ojos morados. Bajé la cabeza cuando el primero de los oficiales de policía se acercó a mi yipeta.

"Iba manejando un poco rápido, diría yo, señorita". A continuación, escucho la voz de Fitzroy.

–¡Gracias, amigos!

De repente, todos los autos de policía que me seguían se detienen. Fitzroy abre la puerta de mi yipeta y se sube en el asiento del pasajero. Ve mi cara, saca un pañuelo de su bolsillo y me lo da. Miro por el espejo retrovisor para ver si Lucinda y los chicos le están esperando. Fitzroy se da cuenta.

–No están acá, Faith. Intenté pararte para decirte que solo los llevaba conmigo en la barcaza porque perdieron el *ferry*. Lucinda fue a Red Hook para ir al quiropráctico. Lo siento si te lastimé. No era lo que parecía.

Rompo a llorar desconsoladamente. Fitzroy me aprieta entre sus brazos. De repente, suenan las bocinas. Un autobús público que va al Anna's Retreat está tratando de doblar la estrecha esquina en la cima de Smith Bay, y un camión hormigonera está tratando de doblar la esquina en la dirección opuesta para bajar la colina. El tráfico de Tutu está atascado por completo por culpa de estos dos vehículos.

-Querida, te seguiré a casa antes de que nos detengan a los dos por impedir la circulación del tráfico.

Sonrío mientras él sale de mi auto y regresa al suyo. Ambos nos dirigimos hacia Skyline Drive.

Capítulo 20

Agradecí a Dios que no hubiera nadie cuando regresé a la casa. Fitzroy se detuvo en la entrada detrás de mí. Entré corriendo delante de él dejando la puerta abierta. Fui directamente al baño para lavarme la cara y recuperar la compostura. Había continuado llorando el resto del camino a casa. Qué tonta he sido. Mamá dijo que había estado actuando como un caso perdido emocional y tenía razón. Tal vez era porque tenía el periodo. ¿O podría ser porque mi vida estaba cambiando tan rápido?

Relatar todo lo que ha pasado es suficiente para marearme. Apenas tengo tiempo para adaptarme al hecho de que mi padre se fuera a casa para estar con el Señor. Mi cara sale en la portada de un periódico con un hombre que dice que me ama. Trabajo como una loca en un trabajo que jamás, ni en un millón de años, soñé que haría, punteando todas mis "I" y cruzando todas mis "T" para asegurarme de no decepcionar al Sr. Atkins, a mi familia, a Dios y a mí misma, no necesariamente en ese orden. Pierdo a una amiga en un asesinato violento a pocos metros de donde vivo. Descubro que su hija, a la que amo, fue quien lo hizo. Exacerbando mi locura aún más, mi mejor amiga me dice que está embarazada de alguien que no es la persona que creo que es lo mejor que le ha pasado, y que planea casarse con el padre de su bebé en cuatro semanas y adoptar a su hija de dos años de madre blanca que, por cierto, se va de la ciudad y quiere que ella se convierta en la madre de la niña. Mi amiga me dice que no seremos vecinas cuando las casas que estamos construyendo una al lado de la otra estén terminadas porque su futuro marido no quiere vivir en ella, ya que tiene un problema con el hecho de que no la construyó él y no se siente cómodo con eso. Sin olvidar a Lucinda, la demente celosa que me robó el auto dejando en él una nota amenazadora. Supongo que la única bendición que he recibido en toda esta situación es descubrir que Fitzroy no es el padre de los gemelos. ¡Señor, ten piedad! ¡No es de extrañar que yo sea un caso perdido!

–Faith, ¿estás bien? –me dice Fitzroy tocando en la puerta del baño.

–Sí, ahora mismo salgo –le digo intentando parecer normal.

–Okey, voy a buscar algo de beber al refrigerador... ¿quieres algo?

–Una botella de agua mineral –le grito. Después de retocarme el maquillaje, entro en la cocina donde Fitzroy está sentado en la isla bebiendo un vaso del maubí que Zipporah había preparado.

"Salgamos al porche y hablemos". Fitzroy agarra su bebida y yo le sigo.

Me acomodo en una de las tumbonas, y él se sienta a mis pies mirándome directamente a los ojos. Su mirada penetra directamente en mi corazón.

–Faith, sin duda te amo. Lo sabes, ¿verdad?

–Lo sé –digo.

–Bien, porque quiero que sepas, y que nunca olvides, que no soy un manipulador. Eso se lo dejo a los estafadores, a los proxenetas y a los nenes que van a la escuela. Soy un hombre serio, sobre todo cuando se trata de mi mujer y de mi trabajo.

Asiento con la cabeza.

–Ahora que, no estoy seguro de lo que pasó contigo en el día de ayer. Sé que te quedaste en *shock* y que te enojaste mucho cuando te enteraste de lo de Chloe. Yo también, pero necesito que entiendas es que mientras estemos juntos, y ruego a Dios que sea por mucho tiempo, habrá situaciones relacionadas con mi trabajo que nos dejarán en *shock* a ambos.

"Ser policía no siempre es una profesión agradable, y como mi novia, y con suerte, pronto mi esposa", yo sonrío y él sonríe, "necesito saber que me cubres las espaldas".

Le interrumpo, "Por supuesto, eso hago".

–Espera, Faith, déjame terminar. Cubrirme las espadas no significa que lo hagas solo cuando estés de acuerdo con mis decisiones, sino también cuando no lo estés.

Le interrumpo de nuevo. "Así que dices que tengo que estar de acuerdo con todo lo que haces y dices... ¡Eso no tiene sentido y es sexista!".

–Para el carro. No estoy diciendo que quiero que seas una marioneta. No te amaría si lo fueras. Lo que quiero decir es, que si me estoy ocupando de un asunto policial y no estás de acuerdo con mi estrategia, hay formas de hacérmelo saber, y la que utilizaste ayer no fue la mejor.

–Estabas hablando de entregar a Chloe por asesinato, Fitzroy –intento defenderme.

–Cálmate, cariño, y escúchame. Sé lo mucho que quieres a Chloe. Ninguno de nosotros desea que esa niña sufra por más tiempo. Lo que intento decirte es que no confiaste en mí para manejar la situación, y es en momentos como esos que necesito que aceptes estar en desacuerdo conmigo, y al mismo tiempo, que tengas la suficiente confianza en mí para saber que intentaré ser lo más justo y equitativo posible. Por supuesto, habría sido fácil dejar que Eric fuera a juicio sabiendo que no había ninguna evidencia clara en su contra. Pero ¿cómo continuar viviendo ignorando que todos nosotros llevamos una mentira oculta en nuestros corazones? Faith, cuando termina el día y el sol ya se ha puesto, me acuesto en la cama y agradezco a Dios el haberme mantenido con vida un día más. Las bendiciones y las alabanzas no deben salir de la misma boca que las mentiras.

Pienso en lo que Fitzroy me está diciendo, reflexionando al mismo tiempo sobre la conversación que tuve con el Sr. Atkins esta mañana. De repente, veo claramente por qué todo el mundo respeta a Fitzroy, incluso cuando no están de acuerdo con sus decisiones. Pienso en la camarera Sasha, la hermana de Eric, que estaba enojada con Fitzroy por haber arrestado a su hermano. Aún con esa mala actitud, cuando Fitzroy le dijo que se fuera, se marchó sin decir ni una sola palabra. Y ahora, solo unos días después, Fitzroy y el Sr. Atkins habían ideado un plan, no solo para exonerar a su hermano, sino también para conseguir el perdón para su sobrina por su crimen. Este hombre no solo habla, actúa.

–Gracias por ser una luz en un mundo de tinieblas –le digo besando sus labios.

Siento tantas ganas de hacer el amor con este hombre. Bueno, no hoy con mi pequeño problema. Estoy bromeando, Señor. Mantengo la promesa que hice contigo porque sé que las recompensas serán mayores que las que ahora puedo ver.

–¡Yujuu! ¿Hay alguien en casa? –escucho a la tía Lucille gritar.

–Estamos en el porche tía Lucille.

La tía Lucille está más guapa que nunca con su vestido rosa y blanco, su sombrero para el sol y sus sandalias a juego. Se une a nosotros.

–Ahora sé que eres un buen hombre, Fitzroy, porque yo la habría mandado bien lejos de una patada en el trasero por el modo en el que se comportó ayer.

–¡Tía Lucille! No puedo creer que hayas dicho eso.

–Chica, no me digas tía Lucille en ese tono, porque te voy a decir lo que nadie más te dirá... Actuaste como una mocosa malcriada, y si sigues haciendo esas estupideces, alguien va a aparecer, arrebatarte a este hombre y llevárselo muy lejos de tu caprichoso trasero.

Me pregunto si la tía Lucille ha estado bebiendo. Fitzroy una vez más arregla la situación.

–No se preocupe, Lucille. Faith ya se ha arrepentido y he aceptado sus disculpas.

–Hmm. Espero que la haya hecho suplicar.

–¡Hasta acá hemos llegado! –me digo para mí misma.

–Tía Lucille, ¿podemos hablar un momento dentro de la casa?

–¿Por qué? ¿Quieres hablar de Fitzroy a sus espaldas?

A Fitzroy le divierte toda esta situación. Lo dejo en el porche riendo y bebiendo a sorbos su maubí.

–No tía, quiero contarte algo sobre Lisa –le miento.

La tía Lucille parece muy interesada y se dirige hacia la puerta.

–Oh, diablos. Quieres chismorrear. ¿Por qué no lo has dicho antes?

La sigo adentro de a casa. Intenta sentarse en el mostrador de la cocina, pero tiene problemas para subirse al taburete. Le sugiero que vayamos a su habitación, donde ella se sienta más cómoda. La sigo por el pasillo hasta el dormitorio. Gracias a Dios que no tiene que pasar un test de alcoholemia porque ahora mismo no creo que sea capaz de trazar una línea recta, y mucho menos caminar sobre ella. La tía Lucille se cae en el otro lado de la cama. Tiene una pierna en el aire. Alargando su mano intenta desabrocharse una sandalia.

–Faith, ¿puedes ayudar a tu vieja y pobre tía a quitarse las sandalias?

–Claro, ¿cómo fue tu cita con Wally? –la interrogo.

–¿Wally?, ¿qué Wally? –puedo oler el alcohol en su aliento.

–Tía Lucille... te estoy hablando de Wally, el que vive en la casa de al lado. El hombre que te llevó a almorzar.

-¡Ay, chica!, ya sé de quién me hablas. Está todo bien. Lo envié a comprar a la tienda algunos comestibles. Todos cenaremos juntos esta noche. Faith, ¿puedes bajarme la cremallera del vestido y poner ahí el sombrero? Voy a dormir una siesta. Creo que he tomado demasiadas mimosas.

Ayudo a la tía Lucille a quitarse el vestido. Antes de que pueda terminar de colgarlo, se duerme con el sostén y las braguitas puestas. La cubro con la sábana, cierro la puerta del dormitorio y me reúno con Fitzroy en el porche.

Fitzroy está recostado sobre una tumbona. Me acomodo entre sus piernas y descanso mi cabeza en su pecho.
    -Espero que no hayas prestado atención a ni una sola palabra de lo que ha dicho la tía Lucille -bromeo con él.
    "Cada palabra", me dice bromeando él también. Se siente tan bien estar así uno en compañía del otro. Sentados tranquilamente, disfrutando de la vista del puerto y de la suave brisa de los vientos alisios que relaja nuestros cuerpos cansados, nos dormimos.

La tía Dot y mamá regresan a casa. Encuentran a la tía Lucille dormida en su cuarto, y a Fitzroy y a mí dormidos en el porche. Wally cruza la entrada y llama a la tía Lucille despertándonos
    "Lucille, he regresado con las compras". La tía Dot se apresura a ir a la puerta de la cocina tratando de hacer que se calle. Llega demasiado tarde. Fitzroy y yo nos despertamos de un profundo y pacífico sueño, y nos unimos a todos en la cocina. Mamá y tía Dot saludan a Fitzroy y me miran de reojo mí. Yo solo sonrío sabiendo que es un nuevo día y que he sido perdonada. Abrazo a Wally.
    "Me he enterado de que va a celebrar una cena esta noche", le digo. Mamá interviene.
    -¿Una cena? ¿Dónde?

–Lucille y yo vamos a cocinar para todos ustedes. Solía cocinar cada noche en el gastroclub que le he dejado a mi hijo dirigir desde que perdí a mi esposa. Me he dado cuenta de lo mucho que extraño cocinar. Lucille sugirió que hiciéramos una cena, así que la cena es en mi casa a las seis en punto –dice Wally satisfecho.

–Espero que no venga a buscar a Lucille para que le ayude a cocinar porque está profundamente dormida. Creo que tomó demasiadas mimosas en el *brunch* –le digo.

–Unas pocas podría ser un eufemismo –dice Fitzroy.

–¡Wally, usted ha emborrachado a mi hermana! –dice la tía Dot con incredulidad. Wally responde tímidamente.

"Culpable de todos los cargos, y para su información, ¡nos lo hemos pasado muy bien!". Wally se gira para irse y continúa diciendo, "No olviden que la cena es a las seis. Y por cierto, si esa dulce hermana suya se despierta pronto, por favor, dígale que su 'Príncipe Encantador' la está esperando". Wally sale y todos nos reímos hasta que nos duele el costado.

Mamá y tía Dot nos cuentan su día de aventura por la isla. La tía Dot presume de ser ya una auténtica conductora de las Islas Vírgenes. De tomar las curvas y las colinas con una sola mano en el volante. Mamá da su versión.

–Asegúrate de contarles que ibas por el lado equivocado de la carretera cuando salimos de Cost-U-Less –se burla mamás de su hermana.

–Cariño, solo estaba teniendo un "momento de distracción senil". Tengo la conducción por la izquierda dominada –alardea de nuevo la tía Dot.

"Fitzroy y Faith, Dot me hizo salir del auto y tomarle una foto manejando por el lado izquierdo de la calle", dice mamá. "Y no podía conformarse con tener una foto al volante, no. Me hizo caminar una cuadra para tomar una foto de ella en medio del tráfico para que todos a los que les muestre la foto puedan ver que realmente estaba manejando por la izquierda". Todos nos reímos.

–No te burles. Cuando haga un álbum de recortes, esa foto lucirá tan bien como una postal.

–Mamá, ¿cómo demonios hicieron para encontrar un Cost-U-Less? Esa tienda no es fácil de encontrar.

–Cuando Dot y yo fuimos al Pueblo Market, casi nos da un ataque al corazón al ver el precio de la comida. Así que, fuimos a la cabina del gerente a preguntar si había un Costco en esta isla, y una mujer maleducada lo único que hizo fue un gesto de negación con sus labios. Le dije que cuando terminara de quitarse la comida de entre los dientes, le agradecería una respuesta. No estoy segura de que eso sirviera de algo porque no entendí una maldita cosa de lo que dijo, así que le pedí que me escribiera sus indicaciones. Continuó haciendo gestos de desaprobación con sus labios mientras escribía. Dot le preguntó que cuál era su nombre para que pudiéramos rezar por su desagradable actitud esta noche.

No puedo creer lo que mi madre y mi tía está diciendo, pienso para mí negando con la cabeza.

–Esa debe haber sido Mora. Es la encargada del turno de día –responde Fitzroy.

–Te lo dije, Gloria, así es como dijo que se llamaba. Creías que había dicho Dora. Vas a hacer que recemos por la persona equivocada.

–¡Aunque la llamáramos "Maligna", Dios sabría de quién le estamos hablando! –responde mamá.

–Ustedes, señoras, son demasiado. Por mucho que disfrute de su compañía, tengo que ir a comprobar algunas cosas en la estación de policía. Regresaré a tiempo para la cena de Wally –dice Fitzroy.

Nos besamos, se despide de mamá y de la tía Dot, y se va.

-Faith, has sido bendecida y espero que te des cuenta de ello -dice la tía Dot.

-Los dos hemos sido bendecidos -respondo.

-¡Amén! -dice mamá.

Pasamos las siguientes horas hablando de Lisa. Les informo sobre sus planes de boda y les hablo de Kamari. Mamá y la tía Dot están tan atónitas como yo cuando les digo que Lisa no se mudará a la casa que ha construido porque Trevor no quiere vivir en ella.

- Bueno, creo que yo haría lo mismo... respeto eso - dice mamá.

-Mamá, papá no le daría importancia a algo tan estúpido como eso -le digo.

"El reverendo era conocido por dar mucha importancia a cosas realmente estúpidas, niña", dice la tía Dot. Mamá la mira de reojo.

-Puedo hablar de mi difunto marido sin tu ayuda - dice mamá bromeando.

-Hija mía, podrías contarle algo a Faith... ¿Y aquella vez que perdió la cabeza cuando Lucille te convenció para que te pusieras extensiones en el cabello?

Mamá y tía Dot se ríen.

-¿Qué? Dímelo, te lo ruego.

-Bueno, tu padre detestaba el pelo falso -dice mamá.

-Y si lo sabías, ¿por qué te las pusiste? -le pregunto.

-Esa es la cuestión. Yo no lo sabía. El reverendo siempre me decía lo lindo que le parecía el cabello de tal chica, al igual que el de Lucille, así que un día le dije a mi hermana que quería que su esteticista me peinara. Era nuestro tercer aniversario e iba a darle una sorpresa teniendo el cabello largo. En fin, cariño..., resultó ser el peor aniversario que hemos tenido -dice mamá sonriendo.

-¿Qué pasó, te hicieron un mal trabajo? -le pregunto.

–Cuéntale a la nena toda la historia, Gloria –insiste la tía Dot.

–¡Dot, cállate y déjame seguir, por favor! Total, que tu padre tenía una reunión esa noche con los administradores en la iglesia. Me dijo que estaría en casa no más tarde de las ocho. Cociné todos sus platos favoritos y también los míos.

–¡Cocinaste en tu aniversario! ¿Por qué no te llevó papá a un buen restaurante? –grito.

–Porque los hijos de Dot tenían varicela y Lucille una cita, así que no disponíamos de una niñera. ¿Vas a dejarme terminar la historia?

–Lo siento, mamá.

–Deja todas tus preguntas para el final. Ahora, ¿por dónde iba? Ah sí, preparé toda esa comida, te noqueé a ti con un poco de té de manzanilla, me puse un camisón sexi que Lucille me trajo como regalo y encendí algunas velas. Luego me acomodé con en una pose sensual en el sofá cerca de la puerta. Al entrar, quería que pensara que yo era Josephine Baker.

–¿Y qué ocurrió? –le dije.

–¡Ese hombre la llamó "Jezabel" y se fue directo al dormitorio apagando todas las velas que encontró en su camino! –dice la tía Dot.

–Pero bueno, ¿por qué has tenido contar el final de la historia? –le pregunta mamá.

–¡Porque estabas tardando demasiado en llegar a la parte buena! –dice la tía Dot.

–No puedo creer que papá hiciera o dijera algo así. Estoy en *shock*.

–Todos los hombres nacen con un lado estúpido –dice la tía Dot.

–Faith, tu padre no era un estúpido. Simplemente, no estaba en su sano juicio aquella noche. Finalmente hablamos de ello y pudimos resolver nuestras diferencias.

–Gloria, Faith es adulta. No tienes que endulzar la historia.

–Ya que pareces saber más que yo, ¿por qué no se lo cuentas? –responde mamá.

–Al grano, tu padre pensaba que todas esas mujeres a las que daba sus cumplidos lucían su propio cabello. Incluso creía que el pelo de tu tía Lucille era auténtico. El reverendo no tenía ni idea de que todas esas mujeres llevaban cabello falso hasta que mi hermana la "calva", tu madre, llegó a casa con aquellos tirabuzones –dice la tía Dot.

–Entonces, ¿te quitaste las extensiones, mamá? –le pregunto.

"Nada de eso", dice orgullosamente mamá. La tía Dot interviene.

–A tu padre le llevó cinco días entrar en razón. Lo recuerdo claramente, casi como si fuera ayer. Tu madre estaba tan enfadada, que vino y se quedó en mi casa. Recuerda que dijiste que no te importaba si Faith se enfermaba de varicela o no. Más vale pronto que tarde, de todas formas... Y el destino quiso que te contagiaras de la varicela de Debbie. Cuando ya se estaba acercando la mañana del domingo, finalmente el reverendo vino a buscarlos. Estaba dispuesto a hacer lo que fuera necesario para que su "primera dama" ocupara su lugar en la primera fila de la Solid Rock Baptist Church antes de tener que responder a las preguntas que sus feligreses se asegurarían de hacer si ese puesto estaba vacante –cuenta la tía Dot.

–Ah, así que es así como lo recuerdas, ¿no? –dice mamá sarcásticamente.

"¡Así es como ocurrió!". Todas nos reímos.

–¿Se quitó mamá las extensiones después de que papá viniera a buscarnos? –le pregunto.

–Por supuesto que no. Las conservé hasta que la capa superior se aflojó tanto que se deslizó hacia abajo enmarañándose con la capa inferior.

La risa me hace llorar.

-Faith, amaba a tu padre, pero no iba a permitirle que me hablara de esa manera, y sobre todo, tenía que hacerle saber que era una mujer con múltiples caras. Y si yo quería que mi cabello luciera corto un día y largo al día siguiente, lo mejor que podía hacer era decirme lo bien que me veía con él, y si no le gustaba mi aspecto, debía mantener la boca cerrada.

-¡Bien hecho, mamá! -le digo.

"¿Por qué están ustedes acá armando tanto ruido?". La tía Lucille entra en la cocina sosteniendo su cabeza. "¿Alguien puede traerme un poco de Motrin, por favor? Tengo un dolor de cabeza más grande que esta habitación".

-Bien por tu borracho trasero -dice la tía Dot.

-Mamá y tía Dot me contaban la historia de cuando mamá se puso extensiones en el cabello y papá estalló por culpa de eso -le digo.

-¡Enviar a tu madre a mi esteticista fue lo peor que pude haber hecho! -dice la tía Lucille metiéndose cuatro pastillas en la boca.

-¿Por qué? -le pregunto.

"Después de un mes, la cabeza de tu madre parecía el nido de un pájaro. Me ofrecí a pagar para que se las rehicieran o para que se las quitaran, pero ella se negó. Creo que estaba enojada con tu padre, o algo así. Finalmente, le dije que si no se sacaba esas cosas, llamaría al servicio de rescate de animales". Mamá persigue a Lucille por la cocina para pegarle.

-¡Deja de mentir! -grita mamá.

-Gloria, nos estabas dando a las "cabezas de hilo" una mala reputación.

-Lucille, tu "Príncipe Encantador" se detuvo acá para decirte que ya tenía los comestibles. He oído que estamos invitadas a cenar esta noche a las seis -dice la tía Dot.

–Bien. Ese hombre me ha hablado mucho de los tiempos en los que solía cocinar en su gastroclub, aquel que está dejando que lleve su hijo. Le dije que, si extrañaba cocinar en el club, ¿por qué no bajar de las montañas y regresar al trabajo?

–¿Qué te respondió? –pregunta mamá.

–Dijo que la gente que ahora frecuenta el club es distinta. La mayoría son jóvenes a los que les gusta escuchar rap o hip-hop y beber cerveza. Esos chicos comen hamburguesas y papas fritas, no mariscos en salsa Mornay, *chicken Cordon Bleu* o *steak tartar*. Dice que su hijo lo hace sentir fuera de lugar cuando se pasa por el club, siempre apresurándolo y diciéndole que tiene todo bajo control.

–Bueno, ¿y tiene las cosas bajo control? –le pregunto.

–Es difícil hablar con la gente de sus hijos, sobre todo cuando la amistad es tan reciente. Si quieres que te diga mi opinión, creo que su hijo está tramando algo malo y robándole a su ciego papá.

–Lucille, llevas menos de una semana en esta isla y ya estás entrometiéndote en la vida de ese hombre –la reprende la tía Dot.

–Eso puede ser cierto, pero reconozco la "porquería". No me importa si es en Atlanta o en St. Thomas, la "porquería" es la misma en todas partes. Estoy dispuesta a apostar a que ese nene lleva un segundo negocio en el club –conjetura la tía Lucille.

–¿Es que ahora eres vidente? –interviene la tía Dot.

–Todo encaja. Wally estaba revisando una pila de correo cuando yo estuve allá la otra noche. Abrió unas cuantas facturas, y descubrió que los impuestos del club no habían sido pagados. Y la licencia de licor expiró el mes pasado. Dijo que son cosas que le advirtió a su hijo que llegarían hace meses, y que tenía que asegurarse de ocuparse de ellas.

–Vaya –dije.

-Bueno, Lucille, estás de vacaciones, así que no empieces a actuar como la Madre Teresa. Deja que esta gente se ocupe de resolver sus propios problemas -dice la tía Dot como una madre que protege a su hija del peligro.

-¡Dot, no empieces! Wally es un gran tipo y si hay algo que pueda hacer para ayudarle, lo haré. Lo que pasa, es que no quiero pasarme de la raya.

-¿Y cuándo te ha preocupado a ti pasarte de la raya? -le pregunta mamá.

-Tienes razón. Le diré sin rodeos que su hijo es un perdedor, y que le robando... ¿qué tal te suena eso?

-A mí me suena bien -le digo.

-Trata de ser un poco más delicada... -dice mamá.

-¡Ocúpate de tus asuntos! -le dice la tía Dot.

"Gracias por sus consejos", dice la tía Lucille saliendo por la puerta para encontrarse con su "Príncipe Encantador".

Capítulo 21

Fitzroy llamó para decir que llegaría tarde y que tendríamos empezar la cena sin él. Le había surgido algo en el trabajo que tenía investigar. Prometió que se uniría a nosotros lo antes posible. Recé una rápida oración para que Dios lo proteja de cualquier daño o peligro rodeándole con sus ángeles de misericordia, antes de salir para ir a cenar a la casa Wally. Mamá apreció la preocupación en mi rostro.

–Estará bien –me dijo.

Sonreí y me sentí reconfortada. Lucille nos recibió en la puerta como si aquella fuera su propia casa. Llevaba un caftán de colores que hacía juego con los muebles de Wally. Tenía que ser una coincidencia... o tal vez no, conociendo a mi tía, la reina de la moda.

Habían dispuesto una mesa digna de la realeza con porcelana, plata y copas de cristal. Wally salió de la cocina con una bandeja de aperitivos.

–Sean bienvenidos a mi humilde casa –nos dijo con una sonrisa.

Cada uno de nosotros tomó una servilleta y se sirvió varios de aquellos exquisitos aperitivos. Estaban deliciosos. Lucille le seguía con una bandeja de champaña. Algunas copas tenían abalorios alrededor de su tallo.

"Para los que siguen el buen camino, sepan que las copas con abalorios no llevan alcohol". Mamá elige una de ellas.

Para mi sorpresa, la tía Dot agarró una de las copas con alcohol. Esto sorprendió a mamá.

"Dot, Lucille dijo que las copas con los abalorios son las que no llevan alcohol. Has escogido la equivocada". La tía Dot alza su vista hacia cielo y le dice a mamá.

"No, no es la equivocada", dice caminando hacia al gigantesco ventanal panorámico para disfrutar de su magnífica vista.

"Querido, ¿por qué no pones algo de música?", dice la tía Lucille. Wally deja su bandeja y se dirige al equipo de música. Es inmejorable; tiene un montón de CDs que están guardados alfabéticamente en un porta CD electrónico.

–Tengo que advertirles, señoras. En cuanto a música, soy de la vieja escuela.

–No sabía que había otro tipo de escuela –dice mamá riéndose.

"¿Qué tienes ahí?", dice la tía Dot mientras camina hacia él para echar un vistazo. Lucille grita desde la cocina.

–Este hombre tiene una tienda de discos completa en ese lujoso equipo de música.

–¿Tiene algo de la Motown? –le pregunta la tía Dot.

–¿Las gallinas ponen huevos? –dice Wally.

–Bueno, pues *let's get it on*, como diría Marvin Gaye –grita la tía Dot.

Wally pulsa un botón, escribe el título, sale el CD de Marvin Gaye y lo coloca en el reproductor de discos.

–Faith, si nos volvemos un poco anticuados para usted, dígamelo. Tengo algo de música más reciente por acá –dice Wally bromeando.

"Bueno, creo que podré soportarlo. Escucho la emisora *Oldies but Goodies* a todas horas. Esa sí es música de verdad. Los artistas de entonces cantaban sobre asuntos reales, como el verdadero amor entre un hombre y una mujer. Ya sabe, cosas que tienen sentido. Nadie te llamaba a gritos cosas ofensivas a ti o a tu madre", le digo yo. Todos brindamos por eso.

–Eso es verdad. Me siento incómoda cada vez que escucho música en la radio. ¡Algunos de esos compositores y cantantes deberían ser arrestados por la suciedad que sale de sus bocas! –dice mamá con disgusto.

–Wally, ¿qué hace un hermano de Nevis escuchando nuestra música yanqui? –pregunta la tía Dot.

–La buena música llega a los rincones más remotos del mundo. Cuando era adolescente, solía pinchar discos en el único club que había en Nevis en aquella época, el Dick's Bar. La gente venía a bailar de todas partes. Me llamaban "The Mighty Spinner". Lucille sale de la cocina.

"¡¿Te llamaban qué?!". Todos nos reímos.

–"The Mighty Spinner"... Nadie en Nevis podía pinchar discos mejor que yo –presume Wally.

–¡Pues ponte a pinchar discos, "Mr. Mighty"! –dice la tía Lucille burlándose de él.

Todos bailamos al ritmo de la música y tratamos de superar a Marvin Gaye mientras su apasionada voz canta *Let's Get It On* en los altavoces de sonido envolvente de Wally. Alguien toca en la puerta y entra Fitzroy.

–Ya era hora, hombre. Mi sopa de langosta se está enfriando –bromea Wally.

–Más vale tarde que nunca –replica Fitzroy.

–¡Estoy de acuerdo! –digo yo mientras nos abrazamos.

La tía Lucille nos obsequia con unas toallitas calientes para las manos con una bandeja de plata.

–Estoy impresionado –dice Fitzroy sarcásticamente.

–Se nota que no sales mucho –le responde la tía Lucille volviéndose hacia él.

"Por favor, únanse a nosotros en el comedor. No hay asientos reservados, así que siéntense donde quieran".

Wally habla como si realmente estuviéramos en un gastroclub.

–Empezaremos esta noche con nuestra sopa de langosta, una de mis favoritas.

La camarera Lucille ayuda a Wally a servir.

–¡Esto está muy bueno! –dice la tía Dot.

–Ciertamente lo está. Tan cremoso y con esos trozos de suculenta langosta –agrega mamá.

"Bueno, sé lo mucho que le gusta la langosta a Lucille, así que pensé en hacer algo especial para ella". Lucille sonríe.

–Qué considerado eres, Wally.

–Es un placer, "bizcochito" –responde Wally.

"Por favor, no me hagan arrojar mi sopa de langosta. ¡Ustedes dos están demasiado acaramelados...!", dice la tía Dot aludiendo a la posibilidad de que algo más que cocinar juntos pueda estar pasando entre ellos.

–¡No me odies porque no eres capaz de tener lo que yo, señorita "trasero de fósil"!

Hasta mamá se ríe.

–Si me permiten continuar... nuestro plato principal esta noche será una selección de marisco y carne. He preparado un pequeño filete de *chèvre* a la pimienta cocinado al punto en brandy y salsa de crema, cubierto con tomates y champiñones a la parrilla, servido en una cama de arroz jazmín. Complementando el *chèvre*, tomarán un fletán a la parrilla cocinado en vino blanco y alcaparras. Para purificar su paladar después de terminar el *chèvre* y el fletán, les serviré una ración de ensalada de berros cubierta con arándanos y piñones.

–Vaya, Wally, suena tan delicioso y elegante. Estoy fascinada por su presentación.

–Estoy seguro de que sus papilas gustativas estarán de acuerdo –me responde Wally.

"Suena como si quisieran emborracharnos con el brandy y el vino blanco...", dice la tía Dot. Lucille le echa una mirada a la tía Dot que dice, "¡Cállate!".

–Estoy deseando probarlo, Wally –dice la tía Dot más amablemente.

Wally y Lucille nos sirven los platos principales en una hermosa vajilla. El plato se ve tan hermoso como la comida.

–Wally, se ha superado a sí mismo –dice mamá mientras pone un trozo del tierno *chèvre* en su boca.

–He muerto y estoy en el cielo –dice Fitzroy mientras mastica lentamente el fletán haciendo un gesto de apreciación.

–Gloria, este *chèvre* está muy bueno, pero ¿tú tienes idea de lo que estamos comiendo? –le susurra a mamá la tía Dot con preocupación.

–Tan solo disfrútalo, Dot –la interrumpe mamá para poder seguir disfrutando de su deliciosa comida.

–Una cosa más, Gloria. ¿Y si es una iguana? –le dice la tía Dot temerosa.

–Si es una iguana, entonces parece que no sabe nada mal, y ahora déjame en paz para que pueda disfrutar de mi comida –le ruega mamá.

–¡Wally, no le hace ningún favor a la gente de las Islas Vírgenes no sirviéndoles esta excelente comida! –le digo yo.

–No solo es a la gente de las Islas Vírgenes a la que está descuidando. Tiene que hacer las maletas, venirse a Atlanta y abrir un gastroclub allá –dice mamá.

–Por mí bien –dice Lucille.

–Quizá lo haga si no puedo convencer a esta hermosa mujer de que se traslade acá –dice Wally dejándonos con la boca abierta a todos, incluyendo a la tía Lucille.

–Bueno, ya hablaremos de eso –dice la tía Lucille mientras ella y Wally se reúnen en la mesa después de servirnos a cada uno de nosotros.

Pronto, nos convertimos todos en miembros oficiales del club del plato limpio. No habíamos dejado ni un solo bocado en ellos, y justo cuando pensábamos que la cena ya no podía mejorar, Wally va y pone un tiramisú casero ante nosotros. Lucille le sigue sirviéndonos un café con leche.

–Wally, nunca había oído hablar del *chèvre*. ¿Qué corte de carne es? –pregunto.

Fitzroy y Wally se ríen. Wally responde: "Faith, el *chèvre* es carne de cabrito".

La tía Dot rocía parte de su café sobre la mesa. "Lo siento mucho... por favor, discúlpenme".

–Entiendo que nunca ha comido cabrito antes, Dot –dice Wally.

–No, no... nunca –dice la tía Dot con una dulzura forzada.

–Wally estaba bueno, no importa cómo lo llame –dice mamá mientras se ríe de la tía Dot.

–¿Por qué en vez de decirnos que era cabrito ha preferido llamarlo *chèvre*? –pregunta la tía Dot como si la hubieran engañado.

–Esa es una buena pregunta, Dot. En realidad, hay una buena razón para que algunos llamen *chèvre* a la carne de cabrito. Verás, hace mucho tiempo, alrededor de mil novecientos veinte, los pastores de cabras se dieron cuenta de que gente como usted, Dot, no comería cabrito por su poca familiaridad con el animal y por su nombre. Entonces, un hombre muy inteligente, que en ese momento era el presidente de la Asociación de Criadores de Ovejas y Cabras, ideó un plan. Convocó un concurso para encontrar un nombre para la carne de cabrito. Se seleccionó uno entre todos los presentados y lo anunció en la convención anual de la asociación.

–Se lo está inventando, ¿no? –le digo yo.

–No. Lo leí en una de mis revistas de cocina. El término *chevon* fue elegido como nombre oficial. Se alegó en aquel entonces que la razón para adoptar ese nombre era que, al igual que el de la carne de vacuno, cordero y cerdo, es un término de origen francés, siendo *chevon* una contracción de la palabra francesa *chèvre*, que significa cabra.

–Para mí eso tiene sentido. Supongo que si la gente pensara que lo que está comiendo es "vaca muerta", eso podría echarles para atrás, pero llamándola "ternera de primera", eso hace que suene mejor y, probablemente, contribuye a mejorar su sabor.

–El secreto, está en el nombre –dice la tía Lucille.

–Es extraño, pero la gente tiene una actitud peculiar a la hora de comer cabrito. Creo que llamarla de una forma diferente, definitivamente provoca que aquellos que recelan estén más dispuestos a probar su carne, ¿no es así, Dot? –se burla Fitzroy.

Después de la cena, nos acomodamos en el sofá y continuamos escuchando más discos de la gigantesca colección de música de Wally. Wally y Fitzroy hablan de Nevis y de los viejos tiempos con una agradable nostalgia en sus corazones.

–Chicos, ¿cuándo fue la última vez que estuvieron en casa? –les pregunto.

–Jumm, para mí ya han pasado diez años desde la última vez. Estuve allá por el Culturama –dice Wally.

–¿Es una especie de carnaval? –pregunta la tía Dot.

"Sí. Se celebra a finales de agosto. Es una fecha en la que los nevisianos que se han mudado a otro lugar regresan para festejar con sus amigos y familiares. Hay música todas las noches, fiestas gastronómicas y conciertos". Wally sonríe mientras presume de los buenos tiempos en su pequeña isla.

"¿Cuándo fue la última vez que estuviste en casa, Fitzroy?", le pregunto. Me responde con tristeza,

"El año pasado enterramos a mamá".

–Lo siento, Fitzroy –le dice mamá.

–Luchó contra la diabetes durante tanto tiempo... intenté muchas veces convencerla de que me dejara llevarla a los Estados Unidos para que pudiera recibir tratamiento. Pero siempre se negó. Mamá dijo que no quería que ningún doctor le pusiera una derivación en el cuerpo, la conectara a una máquina de diálisis o le cortara las piernas... Solo quería permanecer en su casa y en su granja todo el tiempo que le quedara hasta que Dios la llamara a su lado. Y eso es justo lo que hizo.

Necesito ir a casa y ver cómo está mi padre. Ahora solo estamos nosotros dos. Y sé que él se siente muy solo estando allá sin nadie más. Agradezco a Dios que su salud sea buena. Él lo atribuye al trabajo duro. Creo que te ya conté, Faith, que es el pastor de una pequeña iglesia y que dirige una granja de miel.

–¡La mejor miel de Nevis! –dice Wally–. ¡Tengo una gran idea! ¿Por qué no llevamos a las chicas a Nevis antes de que se vayan? Será muy divertido –dice Wally como si estuviera compartiendo una receta para obtener la felicidad.

Todos nos sentimos emocionados, incluso la tía Dot, que estaba petrificada a causa de volar en avión. Fitzroy recupera el ánimo con esta idea.

–¡Excelente sugerencia! Necesito tomarme unos días libres, y me encantaría que mi padre conociera a Faith y a su familia antes de que regresen a los Estados Unidos.

–Entonces, decidido. Me encargaré de los vuelos y haré las reservas para que las chicas se alojen en el Four Seasons Hotel.

–¡El Four Seasons! ¿No es un hotel de cinco estrellas? –pregunta la tía Lucille.

–Así es. Solo lo mejor para ti, querida.

–¡Sé que así es! –le responde la tía Lucille.

–Bueno, no sé ustedes, pero yo necesito ir a acostarme y pararme a reflexionar un poco en todas estas cosas emocionantes que nos están ocurriendo. No sé cuándo he tenido tantas aventuras en mi vida. El castillo, mañana comer cerdo asado en una isla privada, probar la carne de cabrito por primera vez... perdón, quiero decir, *chèvre*. Y ahora, un viaje a Nevis –dice mamá mientras se levanta.

–Yo también me voy. ¡Solo rezo para que este viejo cuerpo mío no tenga problemas para digerir la carne de este "cabrero"!   Gloria y yo dejaremos a las dos parejas de tortolitos con sus asuntos. ¡Tan solo recuerda mantener tu falda bajada, Lucille! –dice la tía Dot dice mientras abre la puerta.

–¡Tenemos que encontrar un hombre para esta mujer! –grita Lucille.

–No hasta que el divorcio sea definitivo –dice mamá.

–Cariño, ese matrimonio terminó hace mucho tiempo –dice la tía Dot.

"Les acompañaré a las dos hasta la entrada. Está muy oscuro ahí fuera", dice Fitzroy. Wally le da una linterna. Se van. Lucille llena nuestras copas con más champaña.

Le pregunto a Wally por dónde se va al baño y me acompaña por un largo pasillo hasta una espectacular suite de baño. Está equipado con una bañera de hidromasaje rehundida, una ducha de vapor de vidrio sin costuras y un recibidor con un *chaise lounge* junto a una mesita auxiliar con faldones. Una estantería, en una de las paredes, está llena de libros de cocina, de salud, sobre el cáncer y sobre decoración del hogar. No solo hay lavamanos para él y para ella, sino que también dispone de excusados para él y para ella. Los azulejos de travertino cubren el piso y las paredes. Las dos lavamanos están formados por un antiguo armario de caoba con un cuenco de cristal encima que sirve como pileta. Una espita de cuello de cisne de oro cuelga sobre el cuenco. No hay manijas para abrir el agua, tan solo pasas la mano por debajo de la espita y el agua sale.

Justo cuando estaba a punto de lavarme las manos en el hermoso baño de Wally, oigo una extraña voz que viene del salón. Aquella persona está gritando a Wally. Solo he estado fuera cinco minutos, ¿qué podría haber cambiado? Estábamos pasando una noche maravillosa. ¿Quién era aquella persona tan enojada y por qué está en el salón de Wally tratando de arruinar nuestra hermosa cena? Tantas preguntas se me pasan por la cabeza... Camino cautelosamente por el pasillo, y veo a un muchacho de unos veinticinco años gritándole a Wally a pleno pulmón. Me acerco con sigilo, teniendo mucho cuidado de que aquella persona no pueda verme.

–¡Papá, tienes que darme el dinero para pagar los impuestos o nos van a cerrar el club! ¡Y por qué no has renovado la licencia para servir alcohol!

–Cariño, ¿por qué no te calmas? Todo este griterío no es bueno ni para tu padre ni para ti –dice la tía Lucille.

–¡Quién es esta zorra que tienes acá en la casa de mi madre! –grita el joven enojado.

–Junior, es mejor que te vayas –le dice Wally.

–¡No me iré a ninguna parte hasta que esta puta salga de la casa de mi madre y me hagas un cheque para pagar los impuestos y la licencia de licores!

Oh, Señor, sé que la tía Lucille no va a aceptar este comportamiento. Ha ido demasiado lejos. Permanezco escondida rezando para que Fitzroy regrese pronto y tome el control de esta fea situación.

–Cariño, no hay putas ni zorras acá. ¡Solo un asqueroso maleducado adicto al *crack*, cuya espalda está contra la pared y está tratando de aprovecharse de su padre! –le dice la tía Lucille en respuesta a sus insultos.

Por fin, oigo a Fitzroy abrir la puerta.

–¿Qué pasa, Junior? –le dice tranquilamente.

–Ah, así que has avisado a la policía para que venga a buscarme, ¿eh, papá?

–¡Junior, vete ahora antes de que agarre el arma de Fitzroy y te pegue un tiro!

Junior sopesa la situación y rápidamente decide que es mejor para sus intereses irse. Da un portazo al salir como un niño malcriado. Desconcertada, me reúno con todos en el salón sin avergonzarme de ser una cobarde.

–¿De qué diablos iba eso? –le pregunto.

–Lucille dio en el clavo –dice Wally.

–¿Quiere decir que su hijo se droga? –le pregunto deseando no haberlo hecho después de ver lo triste que se pone Wally.

Wally se sienta en el sofá pareciendo derrotado. La tía Lucille se sienta a su lado y lo consuela como ya había hecho hace unos días con su depresión.

–Lamento que te haya hablado así, Lucille.

–No te preocupes por eso, Wally. Me hago cargo. Además, el chico no está en su sano juicio.

–¿Cuánto tiempo lleva así? –le pregunto.

–Probablemente más de lo que estoy dispuesto a admitir –dice Wally.

–¿Cree que estaría dispuesto a ir a un centro de rehabilitación? –insisto.

–Aún no está suplicando nuestra ayuda. Algo tendría que asustarlo de verdad primero. Entonces, quizá podría estar listo para ir a rehabilitación –dice Fitzroy.

–Siento mucho que hayan tenido que presenciar esta calamidad –nos dice Wally avergonzado.

"Venga, hombre, usted y yo nos conocemos desde hace mucho tiempo. No tiene que disculparse por Junior. Además, por lo que me han dicho, usted podría haber sido mi hermano. Y aún podría serlo según algunas personas de nuestro pueblo. Somos familia, Wally". Fitzroy y Wally se dan la mano y un abrazo. Fitzroy continúa, "En serio, Wally, tienes que tomar algunas decisiones difíciles sin demora. Tuvimos una reunión esta tarde en la estación de policía y se cree que Junior está vendiendo cocaína para Mario Maynard en el gastroclub".

Wally se levanta y empieza a caminar nerviosamente de un lado a otro. "¡Dios santo! Mis peores temores son ciertos. ¡Creía que Mario Maynard estaba en la cárcel! Recién leí en el periódico que lo habían detenido con varias de libras de cocaína encima".

–Alguien de la policía lo estropeó, así que tuvieron que dejarlo ir.

–¿Alguien lo estropeó? ¿Qué significa eso exactamente? –le pregunta la tía Lucille a Fitzroy.

–Las pruebas han desaparecido –le dice Fitzroy.

Asuntos Internos cree saber quién es el policía corrupto que está ganando mucho dinero trabajando desde dentro para Mario.

–¿Qué crees que deberíamos hacer? –le pregunta Wally reconociendo su experiencia en este tipo de situaciones.

–Podría hacer que algunos de mis chicos fueran a detener a Junior. Haría que lo hicieran temprano, antes de que haya testigos. Que se quede en la cárcel un par de días, y mientras esté allá, tú puedes cerrar el club –le responde Fitzroy.

–Amigo, estás hablando de meter a mi hijo en la cárcel –le dice Wally nervioso.

–Por lo que sé acerca de la cantidad de droga que circula en ese lugar, la cárcel no parece una mala idea. Mario Maynard no se lo pensará dos veces antes de matar a Junior si éste no le paga.

Tía Lucille, Wally y yo tratamos de encontrar, por el bien de Wally, una solución para ayudar a Junior a salir del lío en el que está metido.

–¿Qué pasa si hay armas y alguien resulta herido cuando vayan a detenerlo? –pregunta Lucille.

–Enviaré a mis oficiales como infiltrados. Se disfrazarán de técnicos de reparación de la compañía telefónica. La noche anterior, alguien cortará la línea. Cuando Junior llame a la compañía de teléfonos, nuestra unidad especial estará alerta. Programarán una cita para ir a hacer la reparación entre las ocho y las nueve de la mañana. No es exactamente la hora de mayor audiencia para los traficantes de drogas. La detención será rápida y silenciosa.

Wally tiene sus dudas.

–¿Y si hablo con Junior sobre los peligros de las drogas y le doy a entender que estoy al tanto de todo?

Los tres gritamos al mismo tiempo: "¡¡Te has vuelto loco?!"

–¡No es una buena idea! –añado yo.

La tía Lucille continúa diciendo, "¡Junior no quiere oír hablar de los peligros de las drogas, Wally!".

–Está bien. Mi hijo Phillip, que vive en los Estados Unidos, trató de decirme qué es lo que estaba pasando con Junior cuando estuvo acá de visita con su chica. ¿Por qué no hacemos esto...? En el fondo, Junior es un gallina. Sé que la idea de la cárcel le hará manchar sus pantalones. Fitzroy, haz que tus chicos lo detengan y lo lleven al aeropuerto. Yo estaré allí cuando lleguen y le daremos a elegir; o subir al avión que lo espera para viajar a los Estados Unidos, o ir a la cárcel. No lo enviaré con su hermano Phillip. Junior podría arruinar la vida de su hermano con todo este lío, sino con el hermano de su madre, que resulta que es consejero terapéutico en adicciones en Virginia. Sé que Junior elegirá esta opción – dice Wally con convicción.

–Haré que mi gente corte la línea telefónica esta noche, y mañana, cuando Junior llame pidiendo una reparación urgente, la pelota comenzará a rodar –dice Fitzroy.

–Llamaré a mi cuñado para avisarle de esto y le haré saber que su sobrino debe ponerse en contacto con él en los próximos días –dice Wally aliviado

-¿No será peligroso cerrar el club debiéndole Junior dinero a esa gente? Podrían enojarse y quemarlo, o peor aún, podrían ir a por ti -le digo.

-Hablaré con mi prima Myra. Es la directora de Finanzas. Le pediré que haga que su gente vaya al club y pegue avisos de impuestos alrededor del edificio. Y si alguien decide quemarlo, que así sea. El edificio está pagado y el seguro está al día. Me niego a vivir con miedo y a ser rehén de un gánster. Si Mario o alguno de sus chicos vienen a por mí, entonces tendrán que ir a Nevis porque haremos ese viaje sea como sea -me dice Wally.

-¿Y qué pasa con la casa? ¿Estarán seguras tus cosas acá? -le pregunta la tía Lucille.

Llamaré a Windward Security. Cuando estoy fuera de la isla, siempre se encargan de vigilar este lugar. No sé si te has dado cuenta, pero tengo pequeñas cámaras web colocadas por toda la propiedad. Puedo vigilar mi casa desde cualquier computadora de todo el mundo veinticuatro horas al día, siete días a la semana, y es algo que también puede hacer Windward Security. Si alguien intenta entrar, puede que se encuentre con su Creador.

Era tarde y todos estábamos cansados, pero lo más importante es que teníamos un plan para conseguir ayudar a Junior. El momento de poner fin a este "día de aventuras" había llegado. Esta tarde, había descubierto que mi exnovio, con el que había tratado de casarme durante cuatro años, estaba comprometido con mi inquilina. Luego, vino esa persecución a alta velocidad en la que fui perseguida por tres autos de policía y el hombre que me ama en un monovolumen. Y ahora descubro que el hijo de mi vecino tiene problemas con las drogas. Sí, ya es hora de que este día toque a su fin.

Le di las gracias a Wally y a Lucille por una maravillosa cena. Fitzroy se despidió de nuestros anfitriones después de asegurarles que todo iría bien. Wally se sintió aliviado y la tía Lucille se alegró de ayudar a Wally a superar otro obstáculo. Dijo que bajaría después de ayudarle con los platos. Wally parecía un poco decepcionado.

–¿Por qué no te quedas, cariño? Necesito que me abracen –le dijo.

–Yo también –dijo Lucille sonriendo.

Dicho eso, Fitzroy y yo salimos a la noche estrellada sonriendo. Me alegré por tía Lucille y Wally. Dios los había liberado a ambos de la depresión y del dolor después de perder a un ser querido. Y ahora ha permitido que dos personas de diferentes partes del mundo se encuentren bajo los cielos del Caribe y sean una bendición el uno para el otro.

Mamá y tía Dot estaban profundamente dormidas cuando entramos en la casa. De ninguna manera iba a permitir que Fitzroy corriera por Skyline Drive, tratando de llegar a tiempo para tomar el último barco a St. John, que estaba programado para salir en diez minutos. Presumió de que lo había conseguido en solo ocho. Le dije que él ya no puede hacer esa clase de tonterías, y que ahora tiene que tener en cuenta que me preocupo por él. Además, no tiene sentido que él vaya a St. John y que luego tenga que regresar a primera hora de la mañana para ir al trabajo. Acepta, y luego me pide que lo acompañe a su monovolumen oficial de la policía para recoger un uniforme para ponerse mañana. Después de que saque el uniforme colgado de un percha del monovolumen, me giro para volver a entrar en la casa. De repente, Fitzroy me agarra entre sus brazos y me besa apasionadamente. No quiero parar. Fitzroy mete la mano en uno de los bolsillo de su uniforme y saca una cajita. ¡Oh, Dios mío! ¡Es un anillo! Me lleva al porche, donde me siento. Fitzroy se pone de rodillas, abre la cajita y saca un anillo de oro blanco con un enorme diamante marqués. El diamante era tan grande que podría pesar casi tanto como toda mi mano.

-Faith, eres mi estrella de la mañana. Desde la primera vez que te vi supe que eras la mujer que había estado rezando a Dios que me enviara. Sería un honor para mí que fueras mi esposa.

-Nada me gustaría más que ser la señora de Fitzroy Brown -le digo sinceramente.

Capítulo 22

Lisa y su hermosa y recién adquirida hija de dos años, Kamari, se reunieron con nosotros en el barco que iba a llevarnos a Water Island. Saludé a Lisa con el saludo de olas de la reina de Inglaterra, asegurándome de que no se me cayera el anillo. Estaba como loca. Nos abrazamos y saltamos de alegría. Sin embargo, la bella Kamari rápidamente eclipsó la noticia de mi compromiso. Toda la atención se desvió hacia esta hermosa niña. Mamá y tía Dot se apresuraron para ver quién sería la primera en sostener a esa pequeña muñequita. Lisa y Kamari lucían tan adorables. Iban vestidas igual. Cada una llevaba unos pantaloncitos cortos blancos, una camiseta de gasa india rosa, un sombrero de paja y gafas de sol. Mamá y tía Dot se enamoraron inmediatamente de la nena. Con solo mirarla te daban ganas de abrazarla y besarla. El color de piel de Kamari, si tuviera que ponerle un nombre, sería atardecer dorado, y su pelo era denso, largo, tupido y rubio. Sus ojos eran de un hermoso color verde y tenía una personalidad que podría conquistar el corazón de la "Malvada Bruja del Oeste". Kamari pasaba de brazo en brazo, abrazándonos y besándonos a todas. Mamá insistía en que la nena la llamara "abuela", y la tía Dot no se conformaría con nada menos que "tía".

Miro a mi mejor amiga mientras el pequeño remolcador zarpa del muelle rumbo a Water Island, y sonrío porque nunca antes había visto su lado maternal. Y debo decir que está resplandeciente y lo está llevando bien. Alabo a Dios porque solo Él podía saber que Lisa y yo dejaríamos Los Ángeles, nos trasladaríamos al Caribe y nos comprometeríamos con dos hombres maravillosos. ¿Quién podría imaginar que Él bendeciría a Lisa con una hija que le había sido dada por una mujer que no quería ser su madre porque el color de la piel de la niña avergonzaría a su familia, allá en los Estados Unidos, a la que ahora regresaba? Lisa también había sido bendecida por Dios al permitirle traer a la vida al bebé que venía en camino.

—Faith... chica, ese anillo es tremendo! ¡El hermano Fitzroy no ha escatimado en gastos! ¿Han fijado ya una fecha? —me pregunta Lisa.

—No. Están pasando tantas cosas. Tenemos que aclarar algunas de ellas antes de fijar una fecha. Pero hay algo que sí sé, y es que mi boda será en Atlanta, en la iglesia de mi padre —le digo con satisfacción.

Mamá, que está ocupada haciendo cosquillas a Kamari, me sonríe complacida. "He oído que Trevor y tú se casan en Nochevieja", le dice mamá a Lisa.

—Sí. ¿Regresarán para la boda? —le dice Lisa.

—Por supuesto, no me lo perdería por nada del mundo. Además, ¿no van a necesitar ustedes dos a la abuela para cuidar a Kamari mientras están de luna de miel?

Lisa besa a mamá. "Eres la mejor, madre Gloria".

—Bueno, supongo que debo de llevar mi traje invisible porque no te he oído preguntarme a mí también si regresaría para la boda —dice la tía Dot con sus sentimientos heridos.

—Sra. Dot, tú, la Srta. Lucille y la madre Gloria son toda la familia que tengo, y sería una novia infeliz si todas ustedes no estuvieran acá para la celebración —dice Lisa cariñosamente.

—Entonces, decidido. Compraré mi pasaje de avión mañana. Gloria voy a comprar el tuyo y el de Lucille también, bueno, eso si es que no decide quedarse por acá abajo... Como ya he dicho antes, tengo que meter mano a todas las tarjetas de crédito que George y yo nunca usamos, especialmente antes de que ese tonto se dé cuenta de que ha olvidado cancelarlas —dice la tía Dot.

—Dot, George te va a matar cuando reciba la factura — le advierte mamá.

–Sabes que eso no va a pasar, Gloria. Ojalá intentara ponerme las manos encima. Tengo una sartén negra que se ajustaría perfectamente al tamaño de su cabeza. Además, hasta que nuestro divorcio sea definitivo, lo que es suyo es mío... Ahora, ¿se te ocurre alguien más a quien debería comprarle un pasaje?

Todas nos reímos mientras el barco se aproxima al muelle de Water Island. Linda Peters está parada en el muelle saludándonos con una gran sonrisa dibujada en su rostro. El sonido de la música de los tambores metálicos se oye a lo lejos mientras bajamos del barco. Linda nos saluda a cada una de nosotras con un cálido abrazo y un beso en la mejilla. Le presento a mamá, a la tía Dot y a la pequeña Kamari. Linda ya conoce a Lisa. La tía Dot balancea su cuerpo al son de la música de los tambores metálicos. "¡Sieh, hombe! Esto son agradable", trata de decir como los isleños. Le damos las gracias a los capitanes del barco y Linda nos lleva por un camino de lajas de piedra hacia la playa.

"Srta. Faith, mi son muy alegre de que usted y la familia de usted tá a vení". Esto son una gran celebración desde el jueve.

Cuando llegamos a la playa vemos a tanta gente. Los niños corren persiguiéndose unos a otros por el agua. Un grupo de tambores metálicos toca para las parejas que bailan en un patio de piedra que conduce al interior de una hermosa casa de estilo danés. Mesas con sombrillas se alinean en él y en el área de la playa. Linda nos presenta a todos aquellos con los que nos cruzamos, incluyendo a su madre y su padre, que insisten en que no actuemos como extraños y nos sintamos como en casa. Linda nos lleva a una mesa en la que nos unimos a algunos de sus familiares. El tío de Linda, Marlin, se acerca con una bandeja de pescado frito recién salido de la freidora. La deja sobre la mesa, me muestra la mayor de sus sonrisas, se acerca y me abraza. Mamá y tía Dot tienen una mirada desconcertada en sus rostros. Sé que se preguntan quién es este hombre mayor que me saluda como si fuera un antiguo novio. Le presento a Marlin a mamá, a la tía Dot y a Lisa.

"Pequeña querida de mi, mi pensá que mí ya perdé a ti. El Señor son bueno. Né enviá a ti aquí el día de hoy... ¡Ya yo vení de regreso! Mi tené algo muy dulce para ti, Srta. Faith". Marlin se va.

–Entonces, ¿es este el rival de Fitzroy? –se burla Lisa.

–Sí'que..., Srta. Faith, usted conocé tío Marlin de mí. Né son un auténtico Romeo.

–¡Ya veo! –dice la tía Dot.

–Cariño, ¿dónde conociste a Marlin? –me pregunta mamá mientras juega con Kamari en su regazo.

–Lisa, tú lo conoces –le digo.

–¡No, no lo conozco! –responde ella como si yo estuviera tratando de incriminarla en alguna conducta pecaminosa.

–Chica, Marlin es el "Mango Man", el hombre del mango de St. John. ¿Recuerdas? El que te dije que dejaba mangos en el porche para mí todas las mañanas.

Una luz se enciende en la cabeza de Lisa. "¡Ah, pensaba que él no tenía dientes...!", me dice ella.

–Bueno, pues hoy sí que los tiene, ¿OKEY?

A veces podría estrangular a mi mejor amiga. ¿Por qué habrá dicho eso delante de Linda?

Linda se ríe. "Tío Marlin son todo un personaje. Este hombe sobreviví a siete esposa. Él tiene veintitré hijo, cuarenta y nueve nieto e cuarenta cuatro bisnieto". Todas nos quedamos impactadas con esas estadísticas. Linda continúa. "Srta. Faith, ¿ese pedrusco en su dedo?". Linda examina mi anillo. "¡Minené, usted haría bien en conseguir un guardaespaldas para que la proteja a usted y a ese dedo! ¡Esa cosa es preciosa!".

El tío Marlin regresa con dos de los mangos más grandes que he visto en mi vida. Se detiene en seco cuando ve a Linda admirando mi anillo. Una mirada triste cruza temporalmente su cara. "Así que, dulce de mi, tú abandoná a mi por otro hombe".

"Tío Marlin, la Srta. Faith lleva saliendo con el ofisial Brown unos meses. ¿Recuerdas la foto de ellos que salió en la portada del periódico?" –le replica Linda.

El tío Marlin sonríe y se acerca a la tía Dot con los dos mangos.

"Hola, cariño. Mi sentí honrado si tú probá mangos de mi. Ahora, nelle no son tan dulces coma tú, pero mi pensá nelle son mu cerca de tú". La tía Dot se muestra encantada con tanta atención. Todas nos reímos.

"Si quieren ustedes ponerse sus trajes de baño, hay un cambiador justo al lado de la cocina". Linda señala adentro.

"Si te parece bien, Lisa, me gustaría llevar a Kamari al agua", dice mamá.

"Por supuesto. A ella le encantará". Lisa le da a mamá la bolsa de playa de Kamari, y se van a cambiar. Marlin convence a la tía Dot para que baile con él. Lisa y yo le pedimos a Linda que nos traiga salsa picante para acompañar el pescado caliente recién sacado de la freidora. Linda regresa con la salsa picante y se excusa. La necesitan adentro para ayudar a hacer yaniqueques. La tía Dot y Marlin están ocupados bailando moviendo sus caderas como locos. ¿Quién hubiera pensado que mi "Mango Man" y mi tía Dot estarían en Water Island bailando el calypso?

Lisa y yo vemos dos sillas de playa vacías bajo una sombrilla y nos dirigimos a ellas con nuestras grandes tazas de maubí en la mano. Desde donde estamos sentadas, tenemos una perfecta vista desde lo alto de mamá y Kamari divirtiéndose en el agua.

–Parece que he estado privándole a mi madre de tener una nieta –le digo con tristeza.

–No te preocupes por eso. Madre Gloria está a punto de tener una multitud de nietos –alardea Lisa.

–Será de tu fértil trasero. No voy a tener un montón de bebés. ¡Dos serán suficientes para mí, gracias!

–Bueno, Trevor ha dejado claro que quiere un montón de hijos –continúa Lisa.

–¿Y cómo va a pasar eso? Me refiero... a su "pequeño", o más bien debería decir, ¡gran problema! –me burlo de ella.

–¡Chica, su *big boy* está en marcha y funcionando mejor que nunca! Le dije que de ninguna manera me casaría con él si no tomaba viagra –dice Lisa con determinación.

–Sabes que estás loca, ¿no? –le digo.

Le hablo a Lisa del hijo de Wally, Junior, y del plan para sacarlo de la isla. También le hablo de nuestro inminente viaje a Nevis, al que quiere ir, pero no puede por su horario de trabajo. Mamá y Kamari, en contra de los deseos de la pequeña, salen del agua para ponerse un poco de protector solar.

"¡Mami, mi queré tá ne'agua! ¡Mami, mi queré tá ne'agua!" –repite Kamari mientras Lisa le pone el protector solar.

–Un segundo, cariño. Mami no quiere que te quemes.

¿Dónde está Dot? –pregunta mamá.
Señalo la zona del patio donde Marlin está enseñando a la tía Dot a bailar *reggae*. Mamá se ríe y luego corre detrás de Kamari, que ya se dirige de nuevo hacia el agua.

"¿Alguna noticia de Billy?", le pregunto. Lisa, un poco extrañada, me responde.

–Sí, he hablado todos los días con él desde la ruptura –me dice toda tranquila.

–¿Qué? ¿Cómo está?

–Está sanando –responde Lisa.

"¿Qué diablos significa eso?". De nuevo siento ganas de estrangularla.

–Significa que está tratando de superar el *shock* de que yo esté embarazada y me case con Trevor –dice Lisa restándole importancia.

–¿Te das cuenta de que lo que estás diciendo suena como si estuviéramos hablando de una receta de cocina, y no de un hombre que te amaba y que has dicho que amabas hasta hace menos de una semana? –le digo.

–Supéralo, Faith. Ya te he dicho que Billy no está hecho para mí, y agradezco a Dios que los dos nos dimos cuenta antes de que hubiera sido demasiado tarde. Billy estará bien. Tan solo se siente un poco avergonzado. Dice que va a quedarse un tiempo en Anguila. Él y un amigo del Sr. Atkins están pensando en abrir un negocio. Harán vuelos chárter entre Anguila y las islas vecinas. No te preocupes, Faith. Todo está bien. Billy está triste, pero al mismo tiempo está feliz de que me case con el padre de mi bebé.

–¿No lo extrañas? –le pregunto.

"Sí, pero...". Lisa hace una pausa.

"¿Pero qué?". Le doy con el codo.

–Billy es guapo..., está realmente bien, como en casi todos los demás aspectos por otra parte, y ciertamente tiene el factor espiritual que es algo a tener en cuenta, pero no hubo romance. ¡Ya sabes, lujuria y pasión!

La miro, niego con la cabeza y me río.

–¡Lisa, ese hombre era célibe! ¿Cuánta lujuria y pasión creías que ibas a tener? Se las guardaría para cuando ustedes dos estuvieran casados.

–Chica, eso era algo que me asustaba bastante. Supongamos que no fuera bueno en la cama. Estaría atrapada con él hasta que la muerte nos separe. Cariño, esta hermana necesita una pequeña muestra antes. No me importa lo santo que sea ese hombre. Recuerda que soy Lisa Walker, no la Virgen María.

–Sabes que tú tienes un problema, ¿no? –le digo.

"Chica, todas tenemos algún problema, solo que algunas somos un poco más honestas que otras, porque yo sé que a ti te preocupa lo que Fitzroy tiene acá abajo". Lisa señala entre sus piernas y yo le doy un puñetazo en el brazo.

–¡Chica, podrías ir a la cárcel por pegar a una mujer embarazada! –me regaña Lisa cariñosamente.

–Eso no me preocupa. ¡Has olvidado que me voy a casar con la ley!

–Bromas aparte, Faith. Billy a veces me asusta cuando hablamos –me dice Lisa con preocupación.

–¿Cómo? –le pregunto yo.

–Bueno..., él insiste continuamente en que el Señor le ha dicho que estaríamos juntos de nuevo.

–Parece que el chico no se rinde, ¿eh? –le digo.

–Yo le he dicho que no era eso lo que el Señor me había dicho a mí –me dice Lisa.

–¿Y qué te respondió? –le pregunto.

–Que con el tiempo, Dios me hablaría a mí también.

–Eso da escalofríos –le digo.

–Chica, no quiero ni hablar de ello. Mi decisión está tomada.

Mamá y Kamari caminan hacia nosotras. Lisa saca una toalla de playa con capucha de su bolsa y envuelve a Kamari en ella.

–¡Hey, mamá! –le digo.

–¡Hey, cariño! Kamari, ¿estás lista para comer? –le dice mamá.

"Comer, abuelita. Mamá, mi comer". Todas nos reímos con su linda respuesta. Mamá se seca y se pone su vestido de playa por encima de su traje de baño.

–Ven, Kamari. Vamos a buscar a la tía Dot. Tenemos que asegurarnos de que no se meta en problemas.

"No se meta en problemas", repite Kamari como un lorito mientras se dirigen a la casa principal.

–Faith, doy gracias a Dios por tu madre. ¿Crees que podríamos convencerla de que se mude acá? Sabes que las dos vamos a necesitar una abuela así para ayudarnos con nuestros hijos.

–No solo la necesitamos nosotras acá para ayudarnos con los nenes. Ella también nos necesita a nosotras. Desde que mi padre murió y mi prima Debbie asumió el cargo de "primera dama" de nuestra iglesia, mamá no tiene ninguna obligación oficial en Solid Rock. Debe ser duro para ella sentirse tan sola –le digo con tristeza.

"¡Tengo una idea buenísima!". Lisa se incorpora de repente en su tumbona.

"¿Qué? No me voy a mudar a Atlanta con Fitzroy, así que olvídalo". Descarto cualquier posibilidad de eso ocurra.

–¡Cálmate, Faith! ¿Quién propondría hacer algo así? ¿Por qué no le pregunto a tu madre si le gustaría comprar mi casa, a buen precio por supuesto? Diablos, o aún mejor, que se quede con ella. ¡Necesitamos una mamá acá abajo!

Casi estoy a punto de echarme llorar. Es la cosa más inteligente que Lisa ha dicho desde que la conozco.

"¡Lisa eso es brillante! ¿Por qué no se me ha ocurrido pensar en eso a mí antes?". Lisa está radiante de orgullo.

"Porque no eres la única con sentido común. Vamos a preguntarle".

Mi celular suena y es Chloe.

"Hola, nena. ¿Qué pasa?". Lisa se me adelanta.

"Dile a Fitzroy que le mando saludos".

"No es Fitzroy, es Chloe", le respondo.

"Déjame saludarla". Lisa me quita el celular. "¡Hola, cariño! Soy la tía Lisa. Os echo tanto de menos a Nyla y a ti... Okey, mi amor... Bueno, ahora vivo de nuevo en St. John...

Okey, podemos ir juntas a Trunk Bay. Tan solo tienen que llamarme y decirme cuándo quieren venir. Ah, tengo una sorpresa. Bueno, en realidad son dos... No te lo diré hasta que te vea o no sería una sorpresa... Okey, te daré una pequeña pista... es adorable y tiene mucha energía... No, no he adoptado un cachorro. No, Chloe, no es una cabra... no voy a decírtelo hasta que te vea... Chloe, muy graciosa... Yo también te quiero... te paso a Faith. Faith, voy a ir a hablar con madre Gloria y a buscar más comida". Lisa se va mientras yo me quedo hablando con Chloe.

"He vuelto. Por supuesto, allí estaré... Sí, el Sr. Atkins me ha explicado el plan... Creo que funcionará. Todos te queremos, Chloe, y no vamos a dejar que te pase nada malo... ¿En serio? Mamá se va a quedar en *shock*. ¿La has probado? ¡Oh, Dios mío! ¿Has probado la carne iguana? Emmaus y Solange han estado todo el día cocinando... ¿y la van a traer acá cuando vengan el lunes? Bueno, no se lo diré a mamá... No te preocupes, sé guardar un secreto... No, no voy a comerme ninguna iguana... Chica, no me importa si sabe a costilla de primera... no como animales atropellados... Yo también te quiero. Dile al Sr. Atkins, a Rosalinda y a Nyla que les mando saludos y que los veré a todos el lunes. Adiós, cariño... y no olvides de seguir rezando... ¡Te quiero!".

Después de terminar de hablar con Chloe, me quedo pensando en todo lo que está pasando en mi vida. Quiero preocuparme, pero mi espíritu no me permite que eso suceda. Me relajo escuchando el tranquilo sonido de las olas que rompen en la orilla. Observo una bandada de pelícanos que se desliza por el hermoso cielo azul del Caribe con sus agudos ojos enfocados en el mar. Una vez que ven a su presa, se zambullen veloces como una bala capturando al pez, que lucha en su boca de gran tamaño semejante a la bolsa de un pescador. Observar este ritual me trae a la memoria la escritura de la Biblia donde Dios dice: "Mirad las aves en el aire, porque no siembran, ni cosechan, ni recogen en graneros, pero vuestro Padre Celestial las alimenta. ¿No valéis vosotros más que ellas? ¿Quiénes de vosotros por preocuparse podéis añadir un codo a vuestra estatura?". Encuentro la paz al recitar este pasaje. Confirma en mi espíritu que todo irá bien. "Gracias, Señor".

El sonido de la voz de Linda Peters me aparta de mi reflexión sobre lo increíble que es Dios.

"Srta. Faith, chica, ¿usted vá solo a mirá el agua o usted tá a entrá? Su traje de baño aún seco". Linda se sienta en la silla de playa que está mi lado.

–Chica, tan solo estoy sentada acá, maravillándome de la obra de Dios y teniendo una pequeña conversación con mi Padre Celestial –le digo.

"Este lugar me encanta. Né son tan tranquilo. Algunos día salgo en pequeño barco de mi y doy la vuelta a la isla. Tata y mama de mi se casaron justo allí". Linda señala hacia una zona de la playa ubicada junto a una cueva. Esa pequeña cueva fue excavada por el impacto del agua contra las rocas durante un largo período de tiempo.

–Qué romántico –le digo.

–Y cada uno de nosotro fue bautizado justo aquí, en esta playa –alardea Linda.

–¡Linda, eres tan bendita! Estar acá con tu familia me recuerda cuando todas mis tías, tíos, primos y amigos nos reuníamos para hacer barbacoas durante el verano. Por supuesto, no teníamos esta hermosa playa. Los extraño tanto –le digo con tristeza.

–Entonces, ¿cuándo es el gran día? –me pregunta Linda emocionada.

–No hemos fijado una fecha todavía, sin embargo, creo que el catorce de febrero me parece una buena fecha. Y quiero casarme en la iglesia en la que crecí, donde predicaba mi padre.

–Qué mejor fecha que el Día de San Valentín pa que Romeo y Julieta se casen, ¿no? –me dice Linda.

"Estoy de acuerdo". Nos reímos y nos abrazamos.

"Prima de mi justo conseguí el carnet de masajista y nelle dá masajes baratos bajo la carpa. Marido de nelle no permití que nelle dá masaje a ningún hombe. Né é un poco celoso. Tío Marlin convensé a la tía de usted para que nelle se dá uno. Nelle son bajo la carpa ahora".

Miro hacia la playa, donde veo una carpa blanca y a Marlin con una bebida en la mano sentado en una silla plegable aguardando a que terminen de darle un masaje a la tía Dot. Qué adorables, pienso... Justo cuando estoy a punto de decirle a Linda que cuente conmigo para un masaje, escuchamos un grito. Era la tía Dot. Luego, la vemos corriendo desnuda por la playa con las manos en alto. Marlin va tras ella. Todos, jóvenes y viejos, dejan de hacer lo que están haciendo y caminan hacia la carpa. La tía Dot se gira mirando a la multitud que ahora se dirige hacia ella. Salta al agua gritando, "¡Quítenmelo de encima! ¡Quítenmelo de encima!".

"¡No sabe nadar! ¡No sabe nadar!", les grito.

Marlin lanza su bebida al aire y salta al agua para salvar a la tía Dot, que se aferra a él para salvar su vida.

"¡Relájate mi pequeña ciruela de azúcar... papá está aquí y né no dejará que te pase nada, cariño!"

Veo a mamá corriendo hacia la orilla con una bata de playa y una toalla para tapar a la tía Dot. Linda empuja a la multitud hacia atrás.

"Minené, ¿no ven que la mujer nesesita privacidad? ¡Regresen!". La multitud se va hacia la casa.

Los tambores metálicos empiezan a sonar de nuevo y los niños vuelven a correr de un lado a otro por la playa. La prima de Linda está tan nerviosa.

–¡Mí no hasé ná de ná! Un escorpión se arrastrá por el braso de nelle mientras nelle tené brasos colgando serca de arena. Nelle tan ecitá que aleteá los braso e caé en pelo de nelle. Discúlpeme, má. Mi no queré lastimá a nelle –me dice ella casi llorando.

–No te preocupes, la tía Dot es dura. Estará bien –le digo abrazándola.

Mamá sigue a la tía Dot y a Marlin por la playa.

–Estoy OKEY, Gloria. Solo un poco avergonzada. Si me trajeras la ropa, te lo agradecería –dice la tía Dot.

"No hay necesidad de avergonzarse, querida. No te preocupes con que esa gente pensá. Tú son conmigo y mi no vá a dejá que nada vuelva a asustar a ti de nuevo". Marlin lleva a la tía Dot a la pequeña cueva, donde se sientan en una roca esperando a que mamá le traiga su ropa.

Intento caminar hacia donde están sentados la tía Dot y Marlin, pero mamá me frena en seco.

–Dot está bien. Dejémoslos en paz –me dice mamá.

"Oh, okey". Me acerco a la carpa y me apunto para un masaje. La prima de Linda y yo peinamos la zona en busca de escorpiones y otras criaturas antes de quitarme la ropa.

Más tarde, nos despedimos de Linda y su familia y subimos al pequeño remolcador. Marlin y la tía Dot se quedan en el muelle como dos enamorados adolescentes. Marlin besa la mano de la tía Dot y la ayuda a subir al barco. La tía Dot sonríe como una colegiala. En una mano tiene un mango gigante y en la otra su bolsa de playa.

"Te veré mañana en St. John, mi pequeña manzana de azúcar", le dice Marlin mientras el barco se aleja del muelle. Se mantiene en pie saludando hasta que casi estamos en la otra orilla.

–Bueno, Dot, parece que tú y Lucille vinieron a estas islas para enamorarse... Recuerda que el divorcio aún no es definitivo –la reprende mamá con cariño.

–Gloria, ahora mismo ni siquiera puedo recordar el nombre de mi exmarido. Cariño, nunca nadie que me ha hablado tan cariñosamente como Marlin. ¡Señor, te agradezco que seas un Dios que ofrece segundas oportunidades! –grita la tía Dot mirando hacia el cielo.

–¡Así se habla! ¡Aleluya! ¡Gracias, Jesús! –añade Lisa.

Kamari está descansando tranquilamente en el regazo de su nueva mamá mientras llegamos al muelle de Charlotte Amalie. Justo cuando estamos a punto de bajar del barco, varios autos de policía con sus sirenas y luces prendidas pasan por delante de nosotras. Siguiendo a los autos de policía, va una ambulancia.

"¿Qué estará pasando?", digo preocupada. El primo de Linda, que es el capitán del barco, responde,

"Mi acabá de escuchá en la radio que hubo un tiroteo en el gastroclub de Wally. Nelle disiendo que un hombre resibió un disparo".

Caigo de nuevo sobre mi asiento. Mamá se apresura a tratar de calmarme, mientras mis lágrimas se deslizan por mi cara y empiezo a llorar desconsoladamente.

–Faith, cariño, cálmate. Estoy segura de que Fitzroy estará bien.

–Déjame llamarlo desde tu celular –dice Lisa mientras revisa mi bolso buscando mi teléfono.

La tía Dot toma a Kamari, que duerme despreocupadamente, de los brazos de Lisa, mientras ella llama a Fitzroy. Debió de haberse fijado en el identificador de llamadas que era mi número, porque Lisa no pudo decir ni tan siquiera hola.

"Estoy bien, cariño", fue todo lo que le escuchamos decir y luego el teléfono se cortó. Mis lágrimas de miedo se convirtieron en lágrimas de alegría. Continué recordando lo que Dios me había revelado antes observando los pájaros en el cielo. "Así como Él cuida de los aves, Él nos cuidará a nosotros y no tenemos que preocuparnos".

Capítulo 23

Decidí llevar a Lisa y a la bebé a tomar el *ferry* en Red Hook. Lisa insistía en tomar el barco que zarpa de Charlotte Amalie, a solo unos metros del muelle en el que embarcamos en aquel pequeño remolcador. Yo me opuse. El barco de la ciudad, como lo llaman los isleños, solo hace su viaje cuatro veces al día, y el siguiente no sería hasta dentro de dos horas. Mamá y la tía Dot, que aún estaba en el "paraíso de los amantes", estuvieron de acuerdo en que Lisa y la bebé no debían estar esperando al sol durante dos horas, sobre todo cuando podíamos dejarlos a tiempo para tomar el siguiente barco en Red Hook, donde zarpaba uno cada hora. Lisa está de nos da la razón y se ofrece a manejar. Me alegré de poder estar tranquila un momento y agradecerle a Dios el mantener a Fitzroy a salvo.

Una vez que estuvimos todas sentadas en la yipeta, mamá insistió en que nos detuviéramos a comprar un asiento de auto para Kamari de inmediato. No iba a permitir que su nieta viajara en el auto sin estar debidamente asegurada. Mamá regañó a Linda por no tener uno.

–Madre Gloria, no es obligatorio cuando se viaja en el *ferry* –replica Lisa.

–Bueno, sí lo es en este auto. Así que, busca ahora mismo un lugar donde podamos comprar uno antes de que acabemos todas en la cárcel –la regaña mamá.

–Chica, habla por ti misma. Tengo una cita mañana y la cárcel no entra dentro de mis planes –dice la tía Dot bromeando.

–¡Sra. Dot, creo que usted ha comido demasiados mangos! –se burla Lisa.

"Querida niña, estoy ansiosa por ver ese 'gran mango', si sabes a lo que me refiero". Mamá está horrorizada.

–¡Jesús, ten piedad! ¿Qué pasa contigo Dot? ¡Tú y Lucille han olvidado su moral y educación cristianas al venir a estas islas!

–Madre Gloria, yo sé qué es lo que ocurre. Es una combinación de sol, calor, el hermoso mar Caribe y toda esa dulce palabrería que sale de la boca de estos hombres. ¡Provoca que hasta las más fuertes entre nosotras se debiliten olvidándose de nuestras creencias! –dice Lisa riéndose.

–Relájate, Gloria. Si Dios quiere, puede que tú también conozcas a alguien antes de que regresemos a casa – bromea la tía Dot.

–Muerde tu malvada lengua. Recién acabo de enterrar al que fue mi querido marido durante más de treinta años –le dice mamá.

–¿Y? –responde la tía Dot.

–¿Y, qué? –le dice mamá.

–Pues que ese hombre se ha ido al cielo y tú estás acá, así que no tengas miedo de vivir. No eres tú quien ha muerto, sino él. Apuesto a que si invirtiéramos las tornas, mientras hablamos, él estaría buscando otra "primera dama" para sentarse en la Solid Rock Church en primera fila mientras da su sermón del domingo por la mañana. Por otro lado, el reverendo no tendría que buscar demasiado, porque sé que hay al menos diez mujeres que probablemente rezaron cada noche para que fueras tú quien muriera primero y abalanzarse sobre él. No voy a dar nombres, pero algunas de ellas solían sonreírte a la cara y decirte lo encantadora que te veías cada domingo –dice la tía Dot.

Los sentimientos de mamá están lastimados.

–Lisa, detente en ese Kmart. Estoy segura de que venden asientos de auto para bebé. Y déjame salir de la yipeta antes de que golpee a mi hermana por comportarse como una estúpida.

Mamá sale del auto y camina enérgicamente entrando en la pequeña tienda Kmart.

"¿Quieres que vaya contigo?", grita la tía Dot por la ventanilla. Mamá la ignora haciendo un gesto con su mano.

–Creo que has herido sus sentimiento –le digo.

"Lo superará. Una cosa sé sobre tu mamá. No es mezquina, y en cambio sí muy indulgente. Déjame salir, voy a entrar a disculparme con ella". La tía Dot camina apresuradamente para alcanzar a mamá.

Mi celular suena. Es Fitzroy y rápidamente respondo.

"Hola, ¿va todo bien?", le digo con un súbito suspiro. Lisa escucha atentamente. Continúo. "¡Oh, Dios mío! Pero, ¿tú estás bien... y qué pasa con Wally y la tía Lucille? Bien. ¡Junior está a salvo? Increíble... Ellos están... Guau. Claro, lo entiendo... Yo también te amo". Cuelgo.

–Bueno, ¿qué pasa? –pregunta Lisa.

–Chica, esto suena como algo sacado de una película. Mario Maynard está muerto.

–¿Te refieres al tipo al que agarraron con un par de libras de cocaína? Salió en el periódico. Creía que estaba en prisión –dice Lisa desconcertada.

–Esa es otra historia. Total, que los policías encubiertos de Fitzroy disfrazados de técnicos de reparación de teléfonos fueron al club de Wally para llevarse a Junior y meterlo en un avión con destino a Virginia, pero en cambio, sorprendieron a Mario Maynard negociando un trato de drogas con varios hombres de St. Croix. Ellos se entregaron sin oponer resistencia, pero Mario se negó a rendirse. Disparó a uno de los policías en el brazo antes de que lo mataran, y escucha esto; Mario había enviado a Junior al Crazy Cow para conseguirles algo de desayunar. Ni siquiera estaba allá cuando tuvo lugar la redada –le digo a Lisa.

–Así que, ¡ahora Mario va a pensar que Junior lo traicionó! –dice Lisa sin pararse a pensar.

–¡¡Hola!? ¿No me has oído decir que ese hombre está muerto? Cualquier queja que tenga de Junior tendrá que presentarla en el mismísimo infierno.

–Faith, nuestras vidas en Los Ángeles no eran tan emocionantes. ¿No te alegras de que nos hayamos trasladado acá? –dice Lisa entusiasmada.

–Bueno, la de una de nosotras sí... Estoy segura de que nunca tuviste un momento aburrido con tu "pastelito de azúcar", Jason –bromeo.

–¡Eso es una puñalada! A veces es mejor no tocar el pasado –me replica Lisa.

–De todos modos, Lucille y Wally están en el aeropuerto con Junior. Lo están metiendo en un avión rumbo a Virginia. Respondiendo a tu pregunta, sí, me alegro de que nos hayamos mudado acá, o nunca habría conocido al hombre que Dios tenía planeado para mí.

–Ni yo habría conocido a Trevor, ni la Sra. Lucille habría conocido a Wally, ni la Sra. Dot a "Mango Man" – añade por último Lisa con una voz sexi.

–¡Chica, estás mal de la cabeza! –le digo.

Nuestras risas despiertan a Kamari.

"Mami cucu. Quítá cucu de mi". Los dos nos reímos.

–Vaya, si ella puede decir todo eso, entonces debería ser capaz de decir "mami, tengo que ir al baño" –digo yo.

"Mami, tengo que ir al baño", repite Kamari. Nos reímos de nuevo.

–Bueno, yo no me encargo de la cucu, así que mueve tu trasero de embarazada al asiento de atrás y ocúpate de los asuntos de tu hija –bromeo.

–Tía Faith, este es un buen momento para aprender a cambiar un pañal –me dice Lisa.

–No lo creo. Puede que lo intente cuando tengas tu bebé. Además, ¡esa cucu no será tan grande y apestosa!

Ambas nos reímos mientras mamá y tía Dot abren la puerta del auto. Traen con ellas el nuevo asiento de Kamari.

–¿Qué es ese olor? –pregunta la tía Dot.

–Es tu hermosa sobrinita. ¿No quieres cambiarla? –le pregunto.

—Creo que seguiré la cadena de mando. Los abuelos tienen el placer antes que las tías –dice la tía Dot bromeando.

—Apártate, Dot, y déjame cambiar a la bebé. Lisa, pásame su cambiador y unas toallitas de la bolsa.

Lisa obedece. "Ves, Faith, ya te dije que la necesitamos acá abajo con nosotras", me dice.

"¡Más pronto que tarde!", le respondo yo.

Después de dejar a Lisa y Kamari para que tomaran el *ferry*, nos dirigimos a casa. Zipporah, la asistenta, ya había estado allí y nos había dejado comida en el congelador para la cena del lunes. Parece que no somos las únicas que esperan ver al Sr. Atkins, la Sra. Rosalinda, Chloe, Nyla, Emmaus y Solange. Creo que Zipporah preparó la comida favorita de cada uno de nosotros. Incluso nos dejó verduras frescas, polenta, yaniqueques y una olla de estofado de pollo en la cocina. Mamá se fue directamente a la ducha, y yo fui la siguiente. La tía Dot recibió una llamada de Marlin justo cuando entrábamos en la casa. "Ese hombre debe tener un radar", pensé. Podía oírla riéndose hablando por teléfono mientras entraba en la ducha.

Fitzroy llamó alrededor de las siete y me preguntó si me reuniría con él en Red Hook. Quería que pasase la noche en su casa de St. John, y que le acompañara a la iglesia mañana. Le dije que me reuniría con él en el *ferry* de las ocho y que iríamos juntos. Parecía muy cansado y probablemente tenía hambre. No había tiempo para prepararle alguna de mis especialidades, alguna de aquellas que solía preparar al desagradecido de Daemon. Así que decidí poner algo de la cena que Zipporah había hecho en varios *tapperwares* y llevármelos conmigo a St. John. Fitzroy y yo podríamos disfrutar juntos de la *West Indian Pepperpot* de Zipporah. Estaba deseando visitar su casa de nuevo. Reflexioné sobre el día en que me puse enferma en la barcaza, me llevó a su casa, me dio una taza de té de hierbas y dormí hasta la mañana siguiente. La casa de Fitzroy estaba tan tranquila y ordenada. Se sentía segura y confortable. Me preguntaba si él había pensado en dónde viviríamos una vez que nos hubiéramos casado. El Señor ciertamente me ha bendecido. Hay gente que no tiene ni siquiera una casa en la que vivir, y yo estaba a punto de tener dos. Estoy segura de que Fitzroy no va a querer vender la suya. Creo que ha puesto mucho de su parte para hacer de ella su pequeño refugio. Podría verme a mí misma estando cómoda allá. Está cerca de la ciudad y me facilitaría los desplazamientos. Alabado sea el Señor. Parece que Lisa y yo podríamos volver a vivir cerca la una de la otra si ella y Trevor compran la casa en la que están viviendo al juez que vive en los Estados Unidos. ¿Qué voy a hacer con la casa que estoy construyendo en Bordeaux? Lisa habló de vender la suya a mamá, quien me sorprendió al mostrarse interesada. Mañana, después de ir a la iglesia, Fitzroy y yo nos sentaremos a planificar nuestra boda, y lo más importante, decidiremos dónde vamos a vivir.

Beso a mamá, le cuento mis planes y le pregunto si quiere venir mañana a la iglesia. La tía Dot se ofrece como voluntaria para manejar el auto de invitados hasta el *ferry* mañana. Dice que ella y mamá podrían ir juntas a St. John cuando vaya a visitar a Marlin. Le digo que no estoy segura de que Marlin tenga auto, así que Fitzroy y yo las recogeremos cuando lleguen en el barco de las nueve. La tía Dot me deja claro que no vendrá a la iglesia con nosotros. Ella y Marlin han hecho planes para ir a nadar a Jumbie Beach. Marlin le dará unas clases de natación. No me molesto en comentarle que Jumbie Beach es una playa nudista en la que la mayoría de sus visitantes nadan desnudos. Seguro que Marlin debe habérselo mencionado ya. Señor, la tía Dot está a punto de "ser mala" en St. John. Sabía que si mencionaba que Jumbie Beach es una playa nudista, mamá le leería la ley de orden público. Justo cuando abro la puerta para salir para ir a encontrarme con Fitzroy en el *ferry*, mamá me llama desde la cocina.

"Faith, Fitzroy lo disfrutará más si esperas a la noche de bodas".

"Lo recordaré, mamá", le digo mientras abro la puerta para marcharme. Señor..., mamá está vigilando las vaginas de todas nosotras.

Fitzroy ya estaba aguardando por mí cuando entré en el estacionamiento. El barco estaba listo para zarpar, pero Fitzroy le pidió al capitán que me diera un minuto para estacionar. Mientras subíamos juntos por la pasarela, todas las miradas estaban puestas en nosotros. Algunos chasqueaban sus labios, enojados porque el barco partía con demora. Fitzroy me tomó de la mano y me llevó al camarote del capitán. Me presentó a LaRon, el capitán, que estaba ocupado maniobrando para alejar el barco del muelle. Me puse cómoda en un asiento de cuero y los estuve escuchando conversar. LaRon era un hombre muy guapo de piel oscura. Se veía impresionante con su uniforme blanco de capitán y sus zapatos a juego. Sonreía y se reía mucho. Durante la mayor parte de la travesía, él y Fitzroy hablaron de política y bromearon sobre algunos de los funcionarios del gobierno.

Escuchaba, sonreía e incluso me reía de algunos de sus chistes hasta que la chica que recoge los pasajes entró.

–¡Tiene que darme pasaje de usted y quitarse de asiento de mi! –me dijo con vehemencia.

Tanto Fitzroy como LaRon dejaron de hablar y se volvieron en su dirección.

—¡Asha! Debes de haber perdido la cabeza. ¿Desde cuándo entras acá a hablarle así a la gente? —la regaña LaRon.

—Yo no sé qué diablos hasé nelle aquí. Nelle no trabaja aquí. ¡Esta área son solo para empleados!

Me levanto para irme. "Oye, escucha, no quiero causar problemas. Me sentaré afuera con el resto de los pasajeros".

—Espera, Faith. —me dice Fitzroy mientras me toma de la mano.

"¿Cuál es su problema, Asha?", continúa Fitzroy. LaRon, que trata de concentrarse en el manejo del barco mientras las altas olas nos llevan arriba y nos bajan de golpe, se gira ligeramente para escuchar lo que la chica tenía que decir.

"¡Yo no tengo ningún problema! Son todas esa maldita mujeres yanqui que vienen desde los Estado Unido pensando que nelle pueden tener a todo los hombe que nosotras tené aquí", dice Asha enojada.

"Como he dicho, iré a sentarme con el resto de los pasajeros. No sé cuál es el problema de esta chica, ni tampoco me interesa".

De nuevo, intento salir, pero Fitzroy me sujeta por el brazo.

—Faith, esto no tiene nada que ver contigo. Asha, será mejor que te disculpes, o cuando este barco llegue al muelle de St. John, puedes bajar y buscarte otro trabajo. Esta es una compañía profesional y no admitimos gente grosera entre nuestra tripulación.

Asha coloca su taquilla en el asiento y se va.

—Supongo que ella ya ha elegido —dice el capitán LaRon.

—¿De qué todo va esto? —le pregunta Fitzroy.

—Amigo, no quieres saberlo —le responde LaRon.

—Prueba —dice Fitzroy.

"Cometí un grave, grave error al salir con esta chica hace un par de semanas. De inmediato, me di cuenta de que entre nosotros no había química. Es demasiado inmadura, al igual que su conversación. La chica ha estado acechándome desde entonces. Anoche, cuando salí del trabajo y me fui a casa, vi su auto estacionado frente a mi jardín. Tuve que dar media vuelta e irme". LaRon niega con la cabeza.

Vuelvo a sentarme aguardando que esta chica no regrese. El Señor sabe lo cansada que estoy, y que para nada estoy de humor para dramas.

–Espera, a ver si me aclaro. La chica estaba en tu jardín sin ser invitada, y tú fuiste quien se dio la vuelta y se fue. Algo no encaja en esa escena –dice Fitzroy actuando como un detective.

–Bueno... tuve acá conmigo a una chica que se acaba de mudar desde Nueva Jersey. Para evitar problemas, nos fuimos a su casa. Ella se parece un poco a ti, Faith. Asha probablemente no te vio subir al barco con Fitzroy porque estaba abajo recogiendo los pasajes, y cuando entró pensó que eras Candy –me explica el Capitán LaRon.

–¿Candy? ¿Como una golosina? –pregunta Fitzroy.

–¡Sí, Candy! Y créeme, ¡ella está realmente dulce!

Los hombres se ríen mientras yo niego con la cabeza. Parece que el capitán LaRon es un don Juan. Estoy segura de que cuando va manejando este gran barco y lleva puesto ese imponente uniforme, necesita un guante de béisbol para coger todas las braguitas que las mujeres le lanzan, después de invitarlas a sentarse en el camarote del capitán y enseñarles esos bonitos dientes blancos.

El barco se detiene en el muelle de St. John. Vemos como LaRon maniobra situando el barco en paralelo al muelle. Varios de sus tripulantes saltan de la embarcación y rápidamente aseguran los cabos, estabilizándolo para que los pasajeros puedan desembarcar. Fitzroy y LaRon se estrechan la mano. Le doy las gracias por la travesía y abandonamos el barco. Una vez en el muelle, Asha se acerca a nosotros. Fitzroy me protege de ella.

–Lo siento. Yo pensá que usted son otra persona. Yo no queré faltarle al respeto, ofisial Fitzroy –me dice disculpándose.

"No hay problema", le digo. Con el brazo de Fitzroy alrededor de mis hombros y mi brazo alrededor de su cintura, seguimos caminando hacia la estación de policía, donde Fitzroy había dejado su auto.

–¿Crees que debería haberle dicho algo más?

–¿Como qué, Faith? –dice Fitzroy con una expresión desconcertada.

–No sé, sentí en mi interior que debía decirle que aguardara al hombre que Dios tiene para ella –le digo.

–No estoy demasiado seguro de que ella fuera a escucharte –responde Fitzroy.

Una vez en la casa de Fitzroy, de nuevo me enamoro inmediatamente de ella. Después de guardar su arma en el armario, Fitzroy se excusa para irse a tomar una ducha. Yo mientras me ocupo de poner la mesa y calentar la comida que he traído conmigo de casa. Suena el teléfono. Fitzroy me grita desde la ducha que lo atienda. Me siento un poco incómoda al contestar a su teléfono. Me lleva unos segundos darme cuenta de que este hombre está a punto de ser mi marido y que pronto este será mi teléfono también. Lo atendí con soltura.

"Hola... Lucinda, Fitzroy está en la ducha. Ya veo... Bueno, es muy amable de tu parte... No sé qué decir... bueno, gracias... tú también... buenas noches".

Vaya, esto sí es una sorpresa. La puerta del baño está abierta y Fitzroy vuelve a gritar desde la ducha.

–¿Quién era, Faith?

Me acerco al baño. "Era Lucinda", le digo como si nada.

Todavía con el cuerpo enjabonado, Fitzroy abre la puerta de cristal sin costuras de la ducha para que pueda oírlo, y sale apoyando un pie sobre la alfombrilla del baño y el otro dentro de la ducha. Él cree que aún estoy en la cocina. "No te habrá dicho nada estúpido, ¿verdad?".

Me quedo sin palabras. Mis ojos están fijos en el órgano reproductor de Fitzroy. Oh, Dios mío. Su cosa es tan larga que está a mitad de camino bajando hacia sus rodillas, y es tan gorda. Señor, por favor, ten piedad de mí. Nunca he visto nada tan grande. El miedo y el placer corren a partes iguales por mi cuerpo. Regreso a la cocina a paso ligero. Escucho a Fitzroy llamándome de nuevo.

–Faith, ¿te dijo algo ofensivo?

–No. De hecho, quería felicitarme por nuestro compromiso –le grito distraída con las visiones de la alegría que está por venir bailando en mi cabeza.

"¡Jumm!", dice Fitzroy cerrando la puerta de la ducha. Decido no ir al baño y preguntarle qué significa "jumm". Creo que sería más seguro si espero a que se vista, o de lo contrario podría hacer algo que disfrutaré inmensamente, pero de lo que me arrepentiré mañana.

Fitzroy se reúne conmigo en la mesa. Lleva puesto la parte de abajo del pijama, sin la parte de arriba. Este hombre huele tan bien.

–Vaya, Faith, debes de ser una maga. ¿Cómo has te ha dado tiempo a preparar toda esta comida mientras yo estaba en la ducha? ¡Solo Dios sabe lo hambriento que estoy!

–La comida es cortesía de Zipporah. Sin embargo, no te acostumbres porque puede ser la última vez que te permita comer lo que cocine otra mujer.

"Me parece bien. Bendigamos la mesa. Dios Padre, te damos gracias por la comida que vamos a recibir para alimento de nuestros cuerpos. Te agradecemos que la hermana Zipporah nos la haya preparado, y espero que mi hermosa novia sea mi única cocinera a partir de este momento. Amén". Nos reímos.

—Y bueno, ¿qué significa ese "jumm" que soltaste cuando te dije que Lucinda llamó para felicitarnos?

¡Significa que no confíes en ella, no es de fiar! Esa mujer es malvada, confabuladora, manipuladora y mentirosa - dice Fitzroy mientras disfruta de su comida.

—Todo eso, ¿eh? —le digo yo bromeando.

—Y más. Pero no te preocupes, nena, ya le he dicho que seré su peor pesadilla si vuelve a intentar hacerte algo malo de nuevo —dice Fitzroy.

Sonrío viendo como mi prometido disfruta de su comida. Hablamos de que Wally y Lucille subieron a Junior al avión. Fitzroy dice que Junior estaba tan asustado que besó a su padre y le agradeció el salvarlo de ir a la cárcel. No hablamos de Mario Maynard ni del oficial al que dispararon. Fitzroy obvió esos detalles. De repente, me di cuenta de lo que significa ser la esposa de un policía. Rezas mucho cuando tu marido está en el trabajo, y te alegras aún más cuando regresa a casa.

Después de cargar los platos en el lavaplatos, me puse mi camisón, besé a mi prometido y me fui a pasar la noche en el cuarto de invitados. Justo cuando Fitzroy se da la vuelta para entrar en su habitación me llama. "Faith, te vi mirando a *Mister*...", y luego se ríe.

—¿*Mister* qué? —le digo ingenuamente.

—Tu *Mister* —dice mirando hacia su zona inguinal.

Avergonzada, me río. "Bueno, dígale al señor *Mister* que la señora *Missis* estará deseando conocerlo en nuestra noche de bodas". Sonrío y me meto a la cama. "¡Señor, estoy tan orgullosa de mí misma!". Podría gritar.

A la mañana siguiente, aparcamos en una zona de prohibido estacionar y caminamos unos pasos hasta el muelle para encontrarnos con mamá y la tía Dot, que acaban de bajar del *ferry*. Una vez más, LaRon está en el timón. Fitzroy y yo le saludamos. Abre la puerta de su camarote y llama a Fitzroy.

"¡Oficial Fitzroy! ¡Hermano, necesito tu ayuda!". Una gran gasa blanca está pegada en un lado de la cara de LaRon. Seguí caminando para encontrarme con mamá y tía Dot, dejando a Fitzroy que ayude a LaRon con su problema. Estoy segura de que la gasa de su cara tiene escrito el nombre de Asha, su celosa amante. LaRon baja del barco para poder hablar con Fitzroy en privado.

Beso a mamá, que va demasiado arreglada para ir a la iglesia. Olvidé decirle que los isleños rara vez lleva sombrero y guantes, a menos que sea una ocasión especial como el "Día de las mujeres con sombrero" o un funeral. Por otra parte, la tía Dot se parece a un "Bahama Mama". Lleva puesto un gran sombrero flexible para el sol con frutas en torno a él, un traje de baño amarillo, un pareo de flores rojas, amarillas, azules y verdes atado alrededor de su cintura y unas sandalias de playa amarillo brillante adornadas con una flor verde gigante. Por si fuera poco, la tía Dot también lleva un gran bolso de playa de paja en forma de plátano.

–Vaya, no somos nosotras los coloridas, ¿eh? –le digo.

–No estés tan celosa, sé que me veo bien. Además, no quiero que Marlin no alcance a verme entre la multitud –dice la tía Dot.

"Un ciego podría verte desde St. Croix", le dice mamá disgustada. No puedo evitar reírme a carcajadas.

"Me negué a sentarme con ella en el barco, Faith. ¡Tu tía Dot parece una bolsa gigante de *skittles*! Sigamos caminando. Que encuentre a su 'Mango Man' antes de que alguien piense que está con nosotros". Mamá camina delante de nosotros como una auténtica 'primera dama'.

–Muy bien, doña engreída. ¡Espero que te ases con ese horno de sombrero puesto y llevando ese traje! –dice la tía Dot en voz alta.

Mamá, manteniendo su cabeza bien alta, ignora a la tía Dot y sigue caminando. La tía Dot se fija en Fitzroy. Mamá, no.

–Parece que el hermano Fitzroy está de nuevo en "misión oficial" –bromea la tía Dot.

"¿No lo está siempre?", le respondo yo. Fitzroy nos ve y se excusa con LaRon.

–Te veré luego, hermano –le promete Fitzroy.

Mamá se gira para ver si la seguimos. Se detiene para que la alcancemos. "Se ve muy festiva, Sra. Dot", dice Fitzroy.

"Gracias, querido", responde la tía Dot. Sin estar segura de si era un cumplido o solo una observación, sonríe. A la entrada del muelle oímos el fuerte ruido del silenciador de un tubo de escape. Vemos a Marlin manejando un viejo Volkswagen Thing convertible azul y blanco. El Volkswagen Thing estuvo de moda a principios de los setenta. Las puertas fueron diseñadas para poder ser desprendidas y las ventanas para ser abatidas, y así era como lucía el auto de Marlin.

–¿Qué clase de artilugio militar está manejando ese Marlin? –pregunta mamá.

"¡Me encanta! Hasta luego. Mi carroza me espera". La tía Dot se dirige al auto, del que Marlin, sonriente, sale para ayudarla a entrar. Vemos como se dirigen a Jumbie Beach con ese silenciador sonando como si estuviera a punto de explotar.

–Con el todo el dinero que tiene ese hombre, no entiendo por qué no se compra un auto nuevo –dice Fitzroy.

–¿Dinero? Parece un vagabundo –dice mamá mientras Fitzroy nos abre la puerta del auto.

Fitzroy sigue hablando mientras maneja en dirección a la Cruz Bay Baptist Church. "Marlin es uno de los hombres más ricos de St. John. El Coconut Palm Resort se construyó en los terrenos que él les vendió".

–¡Estás mintiendo! –le digo yo.

–No, no miento. Vive justo al lado del hotel, en una pequeña cabaña en la playa. El hotel plantó un montón de árboles de mango a petición de Marlin para separar su cabaña del hotel de cinco estrellas. Recientemente le han ofrecido el doble de lo que pagaron por los cincuenta acres que les vendió hace veinte años, para comprar el terreno en el que está su pequeña choza. ¿Ves?, nunca se sabe quién de por acá es rico. La gente no hace alarde de sus bienes mundanos como en los Estados Unidos –nos informa Fitzroy.

–¿Hay algo que quieras decirnos? –le pregunto.

–¿Sobre si soy rico? –me pregunta.

–Sí. ¿Eres rico tú también? –le pregunto.

–¡Más allá de toda medida! Estoy a punto de casarme con una hermosa y piadosa mujer que además me ama. Ahora, ¿cuánto más rico puedo ser? –alardea Fitzroy.

"¡Buena respuesta!", dice Mamá. Todos nos reímos.

Fitzroy entra en el patio de la pequeña iglesia bautista. Estaciona y abre las puertas para dejarnos salir. El pastor y su esposa están en la entrada, saludando a la gente según va llegando. Fitzroy nos presenta a mamá y a mí. Nunca antes había estado en esta iglesia. Fitzroy y yo estábamos yendo a una iglesia pentecostal en St. Thomas. A Fitzroy le gustaba su mensaje, pero no le pareció bien que la gente se tirara por el piso cuando el pastor les tocaba la cabeza y les decía: "sanad". Pensó que algunos de ellos estaban fingiendo jugándosela a Dios. Finalmente, se negó a regresar al culto al ver que algunos de los miembros que alababan a al Señor los domingos, se presentaban los lunes en el juzgado quejándose y maldiciendo sobre algún crimen que decían no haber cometido, aunque las pruebas demostraran que así había sido. Le dije que no debería criticar a la gente. La iglesia es como un hospital. La gente está enferma y van allá a sanarse. Estuvo de acuerdo, y luego me dijo que probaríamos a ir al "hospital" de la iglesia bautista. Al menos allí nadie se arrojaría por los pasillos. Él quería un poco menos de drama y más de Palabra. Le dije que estaba dispuesta a intentarlo. Esa era la iglesia en la que Lisa me dijo que ella y Trevor están recibiendo consejo del pastor y en la que se casarán. Kamari también asistirá en ella a su escuela infantil.

–Hola, Pastor. Mi mejor amiga, Lisa Walker, y su prometido, Trevor Libard, se van a casar en su iglesia.

–Sí, sí. El hermano Trevor, la hermana Lisa y su en-cantadora niña están acá con nosotros esta mañana.

"Qué sorpresa", le digo. Los veo sentados hacia la ca-becera tan pronto como entro en aquella pequeña iglesia. Mamá se queda charlando con la esposa del pastor, antes de seguirnos a Fitzroy y al interior del edificio. Lisa y Trevor se sorprenden al vernos.

–Nena, ¿por qué no me dijiste que venías a la iglesia? –me dice Lisa.

"No lo supe hasta después de dejarte en el barco. Muévete". Todos nos deslizamos en el banco colocándonos en la misma fila. Fitzroy y Trevor se estrechan la mano.

–¿Dónde está la Sra. Gloria? –me pregunta Lisa.

–Está ahí detrás, haciendo su cosa de "primera dama", hablando con la esposa del pastor –le respondo.

"Supongo que la Sra. Dot se ha liado con su 'Mango Man'". Las dos nos reímos.

"La está llevando a Jumbie Beach mientras hablamos". Fitzroy se da la vuelta. "¡¡Jumbie Beach?!! Faith, ¿por qué has dejado que la llevara allí? Ese no es un lugar al que se lleva a una dama en una cita", me regaña.

Me quedo muda. Todavía no digo nada.

Mamá entra en la iglesia y saluda a Lisa y a Trevor.

–¿Dónde está Kamari? –pregunta ella.

–Está en la iglesia de los niños –dice Lisa.

"Ah, bueno, la 'primera dama' me invitó a sentarme a su lado. Hablaré contigo después del servicio". Mamá camina hacia la primera fila, tomando asiento junto a la esposa del pastor.

–Mira a la Sra. Gloria... Ha encontrado su lugar en la "fila de las primeras damas" –me dice Lisa riendo.

Fitzroy continúa en silencio. Sé que está enojado conmigo porque la tía Dot está en Jumbie Beach. Evito hablar de ello.

"Pongámonos todos de pie y pasemos al Himno número ciento sesenta y dos, *No me pases, no me olvides, tierno Salvador*. Himno ciento sesenta y dos", repite el Pastor. Todos nos ponemos de pie y cantamos.

El sermón del pastor trata de tomar acción por lo que es correcto, incluso cuando todos los demás están haciendo el mal. Un par de veces durante el servicio creo que Fitzroy me estaba mirando. Me sentí tan estúpida. La próxima vez que me pregunte por ello, le diré que supuse que Marlin le había dicho a la tía Dot que Jumbie Beach era una playa nudista. Me refiero a que, con toda esa subida de tono acerca de ver el "gran mango", no pensé que eso sería un problema. Además, no es como si Marlin no la hubiera visto ya corriendo desnuda con sus pechos aleteando arriba y abajo en la playa de Water Island ayer, ¿no? Tal vez el pastor estaba hablando para mí. Debí haber tomado acción por lo que es correcto. Pero entonces, ¿quién soy yo para decir algo con todos los oscuros secretos que guardo en mi armario. Hace menos de un año, si Daemon me hubiera pedido que saltara desnuda desde el muelle de Santa Mónica, probablemente no me lo habría pensado dos veces. Agradezco a Dios que me haya salvado de aquel desliz. Además, mi mente estaba tan absolutamente preocupada por la seguridad de Fitzroy durante la redada de drogas, que a mí no me importaba quién fuera o no a nadar desnuda en Jumbie Beach.

"Señor, por favor, perdóname", digo.

El servicio ha terminado y escucho a Lisa llamándome.

–¡Faith! ¿En qué piensas? –me dice Lisa.

–Seguro que en dejar que Marlin lleve a su tía a una playa nudista –dice Fitzroy mientras se excusa para ir a hablar con el pastor.

"Bueno, voy a buscar a la bebé a la escuela dominical. No te vayas". Lisa sale.

–No te preocupes, hermanita. Sabes que tu hombre no sería él mismo si no tratara de protegernos a todos del mal. Escucha, Faith. Lisa ha preparado *West Indian Pepperpot*. ¿Por qué no vienen todos a almorzar? –dice Trevor mientras me abraza tratando de hacerme sentir mejor.

–Me parece bien. Déjame ver qué quiere hacer el hermano Fitzroy.

Lisa regresa con Kamari, que lleva un hermoso vestido blanco de marinerito y el cabello recogido con unas bandas de pompones de color azul y blanco en forma de barco. Tan pronto como Kamari ve a mamá, corre a sus brazos.

–¡Creo que ha pasado de mí! –le digo yo.

–La próxima vez, cámbiale tú el pañal y puede que te muestre algo más de cariño –dice Lisa riéndose.

Todos salimos al patio de la iglesia para charlar con los miembros de la iglesia. Un autobús de safari se detiene frente a la iglesia al otro lado del alto muro que separa el patio de la calle. Oigo la voz de la tía Dot.

–¿Está seguro de que esta es la única iglesia bautista de Cruz Bay? Dijeron que iban a la Iglesia bautista.

–Confíe en mí, señora. Esta es la única iglesia bautista de Cruz Bay.

–Bueno, ¿cuánto le debo?

–Son quince dólares, señora.

–¿¡Quince dólares!? ¡Los taxis en Atlanta no cuestan tanto dinero!

Fitzroy cruza al otro lado del muro y rescata al conductor de la tía Dot ofreciéndose a pagar. Todos acordamos ir a casa de Lisa y Trevor para almorzar. Se suben a su auto y abandonan el patio. Mientras mamá se despide del pastor y de su esposa, por un momento alza la vista y ve a Dot entrar en el patio con Fitzroy. Avergonzada por su aspecto, pasa rápidamente por mi lado camino del auto como si no conociera a su hermana.

–Faith, dile a Fitzroy que se apresure y la meta en el auto antes de que nos avergüence.

Cuando el pastor y su mujer regresan para cerrar la iglesia, Fitzroy, la tía Dot y yo somos los únicos que quedamos delante del edificio.

–¡Ese cerdo tuvo el valor de llevarme a una playa nudista! Ya era lo bastante malo el tener que bajar una empinada colina para llegar a la playa, pero una vez allí, él procedió a quitarse la ropa –dice la tía Dot indignada.

Ese fue el momento en que pensé que podía redimirme. "Pensé que querías ver su 'gran mango'", le digo.

"¡No al aire libre, en una playa, ante Dios y toda aquella gente! Ese es el tipo de cosas que haces en la privacidad de tu casa. Tuvo el descaro de decirme que estaba sobreactuando e intentó desatar mi pareo. Le golpeé tan fuerte que sus dientes salieron volando de su boca y aterrizaron en el agua. Dejé a ese tonto asqueroso en la playa buceando tratando de encontrarlos". La tía Dot está realmente enojada.

"Tendré que tener unas palabras con Marlin. No sé qué le ha podido pasar. Normalmente es todo un caballero", dice Fitzroy acompañándonos al auto donde nos reunimos con mamá. Antes de subir, la tía Dot me dice,

–Por favor, hazme un favor y no le hables de esto a mi hermana. Me condenaría al infierno acá mismo, delante de esta iglesia.

–Creí que dijiste que mamá no era mezquina –le dije.

–No lo es, pero intentar que entienda por qué fui a una playa nudista con un hombre que conocí ayer puede ser un poco exagerado.

–Yo te cubro –le digo.

Al salir a la carretera que conduce a la casa de Lisa y Trevor, ascendemos por una empinada colina conocida como Jacob's Ladder. Detrás de nosotros, escuchamos el fuerte ruido de un silenciador. Fitzroy mira por su espejo retrovisor y sonríe. Continuamos hacia Chocolate Hole.

Capítulo 24

Comimos hasta que nuestros estómagos estuvieron bien llenos. Lisa ha aprendido a cocinar como una verdadera antillana, y puedo ver que a Trevor le encanta cada bocado. Lo veo terminar su tercer plato de estofado de cabrito, plátanos fritos, arroz con guisantes, pan de olla y cerveza de jengibre. No puedo evitar preguntarme si comer así puede ser la razón por la que su presión sanguínea es alta, lo que hace necesario el uso de viagra para ayudarle a gestionar sus obligaciones masculinas. Trevor besa a Lisa y le da las gracias por una cena maravillosa, mientras él y Fitzroy se dirigen al porche para escuchar un partido de cricket por la radio. Está jugando su equipo favorito. Hay mucho en juego. Es el último partido de los playoffs de la Liga del Caribe Oriental. Sus muchachos de St. Kitts están ganando.

Mamá está en el "cielo de las abuelitas" cantando todas las canciones infantiles con las que me entretenía a mí, mientras juega al escondite con Kamari. Ayudo a Lisa con los platos y juntas nos burlamos de la tía Dot, que acaba de salir al porche para hablar con Fitzroy y Trevor sobre Marlin, que aguarda sentado afuera en la entrada de autos en su Volkswagen Thing. Marlin nos siguió hasta la casa de Lisa después de la iglesia y se niega a marcharse hasta que la tía Dot le permita disculparse. La tía Dot le pregunta a Fitzroy si puede pedirle prestada su arma y acabar con su sufrimiento. Estaba cansada de verlo allá sentado bajo el caluroso sol como un perro enfermo y lastimero. Fitzroy le dice que no puede prestarle su arma, pero que saldrá a hablar con Marlin en su nombre. La tía Dot se conforma con eso y desiste de disparar a Marlin. Por supuesto, mamá quiere saber la causa del repentino cambio en su forma de pensar acerca de "Mango Man".

–Perdió las formas y necesita que le den una lección – dice la tía Dot.

–Bueno, estoy segura de que toda esta historia tarde o temprano saldrá a la luz. Siempre es así –responde mamá.

Fitzroy sale a la entrada de autos y se une a Marlin en el interior del auto preparado para escuchar su declaración. No podemos escuchar lo que dicen, pero Marlin está dando una seria explicación. Sus manos se agitan en el aire constantemente apuntando hacia la casa. Lisa, la tía Dot y yo tenemos un asiento de primera fila en la ventana delantera. Encuentro muy divertido ver a ese hombre, que tiene el doble de edad que Fitzroy, dando explicaciones como un niño que trata de demostrarle la validez de su punto de vista al padre que lo reprende. La tía Dot, en cambio, no encontraba nada divertido en aquello. Aunque estaba enojada y sus sentimientos estaban heridos, me di cuenta de que, en el fondo, le encantaba toda aquella atención.

"¡Señor, creo que el viejo está llorando!", grita Lisa. La tía Dot nos quita de en medio para poder ver desde la ventana más de cerca.

Lisa y yo corremos a la puerta principal y la abrimos tratando de no llamar la atención. "A mí me parecen lágrimas", le digo. Luego, vemos a Marlin recostar su cabeza en el hombro de Fitzroy, mientras éste le da unas palmaditas en la espalda y lo consuela como si fuera un niño.

"¡Oh, Señor! ¡Todas las 'estrellas doradas' de este hombre se han ido por la ventana! ¡A la Sra. Dot no le gustan los llorones!", grita Lisa. Cerramos la puerta y caminamos hasta donde está la tía Dot que, con sus ojos llorosos, continúa mirando por la ventana.

–¿No es eso dulce? –dice ella.

–¿No es dulce el qué? –le pregunta Lisa.

–Marlin –solloza la tía Dot.

Mamá se acerca a la ventana desde el sofá para mirar. "Allá afuera solo veo un tonto adulto llorando como un bebé", dice y regresa al sofá.

–No pienso como tú. Veo a un hombre sensible y bondadoso –dice la tía Dot.

–¿Por qué no sales y hablas con él, tía Dot? Dale una oportunidad –le digo.

"Creo que lo haré", dice ella. La tía Dot comprueba su cabello en el espejo del pasillo y luego sale para hablar con Marlin.

Trevor se asoma al porche gritando por la ventana, "Fitzroy, amigo, los Bajans nos están machacando!". Vemos a Fitzroy regresando a la casa. La tía Dot lo detiene en la entrada y le da un beso en la mejilla. Continúa caminando hacia el Thing, del que Marlin sale rápidamente corriendo a su alrededor para abrirle respetuosamente la puerta.

"¿Cómo va el marcador?", le pregunta Fitzroy a Trevor, que se ha detenido en la cocina para sacar unas Guinness de la nevera.

"Los Bajans llevan ciento dieciséis carreras. Ese tipo, Brown, es bueno". Los hombres regresan al porche y siguen escuchando el partido.

Cuando terminamos de limpiar la cocina, nos reunimos en el salón con mamá, que sostiene a Kamari en su regazo.

–Madre Gloria, deja que la lleve a su camita –dice Lisa mientras intenta quitarle a Kamari de entre sus brazos.

–No, no. No me importa tenerla en brazos.

–Madre, ¿intentas malcriar a mi hija? –bromea Lisa.

–¡Sí! ¿Te supone eso un problema? ¿No sabes que el trabajo de una abuelita es malcriar a sus nietos de forma imprudente y luego enviarlos a casa de regreso con sus padres?

Todas nos reímos.

–¿Cuándo vendrá Kamari a vivir contigo y con Trevor de forma permanente? –le pregunto.

—Laurie Ann se va la semana que viene. Quizá la co-nozcas antes de irte. Me dijo que recogería a la bebé alrededor de las cuatro y media –dice Lisa.

—Todavía no puedo entender cómo puede apartarse de esta hermosa niña. No tiene sentido –dice mamá con tristeza.

—Su pérdida, mi ganancia –dice Lisa.

La tía Dot asoma la cabeza por la puerta sonriendo. "¿Qué barco vamos a tomar de regreso a St. Thomas?".

—El barco de las seis –respondo yo.

—Genial. Marlin quiere mostrarme dónde vive. Dice que no está muy lejos de aquí. Regresaré pronto.

Mamá niega con la cabeza. "Recuérdame que evite el agua, que no tome el sol, y sobre todo, que no escuche nada de lo que salga de la boca de los hombres de estas islas porque parece que mis hermanas, como ustedes, se han prendado de ellos". Mamá sigue negando con su cabeza sonriendo.

—Nos vemos pronto –dice la tía Dot.

—¡No hagas el ridículo! –grita mamá mientras la tía Dot cierra la puerta.

Escuchamos el sonido del Thing, que se pone en marcha. Su ruidoso silenciador asusta a Kamari que comienza a gimotear. Mamá la mece y calma su espíritu para un sueño reparador.

Lisa nos muestra una foto del vestido de novia que va a comprar en una tienda de novias de Los Ángeles, y el sexi vestido de dama de honor que espera que yo use exponiendo el noventa y ocho por ciento de mi pecho. La parte de atrás del vestido baja mostrando toda mi espalda, deteniéndose justo antes de que llegue a la parte superior de mi trasero.

—Lisa, ¿intentas que arresten a mi hija por conducta indecente? Eso parece algo que podrían usar esas mujeres en los premios de la Academia –la reprende mamá.

—Con la figura de Faith, este vestido se verá impresio-nante –le responde Lisa.

Me doy cuenta de que Lisa habla en serio con respecto a que yo lleve ese vestido de prostituta. No quiero herir sus sentimientos, pero al mismo tiempo tengo claro que no hay forma de que me ponga ese vestido.

–Chica, tú no quieres que lleve ese vestido el día de tu boda. Si me lo pongo, los focos se centrarán en mí. La gente dirá, "¿Lisa qué?". No, cariño, ese es tu día y todas las miradas deberían estar puestas solo en ti. Ahora, si realmente deseas que te haga a un lado, puedo llevarlo sin problema –le digo rezando para que ella elija otra cosa.

"Tienes razón. El día de mi boda..., se trata de mí. ¿En qué estaba pensando?". Lisa nos muestra otra opción.

"¡Me encanta!", decimos mamá y yo al mismo tiempo.

Le recuerdo a mamá que la tía Lucille no tiene llave de la casa, y que tal vez deberíamos llamarla y decirle que hay una llave escondida en la cornisa del gazebo que está al fondo de la propiedad, en caso de que necesite algo. Mamá nos dice que Lucille y Wally ya se habían pasado por acá esta mañana, y que se habían llevado la mayor parte de sus cosas a la casa de Wally a petición de él. Me sorprendió que mamá pudiera decirnos esto con tanta facilidad.

–Sabía que era solo cuestión de tiempo antes de que esto ocurriera, por eso he puesto en cada uno de los compartimentos de su equipaje una copia de los versículos que hablan sobre la fornicación. Y al hermano Wally le entregué una carta mientras llevaba la última maleta a la colina –dice mamá orgullosamente.

–¿Qué dice la carta, madre Gloria? –le pregunta Lisa muriéndose por conocer todos los detalles.

"Todo lo que podría decir. Que o hace lo correcto con ella, o que huya como hizo Daemon cuando 'Rev' voló a Los Ángeles para aclararle lo de que se estaba aprovechando de su hija". Todas nos reímos.

–Oh, mamá, olvidé decírtelo. Daemon se va a casar con la maestra de escuela dominical a la que le alquilé mi casa. Y escucha esto... su fecha de boda es el día de mi cumpleaños –le digo.

–¡Alabado sea el Señor! Qué maravilloso regalo de cumpleaños. Ahora te has librado por completo de ese hombre. No tenía ni idea de que tu padre tendría tal impacto –dice mamá.

"Entonces, ¿se van a quedar en tu casa? Eso podría ser raro para Daemon, hacer el amor con su nueva esposa en la misma habitación que solía...". Le doy a Lisa un puñetazo en el brazo.

–¡Ya lo pillamos! –le digo yo.

–¡Ay! –grita Lisa.

–No estoy segura de si se mudarán o no. Llamé a Allison y le dije que pueden quedarse todo el tiempo que quieran. No tengo ningún problema con que ella y Daemon vivan ahí. De hecho, ella estaba muy feliz de saber que yo también estoy comprometida.

–Apuesto a que lo estaba. Con lo fea que es esa chica, probablemente teme que vuelvas a Los Ángeles, la eches de tu casa y te quedes con Daemon –dice Lisa.

–Sabes, a veces me pregunto por qué te llamo mi mejor amiga. Dices algunas de las cosas más locas.

"Es la verdad". Lisa me señala con el dedo.

El equipo de cricket de St. Kitts perdió a lo grande con el equipo de Barbados. Trevor y Fitzroy culparon a uno de los lanzadores. Trevor incluso llegó a decir que él era un extranjero y denunciaba el hecho de que había nacido en St. Lucia y no era kittiano. Afirmaba que aquel jugador había hecho quedar mal a la gente de St. Kitts y Nevis. Fitzroy tan solo se rio negando con la cabeza, mientras le recordaba a Trevor que ese hombre se mudó a St. Kitts cuando tenía solo diez meses y que sus dos padres son kittianos.

Laurie Ann vino a recoger a Kamari. Lisa nos la presentó a mamá y a mí. Resultó ser la mujer que yo creía que era. Aquella que trabajaba en el club donde Lisa y yo fuimos en la noche de "solo chicas". Ella tuvo una mala actitud entonces. Ahora me doy cuenta de que siempre había sabido de la existencia de Lisa y entiendo lo que pasó. Laurie Ann se quedó un rato hablando con mamá, con Lisa y con Trevor. Lisa incluso le ofreció sus sobras.

Fitzroy y yo salimos al porche para discutir sobre nuestros planes de boda y sobre qué hacer con todas esas casas que poseeríamos juntos. Fitzroy se mostró emocionado porque la boda tuviera lugar en Atlanta. Estaba deseando conocer a todos sus nuevos parientes de los Estados Unidos. Ambos pensamos que era una gran idea celebrar la boda en la iglesia donde crecí. Fitzroy rezó para que cuando fuéramos a Nevis pudiera convencer a su padre de que asistiera. Recuerda lo poco que logró hacer por conseguir que su madre fuera a los Estados Unidos a buscar ayuda para su diabetes. Le aseguré que esto sería diferente. Su padre vendría a celebrar nuestra nueva vida como marido y mujer, y no por razones médicas. Sonrió reconociendo que yo tenía razón.

Luego hablamos sobre la casa de Los Ángeles. Fitzroy se rio cuando le dije que la chica a la que se la alquilaba estaba comprometida con mi antiguo novio. Confirmó que Dios trabaja de maneras misteriosas. Pensé que debíamos vender la casa, ya que no tenía ningún deseo de volver a Los Ángeles. Acordamos que le daríamos a Allison la primera opción de compra, y si ella dejaba pasar la oportunidad, la pondríamos en la lista de un agente inmobiliario.

"Venderé mi casa y me mudaré a Bordeaux si crees que serás más feliz allá". Se me saltan las lágrimas y rompo a llorar. "¿He dicho algo malo?", dice Fitzroy mientras me consuela.

–No, cariño. Es que te quiero mucho y estaría encantada de que tu casa se convirtiera en nuestra casa.

Nos abrazamos besándonos justo cuando entra Lisa.

–Faith, tu antiguo cuarto sigue disponible si necesitan algo de privacidad, o puedo llamar y ver si tienen una habitación disponible en el Coconut Palm Resort –dice bromeando.

"¡Abrazo de grupo!", digo yo. Lisa, Fitzroy y yo nos abrazamos mientras Trevor entra.

–¿Qué? –dice Trevor.

–Ven y únete a nosotros, cariño –dice Lisa.

"¡Te abrazaré a ti y a Faith, pero no abrazaré a ningún hombre grande y feo!". Todos nos reímos y le agradecemos individualmente a Dios por todo lo que está haciendo por nuestras vidas.

La tía Dot se reunió con nosotros en el barco de las seis justo cuando se alejaba del muelle. Marlin le silbó a la capitana, y ella se aproximó al muelle para permitir a la tía Dot subir a bordo. Mamá se sintió aliviada al ver que se había cambiado su ropa de "Bahama Mama" por unos *jeans* y una camiseta que debían de ser de Marlin. La camiseta decía, "Nah problema, hombe", en la parte delantera. Y en la parte de atrás decía, "El sexo son un delito menó. Cuanto meno lo extrañas, meno malo te vuelves". Gracias a Dios que mamá no vio la parte trasera de su camiseta hasta que la tía Dot salió del auto de invitados que manejaba y entraba en la casa delante de ella. Si la hubiera visto antes, estoy segura de que se habría sentado lejos de la tía Dot en el barco. Mamá tan solo negó con la cabeza y decidió escoger sus batallas. Estaba contenta de que su hermana hubiera llegado al barco y decidiera no pasar la noche con Marlin en su primera cita.

Lucille bajó en cuanto oyó a los dos autos entrar en el estacionamiento. Se la veía emocionada y muy sonriente.

Estaba tan feliz de verla. No la había visto desde la noche que cenamos en la casa de Wally. Había tanto de que hablar. La tía Lucille agitaba los pasajes de avión en su mano.

"¡Arreglado! ¡Nos vamos a Nevis pasado mañana!". Lucille hace un pequeño baile. Emocionada, me uno a ella. Nos tomamos de los brazos girando a izquierda y luego a derecha.

–¡Muy bien! Nevis, ¡allá vamos! –cantamos la tía Lucille y yo.

–¿Pasado mañana? Es demasiado pronto. Marlin me va a dar clases de natación mañana. Jura que me enseñará a hacer esnórquel antes de que me marche de regreso a Atlanta –grita la tía Dot.

–¿Quién es Marlin? –pregunta vehementemente la tía Lucille.

–Te alegrará saber que ya no estás sola. Hay una nueva tonta en la ciudad, y es tu hermana. Dot ha conocido a un bosquimano, ah no... disculpa, un "Mango Man", y ahora está actuando de forma impulsiva y crédula como tú. Dot, cuéntale a Lucille que corres por la playa desnuda en Water Island con tus pechos aleteando en la brisa del mar y Marlin detrás de ti persiguiéndote como si fueras su presa –dice mamá burlándose de la tía Dot.

"¡Oh, Dios mío! Deja que me siente a escuchar esta historia. Por favor, cuéntamela, Dot, y no olvides ni un solo detalle". La tía Lucille se sienta en la isla de la cocina.

–¡Créeme, Gloria está exagerando! Faith me presentó a un hombre maravilloso llamado Marlin cuando llegamos a Water Island. A Marlin le gustan los mangos y por eso lo llaman "Mango Man". Es encantador y muy romántico –dice la tía Dot.

–¡Estoy esperando a escuchar la parte en que corres por la playa desnuda con tus pechos aleteando al viento! –dice la tía Lucille.

–¡Sí, cuéntale la parte escandalosa! –grito yo.

-Faith, para ya... No fue para nada así. En fin, la prima de Linda me estaba dando un masaje bajo la carpa que tenían en la playa. A la chica se le daba bien. Estaban trabajando cada uno de mis músculos hasta que me miré el brazo, que estaba colgando al lado de la mesa cerca de la arena, y vi un escorpión arrastrándose por él. Me asusté y salí corriendo de la carpa. Salté al agua con la esperanza de que se ahogara.

-Sí, y al final esta loca casi se ahoga en su lugar. Olvidó que no sabe nadar –interviene mamá.

-De todas formas, Marlin se lanzó al mar y me salvó –presume la tía Dot.

-¿Todavía estabas desnuda? –pregunta la tía Lucille.

-¡Tan desnuda como el día en que nació! –le digo yo.

-Fue bastante embarazoso, debo decir –añade mamá.

"¿Y todos te miraban? Debes de haber asustado a algunos con ese cuerpo", dice la tía Lucille. La tía Dot la golpea en el brazo.

-¡Disculpa! Estaba tan asustada que me hubiera dado igual hasta que el mismo Jesús me hubiese visto desnuda en aquella playa –dice la tía Dot.

-Créeme, Él y todos los anfitriones celestiales estaban mirando. Tenían un asiento en primera fila –bromea mamá.

-Bueno, mi asistente, Linda Peters, le pidió a todos que no bajaran a la playa. Aparte de los niños pequeños que estaban nadando en el agua, nadie más la vio de cerca –digo.

"Pobres niños pequeños. Estoy segura de que tendrán muchas preguntas que hacer a sus padres del tipo, ¿era la barriga de esa señora o su trasero vuelto al revés?", bromea la tía Lucille. Todas nos reímos.

-¿Me dejas terminar de contar la historia? De todos modos, Marlin me salvó y ya conocen el resto –dice la tía Dot.

"No te vas a librar tan fácilmente. Lucille, ese hombre tiene el auto más feo del mundo y, además, petardea.

Cuando arrancaron para salir del muelle de St. John camino a la playa para tomar unas clases de natación, el auto petardeó tan fuerte que la gente se tiró al suelo creyendo que se trataba de un ataque terrorista", dice mamá. Hasta la tía Dot se ríe de la descripción que hace mamá del auto de Marlin.

–Y lo más triste es que ese hombre es millonario. Puede permitirse comprar un auto nuevo –le digo yo.

–Espera. ¿Es millonario? ¿Quién te ha dicho eso? –me pregunta la tía Dot.

–El hermano Fitzroy. ¿Marlin no te ha dicho que está forrado? –le digo.

–No. De hecho, sentí un poco de pena por el hermano. Vive en una pequeña cabaña junto al agua, justo al lado de ese *resort* de cinco estrellas –dice la tía Dot desconcertada.

–Parece que los promotores le pagaron a Marlin mucho dinero por construir ese resort en su propiedad –afirma mamá.

–Ves, tía Dot. No puedes juzgar un libro por la portada. Pensaste que Marlin era solo un pobre "Mango Man" –le digo yo

–Vaya, estoy impresionada –dice la tía Dot.

–Bueno, no estoy segura de que sea un buen momento para decírtelo, pero George, tu marido de Atlanta, llamó esta mañana. Lo recuerdas, ¿verdad? –dice la tía Lucille.

–Vagamente –dice la tía Dot riéndose.

–Bueno, quería que te informara de que regresa a casa y que te extraña mucho. Parece que la hierba no era más verde en el otro jardín.

Capítulo 25

El Tribunal de Menores estaba repleto de gente. Solo había espacio estando de pie. Cada uno de los miembros de las familias de Janna y Eric estaban presentes. El Sr. Atkins, Rosalinda, Nyla, Chloe, Solange, Emmaus y sus tres abogados fueron los últimos en entrar en la sala. Cuando Chloe vio a todas las personas que había venido para apoyarla, lágrimas de alegría empezaron a deslizarse por su cara. Los miembros de su familia y amigos la aplaudían y jaleaban mientras tomaban asiento. Los abogados de Chloe se acercaron al estrado. Lisa y yo nos sentamos junto a Fitzroy, llorando como bebés mientras él nos consolaba. Cuando por fin todo el mundo finalmente se había calmado, sucedió una cosa de lo más extraña. Tres jovencitas se pusieron de pie en la parte de atrás de la sala, gritando una después de otra,

"¡Ese hombre es mi padre, y me ha violado repetidamente!".

"¡Ese hombre es mi tío, y a mí también me violó!".

"¡Tengo catorce años, ese hombre era mi vecino y a mí también me ha violado en muchas ocasiones!".

Todas las cabezas se vuelven hacia ellas. Todos el mundo intentaba entender qué era lo que estaba ocurriendo.

"¡Orden en la sala! ¡Orden en la sala!". El juez golpea su mazo.

Las tres chicas continúan hablando, ignorando al juez. "¡Me drogó y luego se aprovechó de mí!".

"¡Me dijo que no se lo contara a nadie!".

"A mí me dijo que me amaba y que quería casarse conmigo".

El juez continúa dando golpes con su mazo. "Desalojen la sala. ¡Las únicas personas que deben quedarse son las tres chicas que parecen tener problemas para entender lo que significan las palabras "orden en la corte", los abogados y su clienta!

Todos los demás abandonan la sala lentamente, pero no sin antes besar a Chloe o darle una palmadita en la mano. El Sr. Atkins y Eric se quedan. Al salir, veo al Sr. Atkins acercarse al estrado hablando en tono informal con el juez. Entonces, me di cuenta. Este es el juez Drew, cuyos treinta años de matrimonio y carrera el Sr. Atkins ayudó a salvar, gracias a Dios, cuando se supo que tenía una aventura con una extranjera ilegal de supuestamente dieciocho años de Santo Domingo. La chica resultó tener diecisiete y afirmó que estaba embarazada. No solo había mentido sobre su edad, sino que casi se las arregló para convencerlo de que se divorciara de su esposa.

Aparentemente, no le había dado al Sr. Atkins el suficiente crédito. Parece que su plan para liberar a Chloe estaba en marcha. Me preguntaba si él tenía algo que ver con los testimonios de las tres víctimas que se pusieron en pie al fondo de la sala. Apostaría a que las dos que han venido acá desde Dominica fueron traídas a St. Thomas en su avión privado. El Sr. Atkins es realmente un hombre de palabra. No se detendrá hasta que esto se solucione, y parece que las cosas se mueven en esa dirección. Para la tranquilidad de Fitzroy como representante de la ley, todo se estaba haciendo siguiendo los cauces legales y de forma ordenada, tal y como él exigió. Sonrío mientras espero con el resto de la multitud afuera de la sala. Mantenemos una pequeña conversación, riéndonos pensando en los momentos felices que compartimos con Janna y las chicas. Aunque la conocía desde hacía poco tiempo, me sentía privilegiada de tener una historia que contar sobre cómo ella cambió mi vida y me hacía reír.

Parece pasar una eternidad antes de que se nos permita regresar de nuevo al interior de la sala. Nada más entrar, vemos a Chloe sonriendo y abrazando a su padre. Nyla corre y se une a ellos. El juez nos reúne a todos.

"Debo decir que este es un caso poco común. Esta joven representa a los muchos niños que son víctimas de abuso e incesto en nuestras islas. Mi corazón se entristece y clama de dolor por ellos. Los habitantes de las Islas Vírgenes debemos estar unidos para ayudar a poner fin a esta terrible injusticia que se está cometiendo con nuestros niños. Dos de las jóvenes que gritaban al fondo de la sala, han viajado desde Dominica para que sus voces fueran escuchadas. Parece que el difunto, Sr. Junnis Mantu, se aprovechó de muchas jóvenes antes de encontrar la muerte. Con Dios como testigo, prometo a cada una de ustedes, jóvenes, que castigaré a cualquiera que sea hallado culpable de abuso de menores en mi tribunal con todo el peso de la ley. Chloe y Nyla, siento mucho que hayan tenido que perder a su madre por una mala elección. No podemos traerla de regreso, pero les pido que se aferren a los recuerdos positivos que tienen de ella y recuerden que ninguno de nosotros es perfecto. Chloe, sé que soporta una pesada carga por lo que hizo, y es mi plegaria que el tiempo le ayude a aliviar su dolor. Hay mucha gente acá hoy que la estima, y todos y cada uno de nosotros, incluyéndome a mí, estamos acá para lo que necesite. Les pido a todos ustedes, familiares y amigos, que continúen rezando por esta niña y las otras víctimas mientras pasan por su proceso de sanación. Chloe, la fianza ha sido fijada y pagada por el Sr. Atkins en su nombre. Es usted libre de irse y la veré de nuevo en este tribunal en un par de meses. Para entonces, habrá una resolución sobre este caso. Dios la bendiga, mi niña".

El juez golpea su mazo.

El Sr. Atkins invitó a todo el mundo a unirse a nosotros en Skyline Drive para continuar con la celebración. Gracias a Dios, Solange, Emmaus y mamá estaban allá para ayudar a

Zipporah a servir a toda aquella gente. Zipporah debe de haber preparado todo lo que sabía hacer. Había tanta comida que podríamos haber alimentado a toda la isla. Emmaus y Solange cumplieron su promesa de cocinar estofado de iguana para mamá. Me sorprendí al verla tomar una segunda ración. Mamá dijo que sabía a filete de ternera bañado en salsa. La tía Lucille y Wally prepararon algunos de sus platos *gourmet* para añadirlos a la larga mesa del bufé, ya de por sí, muy cargada de comida. Wally incluso bajó unos cuantos altavoces de su casa para que la gente pudiera bailar en el jardín bajo el gazebo. La tía Dot y Marlin aparecieron más tarde, el día después de su lección de natación en Hawks Nest Beach. Marlin dice que podría ser capaz de hacer de ella una nadadora después de todo. Nunca había visto a mi tía Dot tan feliz. Marlin trajo una caja de mangos gigantes para que todos la compartiéramos. Sorprendentemente, los mangos tuvieron tanto éxito como el cabrito y el apupo. La gente de la isla ama sus mangos. Fue muy bueno ver a Chloe y Nyla riéndose y corriendo por ahí, jugando a la pelota con los otros niños como si no tuvieran ninguna otra preocupación. Fitzroy y yo prometimos ayudar a cuidar a las chicas. Sé que a Janna le habría gustado eso.

Rosalinda y yo encontramos un momento para hablar a solas. Dios la bendiga por su predisposición para educar en casa a Chloe y Nyla hasta que todo esto se haya calmado y las chicas sean lo suficientemente fuertes para responder al aluvión de preguntas que seguramente les aguardan. Fitzroy y el Sr. Atkins, aparentemente, han pasado bastante tiempo al teléfono últimamente. Rosalinda sabía lo de mi compromiso con Fitzroy, aunque no fuera algo que yo pudiera ocultar con este gran pedrusco en mi dedo. Dijo que sería un honor alojar mi despedida de soltera en su castillo. "¡Guau!", fue todo lo que pude decir. Le presenté a Lisa, que se unió a nosotras en el jardín sosteniendo un plato lleno de comida que incluía iguana guisada.

–Chica, no sé qué es esto, pero no puedo parar de comerlo. Creo que es una especie de filete de ternera bañado en salsa.

Rosalinda y yo nos reímos. Lisa se detiene con su tenedor en el aire.

–Por favor, no me digas que esto es alguna cosa rara como testículos de cabra o algo por el estilo igual de desagradable –dice Lisa con los labios y la nariz fruncidos.

"No, no es nada de eso, no te preocupes", le digo tratando de aliviarla. Lisa continúa comiendo. "Si esto son testículos de cabra, ciertamente, tienen buen sabor".

–No, cariño, de hecho es iguana guisada –le dice Rosalinda.

"¡Oh, Dios mío!, ¡oh, Dios mío!, me estoy comiendo un bebé de Godzilla!". Lisa deja caer su plato en la mesa más próxima y corre por la casa en dirección al baño.

Rosalinda se preocupa y sugiere que vayamos tras ella para asegurarnos de que está bien. Le digo que eso no será necesario. Mi amiga es una reina del drama.

–¿No es ella la mujer que le rompió el corazón a Billy? –me pregunta Rosalinda.

–La misma. ¿Cómo se encuentra Billy? –le digo.

–Él y un buen amigo nuestro, Harold, nuestro contacto para la langosta, están poniendo en marcha un negocio de vuelos chárter. Transportarán pasajeros y langosta entre las islas. Parece estar contento, aunque con mi primo nunca se sabe, pero el tiempo ayuda a sanar los corazones rotos –dice Rosalinda con esperanza en su voz.

Veo a mamá sentada en el gazebo hablando con las dos chicas que han venido de Dominica. Sus sonrisas me dicen que mamá está haciendo lo que le habían enseñado a hacer; consolar a los que están perdidos y lastimados. Fitzroy, el Sr.

Atkins y Eric están sentados en una de las mesas del jardín hablando y riendo. El Sr. Atkins me llama para que me una a ellos.

—Bueno, Faith, parece que Dios lo ha solucionado todo —me dice de manera distendida.

—Eso creo, aunque con la ayuda del padrino terrenal de Chloe y Nyla, debo añadir —dice Eric.

El Sr. Atkins descarta con un gesto el halago de Eric. "Janna no me habría perdonado el no haber hecho todo lo posible por ayudar a sus hijas", dice con tristeza.

"¡Ey, escuchen todos! Este es un momento de celebración", dice Fitzroy. Me deslizo en el asiento junto a él y le doy un beso.

—Eh, ustedes dos, tortolitos, he oído que hay que felicitaros —dice Eric.

Fitzroy muestra una gran sonrisa. "Sí, me lo hizo pasar realmente mal, e incluso tuve que suplicarle, pero al final conseguí que dijera que sí", dice bromeando.

Me río y le beso de nuevo.

—Faith, si hay algo que Rosalinda y yo podamos hacer para que su boda sea memorable, por favor, no dude en pedirlo. Usted y Fitzroy son como de la familia para nosotros —nos dice con cariño el Sr. Atkins.

—Gracias, es usted muy amable. Rosalinda ya se ha ofrecido a organizar mi despedida de soltera en el castillo. Sin embargo, realmente no tengo muchos amigos en las Islas Vírgenes a los que invitar, aparte de Linda Peters del trabajo y mi mejor amiga Lisa, así que no estoy segura de que tenga sentido —digo un poco pensativa.

—Bueno, ¿por qué no hace una lista con toda la gente que esté cerca y que esté lejos que le gustaría traer a su despedida de soltera y se la envía por correo electrónico a Rosalinda? Qué diablos, los traeremos en avión. ¿Qué tal eso como regalo de bodas? —dice el Sr. Atkins sonriendo.

–¡Oh, Dios mío!, ¡oh, Dios mío! –digo mientras salgo corriendo de la mesa agitando mis brazos para decírselo a mamá.

–¿Se encuentra bien? –pregunta el Sr. Atkins desconcertado.

–Creo que eso fue un "Estoy abrumada de alegría y muchas gracias" –le dice Fitzroy al Sr. Atkins mientras me ven corriendo hacia el gazebo.

–¡Alguien tendrá que pellizcarla para que sepa que no está soñando! –añade Eric.

Rosalinda, tía Dot, tía Lucille, Solange y Lisa estaban en el cenador con mamá. Acababan de terminar de rezar con las tres jóvenes víctimas de Junnis y se estaban despidiendo. Emmaus estaba aguardando para llevar a dos de ellas al aeropuerto a tomar su vuelo de regreso a Dominica, y a la tercera al mercado para encontrarse con sus padres. Compartí con ellas la noticia de que el Sr. Atkins se había ofrecido a llevar a mis amigas a las Islas Vírgenes para asistir a mi despedida de soltera. Todo lo que se podía escuchar era un grupo de mujeres gritando de emoción y alegría.

Los últimos en abandonar la celebración fueron Marlin, Eric y su hermana Sasha, que tuvo con nosotros una actitud mucho mejor que la que había tenido cuando fue nuestra camarera en el North Star Restaurant. Aquella fue la noche en la que Lisa dejó a Billy y me anunció que se casaba con Trevor. Me alegré de haberla conocido en una situación menos estresante. Intercambiamos números de teléfono y me invitó a entrenar con ella en el Uptown Gym alguna vez. Zipporah y mamá empacaron las sobras para que ellos y los otros invitados se las llevaran a casa, pero todavía restaba mucha comida. Wally sugirió que él y Lucille la llevaran al hogar de ancianos y dijo que llamaría a su primo, el que trabaja en la cárcel, para ver si necesitaban algo. Mamá se aferró con fuerza a la poca iguana que quedaba. Dijo que se la comería con su sémola por la mañana. Marlin consiguió la receta de Emmaus y Solange, y dijo que prepararía un poco para la tía Dot, que lo miró como si él hubiera perdido la cabeza.

"No, nene. ¡Yo no como animales atropellados!", le dijo mientras Marlin se despedía y se iba en su Thing, que arrancó con ruido aún más fuerte de lo que recordaba haber oído antes.

–Me sorprende que le hayan dejado subir ese auto a la barcaza –digo impresionada.

Fitzroy y Lisa se habían marchado juntos antes. Lisa tenía que recoger a Kamari en la guardería y Fitzroy atar algunos cabos sueltos en la estación de policía de St. John antes de tomar el vuelo a Nevis mañana. La tía Dot anunció que no iría con nosotros. Quería pasar sus últimos días con Marlin antes de regresar a Atlanta. Ante esto, Mamá cambió de idea y trató de evitar el tener que ir. Dijo que parecía ser más bien una "cosa de parejas" con Lucille y Wally, y Fitzroy y yo yendo juntos, pero le dije que la necesitaba allá para conocer a mi futuro suegro, y para que se asegurara de que me casaba con una buena familia. Se resistió a dar su brazo a torcer, pero finalmente cedió.

Más tarde, esa misma noche, mientras mamá y yo hacíamos las maletas, la tía Dot comía sobras, y Lucille estaba con Wally, sonó el teléfono. Mamá lo atendió y conversó con George antes de pasárselo a la tía Dot, que no quería hablar con él. Mamá tuvo que darle un golpe con el teléfono antes de que accediese a atenderlo.

"¿Qué quieres, George... sí, Lucille me dijo que habías llamado... George no tengo que explicarte nada... ¡eso no te va a servir! Entonces empieza a buscar una habitación en alquiler. Sí, cambié todas las cerraduras de las puertas. George hiciste una elección, ahora vive con ello... Llama a un exterminador y contrata a una asistenta... Mira hombre, arréglatelas tú solo... ¡He seguido adelante con mi vida y te sugiero que tú hagas lo mismo!". Dot cuelga de un golpe el teléfono.

–Suena como si todo hubiera ido genial –dice mamá sarcásticamente.

–No empieces, Gloria. George pensó que dejarme por Sadie lo haría feliz y ahora él quiere regresar a casa.

–Qué rápido... –le digo yo.

–Estúpido tonto. Todo el mundo sabía que Sadie tenía la casa que daba asco, excepto él. Supongo que al ser una relación del tipo "ñeac ñeac, gracias mami", nunca se detuvo lo suficiente para ver la suciedad que había en esa casa. Ahora se queja de que es desagradable y que tiene cucarachas. Le dije que contratara a una ama de llaves y que llamase a un exterminador. Dice que los niños son groseros y que le piden dinero todo el tiempo. Lo siento, pero no quiero oír la triste historia de George. Dejaremos que se la cuente a Oprah. Me estoy divorciando de su desagradecido trasero y seguiré adelante con mi vida. Faith, ¿cuánto pides por tu casa en las montañas? Creo que la compraré.

–¿Qué? –le digo en estado de *shock*.

–No voy a dejar que ese hombre me acose. Venderé la casa de Atlanta, algo que ya había planeado hacer, compraré un pequeño condominio para cuando vaya en los meses de verano a ver a mis nietos y viviré acá abajo durante los meses de invierno. Chica, me he dado cuenta de que tengo que encontrar la felicidad por mí misma. No puedo depender de un hombre como George para que eso suceda, así que dame una cifra y me ocuparé de reunir el dinero –me dice la tía Dot con arrojo.

–Bueno, parece que vamos a ser vecinas –dice mamá.

–¡¿Qué?! –decimos la tía Dot y yo al unísono.

–Iba a ser un regalo de boda sorpresa para ti, Faith. Todas las hijas necesitan que su madre esté cerca cuando planean una familia. Lisa y yo lo hemos arreglado para que yo compre su casa por un precio que yo no podía rechazar –me dice mamá con una gran sonrisa en su rostro.

–Por favor, dime cuánto le vas a pagar para que pueda hacer un análisis de mercado y saber cuánto ofrecer a Faith.

Todas nos reímos.

–Eso queda entre Lisa y yo... –dice mamá mientras continúa empacando comida.

–¡Gloria, no me obligues a tener que lastimarte antes de que seamos vecinas!

–No te preocupes, tía Dot. Te ofreceré un precio que no podrás rechazar –le digo mientras la abrazo.

–¿Te he dicho alguna vez que eres mi sobrina favorita?

"Tía Dot, soy tu única sobrina". Todas nos reímos.

Capítulo 26

Fitzroy llegaba tarde, así que decidió agarrar el barco que iba directamente a Charlotte Amalie desde St. John y encontrarnos en el aeropuerto. Lucinda había llamado diciendo que tenía un problema con uno de los gemelos. Al parecer, el mayor había robado un celular de la bolsa de playa de un turista que estaba haciendo esnórquel en Trunk Bay. Fitzroy dijo que tenía que pasarse a hablar con el chico antes de que nos fuéramos a Nevis. Mentiría si dijera que no me molesta. Lucinda necesitaba encontrar un papá para esos chicos. En este momento, ella estaba alterando mis planes. Me decía a mí misma que me calmara. Todo lo que tengo que hacer es hablar con Fitzroy, explicarle mis frustraciones y probablemente él hará algo al respecto. Mamá pudo ver lo enojada que yo estaba cuando al pasar la aduana Fitzroy aún no se había presentado. La tía Lucille estaba tan emocionada por ir a Nevis que se compró una guía del Caribe en la pequeña librería de la terminal. Ella y Wally estaban marcando los lugares a los que él quería llevarnos. Mamá se unió a ellos y señaló algunos lugares que le parecían interesantes y que le gustaría ir a visitar.

    –Nesbitt Plantation. Eso suena interesante –dijo.
    –Iremos a almorzar allí y recorreremos sus tierras. La casa de la plantación es hermosa. A ustedes, señoras, les encantará la forma en que está decorada. Es muy colonial. Hay mostradores de mármol en el baño, ventiladores de techo de lujo y acuarelas originales de artistas locales. Ah, olvidaba mencionar la comida. Es la mejor. El chef es primo mío. Hace un buen trabajo mezclando ingredientes locales con elementos internacionales en sus recetas. Deberíamos ir a la barbacoa que hacen en la playa los jueves por la noche. Hay una banda de *jump up* llamada Casanova. Esos chicos son tan

buenos que hacen que todo el mundo se levante a bailar –dice Wally alardeando.

–Estos viejos huesos ya no saltan como solían hacerlo –dice mamá.

–Bueno, tan solo arrastra los pies, Gloria. Suena divertido –dice la tía Lucille.

–Tal vez reserve para ustedes en ese hotel el jueves, así podrán visitar el Four Seasons y la Nesbitt Plantation –dice Wally entusiasmado.

–Qué idea tan brillante, querido –le dice la tía Lucille.

Sigo observando la zona de aduanas en busca de Fitzroy. Mamá me da una palmadita en la pierna. "No te preocupes, cariño. Llegará a tiempo". Me muestra una sonrisa tranquilizadora.

Una mujer con acento británico anuncia el embarque para nuestro vuelo. Los cuatro nos alineamos para subir al avión. No habrá otras personas además de nosotros en este vuelo, excepto el piloto y la azafata. Ahora Wally, Lucille e incluso mamá, buscan también a Fitzroy en la zona de aduanas. Saco mi celular y marco su contacto en la agenda. Me salta directamente el buzón de voz. Un oficial de aduanas se acerca a la azafata que está recogiendo nuestras tarjetas de embarque. Le susurra algo al oído. Ella recibe el mensaje asintiendo con la cabeza. Supongo que la expresión estresada de mi cara le dio a entender que yo era la persona con la que tenía hablar.

–Señora, el oficial Fitzroy está pasando por la aduana ahora –dice mientras rasga mi pasaje.

Mamá sonríe, Wally respira aliviado y la tía Lucille niega con la cabeza y hace dos chasquidos con los labios como si yo debiera avergonzarme de mí misma por pensar que no iba a venir.

"Oh, gente de poca fe", dice saliendo a la pista para subir al pequeño avión de hélices.

Si las miradas pudieran matar, Fitzroy ya estaría muerto. Mientras corría hacia la puerta para alcanzarnos, vio la ira ardiendo en mis ojos. La sonrisa en su cara se volvió rápidamente del revés. Me di la vuelta y me alejé justo cuando estaba a punto de besarme en la mejilla. ¡Otra vez la misma historia! *Déjà vu.* Esa fue una repetición de cómo me sentí hace poco más de una semana cuando estábamos en St. Croix y no respetó mis sentimientos. Señor, ¡no voy a pasar por esto otra vez! Me detengo justo cuando estoy a punto de subir las escaleras que conducen al avión, y me vuelvo hacia Fitzroy, que camina justo detrás de mí.

"Fitzroy, no voy a permitirte que me faltes de nuevo al respeto. Si cada vez que Lucinda te llame con un problema vas a salir corriendo para resolverlo por ella, mejor te buscas otra novia... ¡no lo voy a consentir!

No me di cuenta de que estaba hablando tan alto hasta que alcé la vista mirando hacia la parte de arriba de las escaleras y vi a Wally, Lucille, mamá, la azafata y el piloto agrupados en la puerta sonriendo.

"No volveré a faltarte al respeto nunca más. Le he dicho a Lucinda que la próxima vez tendrá que llamar a su padre para que le ayude con los niños o rezar para que el Señor le envíe un marido. Por supuesto, estaré ahí para ellos, soy su tío, pero si eso significa tener que lastimarte a ti, no lo haré. Te quiero mucho, Faith. Por favor, perdóname". Nos abrazamos al pie de las escaleras.

"Disculpen... si tienen intención de volar a Nevis, tienen que subirse ya al avión", nos dice la azafata. Todos los que están en la puerta aguardando silban y gritan mientras subimos las escaleras.

El vuelo a Nevis fue bastante turbulento. Mamá y tía Lucille parecían manejar mejor que yo los descensos repentinos de altitud. Apretaba fuertemente la mano de Fitzroy cada vez que caímos y sentía mi estómago como si estuviéramos en una montaña rusa.

–Parece que podría llover de forma torrencial –dice Fitzroy.

–Mientras no sea un huracán... La temporada de huracanes terminó el mes pasado, ¿verdad? –le digo con un poco de nerviosismo en mi voz.

"Sí, pero parece haberse confirmado que se ha prolongado hasta diciembre". Fitzroy me da palmaditas en la mano para consolarme. Empiezo a sonreír, pero mi sonrisa se corta una vez que nos damos otro 'chapuzón'.

–¿Cuánto falta para llegar? –pregunta la tía Lucille.

–Unos quince minutos más –dice Wally con un tono reconfortante.

–Bien, porque ya he repetido *El Señor es mi pastor* y *El Señor es mi luz y mi salvación* unas cincuenta veces. ¡Necesito más versículos de las Escrituras que recitar! –dice la tía Lucille ansiosamente.

–Tú tan solo evita recitar el *Ahora me acuesto a dormir* – dice Wally bromeando.

Miro a mamá y veo que tiene los ojos cerrados. Seguro que está hablando con el Señor.

El pequeño avión de hélices aterriza finalmente, después de saltar y patinar por la húmeda pista. La lluvia cae con tanta fuerza que apenas se puede ver la pequeña terminal. Somos recibidos por dos agentes de aduanas con grandes paraguas y conducidos al interior del edificio de inmigración.

–Bienvenidos a nuestra hermosa isla. Debo disculparme por el clima tan poco propicio que tenemos hoy. Parece haber salido de la nada.

Fitzroy y Wally están empapados. Solo hay suficiente espacio bajo los paraguas para mamá, la tía Lucille y yo. La terminal parece un pueblo fantasma. Los oficiales de aduanas nos informan de que somos el último vuelo en llegar esta noche. Según parece, la tormenta está llegando a la costa de Sudamérica, no muy lejos de Trinidad, donde los vuelos han sido cancelados. Mamá, Lucille y yo le entregamos nuestros formularios de aduana y pasaportes al oficial. Una vez que nuestros pasaportes son sellados, tomamos asiento dentro de la terminal. No hay taxis afuera esperando para llevarnos al hotel. Cuando Fitzroy y Wally pasan la aduana, se quedan hablando con uno de los oficiales de inmigración al que conocen por ser de su mismo pueblo. Están tratando de obtener más información sobre el clima. Wally está molesto porque nadie en St. Thomas sabía nada de la tormenta; y si lo sabían, deberían habernos avisado.

Después de que Fitzroy le diga al oficial a dónde nos dirigimos, él le indica que el camino al Four Seasons y a la Nesbitt Plantation está dañado. Ningún auto puede pasar. Acordamos que deberíamos ir por Brown Hill, donde los caminos están todavía transitables. Fitzroy nos informa de que iremos a la granja de su padre. El oficial de aduanas pide por radio que un vehículo policial con tracción a las cuatro ruedas venga a recogernos. Queda un poco de luz diurna y puedo ver cómo las palmeras se mecen ferozmente. La azafata de vuelo y el piloto del avión entran en la terminal sacudiendo sus paraguas.

"Bueno, parece que estamos atrapados acá en Nevis. Necesito llamar a mi marido para decirle que busque algo para que cenen los niños", dice la azafata. Se va detrás del mostrador de la aerolínea para hacer una llamada telefónica, descubriendo que las líneas están caídas. "Ey, ¿qué pasa con el teléfono?", le grita a uno de los oficiales de aduanas desde la pequeña terminal.

–Se ha ido la corriente. Solo unos pocos pueblos de la isla tienen todavía electricidad. Nos las estamos arreglando con un generador –le grita el oficial.

–Olivia, pruebe con mi celular. Quizá consiga comunicar –le dice el piloto entregándole su celular.

–Amigo, esta cosa está tan tiesa como la mojama –le dice la azafata.

Wally comprueba si funciona su celular. Su teléfono está en itinerancia con una señal débil. "Pruebe con este". Le entrega su celular.

"Muchas gracias". La azafata telefonea a su casa. La señal es mala. Todas las demás palabras se desvanecen.

"Soy mami. Estoy atrapada en Nevis. Hay una tormenta... Soy mami. Sí, mami... Cariño, avisa a tu papá". El celular se queda sin batería y se apaga.

–Bueno, esa era mi hija de cuatro años –dice la azafata.

–¿Cree que ha entendido su mensaje? –le pregunta la tía Lucille.

–La escuché decir que, okey –responde.

–La pregunta es, ¿se lo dirá a su marido? Los niños son terribles para dar mensajes –dice Wally.

"Si hubiera sido mi hijo de quince años estaría preocupada..., pero esa niña es una mujer en miniatura. Probablemente, en este momento le estará diciendo a su papá qué preparar de cena". Todos nos reímos asintiendo con la cabeza.

Dos autos de policía se detienen frente al edificio.

"Olivia, los oficiales lo han arreglado para llevarnos a una casa de huéspedes que está ubicada justo en la carretera", informa el piloto a la azafata, que abre su paraguas y lo sigue hasta el auto de policía que los espera. Se ha levantado el viento, y la lluvia está cayendo a mares. Una vez más, mamá, tía Lucille y yo somos escoltadas bajo un gran paraguas hasta un auto de policía. Fitzroy y Wally aguardan a que regresen a por ellos, y vienen en el segundo viaje. Supongo que con empaparse una vez es suficiente. Fitzroy y Wally cargan rápidamente nuestras maletas en la parte trasera del auto. Wally se sienta delante con el oficial mientras nosotros cuatro nos apretujamos en el asiento trasero.

-Hermano, este tiempo asusta -dice Wally mientras continuamos avanzando por un oscuro camino pavimentado.

-Sí, hombre. ¿No te has enterado? Acabamos de subir a categoría cuatro -le responde el oficial mientras da un volantazo para evitar chocar con una palmera caída.

-¿Categoría cuatro, como cuando hay un huracán? -le pregunto.

-Sí, señora. Lo han llamado "Lucille".

Todas las miradas se dirigen a la tía Lucille. Nos reímos.

-¡Señor, recemos para que no sea como tú, o será mejor que empecemos a buscar un refugio antiaéreo para ponernos a cubierto! -dice mamá.

-¡Muchas gracias, Gloria! -le responde Lucille sarcásticamente.

-No te preocupes querida. Si se parece a ti, será como un dulce sonido en mis oídos -interviene Wally.

-A mí no me suena tan dulce lo que hay ahí afuera -le digo con miedo en mi voz.

-Faith, no dejaré que te pase nada malo -me susurra Fitzroy al oído mientras me acerca aún más a él.

-Estará a salvo en casa del padre de Fitzroy. Es un viejo fuerte donde el propio Lord Nelson luchó contra los franceses -nos informa el oficial.

-¿Hay un fuerte en la propiedad de tu padre, Fitzroy? -le pregunto.

-Sí, y todos estaremos allá a salvo como ha dicho el oficial.

-Me dijiste que tu padre tenía una granja de miel. No mencionaste nada acerca de vivir en los terrenos de un antiguo fuerte.

–Siéh, hombe, hay mucha historia allá. Los viejos cañones todavía se alinean en la pared del fuerte –interviene Wally.

–Justo antes de que mamá muriera, ella y papá decidieron donar esa parte de la propiedad a la Historic Preservation Society. No hace falta decir que aún estamos aguardando a que acepten y ayuden con la restauración. Padre quiere convertir el viejo fuerte en un museo –nos dice Fitzroy.

–Es una lástima que tu padre no haya recibido el dinero todavía para empezar el trabajo –dice el oficial.

–Será mejor que tenga paciencia. Nuestra gente es muy lenta a la hora de tener que hacer las cosas. Solo espero que ocurra mientras aún esté con vida –dice Wally.

–¡Oh, sucederá! Padre y yo estamos preparados para hacerlo nosotros mismos si se da el caso –nos informa Fitzroy.

–¿Os dejo en Brown Hill, en la casa de tu hermano, Wally? –le pregunta el oficial.

–No, no. Vamos todos a la casa de Fitzroy hasta que las carreteras estén despejadas. Luego nos dirigiremos al Four Seasons y a la Nesbitt Plantation –le informa Wally.

–Oye, Wally, sabes que a mi hermana le gustaría saber que estás en la ciudad. ¿Quieres que le diga que te llame?

Wally hace una pausa por un segundo tratando de elegir las palabras adecuadas. Justo cuando está a punto de responder, la tía Lucille dice, "¿Para qué diablos querría hablar con su hermana?".

Todos permanecemos en silencio. Se puede oír el ruido de un alfiler al caer. El oficial aclara su garganta.

–Sin ánimo de ofender, señora. Es solo que mi hermana y Wally fueron buenos amigos hace algún tiempo.

–Bueno, eso me suena a las noticias de antes de ayer. Lo que puede decirle a su hermana es que Wally está en la ciudad y que ha traído con él a Lucille, y que ella no va a aguantar ninguna estupidez. Hágale saber que soplaré y resoplaré y volaré su maldita casa si se le ocurre llamar a mi hombre.

–Sí, señora –responde el oficial.

–¡Lucille! –la regaña mamá.

"¡Lucille, mi pie!", se oye. Continúa la tía Lucille. "Ya me han oído todos ustedes. No he venido acá en medio de este huracán para soportar una estúpida vieja historia de amor. ¡Estoy cortando esto de raíz! ¡Y puede decirle que soy de categoría diez!". La tía Lucille, cruzando sus brazos, mira a su alrededor desafiante. Wally se gira hacia el asiento trasero mirándola.

"¡Para mí no hay nadie más que tú, nena!". Wally le hace un guiño a Lucille, que le devuelve una sonrisa y otro guiño.

"Bueno, parece que hemos llegado...", anuncia nervioso el oficial.

–Y justo a tiempo –dice Fitzroy riéndose.

Nos detenemos en la entrada de autos de una gran casa de piedra. Uno de los postigos de la casa está aleteando golpeándose contra la ventana. Hay un gran porche en la parte delantera de la casa con varias grandes mecedoras. Una de las sillas se ha volcado. Se puede oír el sonido del océano impactando contra la orilla, pero está demasiado oscuro para ver el agua. Todos agradecemos al oficial de policía el habernos traído hasta acá, excepto la tía Lucille. Ayudamos a Wally y a Fitzroy a llevar nuestro equipaje a la puerta principal, que está abierta de par en par. La lluvia está entrando en la casa.

–¡Padre, padre! –grita Fitzroy mientras lo busca apresuradamente en la cocina y en el salón.

"¿Sr. Brown?". Wally sube corriendo las escaleras gritando. Fitzroy le sigue.

Los dos hombres vuelven y nos encuentran clavadas en el mismo sitio agarrando nuestros bolsos. No estamos seguras de si debemos sentarnos o correr.

–¿Qué pasa, Fitzroy? –le pregunto.

"No estoy seguro. Siéntense y relájense. Me voy afuera a comprobar si papá está en la finca intentando asegurar las abejas". Justo cuando Fitzroy está a punto de salir, se corta la electricidad. Nos encontramos de pie en la oscuridad. Fitzroy entra en el salón y prende dos lámparas de huracán. Lo seguimos hasta el salón.

–Hay unas cuantas lámparas más en la cocina. Faith, por favor, ve a buscarlas y préndelas. Tengo que ir a buscar a mi padre.

–No te preocupes. Ve, estaremos bien.

Fitzroy me besa y sale de la casa.

–Espera, amigo. Voy detrás de ti –dice Wally mientras corre para alcanzar al preocupado Fitzroy.

–Esto me recuerda a un episodio de *Cuentos de la cripta* –dice la tía Lucille misteriosamente.

Mamá camina por el salón mirando las fotos de la pared. "Estos deben ser Fitzroy y su hermano gemelo cuando eran niños".

La tía Lucille y yo nos acercamos uniéndonos a ella. "¡Señor, ese chico tenía unos dientes muy grandes!", dice la tía Lucille.

–¡Creo que está muy guapo! –le digo.

–¿Cómo puedes saber cuál es Fitzroy? Son idénticos –me pregunta mamá.

–Por su mirada. Los ojos de Fitzroy se muestran alegres. Los del otro chico parecen turbios –le digo.

–Tienes razón –me responde mamá.

–Esa debe ser una foto del padre de Fitzroy. ¡Seguro que está bueno! –dice la tía Lucille.

–Es un hombre muy guapo –dice mamá.

–Será mejor que busquemos las otras lámparas antes de que los hombres regresen –les digo yo.

–Bueno, yo voy a sentar mi trasero acá mismo. Esta casa es demasiado grande para que yo esté vagando por ella en la oscuridad –dice la tía Lucille mientras toma asiento agarrando su bolso.

–Iré contigo, Faith –me dice mamá.

Los ojos de la tía Lucille se agrandan como si fueran monedas de un dólar. Se levanta de un salto para seguirnos. "Que me aspen si ustedes dos me van a dejar aquí sola".

Agarro una lámpara de huracán y las guío a la cocina.

"¡Qué hermosa cocina de estilo tradicional!", dice mamá. Vemos dos lámparas de huracán más en la parte superior del armario. La tía Lucille, que es la más alta, las alcanza y las baja. Mamá encuentra un fósforo en la estufa y las prende.

–¿Por qué no dejamos una acá y nos llevamos la otra arriba? –sugiere mamá.

–¿Llevar la otra arriba? ¿Por qué tenemos que ir arriba? ¿No podemos sentarnos en el salón y esperar a que los hombres regresen? Ustedes dos son demasiado aventureras para mí –dice Lucille.

–Tía Lucille, necesitamos encontrar tantas lámparas como sea posible y colocarlas en los cuartos donde dormiremos. ¿Ahora, vienes o qué? –le digo yo.

–¿Entonces debo entender que no dormiremos en ningún hotel de cinco estrellas esta noche?

Mamá y yo la ignoramos y subimos las escaleras dejando a Lucille ahí parada, tratando de decidir si unirse a nosotras o no. Entonces, el postigo suelto se golpea fuerte contra la casa y la tía Lucille sube los escalones saltándolos de dos en dos para alcanzarnos.

–Me alegro de que tu cerebro haya decidido rectificar su estúpida actitud y seguirnos! –dice mamá.

La primera habitación en la que entramos debe de ser la del padre de Fitzroy. Hay una cama gigante de caoba con cuatro postes y un asiento acolchado de terciopelo a juego a los pies de la cama. Una gran cómoda con un espejo de caoba tallado a mano está situada en el centro de la pared y una cómoda a juego en la esquina. Las tablas del suelo, inmaculadamente limpias, están hechas de madera maciza de pino. De la ventana cuelgan cortinas blancas con pequeños bordados de flores. Una de las ventanas está ligeramente abierta. Es la ventana cuyo postigo aletea de un lado a otro.

–Aseguremos ese postigo –dice mamá mientras camina hacia la ventana.

"¿No son ustedes las valientes?", dice Lucille sarcásticamente mientras toma asiento en la cama. Sostengo la luz mientras mamá se asoma para agarrar el postigo y asegurarlo correctamente.

–Esto nos ayudará a calmar un poco los nervios.

Ambas nos giramos para mirar a la tía Lucille que parece disfrutar de la cama del padre de Fitzroy. "Oooh, esta cama es muy cómoda. ¡Apuesto a que papá Brown y mamá Brown se divirtieron mucho en esta cómoda cama!", dice la tía Lucille bromeando.

–Sabes que eres una desagradable, ¿no? –le digo yo.

–Lucille, saca tu trasero de la cama de ese hombre.

Mamá prende las dos lámparas de huracán en la cómoda del cuarto del padre de Fitzroy. Continuamos por el pasillo hacia otra habitación. Esta tiene dos camas gemelas que imitan el mismo estilo que la cama de matrimonio que encontramos en la habitación del padre de Fitzroy. En la esquina hay un viejo armario. Lo abro y veo que está lleno de ropa de cama y almohadas. En cada una de las pequeñas mesitas de noche encontramos lámparas de huracán.

–Empiezo a preguntarme si la electricidad se corta a menudo por aquí. Me refiero a que hay una lámpara de huracán en cada una de estas habitaciones. Es como si la gente estuviera esperando a que se corte la electricidad para poder encender una –dice Lucille.

–A mí me parece que son prudentes –le digo yo.

Continuamos entrando en los otros cuatro dormitorios y en el baño, prendiendo las lámparas. Justo cuando pasamos junto al baño, la tía Lucille nos informa de que necesita ir. Mamá y yo le decimos que ya la veremos abajo cuando termine. La tía Lucille nos mira como si hubiéramos perdido la cabeza.

–¡No hay forma de que me dejen en este baño sola! ¡Ni lo piensen! Ahora, Faith, acércate un poco más para que pueda inspeccionar el excusado antes de sentar mi trasero en él –dice la tía Lucille.

–Mira, Lucille, no nos necesitas a los dos acá contigo mientras te ocupas de tus asuntos. Tú y Faith pueden encargarse de esto. Voy a bajar para terminar de ver las fotos –dice mamá.

Bloqueo la puerta. "Es tu hermana. ¿Por qué tengo que quedarme acá y sufrir mientras ella hace sus cosas?", le grito yo.

–Porque soy tu mamá, y porque lo digo yo. ¡Ahora quítate de en medio! Dios mío, Lucille, ¿qué has comido? Huele como si hubiera algo muerto ahí.

Justo cuando mamá está a punto de empujarme y escapar a la sala se oye un fuerte golpe en la puerta principal. Escuchamos las voces de Fitzroy y Wally gritando,

"¡Abran la puerta!".

–Sé que no me vas a dejar sentada acá en este baño a oscuras –grita la tía Lucille ansiosamente cuando me giro para salir con la lámpara.

–¡Vamos, tía Lucille! ¡Termina de una vez! –le digo abriendo la puerta del baño para salir.

–¡No puedo! –grita ella.

–Mamá, sostén la lámpara y quédate acá con ella. Tengo que abrirle la puerta a Fitzroy y Wally.

Me apresuro a bajar las escaleras en la oscuridad. Fitzroy y Wally continúan golpeando la puerta y gritando, "¡Abran la puerta!".

"¡Ya voy!".

Pensé que algo habría pasado. Rezo una oración. Cuando abro la puerta, me encuentro a Fitzroy y Wally sosteniendo al Sr. Brown inconsciente. Su frente estaba sangrando.

–Faith, desaloja la mesa de la cocina! –grita Fitzroy.

Me apresuro tan rápido como puedo con ellos tras de mí. "¿Qué ha pasado?", le pregunto mientras saco el azucarero, el salero y el pimentero del centro de la mesa de madera de estilo *farmhouse*.

–No estoy seguro. Lo encontramos en el suelo del granero. Creo que podría haber sido golpeado por la puerta del granero.

Fitzroy le saca la camisa mojada a su padre. Wally encuentra una olla, enciende el fogón y pone el agua a hervir.

–¿Dónde está Lucille? –pregunta Wally.

–Ella y mamá están arriba en el baño –le digo.

–¿Juntas? –pregunta Wally con una expresión de perplejidad en su cara.

–Sí, es una cosa de chicas... ¿qué quieres que le haga, cariño? –le pregunto.

–Vamos a tener que coserle la frente. Está sangrando mucho. Hay un kit de costura en el armario del segundo dormitorio. Necesito que vayas a por él.

Subo corriendo las escaleras mientras la tía Lucille y mamá bajan. "Mamá, Fitzroy realmente te necesita. Es su padre".

–Faith, hay un problema en el baño. La cadena no funciona y hay algo muy malvado allá adentro –dice la tía Lucille avergonzada.

"Tía Lucille, en este momento hay problemas más importantes entre manos". Subo las escaleras dejando a mamá y a la tía Lucille corriendo hacia la cocina.

–¿Respira? –pregunta la tía Lucille.

–Sí, pero está inconsciente y sangrando –responde Fitzroy.

–Lucille, ve al salón y coge mi bolso.

La tía Lucille duda, pero mira a mamá a los ojos y se da cuenta de que es mejor que lo haga, y que lo haga rápido.

–Mis sales deberían traerlo de regreso.

Lucille regresa con el bolso de mamá justo cuando llego a la cocina con el kit de costura.

"Deja que ponga las sales bajo su nariz". Mamá abre una cajita y la pone debajo de la nariz del Sr. Brown. En pocos segundos se incorpora como si le hubiera alcanzado un rayo.

–Señor, ten piedad. ¡Hannah, qué es lo que estás poniendo bajo mi nariz?

–Papá, esa no es mamá –le dice Fitzroy a su padre, que sigue aturdido.

–Fitz, hijo mío, ¿eres tú? ¿Qué estás haciendo acá, y quiénes son todas estas encantadoras personas?

–Papá, debes que tumbarte. Tienes un terrible corte en la frente. Tenemos que cosértelo.

El Sr. Brown obedece y se recuesta sobre la mesa. Wally, trae la olla con agua hirviendo y la pone sobre la mesa.

–Faith, hay unas gasas en el baño de arriba, bajo el lavamanos, junto con un poco de agua oxigenada. ¿Serías tan amable de apresurarte a ir a buscarlas? –me pregunta Fitzroy con angustia en su voz.

"¿Quién de todos ustedes hará de doctor?", pregunta el Sr. Brown. Todos permanecemos callados.

"He cosido faisanes después de rellenarlos con mi famoso relleno de guayaba". Todos miramos a Wally con incredulidad.

Mamá se acerca a la mesa y toma la mano del Sr. Brown. "No se preocupe, Sr. Brown, tengo una licencia de enfermería. Lo cuidaré bien".

Nos quedamos sorprendidos. Había olvidado que mamá era enfermera antes de casarse con papá. Toda mi vida solo he pensado en ella como la "primera dama" de la iglesia de mi padre y mi madre.

–Hannah, vigila a estos jóvenes –dice el Sr. Brown mientras entra y sale de la conciencia.

–Trae unas mantas. Está en estado de *shock*. ¡Voy a necesitar una línea de monofilamento! –grita mamá sus órdenes.

–¿Y de dónde diablos esperas que obtengamos una línea de monofilamento? No recuerdo haber visto un Home Depot en el camino hacia aquí desde el aeropuerto –le susurra la tía Lucille en el oído a mamá.

–Fitzroy, ¿su padre tiene algo de sedal de pesca por acá? –le pregunta mamá.

–Sí, su caja de aparejos está en el porche trasero.

–Por favor, tráigalo lo antes posible. Necesito que usted y Wally esterilicen el sedal en agua hirviendo, y la aguja también. Lucille, mantén las sales de amoniaco a mano, y cuando te diga que se las pongas bajo la nariz, necesito que estés lista para hacerlo de inmediato.

–Lo capto, "enfermera Ratched".

Fitzroy regresa con la línea de monofilamento y yo con la manta. Mamá continúa limpiando la herida mientras cose el corte. El único sonido que se oye en la habitación es el viento aullando afuera y mamá rezando.

Capítulo 27

Fue una larga noche para todos nosotros. El Sr. Brown continuaba perdiendo y recobrando la conciencia por momentos. Fitzroy y Wally pudieron llevarlo a su habitación donde su enfermera, mamá, se sentó en una silla junto a su cama. Los teléfonos no funcionaban, y ni siquiera el celular de Wally tenía señal. Fitzroy encontró un viejo radio transistor en el ático. Pudimos escuchar la previsión del tiempo durante la noche. El único hospital de la isla estaba siendo evacuado; al parecer, parte del techo había salido volando por los aires. El gobierno estaba pidiendo a las personas con autos con tracción en las cuatro ruedas que vinieran al hospital y ayudaran a trasladar a los enfermos al cercano Sugar Bay Hotel.

La tía Lucille sugirió que, con las mantas y almohadas que halláramos por la casa, durmiéramos todos juntos en el piso de la habitación del padre de Fitzroy. De esa manera, podríamos turnarnos para vigilarlo. Aunque eso parecía ser muy considerado, creo que la tía Lucille estaba asustada y quería quedarse con el grupo. Aun así, mamá dijo que no. No quería que todos nosotros estuviéramos robando el aire de la habitación. Mamá le dijo a Wally que se buscara un dormitorio donde dormir, y que Lucille y yo debíamos acostarnos en la habitación de las camas gemelas. Necesitábamos descansar un poco porque aguardaba que Wally, Lucille y yo nos levantáramos para empezar a desayunar. El Sr. Brown estaría hambriento. Mamá y Fitzroy acordaron que se turnarían para dormir en las sillas junto al Sr. Brown. Si conozco a mamá, rezará más que dormirá. Todos estuvimos de acuerdo con su plan y salimos de la habitación.

Por supuesto, la tía Lucille hizo caso omiso de sus órdenes. Tan pronto como estuve en la cama con la sábana sobre mi cabeza rezando para que el huracán pasara, la oí salir de puntillas de la habitación.

–¿Y a dónde se supone que vas exactamente, señorita caliente?

La tía Lucille, con aspecto de haber sido atrapada con las manos en el tarro de las galletas, se acercó a mi cama susurrando: "Mira, sabes que te quiero y todo eso, pero es en momentos como estos cuando necesito un pecho fuerte sobre el que apoyar mi cabeza. Lo entiendes, ¿no?". La tía Lucille se giró para salir de la habitación.

–¡No, no lo entiendo! Lo único que sé es que mamá dijo que durmiéramos juntas en esta habitación –le digo con atrevimiento.

–Bueno, no estoy segura de que te des cuenta de algo, y odio tener que decirte esto, pero Gloria no es mi mamá, es la tuya. Así que, será mejor que hagas lo que ella te ha dicho y ya te veré en el desayuno dentro de unas horas.

Justo cuando la tía Lucille estaba a punto de abrir la puerta del dormitorio, el sonido de un trueno retumbó por toda la habitación, seguido de un rayo que la iluminó. La tía Lucille corrió a mi cama. "¡Niña, muévete!". Saltó metiéndose debajo las sábanas conmigo. Unos minutos después, cuando las cosas se calmaron, me preguntó: "Faith, ¿serías tan amable de acompañarme a la habitación de Wally?". Puse los ojos en blanco. "Está bien, iré sola". Salió corriendo de la habitación antes de que la siguiente ronda de truenos se aproximara.

Me despierto con el olor del *bacon* friéndose. Brilla el sol y puedo oír las risas que vienen de la cocina. Esta no puede ser la misma casa en la que me fui a dormir solo unas horas antes. Salto de la cama y corro hacia la ventana. El mar está un poco picado, pero la vista es espectacular. Unos pocos pequeños árboles se han caído sobre el césped, pero en su mayor parte, todo lo demás parece estar intacto. Me apresuro a salir de la habitación y me dirijo a la del Sr. Brown, pero la encuentro vacía. Redirijo mis pasos siguiendo ahora el sonido de las risas que vienen de la cocina. Me detengo poco después de darme cuenta de que mi aliento no es muy fresco. Regreso al baño donde recuerdo haber visto un enjuague bucal bajo el lavamanos cuando fui a buscar la gasa y el agua oxigenada.

Alguien debe haber tirado de la cadena porque el monstruo de la tía Lucille ya no está. Me miro en el espejo y veo que tengo bolsas bajo mis ojos. Intento abrir el agua para lavarme la cara, pero no sale nada. Sigue sin haber corriente y la bomba no funciona. "Bueno, al menos mi aliento ya es fresco". Cuando entro en la cocina, quiero gritar. ¡Cómo puede alguien no creer que nuestro Dios es un Dios milagroso! Veo al Sr. Brown sentado a la mesa tomando una taza de té de hierbas. Wally y Lucille están en la cocina preparando *bacon*, avena y huevos. Mamá está poniendo la mesa y Fitzroy está sentado tan cerca de su padre que casi parece que le está protegiendo.

–¡Buenos días, bella durmiente!, me dice Fitzroy al levantarse para salir a mi encuentro conmigo.

Fitzroy me toma de la mano y me lleva junto a su padre que está sonriendo. "Padre, me gustaría presentarte a Faith, la mujer con la que me voy a casar".

El Sr. Brown intenta ponerse de pie, pero se vuelve a sentar. "Perdóname, hija mía. Necesitaré un poco más de tiempo antes de volver a ponerme de pie".

Me inclino y le beso en la mejilla. "Es un placer conocerle, Sr. Brown".

–¿¡Sr. Brown!? No voy a consentir que ninguna hija mía me llame Sr. Brown. ¿Sabes cuánto tiempo llevo aguardando tener una hija a la que poder amar y mimar? Insisto en que me llame padre. Incluso puede llamarme papá o papi. Sé que así es como ustedes los americanos llaman a sus padres.

Rompo a llorar. Fitzroy me abraza.

–¿He dicho algo malo? –pregunta el Sr. Brown.

"¡No, no! Soy tan feliz". Miro a mamá que parece que va a ponerse a llorar, pero se gira para ayudar a Wally y Lucille en la cocina.

–Faith, ¿quieres un café? –me pregunta mamá.

Me siento al otro lado de mi nuevo padre.

"Claro. ¿Dónde encontraste agua?". Todos se ríen.

–¿Me he perdido algo? –digo yo.

–Bueno, a Lucille le estaba dando un ataque porque no podía tirar de la cadena, así que le he enseñado cómo se consigue agua cuando la bomba no funciona –dice Wally cariñosamente.

"Faith, no te lo vas a creer. Ese hombre me dio un cubo y una cuerda, y me hizo sacar agua de un agujero en el suelo que llaman cisterna. Así fue como pude tirar de la cadena del baño y conseguir el agua para cocinar. ¡Hizo que me rompiera una uña!". La tía Lucille le da un puñetazo en el brazo.

Wally besa su uña rota. "No te preocupes, querida. En cuanto abra el hotel, te llevaré a su peluquería y la arreglaremos", dice Wally.

–Sr. Brown, quiero decir, padre, ¡me encanta esta casa! No puedo esperar a salir y echar un vistazo.

–¡Bien! Porque después del desayuno voy a necesitar que me ayudes a comprobar cómo están las abejas –dice Fitzroy.

–¿Comprobar el qué? –le digo preguntándome si él también tenía una lesión en la cabeza.

"Las abejas de padre", me dice Fitzroy como si nada, como si estuviéramos hablando de pollitos o algo tan inofensivo como eso. Fitzroy continúa.

—Padre está muy preocupado por las abejas. Así es como se lastimó.

—Estaba tratando de meterlas en el granero cuando una fuerte ráfaga de viento hizo que la puerta le golpeara en la cabeza —añade mamá.

—No te preocupes, Faith, no te picarán. Tenemos trajes de protección —me asegura Fitzroy.

—Lo más importante es que se aseguren de que la abeja reina sigue viva. Si está viva, todo irá bien —dice padre con preocupación en su voz.

—¿Tiene alguna marca de identificación? ¿Cómo sobremos cuál es la abeja reina? —le pregunto.

"Buena pregunta, dulzura... tan dulce como la miel, y no es un juego de palabras", me dice Fitzroy sonriendo. Le saco la lengua.

—Es más grande que los zánganos y las abejas obreras. Incluso le he puesto una mancha de pintura blanca en la espalda para facilitar su identificación. A veces todas esas abejas crecen tanto que es difícil saber cuál es cuál a menos que las conozcas bien —explica el Sr. Brown.

Wally y Lucille han terminado de cocinar. Todos nos reunimos en la mesa donde padre nos guía en una maravillosa oración. Mamá está muy callada. Nunca la había visto así. Mientras comemos, suena el celular de Fitzroy.

"¡Vaya, están vivos! Hola Lisa, sí, estamos bien. Creo que Faith apagó su celular porque no funcionaba. Nosotros también nos sorprendimos... sí, ella está acá". Fitzroy me entrega el teléfono.

"Chica, ¿adivina qué? ¡Tengo un nuevo papá!". Todo el mundo sonríe. Me excuso y me llevo el teléfono al salón. "¡Lisa, ha sido toda una experiencia! Espero no pasar por otro huracán en un futuro cercano. Sí, escuché en la radio que pasó de largo por St. Thomas, pero que St. Croix fue duramente golpeada. Tengo que llamar al Sr. Atkins y a

Rosalinda. Espero que Chloe y Nyla estén bien. Tienes razón, viven en un castillo... ¡No, qué dices! ¿Billy llamó? ¿Qué te dijo? ¡No puede ser! ¿Es que él es vidente o algo? El Señor le habló en un sueño y le dijo que no te casarías con Trevor, que te casarías con él y que tendrían tres hijos... Chica ese hombre se ha vuelto completamente loco. ¿Estás segura de que no estaba fumando uno de esos cigarros jamaicanos? Solo estoy bromeando, ya sé que no fuma hierba. ¿Por qué estás tan molesta? Sabes que te vas a casar con Trevor, ¡así que, eso es todo! ¿Verdad? Solo estoy comprobando. Sabes que, sobre las cosas, cambias de opinión tanto como de bragas. Es una broma. De todas formas, ¡el padre de Fitzroy es de lo mejor! ¡Y la casa es tan hermosa! Está en los terrenos de un viejo fuerte".

"¡Chica, antes de que me olvide, déjame decirte lo bueno que es Dios! Cuando llegamos acá, Fitzroy y Wally encontraron al padre de Fitzroy inconsciente en el granero. Tenía la cabeza abierta. Y escucha esto, mamá le cosió la cabeza. Ella y Fitzroy estuvieron despiertos toda la noche cuidándolo... El techo del hospital voló por los aires y tuvieron que evacuar a la gente a un hotel. Además, con el huracán, imposible salir. Cariño, teníamos nuestro propio hospital justo aquí en la mesa de la cocina. Mira, tengo que dejarte. Fitzroy y yo tenemos que ir a asegurarnos de que la abeja reina ha sobrevivido. La abeja reina... es una larga historia. Te la contaré más tarde. ¿Cómo está mi hermosa sobrina Kamari? Dale un gran beso de parte de la tía Faith. Chica, deja de preocuparte por lo que dijo Billy. Ve y disfruta de ese guerrero mandingo. Yo también te quiero".

Cuando me levanto del sofá del salón, veo la foto de la madre de Fitzroy en la repisa de la chimenea por segunda vez, solo que en esta ocasión hay mucha más luz en la habitación para poder verla mejor. De repente, una sensación extraña me invade. Me siento como si estuviera en un episodio de *Al filo de la realidad*. "¡Oh, Dios mío! Se parece a mamá". Me doy la vuelta con la foto en la mano lista para ir a la cocina a mostrársela a los demás, y veo a Fitzroy parado en la puerta.

–¿No es extraño? –me dice.

–¡Es aterrador! ¿Cómo es que nunca mencionaste lo mucho que mi madre se parece a la tuya?

–No lo sé. Cuando conocí a tu madre ese día en el aeropuerto casi me da algo. Tuve que ir al monovolumen a recuperarme del susto. Lo tomé como una señal de que Dios me estaba hablando, diciéndome: "Mamá se ha ido, pero te envío una nueva familia".

Fitzroy se acerca a mí, me quita la foto de la mano, mira a su madre y rompe a llorar. "Faith, me siento tan culpable. Debí haber insistido en que fuera a los Estados Unidos a buscar ayuda médica. La decepcioné".

Le quito la foto y la pongo en el sofá junto a nosotros. "Cariño, sentémonos. Fitzroy, eres un buen hombre y un buen hijo. Por favor, no te castigues. Tu madre, por lo que me has dicho, tomó una decisión y no había nada que tú ni nadie pudiera hacer al respecto. Quería vivir el resto de su vida acá, en la granja, sin amputaciones ni máquinas. Fitzroy, siento tanta paz en esta casa. Creo que probablemente yo habría hecho la misma elección". Fitzroy me mira fijamente a los ojos, llegándome directamente mi corazón.

–Te quiero tanto, Faith. Gracias por tus amables palabras.

Nos estamos abrazando justo cuando mamá entra en el salón. Su mirada se centra en la foto que está junto a nosotros en el sofá. Se acerca y toma la foto su mano. "Estaba oscuro anoche cuando miré esta foto, así que no estaba segura de lo que estaba viendo. Luego, cuando tu padre me llamó Hannah, solo podía pensar en regresar a esta habitación al amanecer para poder verla más de cerca. En fin, aparte del cabello, parecemos gemelas", dice mamá.

–Siento mucho no haber dicho nada antes –se disculpa Fitzroy.

–No importa. Incluso, aunque lo hubiera hecho, ¿quién le habría creído? La gente siempre dice cosas como "te pareces a esta o aquella persona", pero no hay manera de poder explicar algo así sin tener una foto como prueba.

Mamá sigue mirando la foto. Entonces, la tía Lucille entra en el salón. "Qué, ¿es que están teniendo una especie de reunión de oración acá?". Lucille se fija en la foto que mamá sostiene en su mano. "Gloria, ¿cuándo te tomaste esa foto? ¡Nena, no dejes que tu esteticista te peine así nunca más!", dice ella bromeando.

–Esa no es mamá, tía Lucille. Es la madre de Fitzroy –le digo.

"¡Oh, Dios mío!". Lucille toma la foto y la examina. "¡Te dije que había algo espeluznante en esta casa! Mira, Wally y yo vamos a tomar prestada la camioneta de tu papá. Queremos ver si el camino al Four Seasons es transitable. Me encanta este lugar, pero...".

–Sabemos que es difícil para ti dormir en la misma habitación con Faith –le dice mamá.

–¡Venga ya, Gloria, no seas malpensada! –se defiende la tía Lucille.

–No necesita ir a un hotel para dormir en la misma habitación con Wally, ¿no es cierto, tía Lucille? –le digo sarcásticamente.

"¡Gracias a Dios que soy adulta y ninguna de ustedes es mi madre o mi padre!". La tía Lucille sale moviendo las caderas con estilo del salón.

Mamá le grita: "¡Mejor que te preocupes de responder ante tu Padre Celestial!".

La tía Lucille se gira dolida con una mirada triste y continúa caminando hacia la cocina.

Antes de que Wally y la tía Lucille se vayan al Four Seasons Hotel, los hombres ayudan a padre a subir las escaleras para regresar a la cama ante la insistencia de mamá. Si fuera por padre, estaría afuera ayudándonos con las abejas. Mamá permaneció junto a él mientras Fitzroy y yo revisábamos la colonia. Nos demoramos por un tiempo en el granero antes de regresar a la casa para darle a padre la mala noticia. La abeja reina no había sobrevivido. Las pocas abejas que aún vivían pululaban como si estuvieran de luto. Después de quitarnos los trajes de protección, Fitzroy me llevó a dar una vuelta por los terrenos.

Nos sentamos en los cañones mirando hacia el mar. "Qué hermoso lugar es este. Quisiera no tener que irme nunca de acá", le dije a Fitzroy.

–Es increíble. No me había dado cuenta de lo mucho que extrañaba este lugar hasta ahora –me dijo.

Los dos nos sentamos en silencio por un momento; luego, yo hablé. "¿Crees que el Sr. Atkins traería a mis amigos y familiares acá para nuestra boda?".

Fitzroy se acercó al cañón en el que estaba sentada, me levantó y me abrazó. "No veo por qué no, Sra. Brown".

FIN

www.ingramcontent.com/pod-product-compliance
Lightning Source LLC
Chambersburg PA
CBHW070058120726
47909CB00002B/434